acabus

Karsten Flohr

Hotel Savoy

Roman

acabus

Flohr, Karsten: Hotel Savoy. Hamburg, acabus Verlag 2019

2. Auflage
ISBN: 978-3-86282-609-4

Dieses Buch ist auch als eBook erhältlich und kann über den Handel oder den Verlag bezogen werden.
ePub-eBook: ISBN 978-3-86282-611-7
PDF eBook: ISBN 978-3-86282-610-0

Lektorat: Patricia Ebel, acabus Verlag
Satz: Sophie Sander, acabus Verlag
Cover: © Annelie Lamers, acabus Verlag
Covermotiv: Haus: Designed by rawpixel.com/freepik; pixabay.com

Bibliografische Information der Deutschen Nationalbibliothek:
Die Deutsche Nationalbibliothek verzeichnet diese Publikation in der Deutschen Nationalbibliografie; detaillierte bibliografische Daten sind im Internet über http://dnb.d-nb.de abrufbar.

Der acabus Verlag ist ein Imprint der Bedey Media GmbH, Hermannstal 119k, 22119 Hamburg.

---

1. Auflage 2019, acabus Verlag Hamburg

http://www.acabus-verlag.de
Printed in Europe

Inhalt

Teil 1 .... **9**
»Als wäre nichts gewesen«

»Tut mir leid, Kindchen, ist mir rausgerutscht« 11
»Da kommt der liebe Gott und radelt zur Schule« 23
»Sie haben nur eines im Kopf: Weiber« 29
»Sie nennen mich Iwan, wenn sie denken, dass ich es nicht höre« 38
»Es ist Zeit, ins Leben zurückzukehren« 45
»Die Sonne versengt die Netzhaut, anderes versengt die Seele« 51
»Das Böse lauert immer irgendwo« 54

Teil 2 .... **59**
»Gleich ist es überstanden«

»Du denkst, sie sucht nur nach dir ...« 61
»Wieder so ein Milchbubi, der noch nie eine Frau gesehen hat« 66
»Ich hoffe, du hast begriffen, worum es geht« 70
»Ich durfte eine Nacht lang ihre Gegenwart genießen« 81
»Männer haben so viel Grips wie in deinen Schminktiegel passt« 91
»Es ist ja doch eine recht finstere Gegend hier« 99

Teil 3 .... **103**
»Es dauert seine Zeit«

»Wahrscheinlich hätten sie uns einzeln umbringen müssen« 105
»Sie sind ja nun eine gute Partie« 108

»Hamburg und der Führer – ein schwieriges Kapitel« 112
»Für zwischendurch sind Männer erträglich, aber keinesfalls auf Dauer« 117
»Es ist nie zu spät, mit dem Rauchen anzufangen« 125
»Du hast in mir einen Verehrer auf Lebenszeit« 129
»Ich komme mir vor wie im Museum« 135
»Ein Hotel sollte kein Wohnzimmer sein, sondern eine Einladung in die Welt« 144
»Der Junge hat ein Händchen, das habe ich sofort gemerkt« 150
»Ein bisschen naiv bist du schon« 154
»Er will sie vernichten« 159
»Wenn du nicht zurückgekommen wärest, wäre sie jetzt tot« 170
»Hier ist nichts, womit man feiern könnte« 173
»Jemand wusste zu viel« 177

Teil 4 **189**
»Dieser Mann ist der Messias«

»Das können Sie doch sicherlich verstehen …« 191
»Es werden die dunkelsten aller Zeiten« 197
»Wir wollen nur ein paar Namen von Ihnen« 202
»Es wird nicht beim Bartabschneiden bleiben« 205
»Der böse Geist vom Pinnasberg« 211
»Sie will die Zeit auskosten, die ihr noch bleibt« 213
»Dass ihr euch immer so viel kloppen müsst!« 216
»Wenn ich sage, wir mieten das Hotel, dann mieten wir es« 221
»Wieso traust du dich durch die Vordertür herein?« 226
»Der Himmel war blau, aber was macht das schon« 229

Teil 5 ... 235
»Ich wollte nie wieder einen Fuß in dieses Land setzen«

»Ich glaube, dass er mit seinem Verschwinden zu tun hat« ... 237
»Schaffen Sie die Verrückte weg« ... 241
»Warum kannte ich das noch nicht?« ... 246
»Mit sowas fangen wir gar nicht erst an« ... 252
»Ich werde das Blöken vermissen« ... 261
»Nicht anfassen, ich bin frisch gebadet« ... 268
»Der Herr heißt Dr. Seyboldt« ... 272
»Er hätte dir gefallen, und du ihm auch« ... 275
»Ich kann mir so etwas nicht ansehen« ... 278
»Für dich würde ich durchs Feuer gehen« ... 283
»Mein Mann hat gerade die Arche Noah entdeckt« ... 289
»Er hinterlässt auch mal verbrannte Erde« ... 291
»Sie sind keine gute Mandantin, wissen Sie das?« ... 295
»Der kommt aus Togo, da haben wir immer getanzt« ... 304

Teil 1

»Als wäre nichts gewesen«

»Tut mir leid, Kindchen, ist mir rausgerutscht«

Der Mai war zu warm. Nicht, dass die Heide schon blühte, nein, das hatte es zu dieser Jahreszeit noch nie gegeben und das würde sie wohl auch in diesem Jahr nicht tun. Aber der Siebenstern leuchtete bereits schneeweiß zu beiden Seiten des Sandpfads, als wollte er Josie den Weg weisen. An den Rändern der Tümpel, die das nahe Moor verrieten, warf die Moorlilie das Gelb des Sonnenlichts zurück, und das Wollgras wiegte seinen Kopf im Mittagswind. Alles viel zu früh!, dachte Josie. Auch dass der Pirol schon mit dem Nestbau beschäftigt war, wie sein energischer Gesang verkündete, den die Stare so perfekt nachahmen konnten, dass Josie oft nicht wusste, wer da gerade zu hören war. Und das, obwohl sie nun schon seit sieben Jahren hier in der Lüneburger Heide lebte. Kurz: Alles war ein paar Wochen zu früh, es war zu warm für die Jahreszeit. Aber Josie fand es schön.

Weniger schön war das klägliche Blöken der Heidschnucken, das immer lauter wurde, je näher Josie Hemelinghausen kam. Die Tiere hatten allen Grund zur Klage: Ihr Fell hatte seine maximale Länge erreicht, sie sahen aus wie wandelnde Teppiche, die lange nicht gewaschen worden waren, und sie schwitzten erbärmlich darunter. Aber sie mussten das leider noch ein paar Tage aushalten, denn die Schafscherer würden nicht vor den Eisheiligen kommen, das war ehernes Gesetz. Und die Eisheiligen fielen im Jahr 1950 auf den 15. Mai.

Josies Tante, Hertha Grube, Alleinherrscherin auf einem der drei Höfe des Dorfes, konnte sich darüber maßlos aufregen. Sie regte sich über nahezu alles auf, aber in diesem Fall musste Josie ihr Recht geben: »Warum sollen die Stinkviecher darunter leiden, wenn das Wetter verrückt spielt! Das Fell muss *jetzt* runter, und nicht erst, wenn die gnädigen Herren geruhen.«

Stinkviecher – das stimmt, dachte Josie, nichts stinkt beißender als ein nasses Schaf. Und da die schwitzenden Heidschnucken immer wieder den Dorfteich aufsuchten, um sich ein wenig abzukühlen, stanken sie in diesen Tagen permanent. *Gnädige Herren* – das stimmte eindeutig nicht. Natürlich, die wandernden Schafscherer, die zwischen Mai und Juli in der Nordheide unterwegs waren, benahmen sich, als wären sie die großen Herren: Sie saßen am längeren Hebel, denn alle Schafbauern waren auf sie angewiesen und warteten geduldig auf den Tag, an dem sie endlich auftauchen würden. Aber sonst hatten sie wenig Herrschaftliches an sich. Wenn sie endlich eintrafen, ließen sie sich zunächst eine üppige Mahlzeit servieren – im Freien zwar, Tante Hertha würde dieses »Gesindel« niemals in ihr Haus lassen – und eine Flasche Korn wurde ebenfalls erwartet.

Die Gemeinschaftsscheune des Dorfes wurde am Tag der Schafschur von den Bewohnern der drei Gehöfte mit Stroh ausgelegt, die eine Hälfte mit einem Seil abgetrennt, hinter dem die Heidschnucken warten mussten, bevor sie eines nach dem anderen hervorgeholt wurden. Da es nicht nur die Tiere der Familie Grube waren, sondern auch die der Familie Volkerts von nebenan, waren es über hundert, die sich aneinander drängten und verängstigt zusahen, was nun geschah: Einer der Männer packte eines der Tiere an den Ohren und zerrte es hinter dem Absperrseil hervor, zwei weitere stürzten sich auf das Tier, warfen es zu Boden und legten es auf den Rücken. Ein vierter sprang mit einem Tau herbei und fesselte die Beine.

So abstoßend Josie diese blitzartige Gewalttätigkeit fand, so war sie doch fasziniert von dem, was dann geschah: Das Tier lag vollkommen reglos auf dem Rücken, als wäre es vor Schreck gelähmt oder hypnotisiert. Dann machten sich zwei weitere Männer mit monströs großen Scheren über das Schaf her und rissen ihm, mehr als das sie schnitten, das Fell aus der Haut. Wenn der Bauch geschoren war, klemmte sich einer das Tier zwischen die Beine, drehte es um und machte sich über Rücken und Flanken her.

Man konnte es nicht leugnen: Sie machten dies in rasender Geschwindigkeit und absolut gründlich. Nach etwa drei Minuten, wenn dem Schaf die Fußfesseln wieder abgenommen wurden und es mit einem Satz auf die Hufe sprang, sah es zehn Jahre jünger aus. Aus dem zottigen Ungetüm war ein nacktes, spindeldürres Tierchen geworden, das sofort den Weg hinaus aus der dunklen Scheune ins Sonnenlicht suchte, vom neidvollen Blöken der noch nicht Geschorenen angefeuert.

Josie beobachtete an solchen Tagen nicht nur die Männer, von denen sie annahm, dass sie Ähnliches gegen entsprechende Bezahlung auch mit jeder anderen Kreatur, zum Beispiel Menschen, tun würden, sie beobachtete auch die anderen Zuschauer, die ringsherum in der Scheune standen. »Du stierst die Leute an, als hättest du noch nie einen Menschen gesehen!«, sagte ihre Tante dann zu ihr, wenn sie gut gelaunt war. Wenn sie schlecht gelaunt war: »Heute Abend kommst du in den Hammeleintopf, wenn du weiter so glotzt.« Anfangs hatte Josie einen Riesenschreck bekommen, wenn ihre Tante sie mit derartigen Drohungen belegte, inzwischen wusste sie es einzuschätzen: Je gröber Hertha zu jemandem war, desto mehr mochte sie ihn. Das war zwar eine Umgangsform, die im Hotel ihres Vaters in Hamburg undenkbar gewesen wäre, hier auf dem Land jedoch ganz normal war, wenn man erstmal dazugehörte. Und als Zugehörige wurde Josie mittlerweile angesehen, nachdem sie als Dreizehnjährige während der Bombenangriffe auf Hamburg im Jahr 1943 von ihrem Vater zu seiner Cousine nach Hemelinghausen geschickt worden war – zu ihrer eigenen Sicherheit, wie er gesagt hatte.

Die Zuschauer verfolgten die Schnuckenschur so gebannt, dass sie gar nicht merkten, wie Josie sie beobachtete. Herthas jüngerer Sohn Gerd, der gerade mit Mühe in die fünfte Klasse versetzt worden war, schien sich besonders mit demjenigen Scherer zu identifizieren, der das Tier zwischen seine Beine nahm. Er beobachtete den Mann gebannt, und wenn er vorschnellte, um das gefesselte Tier zu packen, sprang auch er einen Schritt vor.

Seine kleine Schwester Irmi, deren Einschulung auf das nächste Jahr verschoben worden war, weil sie dem Schularzt allzu schmächtig erschien, riss dann entsetzt ihren Mund auf, ohne dass ein Ton herauskam und packte ihren Bruder am Hemd. Sie pflegte sich hinter ihm zu verstecken und zwischen seinen Beinen hindurch dem Spektakel zuzusehen.

Herthas ältester Sohn Manfred, zwei Jahre jünger als Josie und gerade eben fertig mit der Schule, behielt die ganze Zeit Josie im Auge. Das wusste sie zwar, ebenso wie sie wusste, dass er ihr auch sonst ständig hinterherspionierte, aber es kümmerte sie nicht. Nur einmal im letzten Sommer, als er breitbeinig in der Haustür gestanden und keine Anstalten gemacht hatte, sie vorbeizulassen, sondern stattdessen ihren Bauch wie zufällig mit der Hand berührte, trat sie ihm mit ganzer Kraft auf den Fuß und zischte: »Nächstes Mal trete ich woanders hin, du Spanner!« Ja, Manfred beobachtete sie nicht nur bei der Schnuckenschur, sondern nahezu rund um die Uhr. Und wenn er etwas sah, woraus er glaubte, Kapital schlagen zu können – zum Beispiel, wenn Josie sich heimlich mit dem Nachbarsohn Rasmus hinter der Scheune traf – grinste er anzüglich, als wollte er sagen: Dafür wirst du mich eines Tages noch um Verzeihung anflehen, aber dann ist es zu spät …

Rasmus stand während der Schur meist neben Josie, er war der einzige Junge der fünf Volkerts-Kinder: Ein Sohn und vier Mädchen, davon einmal Drillinge, hatte das Ehepaar Volkerts in die Welt gesetzt. Im gleichen Alter wie Rasmus, war Josie bei ihrer Ankunft in Hemelinghausen vor sieben Jahren in seine Schulklasse in die siebte Klasse der Realschule im Nachbardorf gekommen. Die Familien hatten sich darauf verständigt, dass der Junge sich in der Anfangszeit um Josie kümmern sollte, um ihr die Eingewöhnung zu erleichtern und sie auf dem Schulweg begleiten. Das blieb dann nicht bei der Eingewöhnungszeit, alle im Dorf wussten es und nahmen es hin, solange nichts geschah, was gegen die guten Sitten verstieß – alle, bis auf Manfred, der Rasmus am liebsten ungespitzt in den Boden gerammt hätte.

Schließlich, so dachte er, war Josie *seine* Verwandte – entfernt zwar nur, aber immerhin. Also hätte *er* ein Recht darauf, mit ihr Händchen zu halten.

Rasmus' Vater blieb der Schafschur fern. Er war nervenschwach, wie Tante Hertha erklärte: im Krieg verschüttet. Er vertrug keine Aufregung, brauchte viel Ruhe. Rasmus' Mutter hingegen war stets dabei, schließlich gehörten ihr die Hälfte der Heidschnucken und sie musste dementsprechend die Hälfte des Lohnes der Scherer bezahlen. Aber ihrer Miene war anzusehen, dass sie wenig Sympathie für die Männer hegte, sie sah während der fast fünf Stunden meist zu Boden und nagte an ihrer Unterlippe.

Wer nie die Scheune betrat, war das Ehepaar Töpfer, welches das dritte Haus im Dorf bewohnte: Magnus Töpfer, ein wegen eines Bauchschusses frühpensionierter Lehrer, und Sonja Töpfer, Klavierpädagogin, die kurz nach Kriegsende ins Dorf gezogen waren. Die beiden hielten sich nicht nur bei der Schnuckenschur zurück, sie waren allgemein recht reserviert, was ihnen jedoch niemand übel nahm, da sie ansonsten höflich und hilfsbereit waren. Man grüßte einander und ging seiner Wege.

Josie hingegen suchte die Nähe der Töpfers, wann immer es ging. Im Haus der beiden herrschte eine angenehme Atmosphäre von Ruhe und Friedlichkeit. Es gab eine kleine Bibliothek, die sie betreten durfte, wann sie wollte, und das Schönste war: Den ganzen Tag lief das Grammophon mit wahlweise Wagner-Opern – wenn Sonja Töpfer die Platten auflegte – oder Swingmusik, wenn ihr Mann es tat. Letzteres liebte Josie besonders, da es sie an das Hotel erinnerte, in dem sie mit ihrem Vater die ersten 13 Jahre ihres Lebens verbracht hatte und wo sie manchmal diese Musik aus dem Grammophon gehört hatten, Josie auf dem Schoß ihres Vaters sitzend: Glenn Miller, Benny Goodman, die Andrew Sisters, Josephine Baker. Dabei hatte sie auch erfahren, dass ihre Eltern ihr den Namen Josephine zu Ehren dieser Sängerin gegeben hatten.

Ebenfalls der Schur fernblieb – genauso wie allen anderen Zusammenkünften – der Mann, der im vierten Haus des Dorfes lebte, eher eine Baracke, ganz am Ortsrand, wo der Birkenwald begann: Der *Outlaw*, wie Manfred ihn verächtlich nannte, nachdem er dieses Wort in einem Karl-May-Buch gelesen hatte. Der Maler Hans Wauschkuhn, noch vor wenigen Jahren als »entartet« gebrandmarkt und im Konzentrationslager Neuengamme interniert, jetzt Ziel kunstsinniger Besucher aus aller Welt. Die meisten Dörfler schüttelten den Kopf darüber und hielten ihn weiterhin für einen Verrückten, der besser dort geblieben wäre, wohin man ihn verfrachtet hatte.

Seltene Scheunenbesucher waren Herthas Schwager Balduin, der Bruder ihres verschwundenen Mannes Renatus, und ihre Schwiegermutter Amanda, die ebenfalls mit im Haus der Grubes lebten. Renatus Grube: Je nach Herthas Laune war er entweder bei Stalingrad »gefallen« oder auf der Flucht vor der Roten Armee »verschollen«. Letztere Variante barg noch die schwache Möglichkeit auf eine Heimkehr, an der Hertha allerdings nicht immer interessiert zu sein schien. Denn mehr als die Hälfte der Tage waren Stalingrad-Tage, was bedeutete: Er kommt nicht wieder. Daran hatte sich die Familie gewöhnt, Josie eingeschlossen, man akzeptierte die wechselnden Zukunftsperspektiven.

Familie Grube lebte seit Generationen von ihren Heidschnucken, derzeit fünfundsechzig an der Zahl. Mit ihrem Fell und ihrem Fleisch ernährten die Tiere die Menschen, die sie zum Dank dafür einmal im Jahr den brutalen Händen der Schergen mit den Scheren auslieferten. Doch in diesem Jahr würden sie sich noch eine Woche lang gedulden müssen, bis die Eisheiligen vorüber waren, eine Woche lang würde man in Hemelinghausen noch ihr klägliches Blöken ertragen müssen. Josie, die auf dem Rückweg von einer Zwei-Stunden-Radfahrt zur Apotheke im Nachbardorf war, trat etwas kräftiger in die Pedale und versuchte, sich auf den Gesang des Pirol zu konzentrieren, der ihr von allen Vögeln der Nordheide der liebste war.

Überhaupt die Vögel: Sie waren die große Überraschung gewesen, damals im April 1943, als Josie vom Hotel-Chauffeur von Hamburg nach Hemelinghausen gebracht worden war. Es war kurz nach den bis dahin schlimmsten Bombenangriffen: Hamburgs Innenstadt ein rauchendes Trümmerfeld, das Hotel ihres Vaters jedoch noch weitgehend verschont: *Hotel Savoy* gegenüber dem Hauptbahnhof – hier war Josephine Lembach aufgewachsen, hier lag sie an den Frühlingsabenden in ihrem Zimmer und hörte auf das Vogelgezwitscher im Hinterhof. Zu ihrem Erstaunen hörte sie die Vögel auch an ihrem letzten Abend – Bomben scheinen ihnen nichts anhaben zu können, dachte sie. Wenn sie die Augen schloss und ihre Nase zuhielt, um den allgegenwärtigen Brandgeruch nicht wahrzunehmen, schien alles wie immer zu sein.

Da ahnte sie noch nicht, dass am nächsten Morgen ihr Vater, der sie zuvor noch nie zu irgendetwas gedrängt oder gezwungen hatte, der nicht ein einziges Mal unfreundlich oder gar grob zu ihr gewesen war, sie mit unnahbarer Härte darüber in Kenntnis setzen würde, dass sie heute Hamburg verlassen müsste, um fortan bei Verwandten in der Heide zu leben, zumindest bis zum Ende des Krieges. Hier in der Stadt könne sie nicht länger bleiben.

Sie hatte sich an ihn geklammert, geschrien, nach ihm geschlagen und getreten, bis Louis, der Chauffeur, sie fortzog und zum Wagen trug. Sie hatte in den Augen ihres Vaters Tränen gesehen, als der Wagen anfuhr und er seiner Tochter zum Abschied winkte. Aber sie war sich sicher, noch etwas anderes gesehen zu haben: Angst. Nicht nur Angst um die Sicherheit seiner Tochter, sondern Angst vor irgendetwas Furchtbarem, von dem Josie noch nichts wusste. Ihr Vater hatte Todesangst, das spürte sie mit absoluter Sicherheit. Seit dem Verschwinden ihrer Mutter fünf Jahre zuvor war er Josies Lebensmittelpunkt gewesen, ihr Held, ihr bester Freund, ihr Vertrauter – Adolf Lembach, der Unbesiegbare, der große, starke, schöne Mann, dem das schönste Hotel der Welt gehörte. Jetzt war er vor Angst halb tot.

Als sie am Abend ihrer Ankunft in Hemelinghausen in der Dachkammer des Grube-Gehöfts auf ihrem Bett lag, hörte sie sie: die Vögel! Es war das erste Mal an diesem bis dahin schrecklichsten Tag ihres Lebens, dass sie aufhörte zu schluchzen. Sie lauschte. Es waren zwar andere Stimmen als die gewohnten, aber es waren Vögel! Und Josie bekam eine Ahnung davon, dass es vielleicht doch noch etwas anderes geben könnte als den finsteren Abgrund, an dessen Rand sie sich wähnte. Am nächsten Morgen waren die Vögel immer noch da und der Abgrund nicht mehr ganz so tief.

Als Josie jetzt die letzte Kurve des Sandweges nahm, stieg sie voll in die Pedale und holte das Letzte aus dem rostigen alten Gestell heraus. Ihr Rock und ihr Zopf wehten im Fahrtwind, und als sie in Hemelinghausen einrollte und die drei geduckten Fachwerkhäuser mit den leicht zerfledderten Strohdächern sah, konnte sie nicht anders als lachen.

Das passierte ihr öfters in letzter Zeit: Sie empfand Glücksmomente so intensiv, dass sie laut lachen musste. Manchmal konnte sie kaum damit aufhören, Tante Hertha sagte dann: »Oh mein Gott, diese Lembachs, warum hast du sie mir auf den Hals geschickt ...!« Das war wie eine kalte Dusche: Die Erwähnung des Familiennamens und die Erinnerung an ihren Vater ließen Josies Stimmung sofort ins Gegenteil umschlagen. »Tut mir leid, Kindchen, tut mir leid, ist mir rausgerutscht!«, sagte ihre Tante dann. Aber da war es schon zu spät, Josie verfiel in finsteres Grübeln über den Verbleib ihres Vaters, von dem sie seit dem Tag ihrer Ankunft in Hemelinghausen kein Lebenszeichen erhalten hatte.

Heute würde so etwas nicht passieren. Hertha war mit Irmi im Waschhaus, Manfred und Gerd unterwegs, um verirrte Heidschnucken zurückzuholen, sodass Josie das Haus für sich allein hatte. Sie wusste zwar nicht, woher ihre Glücksgefühle kamen, aber sie konnte sich ihnen ungestört hingeben. Sie sang, als sie sich in der Küche an den Abwasch des Frühstücks machte, das Bettzeug zum Lüften aus dem Fenster hängte, das Haus ausfegte und dann mit dem Staubtuch in die Stube ging.

Und da – ach ja, da saß Balduin in seinem Ohrensessel am Fenster und rauchte. Den hatte Josie ganz vergessen.

Das konnte leicht mal passieren, denn Renatus' Bruder, der seit Kriegsende mit im Haus wohnte, war so klein, so dünn, so still und so leise, dass man ihn ohne Weiteres übersehen konnte. Unsichtbar – so nannte er sich selbst. Und eben das sei sein großes Plus gewesen, der Grund dafür, weshalb er überhaupt diese besondere, spezielle, diese einzigartige Aufgabe bekommen hatte, damals 1938, als die Reichskanzlei einen neuen Fahrer für den Reichskanzler suchte. »FF« – Führer-Fahrer! Balduin sprach dieses Wort nur geraunt aus, hinter vorgehaltener Hand, überwältigt von seiner eigenen Bedeutung. Wer diese Aufgabe anvertraut bekam, musste neben der Fähigkeit, eine schwere Limousine souverän zu lenken, vor allem eines können: Unsichtbar sein. Nicht stören. Nicht auffallen. Niemals ungefragt den Mund aufmachen. Und auch, wenn man noch so dringend zur Toilette musste – still sitzen! Sich nichts anmerken lassen! Weiterfahren.

Und so saß Balduin die meiste Zeit des Tages still am Fenster und tat, was er als »FF« nicht durfte, da sein Chef nicht nur Abstinenzler und Vegetarier war, sondern auch Nichtraucher: Balduin rauchte. Er hatte beim Kampf um den Berliner Führerbunker einen Granatsplitter in die Schulter bekommen, der nie entfernt wurde. »Wie auch!«, sagte er zu Josie, als er ihr an einem seiner wenigen gesprächigen Tage von der glorreichen Zeit erzählte, »es ging ja drunter und drüber! Dr. Morell war ausschließlich mit dem Führer beschäftigt, der Tag und Nacht Migräne und Blähungen hatte, und die anderen Ärzte hatten längst das Weite gesucht.« Also sei der Splitter drinnen geblieben und eingewachsen. Nun könne er den linken Arm nicht mehr heben und auch den Kopf nicht mehr zur Seite drehen, aber rauchen, das könne er nach Herzenslust.

»Man kann nicht alles auf einmal haben, mein Kind«, hatte er gesagt, »den Führer *und* rauchen – das geht nicht! Alles zu seiner Zeit!«

Als Josie die Stube betrat, beugte er sich gerade vor, um aus der Zigarettenschachtel, die auf dem Fensterbrett lag, eine neue Zigarette zu nehmen, die ihm jedoch zu Boden fiel. Josie kniete sich vor Balduin und hob sie auf. Nun erst, da sie voll in seinem Blickfeld war, bemerkte er sie. »Josephine!«, sagte Balduin mit ungewohnt lauter Stimme, »ich muss dir etwas mitteilen, nun da wir mal allein im Haus sind – unter uns sozusagen.«

Aha, dachte Josie, so viel kriegt er also doch noch mit.

»Ich habe dir dein Schmerzmittel besorgt«, erklärte sie. »Der Apotheker lässt dich grüßen, und ich soll dir ausrichten, dass es noch schlimmer werden wird, wenn du nicht bald mit dem Rauchen aufhörst.«

»Was?«

»Die Schmerzen in den Beinen.«

»Ich habe keine Schmerzen in den Beinen.«

»Wozu brauchst du dann die Medikamente?«

»Weiß ich nicht. Wahrscheinlich wieder eine Schikane meiner Schwägerin. Aber jetzt lenk mal nicht vom Thema ab.«

»Welches Thema?«, fragte Josie. »Und warum sollte sie dich schikanieren?«

»Weil ich Renatus' Bruder bin. Und immer, wenn sie mich sieht, fällt er ihr wieder ein. Und dann wird sie wütend. Das genau ist das Thema, über das ich mit dir sprechen möchte.«

Josie war beeindruckt: Im Kopf des Führer-Fahrers schien wohl doch nicht nur Wirrnis zu herrschen, wie Hertha immer behauptete.

»Dann schieß los«, sagte Josie, »ich muss noch Staubwischen, hab' nicht den ganzen Tag Zeit.«

Balduin nahm eine Zigarette zwischen Daumen und Zeigefinger, die anderen drei Finger spreizte er ab, und nickte dann mit dem Kopf in Richtung Streichholzschachtel. »Würdest du mal …?«

Josie riss ein Zündholz an und hielt es vor die Zigarette, Balduin nahm einen tiefen Zug, legte den Kopf zurück und hob an: »Die Volkerts«, sagte er, »du gehst da recht rege ein und aus, nicht wahr?«

Josie spürte, wie ihr Gesicht heiß wurde. »Brauchst nicht rot zu werden«, sagte Balduin. »Rasmus ist ein feiner Kerl. Ist gut für dich, halt ihn dir warm. Sein Vater, na ja. Der ist etwas cholerisch, um nicht zu sagen jähzornig. War verschüttet im Afrika-Feldzug, unter die Panzerketten geraten. Hat manchmal Anfälle.«

Davon hatte Rasmus ihr schon berichtet: Nächtliche Angstattacken, das Bett nass machen, schreien. Manchmal, in warmen Sommernächten bei geöffnetem Fenster, konnte Josie ihn hören. Anfangs hatte sie geglaubt, es käme aus dem Stall der Heidschnucken.

»Und was hat das mit Hertha, Renatus und dir zu tun?«, fragte Josie.

»Willst du auch eine?«, fragte Balduin, der nach einer weiteren Zigarette griff.

Josie dachte: Warum nicht? Als sie ihm zu Füßen saß, mit der Zigarette zwischen zwei Fingern – ich werde sie nur halten, nicht rauchen – sagte er: »Das hat mit Doris zu tun.«

»Mit Rasmus' Mutter?«

Balduin nickte. »Mein Bruder – also Renatus – wollte ursprünglich *sie* heiraten, lange vor dem Krieg. Sie waren ein Herz und eine Seele, Sandkastenliebe. Stammen beide von hier. Waren sogar verlobt.«

»Und?«

»Dann erfuhr er eines Tages, dass sie eine jüdische Großtante hat.«

Josie sah ihn verständnislos an. Balduin beugte sich zu ihr herunter und sagte leise: »Da ging das natürlich nicht mehr.«

Josie legte die Stirn in Falten, grübelte und versuchte zu verstehen. Erneut beugte Balduin sich vor: »Hertha weiß davon, und sie kann es ihm nicht verzeihen, dass er eigentlich eine andere heiraten wollte. Und immer, wenn sie mich sieht, wird sie daran erinnert. Weil ich ja sein Bruder bin. Dann wird sie wütend und sagt: Renatus ist in Stalingrad gefallen, der kommt nicht wieder …«

»Weiß Doris, dass Tante Hertha es weiß?«

Balduin schüttelte den Kopf. »Glaub' ich nicht. Aber nun weißt du es und verstehst vielleicht, warum Hertha schlechte Laune kriegt, wenn du zu den Volkerts rüber gehst.«

»Au!«, rief Josie, als ihr die heruntergebrannte Zigarette die Fingerkuppe versengte.

»Steck ihn in den Mund!«, sagte Balduin, »dann bekommst du keine Blase.«

Mit dem Finger im Mund fragte Josie: »Und warum erzählst du mir das alles?«

Balduin zuckte die Achseln. »Das musste mal raus. Es ist so anstrengend, sich immer unsichtbar zu machen.«

»Musst du sowieso nicht.«

»Du bist 'ne Liebe! Wenn ich zwanzig Jahre jünger wäre, würde ich dich heiraten.«

»Warst du's mal? Jünger, meine ich ...«

»Weiß nicht mehr«, sagte Balduin und schloss die Augen.

»Da kommt der liebe Gott und radelt zur Schule«

Als kurz darauf Hertha aus dem Waschhaus kam und rief: »Wo ist der alte Spinner?«, trat Josie ihr aus der Stube entgegen und flüsterte: »Er schläft. Und er möchte nicht mehr unsichtbar sein ...«

Balduin schlief bis um halb zwei. Als Josie gerade den Mittagstisch in der Küche gedeckt hatte, kam er herein und rieb sich die Augen. Halb zwei – in wenigen Minuten würden Manfred und Gerd aus der Schule kommen, dann musste das Essen auf dem Tisch stehen. Tante Hertha stand am Herd und rührte in dem gewaltigen Topf, Balduin stutzte und rümpfte die Nase: »Es riecht nach Hammel«, sagte er, »könnte es sein, dass es zur Abwechslung mal Hammeleintopf gibt?«

Hertha griff zur Scheuerbürste und schleuderte sie in seine Richtung. »Du musst ja nichts essen, kannst dich gern von deinen Zigaretten ernähren«, zischte sie, »sehr gesund, rein pflanzlich und ganz natürlich ...«

Erstaunlich flink duckte Balduin sich unter der Bürste weg und murmelte: »Ich mein' ja nur ...«

»Was meinst du?!«

»Ich mein': Gibt es woanders auch jeden Tag Hammel, oder essen andere Leute auch mal was anderes?«

»Kannst sie ja mal fragen, wir haben genug Nachbarn hier.«

Manfred und Gerd stapften herein und schleuderten ihre Schulranzen in die Ecke. »Hör mir auf mit den Nachbarn!«, sagte Manfred und ließ sich auf seinen Platz fallen. »Der alte Volkerts schreit schon wieder, und bei den Töpfers jodelt so eine Opern-Walküre aus dem offenen Fenster heraus. Können wir die nicht mal allesamt zum Mond schicken?«

Großmutter Amanda kam herein, auf ihren Gehstock gestützt, wie immer ganz in Schwarz gekleidet, eine kleine weiße Haube auf dem Kopf.

Josie hatte sie mal gefragt, woher die Kopfbedeckung stamme, und Amanda erzählte ihr, dass sie als junge Frau im *Heidehof* als Zimmermädchen gearbeitet hatte. Das sei die schönste Zeit ihres Lebens gewesen – »frei von den Eltern und noch nicht in den Fängen von Mann und Kindern.« Und jetzt, hatte Josie wissen wollen, in wessen Fängen sei sie jetzt? »In den Fängen meines alten Körpers. Wenn ich doch noch einmal Zimmermädchen sein könnte, jung, gesund und unwissend – nur für einen Tag!« Josie verstand, warum Amanda an ihrem Häubchen hing.

Das Essen verlief schweigend, Hertha bestand auf Ruhe während der Mahlzeiten. Beim Sprechen käme zu viel Luft in die Speiseröhre und abends hätten dann alle Blähungen. Das sei auch Renatus' Meinung gewesen, und es sei ja wohl eine Frage des Anstands, seine Meinung in Ehren zu halten. Doch irgendjemand fand sich immer, der sich nicht daran hielt. Mal war es Balduin, der von den Blähungen des Führers zu erzählen begann und dafür des Raumes verwiesen wurde, mal war es Hertha selbst, die nicht umhin konnte, ihren Zorn über Doris Volkerts rauszulassen, die entgegen der Absprache der Dorfbewohner ihre Wäsche vor dem Haus aufgehängt hatte statt hinten auf dem Trockenplatz neben dem Waschhaus.

Heute war es Irmi, die unvermittelt in die Runde fragte: »Wie lange bleibt Josie eigentlich noch bei uns? Der Krieg ist doch schon längst vorbei.«

Zwei der Anwesenden – Gerd und Amanda – fiel der Löffel aus der Hand, Balduin würgte ein Stück Fleisch wieder hervor und ließ es in die Suppe zurückfallen. Und Hertha lief puterrot an. Josie, die sich diese Frage selbst schon seit Längerem stellte, lehnte sich zurück und beobachtete, was nun kommen würde. Zu ihrer Verwunderung rang Hertha ihren heraufziehenden Wutausbruch nieder, legte behutsam ihr Besteck zur Seite und sah ihre Tochter an. »Wie kommst du auf diese Frage, Irmi?«, sagte sie. »Hast du was gegen Josie?«

»Nein«, antwortete Irmi unbefangen, »ich freue mich ja, dass sie da ist!«

Das traf zu. Irmi, die während Renatus' letztem Fronturlaub gezeugt worden war, himmelte Josie an, seit sie wusste, dass sie »aus der Stadt« kam, wenngleich sie keine Vorstellung davon hatte, was das bedeuten könnte. Sie suchte ihre Nähe, stellte ihr Fragen. Erst kürzlich wollte sie wissen, ob es stimme, dass Männer toller seien als Frauen, weil Gott ja auch ein Mann sei und Jesus und der Papst auch und der Heilige Geist sowieso. Auf Josies Gegenfrage, wie sie darauf käme, hatte sie geantwortet, dass Manfred ihr dies erklärt habe. Und er hätte hinzugefügt, dass sie ihm deshalb stets gehorchen müsse.

Josie hatte einen Lachanfall bekommen, der so ansteckend auf Irmi wirkte, dass sie sich ins Gras fallen ließ und den Bauch hielt vor Lachen. Als in diesem Augenblick Manfred aus dem Haus trat und zu seinem Fahrrad ging, gluckste Irmi: »Da kommt der liebe Gott und radelt zur Schule …!«

»Stört es dich, dass sie das größte Zimmer von euch hat?«, fragte Hertha jetzt.

»Nein!«, erwiderte Irmi entschieden. »Sie ist ja die Älteste von uns.«

»Warum fragst du dann?«

»Manfred hat gesagt, ich soll das fragen.«

Die folgenden Stunden waren für Manfred nicht schön. Zuerst schickte Hertha ihn umgehend aufs Zimmer, das er sich mit Gerd teilte. Nachdem sie dann schweigend und wütend das Geschirr abgewaschen hatte, ging sie schweren Tritts die Treppe hoch. Danach folgte aus Manfreds Zimmer minutenlanges Klatschen und Jammern. Gesprochen wurde kein Wort, bis Hertha den Raum wieder verließ und rief: »Für den Rest der Woche kriegst du jeden Tag eine Abreibung, Freundchen!«

»Oh!«, flüsterte Gerd mit eingezogenem Kopf zu Josie, »das klingt schlimm!« Und da hatte er Recht: »Freundchen« war in Herthas Wortschatz so etwas wie »totaler Krieg«.

Und dann geschah etwas Unerwartetes: Später am Abend rief Hertha Josie zu sich in ihre Nähkammer, wo sie für gewöhnlich nicht gestört werden durfte.

Sie saß auf ihrem Drehstuhl und bat Josie, auf dem kleinen Sofa Platz zu nehmen.

»Ich entschuldige mich bei dir für den Vorfall heute Mittag«, begann sie das Gespräch. »Ich weiß nicht, wann ich zuletzt mal jemanden um Entschuldigung gebeten habe, das muss lange her sein. Aber diesmal muss es sein …«

»Nein«, erwiderte Josie, »wofür denn? Die Frage war doch berechtigt!«

»Das spielt keine Rolle. Aber so etwas fragt man nicht. Wir sind eine Familie, und wenn dem einen etwas Schlimmes zustößt, dann sind die anderen für ihn da. Das verstehe ich unter Familie.«

»Was willst du damit sagen? Was ist meinem Vater zugestoßen? Was weißt du …?« Josie spürte, wie ihr Herz zu rasen begann. Sie hatte in all den Jahren nie ein Wort mit jemandem darüber gewechselt, hatte nicht gewagt, danach zu fragen aus Furcht vor einer Nachricht, die sie in Wahrheit nicht hören wollte.

Hertha legte einen Finger auf die Lippen. »Pscht …!«, sagte sie, »reg dich nicht auf. Das ist nur so eine Formulierung. Ich habe seit dem Tag deiner Ankunft nichts von ihm gehört. Und die wenigen Menschen, die ich in Hamburg kenne, wissen auch nichts. Das ist die Wahrheit.«

»Was heißt das? Ist er nicht mehr in der Stadt? Ist das der Grund dafür, warum er sich nicht meldet?«

Josie begann zu weinen. Sie ließ den Kopf sinken und die Hände in den Schoß fallen. »Josie, er war mein Cousin …«, sagte Hertha eindringlich, als könnte Josie das irgendwie beruhigen.

»Wieso *war*?«, fuhr Josie auf.

»Ich meine: *ist.* Er ist mein Cousin – *nur* mein Cousin, mehr nicht. Wir hatten nie ein enges Verhältnis, wir lebten an verschiedenen Orten ganz verschiedene Leben. Im Grunde genommen wusste ich nur, dass es ihn gibt, ihn und sein berühmtes Hotel. Und dass es dich gibt. Wenn er jetzt hier ins Dorf käme, würde ich ihn vermutlich gar nicht erkennen.«

Josie sah ihre Tante erstaunt an. So hatte sie noch nie mit ihr gesprochen, überhaupt hatte sie Hertha noch nie so viel auf einmal sagen hören. Sie war eine tatkräftige Frau, die mit wenigen Worten klarzumachen pflegte, was sie wollte. Und wer sie nicht verstand, der hatte ein Problem.

»Er hätte doch schon längst ein Lebenszeichen geben müssen …«, sagte Josie zaghaft.

»Ja, Kindchen, hätte er vielleicht. Aber das heißt nicht, dass er nicht mehr lebt. Viele Menschen sind in den Jahren nach Kriegsende wer weiß wohin versprengt worden und viele sind ebenso unerwartet wieder aufgetaucht. Er wird sich melden, da bin ich sicher.«

Josie sah ihre Tante an. »Nein«, sagte sie, »bist du nicht. Wie könntest du auch? Wie kann man so etwas ganz sicher wissen?«

»Dass du zu uns gehörst, das weiß ich ganz sicher. Und zwar so lange, wie du möchtest. Du wirst sicherlich schon Zukunftspläne machen. Und wenn du soweit bist, wirst du sie mir mitteilen. Lass dir Zeit, Kindchen. Lass uns froh sein, dass wir alles halbwegs überstanden haben, andere hat es schlimmer getroffen.«

Haben wir es überstanden?, dachte Josie. Habe ich es überstanden? Hat mein Vater es überstanden? Hat Renatus es überstanden? Hat Rasmus' Vater es überstanden? Hat Balduin es überstanden? Hat Hans Wauschkuhn es überstanden?

Der Gedanke an den Maler ließ sie zusammenzucken – sie war für den Abend noch mit Rasmus in der Werkstatt des Malers verabredet. Dies war der sicherste Platz im Dorf, um sich unbemerkt zu treffen – Wauschkuhn kümmerte sich nicht um sie, er war ausschließlich mit seinen Bildern und Skulpturen beschäftigt. Rasmus und sie gehörten zu den wenigen, die er in seiner Umgebung duldete. Ob sie in seiner Werkstatt waren oder nicht, schien ihn nicht weiter zu interessieren. Und selbst wenn eine Gruppe Kunststudenten eintraf, beachtete er seine Gäste kaum. Es war dann meist Sonja Töpfer, die Klavierlehrerin, die als Gastgeberin einsprang und die Besucher herumführte.

»Einer muss das ja machen«, hatte sie einmal gesagt. »Außerdem ist er wirklich ein ganz Großer, da ist es mir eine Ehre, seine Gäste begrüßen zu dürfen.«

Weshalb Wauschkuhn einer der ganz Großen sein sollte hatte niemand im Dorf so richtig verstanden, auch Josie und Rasmus nicht, wenngleich ihnen beim Betrachten seiner Werke dämmerte, dass sie ziemlich besonders waren. Zumindest sah nichts auf den Bildern so aus wie das, was es sein sollte.

»Ich weiß alles zu schätzen, was ihr hier für mich getan habt«, antwortete Josie ihrer Tante. »Ich weiß, dass es nicht selbstverständlich ist, und ich werde dir für immer dankbar sein. Ihr alle habt Opfer gebracht, damit ich hier mit euch leben kann. Auch Manfred – sei nicht streng mit ihm …«

»Er ist verknallt in dich. Aber er benimmt sich so, dass man das Gegenteil annehmen muss. Er ist da wie sein Vater, der ist auch so ein verquerer Mensch, deshalb bringt Manfred mich manchmal so auf die Palme. Ich weiß natürlich, dass du seine Gefühle nicht erwiderst, und ich weiß auch, in wen du verliebt bist. Das ist schon in Ordnung, Kindchen. Pass nur immer gut auf dich auf …«

»Sie haben nur eines im Kopf: Weiber«

Josie klangen die Worte ihrer Tante noch in den Ohren, als sie das Haus verließ und zum Waldrand ging, wo Rasmus auf sie wartete. Wieso aufpassen, dachte sie, was sollte Rasmus ihr antun? Oder war er gar nicht gemeint? Egal: jetzt trat er hinter einem Baum hervor und legte seine Arme um Josie. Sein Lächeln – da war es! Sie konnte sich daran nicht sattsehen. In Rasmus' Gesicht fand Josie alles, was sie brauchte, um sich sicher und geborgen zu fühlen.

Da war sie nicht die einzige. Schon am ersten Schultag war es ihr aufgefallen. Sie war mit ihm gemeinsam zur Schule gegangen, er hatte ihr alles erklärt und gezeigt, ihre Fragen beantwortet und gleich in der ersten Stunde begann dieses entsetzliche Dröhnen. Schon als es noch ganz leise war, in weiter Entfernung, spürte man die tödliche Bedrohung. Je näher es kam, desto mehr Angst breitete sich unter den Kindern aus, manche liefen in Panik nach draußen. Als die britische Bomberstaffel auf ihrem Weg nach Hamburg über Hemelinghausen hinwegglitt, war der Lärm so infernalisch, dass die Kinder sich zu Boden warfen, die Hände an die Ohren pressten und sich die Seelen aus dem Leib schrien. Die junge Lehrerin war bemüht, für Ordnung zu sorgen, hätte aber auf verlorenem Posten gestanden, wenn Rasmus nicht gewesen wäre, der – obwohl kaum älter als manche der verstörten Kinder – sie beruhigte, sie in den Arm nahm, ihnen gut zusprach und sie schließlich in den Klassenraum zurückführte.

Daran wurde Josie erinnert, als eine der Heidschnucken dicht hinter ihr plötzlich zu blöken begann, sodass sie mit einem Schreckensschrei zusammenfuhr und davongelaufen wäre, wenn Rasmus nicht gewesen wäre. Er nahm ihre Hand, sah sie mit diesem intensiven Blick an und sagte: »Ist nur eins von den Stinkerchen. Du weißt ja, die Hitze macht ihnen zu schaffen …«

Während sie dann Hand in Hand auf die Baracke des Malers zugingen, dachte Josie, wie es wohl wäre, wenn ihr Vater sie tatsächlich eines Tages nach Hamburg zurückholen würde und sie Rasmus verlassen müsste. Würde er mitkommen? Vermutlich nicht, was sollte er in Hamburg? Er kannte dort niemanden, hier jedoch wurde er gebraucht: Seine Mutter war mit den Anfällen des Vaters, mit den Drillingen, mit Haushalt und Hof am Rand ihrer Kräfte. Und dann war da noch Margret, Rasmus' ältere Schwester, die hinten im Garten in einer Bretterbude lebte und über die niemand im Dorf sprach. Nein, ohne ihn wäre seine Mutter verloren.

Als sie Wauschkuhns Atelier erreichten, stutzten sie: Drinnen waren Stimmen zu vernehmen! »Sehr verdächtig«, murmelte Rasmus halb im Scherz, aber sie wunderten sich tatsächlich nicht wenig. Eine kratzige, brüchige Männerstimme – eindeutig die des Malers – und eine Frauenstimme im intensiven Gespräch. Sie lauschten eine Weile, dann flüsterte Rasmus: »Das ist die Töpfer!« Josie nickte. Es war die Klavierlehrerin, die nun laut und im ungehaltenen Tonfall sagte: »Die gehören alle hinter Gitter, diese Lumpen!«

Josie und Rasmus sahen sich verdutzt an. »Komm, wir gehen!«, sagte er und wollte Josie wegziehen. Sie schüttelte den Kopf. »So hab ich Frau Töpfer noch nie sprechen hören«, wisperte sie, »worüber reden die?«

»Das geht uns nichts an«, sagte Rasmus, »man lauscht nicht an fremden Türen …«

»Ja, stimmt«, flüsterte Josie, »aber – wer soll hinter Gitter?«

»Josie, bitte!«

»Geh du schon, wir treffen uns dann gleich hinterm Schafstall. Ganz kurz nur noch …!«

Rasmus seufzte, dann ließ er Josies Hand los und eilte davon.

Im selben Moment wurde die Tür von innen aufgerissen und Sonja Töpfer sah Josie an. »Hab ich doch richtig gehört!«, rief sie, »hier ist tatsächlich jemand! Nur herein, junges Fräulein, nur herein!«

»Nein, nein, ich wollte nur …«

»Das kannst du uns ja in Ruhe erzählen«, sagte sie und zog Josie über die Schwelle.

»Oho!«, rief Hans Wauschkuhn, der auf einem Melkschemel vor einer Staffelei saß, über und über mit Farbe beschmiert war und mit einem Pinsel große rote Kreise auf die Leinwand malte, »du bist es! Und wo ist dein junger Freund? Ich nehme an, ihr wolltet es euch wieder gemütlich machen bei mir?«

Josie wurde knallrot. »Er … er wollte nicht mit reinkommen, als wir gehört hatten, was Sie eben sagten«, stammelte sie.

»Was haben wir denn gesagt?«, wollte Sonja Töpfer wissen.

»Irgendwas mit Gittern – glaube ich …«

»Genau! Wer bei anderen lauscht, gehört hinter Gitter, das ist wohl wahr!«, rief Wauschkuhn und deutete mit dem Pinsel auf Josie.

»Wir wollten nicht lauschen, aber Sie haben so laut gesprochen.«

»Dafür haben wir gute Gründe«, sagte Frau Töpfer erregt. »Es muss endlich Schluss sein mit dem Schweigen! Ein Unrecht zu verschweigen ist genauso schlimm, wie es zu begehen. Hab ich Recht?«

»Ja«, sagte Wauschkuhn und malte die nächsten Kreise.

»Darf ich dann jetzt gehen?«, fragte Josie beklommen.

»Ich glaube, es ist höchste Zeit, dass du endlich erfährst, in was für einen Saustall du hier geraten bist«, sagte Frau Töpfer, »jemand, der bei Verstand ist und nicht mit beiden Beinen drinsteckt im diesem – diesem Dreck! Nein, du darfst nicht gehen. Du hörst jetzt zu. Setz dich!«

»Wie lange lebst du jetzt hier?«, fragte sie, als Josie sich auf einen ähnlichen Stuhl gesetzt hatte, wie der, auf dem Wauschkuhn hockte. Ganz vorn auf die Kante setzte sie sich, die Fußspitzen auf dem Boden.

»Sieben Jahre.«

»Und da ist dir noch nie aufgefallen, dass hier vieles nicht stimmt – ganz und gar nicht stimmt!?«

»Wovon reden Sie?«

»Sonja!«, meldete sich der Maler zu Wort, an dessen Unterlippe eine erloschene Zigarette klebte, die beim Sprechen auf und ab wippte. »Woher sollte sie denn? Sie ist doch selbst Opfer dieser – dieser Menschen. Ja, nennen wir sie ruhig Menschen. Auch der schlimmste Verbrecher ist letztlich nur ein Mensch. Wenn man im KZ etwas lernt, dann das.«

Josie sah ihn mit aufgerissenen Augen an. »Wo?«, fragte sie leise.

»Siehst du, nicht mal das weiß sie ...«

Josie sah zu Boden. Was ging hier vor, wovon sprachen die beiden, was machte sie so zornig? Sie brauchte nicht lange auf die Antwort zu warten. Sonja Töpfer setzte sich Josie gegenüber. Sie sah sie eine Weile ernst an, dann sagte sie: »Ich erzähle dir jetzt was. Ein Geheimnis. Ich weiß nicht, ob ich dich damit überfordere, aber eines brauchst du nicht: es für dich behalten. Es ist nämlich in Wirklichkeit gar kein Geheimnis, jeder hier im Dorf kennt es, zumindest jeder Erwachsene. Willst du es hören, Josephine?«

Josie nickte zaghaft.

»Du kennst Rasmus' Schwester?«

»Welche? Er hat vier.«

»Die älteste, Margret.«

»Ich habe sie nur selten gesehen, sie kommt kaum raus aus ihrer Hütte hinten im Garten und spricht mit niemandem.«

»Außerdem hat sie einen kleinen Sohn, der in Irmis Alter sein müsste.«

»Ja, aber den habe ich noch nie gesehen. Man darf ja nicht hinein in die Hütte.«

»Das dunkle Geheimnis, ja. Das dunkle Geheimnis von Hemelinghausen. Was mag sich in der Hütte verbergen?«

Josie spürte, wie sie zu zittern begann. »Ich weiß es nicht ...«, sagte sie.

Jetzt, wo Frau Töpfer darüber sprach, dämmerte ihr, dass sie es schon immer seltsam gefunden hatte, dass Margret sich fast nie zeigte und kein Wort sprach.

Sie schien den Verstand verloren zu haben, so etwas in der Art hatte Josie sich zusammengereimt aus dem Wenigen, was Rasmus ihr darüber erzählt hatte. Auf ihre Nachfragen hatte auch er keine Antworten gewusst, hatte nur gesagt, dass das Thema in seiner Familie tabu wäre. Man brachte Margret dreimal täglich Essen, und das war's.

»Erzähl du es ihr, Hans«, sagte Sonja Töpfer jetzt, »du warst schließlich dabei, im Gegensatz zu mir.«

»Ja, war ich. Kurz bevor ich in ›Schutzhaft‹ kam. So nannte man das, Josie: Schutzhaft. Leute, die nicht ganz richtig im Kopf waren, mussten vor sich selbst geschützt werden. Und wer nicht richtig im Kopf war, das bestimmten sie. Bei mir waren es meine Bilder, aus denen sie schlossen, dass sie mich vor mir selbst schützen müssten. Es hatte übrigens niemand im Dorf etwas dagegen einzuwenden, als sie mich abholten. Sie schienen sogar pikiert zu sein, als ich es später wagte, lebendig zurückzukehren.«

Wauschkuhn legte den Pinsel aus der Hand, spuckte den erloschenen Stummel auf den Boden und zündete sich eine neue Zigarette an. Er wandte sich zu Josie und sah ihr in die Augen. »Margret war eine hübsche junge Frau. Das ist sie ja immer noch, wie man sehen kann, wenn sie sich mal zeigt. Ihr Vater war irgendwo in Afrika unterwegs und wie fast alle deutschen Familienväter zu der Zeit damit beschäftigt, neuen Lebensraum für Vaterland und Führer zu erobern. Der Mann von deiner Tante Hertha machte das dasselbe in Russland, nur dass er bis heute nicht wiedergekommen ist. Margret hatte jedenfalls alle Hände voll zu tun, ihrer Mutter mit den vier kleinen Kindern zur Hand zu gehen – und dann war sie selbst auf einmal Mutter.«

»Auf einmal?«, platzte Josie heraus. »Wie geht das denn?«

»Sie hat es bis kurz vor Schluss verheimlicht. Lange, weite Röcke getragen, sich wenig draußen gezeigt. Keiner hat's gemerkt. Nur irgendwann kommt das Kind dann halt zur Welt, das ist ja der Sinn der Sache. Und da war die Verblüffung groß: Woher kam es? Wer ist der Vater?«

»Und – wer ist es?«

»Das wollten alle wissen, aber sie verriet es nicht. Sie nannte den Jungen Ingo und schwieg ansonsten beharrlich. Die örtliche Parteiführung hatte auch Interesse an der Sache – auffällig großes Interesse. Der Ortsgruppenleiter kam andauernd, redete mit Margret, mit ihrer Mutter, auch mit ihrem Bruder Rasmus. Der kümmerte sich rührend um das Baby, aber er wusste natürlich von gar nichts. Und dann hatte Schenk einen Einfall.«

»Wer?«

»Oskar Schenk, der NSDAP-Kreisvorsitzende, der wie ein Schießhund drauf achtete, dass an den vorgeschriebenen Tagen alle ihre Hakenkreuzfahnen aus dem Fenstern hängten. Er war sich plötzlich hundertprozentig sicher: Einer von den russischen Kriegsgefangenen muss es gewesen sein! Sonst kam ja niemand infrage. Aber die sieben kahlgeschorenen Klappergestelle, die man manchmal abends vor ihren Erdlöchern hocken sah – tagsüber waren sie im Moor zum Torfstechen –, die hatten garantiert immer nur eines im Kopf: Weiber! Wie es in Russland halt so üblich ist, befand Schenk.«

Wauschkuhn nahm die Zigarette aus dem Mund und warf sie zu Boden. Wütend trat er sie aus, stand von seinem Hocker auf und nahm sich eine neue. Dann begann er in dem kleinen Raum auf und ab zu gehen, vier Schritte vor, vier Schritte zurück, von Wand zu Wand. Und wenn er an Josie vorbeikam, blieb er kurz stehen, sog an der Zigarette und sah sie scharf an.

»Hans, bitte!«, sagte Sonja Töpfer. »Sie kann doch nichts dafür.«

»Ja. Und dann hat der Schenk die Russen holen lassen, in die große Dorfscheune. Und Margret hat er auch holen lassen. Sie musste sich auf einen Stuhl in die Mitte setzten, und dann wurden die Kriegsgefangenen hereingeführt. Einer nach dem anderen. Sie mussten vor Margret treten, einige Sekunden vor ihr stehen, dann kam der nächste. Margret war wie versteinert, sie starrte an den Männern vorbei ins Leere, sodass Schenk immer wieder zu ihr ging, sie am Kinn packte und ihren Kopf in die richtige Richtung lenkte. ›Du sollst sie angucken! Und mir sagen, wer es war. Das kann doch nicht so schwer sein!‹ Doch Margret sagte nichts. Also begann alles noch einmal von vorn. Und bei dem vierten Mann, der vor sie trat, tat sie einen tiefen Seufzer und verbarg ihr Gesicht in den Händen.«

Josie war kreidebleich geworden, hatte das Gefühl, selbst Margret zu sein. Sie hielt sich mit den Händen an der Kante des Hockers fest, um nicht herunterzufallen.

»Schenk wandte sich triumphierend zu den Dorfbewohnern, die in der Scheune standen und der Prozedur beiwohnen mussten. Alle außer den Kindern – ›denen können wir den Anblick solcher Kreaturen nicht zumuten‹, hatte Schenk gemeint. Dann überschlug sich seine Stimme vor Erregung, als er rief: ›Der war's! Er hat sie vergewaltigt!‹ Auf einen Wink von ihm traten drei seiner Parteigenossen vor und ergriffen den Russen. Einer warf ein Seil über den Deckenbalken und knotete das andere Ende dem Russen um den Hals. Dann haben sie ihn gemeinsam hochgezogen. Er hat noch etwas mit den Beinen gestrampelt. Danach herrschte Stille in der Scheune.«

Josie starrte auf das Bild mit den roten Kreisen, an dem der Maler bis eben gearbeitet hatte, dann wurde ihr schlecht. Sie glitt vom Hocker und ging mit weichen Knien langsam zur Tür.

»Josie, warte!«, sagte Sonja Töpfer, »du fällst ja gleich um …« Sie fasste Josie bei der Schulter. Josie ging weiter, Tränen strömten über ihr Gesicht, ihr Magen krampfte sich zusammen, ihre Hände zitterten. Sie öffnete die Tür und trat ins Freie. Ihre Beine gaben nach und sie sackte zu Boden, kniete im warmen Heidesand und stützte sich mit den Händen ab. »Josie, nun lass dir doch helfen!«, sagte die Klavierlehrerin und versuchte, sie aufzurichten. Sie beugte sich zu Josie herab. »Was hast du gesagt?«, fragte sie.

»Stimmt das alles?«, wiederholte Josie leise.

»So etwas kann man sich nicht ausdenken«, erwiderte Sonja Töpfer.

Und dann beobachtete sie, wie Josie begann, sich zu entfernen, ohne aufzustehen. Langsam schob sie ein Knie vor das andere, den Oberkörper aufgerichtet.

So bewegte sie sich weg von Wauschkuhns Hütte, eine Spur im Sand hinterlassend, als hätte jemands einen Sack hinter sich hergezogen. Der Maler hielt Sonja Töpfer zurück, als sie ihr folgen wollte. Von der Scheune her beobachtete Rasmus das befremdliche Geschehen. Im Gegenlicht der Abendsonne sah es aus, als käme ihm ein Zwerg entgegen.

Auf ihren Knien kriechend überquerte Josie den Dorfplatz und Rasmus begriff verwundert, dass sie den Weg zu seinem Elternhaus einschlug. Er folgte ihr in einigem Abstand und blieb wie angewurzelt stehen, als ihm klar wurde, wohin Josie wollte: Sie kroch nach hinten in den Garten, zur Hütte am Ende des Grundstücks.

Ein kleiner Junge trat heraus, sah das seltsame Wesen auf sich zukommen und lief wieder hinein. Josie kroch weiter. Als sie die Schwelle der Holzhütte erreichte, hielt sie kurz inne, öffnete den Mund, als wollte sie etwas sagen, schloss ihn dann wieder und »betrat« die Hütte, in der Margret lebte.

Die saß auf einem Sessel, aus dem die Sprungfedern hervorquollen, und sah Josie entgegen. Neben ihr stand das Kind, eine Hand auf dem Bein seiner Mutter.

Josie kroch durch das kleine, düstere Zimmer, bis sie Margret erreichte. Erst kurz vor ihr stoppte sie. Dann hob sie den Kopf und sah zu ihr auf.

Margrets blasses Gesicht, umrahmt von ungekämmtem Haar, in dem Strohstücke steckten, war staubig und verschwitzt, ihr Blick hellwach und klar. Sie sah Josie stumm an, die den heftigen Wunsch unterdrückte, eine Hand auszustrecken und Margret zu berühren. So kniete sie nur reglos vor ihr und sah sie an.

»Deine Knie bluten«, sagte das Kind, »tut das weh?«

Josie löste ihren Blick von Margret und schüttelte den Kopf. Dann wandte sie sich wieder Margret zu. »Wo ist er?«, fragte sie.

Zuerst glaubte Josie, Margret habe ihre Frage nicht gehört, doch dann wandte sie ihren Kopf zum geöffneten Fenster, sah hinaus und nickte kurz.

Josie folgte ihrem Blick und sah ein kleines dürres Holzkreuz, aus Stöcken zusammengebunden, das in einem Erdhügel steckte. Sie merkte nicht, wie ihr erneut Tränen über Wangen liefen.

Josie kniete vor Margret, bis es nahezu vollständig dunkel war in dem kleinen Zimmer. »Darf ich wiederkommen?«, fragte sie dann. Margret und das Kind sahen sich an, dann nickte Margret erneut. »Bist du Josie?«, fragte der Junge.

»Ja«, antwortete sie und erhob sich. Dann drehte sie sich um und verließ langsam den Raum. Sie bemerkte Rasmus nicht, der an der Pforte stand und auf sie gewartet hatte, sie sah nicht Hertha vor der Haustür, und auch nicht Balduin, der mit weit aufgerissenen Augen in der Küchentür stand und Josie ansah wie einen Geist. Als sie ihre Kammer erreichte, fiel sie aufs Bett und hatte das Gefühl, tot zu sein.

»Sie nennen mich Iwan, wenn sie denken, dass ich es nicht höre«

Wäre am nächsten Tag ein Fremder ins Dorf gekommen, ihm wäre wohl nichts Besonderes aufgefallen. Er hätte sich vielleicht über die blökenden Heidschnucken gewundert und über die frühe Blütenpracht in den Vorgärten der drei Häuser. Dass die wenigen Menschen, die draußen waren, nicht miteinander sprachen und auch den Blickkontakt vermieden, hätte er wohl der bekannten stoischen Ruhe der Heidebewohner zugeschrieben. Für die Menschen in Hemelinghausen jedoch war nichts mehr so, wie es noch am Vortag gewesen war. Seit Josies Besuch bei Margret schwebte etwas über dem Dorf und seinen Menschen – ein Gestank wie das schwelende Holz eines abgebrannten Bauernhauses im Regen.

Hertha stand beim Frühstück mit dem Rücken zu den Übrigen am Küchenschrank und räumte Tassen und Teller hin und her, die seit Jahren ihren festen Platz hatten und normalerweise nicht verrückt werden durften. Balduin rauchte schon vor der ersten Tasse Kaffee eine Zigarette und teilte mit, dass Großmutter Amanda im Bett bleiben würde, da heute ihre Beine wieder stärker schmerzten. Hertha nahm das kommentarlos zu Kenntnis und rief nur kurz und scharf nach den Jungen, die daraufhin sofort aus ihrer Kammer in die Küche gestürzt kamen. Man sah ihren Mienen Ratlosigkeit an, sie spürten, dass irgendetwas vorgefallen sein musste, wagten aber nicht zu fragen. Zu bedrohlich wirkte der gespannte Rücken ihrer Mutter, die immer noch mit Geschirr hantierte. Erleichtert sprangen sie auf, griffen ihre Schulranzen und liefen aus dem Haus, als Hertha sagte: »Zeit ist!«

Balduin nutzte die Gelegenheit, ebenfalls die Küche zu verlassen und verschwand in die Stube.

Als sie nur noch zu zweit in der Küche waren, drehte sich Hertha um und sah Josie an, die ihren Blick jedoch nicht erwiderte, sondern wie in Trance in ihre Kaffeetasse starrte. Hertha setzte sich Josie gegenüber und streckte eine Hand aus. Als ihre Finger kurz davor waren, Josies Arm zu berühren, zog diese ihn weg und legte ihn unter dem Tisch auf ihre Beine. Hertha seufzte, eine Furche bildete sich über ihrer Nase, sie schloss die Augen.

Minutenlang saßen sie sich schweigend gegenüber, bis Josie fragte: »Es war wenige Tage, bevor ich hierherkam, nicht wahr?«

Hertha nickte kaum merklich.

»Wo ist dieser Schenk jetzt?«

Hertha erhob sich und machte sich erneut geräuschvoll am Küchenschrank zu schaffen.

»Wo ist er?«, wiederholte Josie.

»Erst war er weg. Ist irgendwo entnazifiziert worden. Dann kam er wieder. Du müsstest ihn schon mal gesehen haben, er kandidiert jetzt für das Landratsamt.«

»Der Dicke auf den Plakaten vor der Schule?«

»Der Dicke, ja.«

»Und – war er noch einmal hier? In Hemelinghausen?«

Hertha ließ die Arme sinken. »Einmal«, antwortete sie.

»Warum?«

»War bei den Volkerts'.«

»Und?«

»Weiß ich nicht. Angeblich wollte er zu Margret. Aber sie haben ihn nicht zu ihr gelassen.«

Josie schlug die Hände vors Gesicht.

Sie blieb mehrere Tage lang in ihrem Zimmer. Sie hörte, wie der Arzt kam, um nach Amandas Beinen zu sehen; sie hörte, wie die Klavierlehrerin kam und mit ihrer Tante sprach; sie hörte Manfred und Gerd in ihrer Kammer flüstern; sie hörte Rasmus vor dem Haus ihren Namen rufen.

Am vierten Tag kam sie am frühen Abend aus ihrem Zimmer. Sie wollte eben das Haus verlassen, als Irmi im Flur auftauchte und sie mit großen Augen ansah.

»Gehst du zu der, die nicht spricht?«

»Ja. Und zu ihrem Sohn.«

»Nimmst du mich mit? Ich habe ihn noch nie gesehen.«

»Ein anderes Mal. Er ist sehr scheu.«

»Warte!«, sagte Irmi und lief in ihr Zimmer. Kurz darauf kam sie zurück und hielt ein kleines, gelbes Plüschpferd in der Hand. »Gib ihm das! Vielleicht freut er sich, wenn du ihm was mitbringst.«

Josie ließ das Pferd in die Tasche ihres Kleides gleiten. Dann trat sie ins Freie.

Sie spürte die Blicke der Menschen hinter den Gardinen, die beobachteten, wie sie über den Dorfplatz ging. Als sie den Vorgarten der Volkerts' erreichte, trat Rasmus plötzlich aus dem Schatten der Steinmauer und versperrte ihr den Weg. »Warte!«, sagte er. »Was war da bei Wauschkuhn? Was haben die mit dir gemacht? Warum warst du bei Margret? Warum versteckst du dich tagelang in deinem Zimmer?«

Josie lehnte sich gegen ihn. »Hast du nie mit deiner Schwester gesprochen?«

»Du weißt doch, sie spricht nicht.«

»Du kennst nicht den Grund?«

»Nein. Kennst du den Grund? Warum spricht sie nicht?«

»Das musst du sie selber fragen«, sagte Josie und ließ ihre Finger durch Rasmus' Haar gleiten. »Auf jeden Fall wird sie nicht sprechen, wenn man nicht mit ihr spricht. Ich meine: über die Wahrheit …«

»Aber meine Eltern haben es unzählige Male versucht. Immer und immer wieder!«

Josie nickte. »Geredet vielleicht. Ermahnt, beschworen, angefleht. Aber haben sie wirklich mit ihr gesprochen?«

Rasmus sah sie verständnislos an. »Was meinst du? Weißt du irgendetwas, wovon ich nichts weiß?«

»Ja, ich glaube schon.«

»Und warum sagst du es mir nicht?«

Josie überlegte.

»Das kann ich nicht, das darf nur Margret. Ich möchte jetzt zu ihr.« Sie stellte sich auf die Zehenspitzen, gab Rasmus einen Kuss und schlüpfte dann an ihm vorbei.

Rasmus sah ihr nach. »Sag ihr, sie soll mit mir reden … bitte!«

Von nebenan aus einem geöffneten Fenster des Hauses der Töpfers wehte leise die *Moonlight Serenade* herüber, während Josie durch den Garten nach hinten zur Hütte ging. Glenn Miller – heute war also Magnus Töpfer dran mit dem Plattenauflegen, dachte sie. Gern wäre sie hineingegangen, um weiter mit Sonja Töpfer zu sprechen, um mehr zu erfahren über diese seltsame Zeit, die tief in der Vergangenheit vergraben schien und doch noch so beängstigend greifbar war. Josie hatte die Bomben gehört, hatte das Feuer gesehen, die Toten auf den Straßen, Kinder, die umherirrten, Verstümmelte, die aus zusammenstürzenden Häusern krochen. Aber das war Hamburg. Obgleich noch alle Häuser standen, hatte auch Hemelinghausen offenbar Schreckliches erlebt. Und sie leben weiter, als wäre nichts gewesen, dachte Josie. Sie hatten zugesehen, sie wussten alles. Und sagten nichts.

Josie erreichte die Hütte. Diesmal flackerte drinnen ein Licht, Margret hatte eine Petroleumlampe angezündet. Ingo trat vor die Tür, dünn, blond mit akkurat gescheiteltem Haar und einer zerrissenen Hose, die genauso aussah wie man sie bei einem Jungen in einem Schäferdorf erwarten würde. Er hatte nichts Bekümmertes an sich, als er Josie neugierig ansah und sagte: »Mama wartet auf dich.«

»Hat sie das gesagt?«

»Nein.«

Josie griff in ihre Rocktasche und nahm das gelbe Pferd heraus. »Das soll ich dir von Irmi geben. Es ist ihr Lieblingsspielzeug, sie möchte, dass du ab jetzt damit spielst.«

»Wie heißt es?«

Josie zuckte die Achseln. »Du kannst es nennen wie du möchtest.«

»Aber es muss doch einen Namen haben.«

»Ich habe vergessen, Irmi danach zu fragen. Soll ich das tun?«

»Ja.«

»Aber jetzt möchte ich erstmal reinkommen. Darf ich?«

Ingo streckte ihr seine Hand entgegen und führte sie durch den kurzen schmalen Flur zu dem einzigen Raum der Hütte, wo seine Mutter auf dem zerschlissenen Sessel saß. Sie trug jetzt eine Arbeitshose und ein weißes Herrenhemd mit aufgekrempelten Ärmeln, das mit Schweiß und Sand bedeckt war. Ihre Füße waren nackt.

»Wir haben im Garten gearbeitet«, sagte Ingo, »Kartoffeln gesetzt.«

Josie sah sich um. Es gab nur diesen einen Sessel im Zimmer, außerdem einen kleinen Tisch mit zwei Hockern, sowie an der Wand ein Bett, in dem offenbar beide schliefen. Sie setzte sich auf den Boden und sah den Jungen an. »Ingo«, sagte sie, »ein schöner Name. Du bist der erste Ingo, den ich kennenlerne.«

Ingo hielt das Pferd in die Höhe, damit seine Mutter es besser sehen konnte. »Im Dorf nennen sie mich manchmal Iwan, wenn sie denken, dass ich es nicht höre«, sagte er dann.

»Aber du hörst es.«

»Ich hab' ja Ohren.«

»Und warum machen sie das?«

Ingo setzte sich das Pferd auf den Schoß. »Weiß nicht. Weißt du es?«

»Nein, ich wusste ja bis eben gar nicht, dass sie es tun. Ich habe es noch nicht gehört.«

»Wahrscheinlich machen sie es nur, wenn du nicht in der Nähe bist.«

»Warum denn das?«

»Sie haben Angst vor dir.«

Josie lachte auf und erschrak dann selbst darüber – es erschien ihr unpassend. »Vor mir? Wer sollte denn vor mir Angst haben?«

Ingo sah sie lange an. »Alle«, sagte er dann, »alle hier.«

Josie sah zu Margret, die aufrecht in ihrem Sessel saß und nicht zuzuhören schien. Aber das täuschte. »Oder?«, fragte Ingo seine Mutter, woraufhin sie ihn ansah und nickte.

»Siehst du«, sagte Ingo zu Josie, »sie findet es auch.«

»Du bist ein großer und sehr vernünftiger Junge«, sagte Josie nach einer Weile, »deine Mutter muss stolz auf dich sein. Ich mag dich gern. Meinst du, dass ich euch wieder besuchen darf?«

Diesmal vergewisserte Ingo sich nicht bei Margret, sondern sagte sofort: »Ja.«

Josie erhob sich. »Du hast einen tollen Jungen«, sagte sie zu Margret und verließ die Hütte.

Zuhause wartete Irmi auf sie. Sie war bereits im Nachthemd. »Hat er sich gefreut?«, fragte sie.

»Ja. Und er möchte wissen, wie das Pferd heißt«, sagte Josie.

»Jetzt gleich?«, fragte Irmi.

Josie sah sie unentschlossen an und zuckte die Achseln. »Weiß nicht …«

Da war Irmi schon aus der Tür und Josie sah ihr nach, wie sie barfuß zu der kleinen Holzhütte im Nachbargarten lief.

Josie fuhr herum, als sich jemand hinter ihr räusperte. »Was soll das?«, fragte Hertha. »Wo hast du sie hingeschickt?«

»Sie will Ingo etwas mitteilen.«

»Ingo?«

»Ja. Oder kennst du diesen Namen nicht?«

Hertha verengte ihre Augen und trat einen Schritt zurück. »Ach, daher weht der Wind«, sagte sie. »Wenn du glaubst …«

»Glauben ist nicht meine Sache«, unterbrach Josie sie. »Ich warte hier, bis sie zurückkommt, dann bringe ich sie ins Bett. Du kannst wieder in die Küche gehen.«

Hertha fielen fast die Augen aus dem Kopf, sie lief puterrot an. So hatte hier noch nie jemand mit ihr zu sprechen gewagt – außer Renatus manchmal – und sie fühlte eine bleierne Hilflosigkeit.

»Keine Sorge«, fuhr Josie fort, »ich warte hier auf sie. Niemand wird ihr etwas antun. Die Russen sind ja schon lange weg.«

Ihre Tante drehte sich auf dem Absatz um und verschwand hinter der Küchentür, die sie unsanft hinter sich zuschlug.

Josie setzte sich auf die Stufe vor der Haustür. »Wenn doch bloß bald die Scherer kämen«, sagte eine Stimme hinter ihr, »das

Geblöke bringt mich um den Verstand. Auch eine?«, fragte Balduin und setzte sich neben Josie.

Sie verneinte und fragte dann: »Sag mal, hat dein Chef dir eigentlich jemals etwas über die Russen erzählt?«

»Chef?«

»Na, den du immer chauffieren durftest.«

Balduin rückte ein Stück von Josie ab und sah sie entsetzt an. »Nenn seinen Namen nicht!«, sagte er. »Das macht man heute nicht mehr.«

»Ach nein? Was macht man denn heute?«

»Kindchen – was ist los mit dir? Hat dir jemand was getan? Alle machen sich Sorgen um dich, seit ein paar Tagen bist du nicht mehr unsere Josie. Du warst bei dem verrückten Maler, sagen sie.«

»Sorgen – um mich? Ihr müsstet ganz andere Sorgen haben.«

»Wovon redest du?«

»Iwan«, sagte Josie.

Balduin ließ seine Zigarette fallen und sah Josie an wie einen Geist, dann erhob er sich und zog sich rückwärts ins Haus zurück.

Josie seufzte, nahm ein Stöckchen zur Hand und schrieb die Namen Irmi und Ingo in den Sand. Als sie gerade das kleine Stoffpferd hinzu malte, kam Irmi außer Atem zurück, blieb vor Josie stehen und sah das Sandbild. »Das Pferd heißt Heiner«, erklärte sie, »das kannst du auch noch dazu schreiben.« Dann fiel ihr Blick auf ihre nackten Füße. »Die muss ich wohl noch mal waschen, bevor ich ins Bett gehe«, meinte sie.

»Das machen wir zusammen, geht schneller«, sagte Josie.

»Es ist Zeit, ins Leben zurückzukehren«

Während der nächsten Tage wurde die Hitze immer drückender, die Heidschnucken litten und blökten weiter, der gerade erst sprießende Rasen hinter dem Haus der Grubes begann gelb zu werden. Aber es gab Hoffnung: Für Sonntag hatten sich die Scherer angekündigt! Das würde zwar nicht dem Rasen helfen, aber es lenkte die Dorfbewohner ab.

Josies abendliche Besuche bei Margret wurden zwar weiterhin argwöhnisch beobachtet, aber die Gedanken waren wieder bei den Alltagspflichten: Es mussten die Abnehmer für die Wolle informiert werden, das gemeinsame Essen für die Männer und die Dorfbewohner vorbereitet, genügend Schnaps und Bier besorgt werden. Da Familie Volkerts in diesem Jahr für das Essen zuständig war, musste Rasmus helfen. Er fand kaum Zeit, das Haus zu verlassen. So ging Josie am Tag vor dem großen Ereignis zu ihm.

Sie fand ihn am Küchentisch damit beschäftigt, Kohl zu schneiden. »Nein!«, rief sie, »du willst mir doch nicht erzählen, dass es schon wieder Hammeleintopf gibt? Was anderes fällt hier niemandem ein? Oder ist das eine Art Heidegesetz?«

»Tradition, würde ich eher sagen: Man macht, was man immer schon gemacht hat.«

»Und was hat man hier immer schon gemacht?«

Rasmus spürte die Zweideutigkeit, wusste aber nicht, worauf sie hinauswollte. »Weiß nicht. Ich bin ja auch noch nicht *so* lange dabei.«

»Länger als ich.«

Er nickte. »Und inzwischen bist du hier ebenso verwurzelt wie ich.«

»Ist das so? Ehrlich gesagt weiß ich nicht, ob ich das möchte.«

Rasmus stand auf und ergriff Josies Hände.

»Nun sag schon: Was ist los? Was haben der Wauschkuhn und die Töpfer dir erzählt? Irgendetwas weißt du, was ich nicht weiß. Ich ahne ja auch schon lange, dass hier irgendwo der Hund begraben ist …«

»Der Hund?«, fragte Josie scharf.

»Naja, wie man so sagt. Nun guck doch nicht so, das war doch nur so daher gesagt.«

»Ja, ich weiß. Du hast nichts damit zu tun, du warst …«

»Womit zu tun?«

»Ist dir eigentlich mal aufgefallen, in welchem Jahr der Geschichtsunterricht in der Schule aufgehört hat?«

Rasmus überlegte. »Nicht so genau. Aber ich glaube, mit der Gründung des Deutschen Reiches durch den Kaiser.«

»Genau. Aber das war's doch nicht, oder?«

»Was?«

»Das Ende der Geschichte.«

Rasmus trat einen Schritt zurück.

»Du kannst einem Angst machen. Was treibst du da dauernd bei Margret? Und Irmi – auch die kommt neuerdings und besucht Ingo. Irgendwas ist hier im Gange …«

Josie strich ihm über die Wange.

»Sieh zu, dass nicht wieder so viel Kohl im Eintopf ist, sonst kriegen am nächsten Tag wieder alle die Pupserei.«

Sie lachten beide, mehr aus Erleichterung darüber, dass ihr Gespräch eine harmlose Wendung gefunden hatte.

»Ich lass dich jetzt in Ruhe«, sagte Josie in dem Augenblick, als Rasmus' Vater die Küche betrat

»Ruhe? Es ist sowieso viel zu viel Ruhe in diesem Dorf. Ruhe wie in der Gruft. Ruhe ist nicht das, was wir brauchen«, sagte er.

»Was brauchen wir denn, Herr Volkerts?«, fragte Josie und zog einen der Küchenstühle für ihn heran als sie sah, dass seine Knie zitterten.

Vorsichtig ließ er sich nieder und betrachtete seine Beine. »Auf denen bin ich durch die halbe Wüste marschiert«, sagte er.

»Kann man sich nicht mehr vorstellen. Alles mögliche andere auch nicht.«

»Was?«

Er legte eine Hand auf die ausgeblichene Plastiktischdecke und strich mit seinen knöchernen Fingern darüber.

»Was meintest du eben?«, fragte er nach einer langen Weile.

»Was man sich auch nicht mehr vorstellen kann …«

Er schloss die Augen und legte den Kopf in den Nacken. »Weiß nicht mehr, vergessen.«

Josie beobachtete, wie ein Streifen Speichel langsam aus seinem Mundwinkel lief und die Lippen zu zittern begannen. Rasmus nahm ein Tuch und fuhr sanft darüber.

»Liebst du meinen Sohn?«, fragte Herr Volkerts plötzlich und packte mit einer Hand Josies Arm.

»Uh!«, sagte Josie. »Sie haben ja Kraft! Das ahnt man gar nicht …«

Rasmus Vater öffnete die Augen wieder und ein Lächeln machte sich auf seinem eingefallenen Gesicht breit.

»Ja, das tust du«, sagte er, ohne eine Antwort abzuwarten. »Das sehe ich ihm an, jedesmal wenn du bei ihm warst. Und soll ich dir noch etwas sagen?«, flüsterte er.

Josie beugte sich vor und hielt ihr Ohr vor seinen Mund.

»Er liebt dich auch. Ohne dich würde er das alles nicht ertragen.«

»Was?«

Edgar Volkerts vollführte eine weit ausholende Armbewegung. »Alles hier! Seinen Vater, das alte Wüstenwrack. Seine große Schwester, die in einer anderen Welt lebt. Seine drei kleinen Schwestern, die schlimmer gackern als ein Hühnerstall. Und seine Mutter, die jeden Abend auf diesem Stuhl sitzt und weint.«

Sein Atem ging schneller, die Beine begannen zu zucken, seine Hände verkrampften sich.

»Komm!«, sagte Rasmus, »ich bring dich zum Sofa.«

Mühsam half er seinem Vater auf, legte sich seinen Arm um die Schulter und führte ihn in die Stube.

Josie stand noch eine Weile in der Küche und hörte die beiden reden, dann verließ sie leise das Haus und ging zu der kleinen Hütte hinten im Garten. Sie hatte noch etwas mit Margret zu bereden.

Die Schafscherer kamen im Morgengrauen. Auf einem hölzernen Wagen zogen sie ihre Scheren und Taue. Man sah ihnen an, dass sie schon seit Wochen von Ort zu Dorf zogen und ihrem Geschäft nachgingen. Sie waren erschöpft und schlecht gelaunt. Sie verscheuchten die Kinder des Dorfes, die ihnen ein Stück des Weges entgegengelaufen waren, und als sie im Dorf Einzug hielten, verlangten sie als erstes nach Bier.

Man hatte zwischen den Häusern der Grubes und der Volkerts einen großen Tisch aufgebaut, auf dem bereits der Eintopf stand. Doch die Mienen der Männer hellten sich erst auf, als Hertha den Schnaps brachte. Alle Dorfbewohner kamen aus ihren Häusern, auch die Töpfers, die sich allerdings etwas abseits hielten, schließlich hatten sie keine eigenen Schafe. Aber sie wollten sich das Ereignis nicht entgehen lassen – »gelebte Folklore«, sagte Sonja Töpfer zu ihrem Mann. »Sowas findet man sonst nur noch in alten Chroniken!«

Als die Sonne über die Dächer stieg, erhoben sich drei der Männer, um die Schafe von ihrer Koppel zur Scheune zu treiben. Die anderen gönnten sich noch ein Glas und erzählten von den Ereignissen der vergangenen Tage: Das Schaf, das vor Aufregung tot umgefallen war; der Bock, der den Bauern so heftig auf die Hörner nahm, dass der Arzt geholt werden musste; das Kind, das sein Lieblingslamm im Wäscheschrank versteckt hatte, wo es so laut blökte, dass man es doch noch fand.

Als alle Tiere in der Scheune hinter dem Absperrseil bereit standen, erhoben auch sie sich und gingen gebeugt und breitbeinig zur Scheune, die Dorfbewohner folgten ihnen. »Wo ist Josie?«, sagte Balduin leise zu Hertha. »Eben war sie noch da …«

Es war nicht leise genug. »Ich glaub', die hat den Ingo geholt«, sagte Irmi.

Hertha blieb wie vom Blitz getroffen stehen und starrte Balduin an. »Nein, nicht das …!«, sagte sie und griff sich ans Herz. Dann eilte sie in die Scheune. Als sich ihre Augen an das schummrige Licht gewöhnt hatten, sah sie es: In der Mitte unter dem mächtigen schwarzen Dachbalken saß Margret. Genau wie damals. Und neben ihr stand Ingo.

Hertha hatte nur noch einen Gedanken: Raus hier, raus aus der Scheune! Aber dafür war es zu spät. Die anderen Dorfbewohner drängten hinter ihr herein, um dann ebenfalls wie vom Donner gerührt stehen zu bleiben.

Die Scherer begannen mit ihrer Arbeit. Irmi erhielt den verantwortungsvollen Auftrag, das Seil anzuheben, wenn eine Heidschnucke hervorgezerrt werden sollte. Gerd war dazu abkommandiert worden, die frisch geschorenen Tiere einzufangen und auf die Schafwiese zu bringen. Ab und an wurde einer der Erwachsenen aufgefordert, die Wolle einzusammeln und in Säcke zu stopfen. Sie folgten den Anordnungen wortlos und wie in Trance. Die Schafscherer hatten das Sagen, alles hörte auf ihr Kommando.

So muss es damals gewesen sei, dachte Josie, die hinter Margret stand. Willenlos und eingeschüchtert tun sie alles, was von ihnen verlangt wird, wagen kein Wort des Widerspruchs.

Als die Hälfte der Tiere geschoren war, wurde eine kurze Pause eingelegt, die Männer verlangten nach Bier, das sofort gebracht wurde. Alle standen stumm da und wagten nicht, einander anzusehen. Keiner der Dorfbewohner konnte sich vorstellen, wie es weitergehen sollte, wenn das letzte Tier die Scheune verlassen hatte. Wie sollten sie mit Margret verfahren? Sie freudig begrüßen wie jemanden, der lange verreist war? So tun, als wäre nichts gewesen? Sie nicht beachten und zur Tagesordnung übergehen?

Margret nahm ihnen die Entscheidung ab. Kurz bevor die Männer wieder ans Werk gingen erhob sie sich, sah die Dorfbewohner einen nach dem anderen an und verließ langsam die Scheune.

Josie begleitete sie auf dem Rückweg. Auf der Bank am Dorfplatz saß Hans Wauschkuhn und blickte den Dreien entgegen. Als er Ingo sah, sagte er: »Wenn du mal ein Bild malen möchtest – ich hab immer genug Papier. Schönes, großes, weißes Papier. Kannst jederzeit kommen …«

Margret blieb stehen und sah ihn an. »Danke«, sagte sie. Wauschkuhns Miene hellte sich auf. »Willkommen unter den Lebenden«, murmelte er.

Als sie den Garten der Volkerts' erreichten, sah Josie Margrets Vater in der Küche stehen – so wie am Abend zuvor, als sie zur Hütte gegangen war, wo Ingo sie mit den Worten empfangen hatte: »Sie hat sich hingelegt.«

»Ist sie krank?«

»Weiß nicht. Sie hat ein paarmal geweint.«

Josie hatte die Kammer betreten und sich neben das Bett gesetzt. »Bist du krank?«

Margret schüttelte den Kopf.

»Soll ich dir etwas bringen? Hast du Hunger?«

Margret hatte eine Hand unter der Wolldecke hervor geschoben und Josies Finger umfasst. Und dann sprach sie zum ersten Mal zu ihr. »Bleib noch etwas bei mir«, bat sie.

Das tat Josie. »Hast du Angst?«, fragte sie.

»Ja.«

»Warum?«

»Weil ich weiß, dass du etwas von mir erwartest.«

»Dass du morgen in die Scheune kommst und dich allen zeigst?«

»Ja.«

»Du musst es nicht tun. Keiner erwartet es von dir.«

»Aber du.«

»Nein. Aber ich glaube, dass es höchste Zeit ist, den ersten Schritt zurück ins Leben zu tun.«

»Begleitest du mich?«

Josie hatte genickt und sich dann erhoben. »Ich hole dich morgen ab. Wir stehen das gemeinsam durch!«

»Die Sonne versengt die Netzhaut, anderes versengt die Seele«

Hans Wauschkuhn saß immer noch auf der Bank am Dorfplatz. Josie nahm neben ihm Platz. »Die roten Kreise, die Sie malen, sind sehr schön«, sagte sie. »Sie sehen aus wie die Sonne. Nur dass man in die Kreise hineingucken kann und in die Sonne nicht, wenn man nicht erblinden will.«

»Genau«, erwiderte er. »Wenn man zu lange in die Sonne guckt, sieht man nichts mehr. So wie diese Leute hier«, er deutete auf die Menschen, die aus der Scheune kamen und sich auf den Weg zum großen Esstisch machten.

»Sie sehen nichts?«

»Sie haben zu viel gesehen. Zu viel Grelles, zu viel Versengendes. Die Sonne versengt die Netzhaut – andere Dinge versengen die Seele. Jetzt wollen sie nichts mehr sehen. Vor allem Margret wollen sie nicht sehen. Sie haben alle Bescheid gewusst, und ihr Wissen verbrannte ihre Seelen.«

»Was? Was haben sie gewusst?«

Wauschkuhn zündete sich eine Zigarette an. »Dass der tote Russe unter dem Erdhügel neben Margrets Haus nicht der Vater des Kindes ist. Sie haben ihn hängen sehen und wussten, dass sie die nächsten sein würden, wenn sie es aussprächen.«

»Wer ist der Vater?«

Wauschkuhn nahm eine tiefen Zug, und während der Rauch aus seinen Nasenlöchern strömte, sagte er: »Einer von Schenks Leuten, ein kleiner, unbedeutender Parteigenosse. Er hatte beobachtet, wie Margret den Russen manchmal heimlich Essen brachte. Konspiration mit dem Feind – ein Kapitalverbrechen! Und er hat Margret damit erpresst: Gelegentliche Schäferstündchen gegen Stillschweigen. Wenn er geredet hätte, wären Margret und ihre ganze Familie ins KZ gewandert.

Ich habe dort Leute gesehen, die wegen geringerer Vergehen abgeholt worden waren.«

»Und sie nennen den Jungen Iwan …«, sagte Josie. »Was sind das für Menschen? Wie wird man so?«

»Was weiß ich?«, erwiderte Wauschkuhn resigniert. »Ich bin nur Maler!«

»Aber Sie haben es ebenfalls die ganze Zeit gewusst.«

»Was nutzte denn mein Wissen? Ich war im KZ.«

»Aber danach? Warum hat Margret nichts unternommen, als alles vorbei war?«

»Frag sie selbst.«

Josie nickte entschlossen. Sie kehrte umgehend noch einmal zurück zu Margrets Hütte, wo sie zu ihrer Überraschung Irmi und Ingo im Sand sitzen und mit dem Pferd spielen sah.

»Sie wird sich freuen, dass du nochmal kommst«, sagte Ingo, ohne aufzusehen. »Sie zittert die ganze Zeit.«

Noch verblüffter war Josie, in der Hütte Edgar und Doris Volkerts vorzufinden. Sie knieten vor dem Bett und legten ihrer Tochter kalte Tücher auf die Stirn.

»Sie hat Fieber und Schüttelfrost«, flüsterte Margrets Mutter leise.

»Sie spricht!«, fügte der Vater hinzu. »Sie spricht!«

»Ich komme später wieder«, sagte Josie und wollte eben gehen, als sie Margret hörte: »Bleib! Ich bin nur etwas erschöpft. Ich weiß, dass du noch etwas wissen möchtest.«

Josie fasste Margrets Hand. »Warum hast du nie gesagt, wer es war – später, als alles vorbei war? Warum hast du keinen Ton mehr gesprochen?«

»Er lebt noch, nur ein paar Dörfer weiter …«

»Aber er hat keine Macht mehr über dich!«, unterbrach Josie sie. »Du hättest es sagen können! *Er* muss jetzt zittern, dass man ihn zur Rechenschaft zieht. Und dieser Schenk genauso!«

Margret schüttelte den Kopf. »Ingo«, sagte sie. »Er hätte dem Jungen etwas angetan.«

»Hat er das gesagt?«, fragte Josie entsetzt.

Margret nickte. »Er war hier, wenige Tage nach Kriegsende. Er sagte, er würde Ingo …« Margret drehte ihr Gesicht zur Seite, das Zittern wurde stärker. Doris Volkerts legte ihrer Tochter ein neues feuchtes Tuch auf die Stirn.

Erschüttert verließ Josie die Hütte und stieß draußen auf Rasmus, der schon seit einigen Minuten unruhig vor der Tür gewartet hatte. Er legte seine Hand an Josies Wange und sah sie besorgt an. »Jetzt nicht«, sagte sie und schob ihn sanft beiseite, »es ist zu viel passiert heute. Ich muss jetzt allein sein.«

»Wo willst du hin?«, fragte Ingo.

»Spazieren gehen.«

»Dann kommen wir mit«, sagte Irmi. »Man kann sich im Moor leicht verlaufen. Und ich kenn' mich da aus …«

Josie lächelte und streckte den Kindern ihre Hände entgegen. Rasmus sah ihr verwundert nach wie sie zum Dorfausgang ging, an jeder Hand ein Kind.

»Das Böse lauert immer irgendwo«

Am nächsten Tag herrschte Stille im Dorf. Die Heidschnucken schwiegen, die Strapazen der Schur waren vergessen und sie genossen es, die schwere Wolle nicht mehr mit sich herumschleppen zu müssen. Gleichzeitig kündigte sich ein Wetterumschwung an: Am Horizont zogen Wolken herauf, die ein Gewitter und Abkühlung verhießen.

Josie war nach dem Frühstück, das an diesem Tag besonders schweigsam verlief, wieder in ihre Kammer gegangen. Sie lag auf dem Bett und versuchte zu verstehen, was geschehen war – woher das Böse kam, das das Dorf heimgesucht hatte. Früher hätte sie darüber gelacht, wenn jemand gesagt hätte, es gäbe das Böse leibhaftig. Jetzt war sie sicher, dass es so war, sie spürte es, konnte es förmlich mit Händen greifen. Es lauerte immer noch irgendwo, wartete darauf, noch einmal zurückkehren zu können.

Sie versuchte, sich in Margret hineinzuversetzen, was ihr Tränen des Mitgefühls in die Augen trieb. Und zugleich bewunderte Josie sie. Welcher Mut der Verzweiflung gehörte dazu, sich wie ein Krebs in seinen Panzer zurückzuziehen und so unter jenen weiterzuleben, die sich dem Bösen nicht in den Weg gestellt, sie nicht beschützt hatten?

Sie musste eingeschlafen sein, denn als sie hörte, wie Hertha ihren Namen rief, waren zwei Stunden vergangen. Josie sprang aus dem Bett und lief die Treppe hinunter.

Ihre Tante stand im Flur und hielt einen dicken Briefumschlag in der Hand, durch die geöffnete Haustür sah Josie, wie der Postbote auf sein Fahrrad stieg und davonfuhr.

»Für dich«, sagte Hertha, »ist an dich adressiert.«

Josie hatte in all den Jahren nie Post bekommen. Irgendetwas ist mit Vater passiert!, schoss ihr durch den Kopf.

»Es ist von einem Anwalt«, sagte Hertha, als Josie vorsichtig das Päckchen entgegennahm, als könnte es glühend heiß sein. Sie drehte und wendete es und sah dann fragend ihre Tante an.

»Möchtest du, dass wir es zusammen öffnen?«, fragte Hertha. Josie nickte. Kurz darauf saßen sie am Küchentisch, die vielen eng beschriebenen Seiten vor sich ausgebreitet. »Aber … aber das heißt ja, dass … dass er nicht mehr lebt!«, stammelte Josie.

Hertha schüttelte energisch den Kopf. »Nein, Kindchen«, sagte sie, »es heißt nur, dass du das Hotel geerbt hast, mit deinem 21. Geburtstag, denn dann bist du geschäftsfähig. So hat er es verfügt.«

»Aber warum sollte er es mir vererben, wenn er noch am Leben wäre?«

»Wer weiß? Aber so steht es hier: *Sollte ich bis zum 21. Geburtstag meiner Tochter Josephine nicht wieder zurück sein, geht das Hotel auf sie über*. Außerdem hat der Anwalt dich zu einem Gespräch gebeten, am …« sie suchte in den Papieren und fand dann das Anschreiben, »… in drei Tagen.«

»Schon?« Josie fühlte Panik aufsteigen. Hertha erhob sich und holte ihr ein Glas Wasser. »Oder lieber einen Schnaps?«, fragte sie. »Die Männer haben etwas übrig gelassen.«

Zu Herthas Verwunderung nickte Josie. »Dann nehme ich auch einen«, sagte sie. Als sie wieder am Tisch saß, hob sie ihr Glas und sagte: »Auf deinen Vater! Es wird schon nichts Schlimmes sein mit ihm. Viele Männer kehren jetzt erst heim, bei manchen wird es sogar noch länger dauern.«

Seit die Reise beschlossene Sache war, hatte Josie das Gefühl, in einem Aquarium zu sitzen: Sie sah das Dorf, seine Bewohner und ihre eigene Vergangenheit wie durch eine beschlagene Scheibe, empfand alles um sich herum unscharf, unwirklich, in Auflösung begriffen. Obgleich sie voller Freude miterlebte, wie Margret immer öfter ihre Hütte verließ, das Haus ihrer Eltern betrat und sogar über den Dorfplatz ging, erschien ihr all dies wie der Nachhall von etwas längst Vergangenem.

»Hast du sowas schonmal erlebt?«, fragte sie Rasmus. »Ich meine: Man ist da, wo man immer ist, aber man sieht sich selbst wie aus großer Ferne. Stattdessen spürt man etwas Neues, das hinter einem steht und versucht, den Blick in eine andere, unbekannte Richtung zu lenken. Ich meine … klingt das verrückt?«

Sie saßen am Abend vor der Abreise auf der Bank am Dorfplatz, hatten alle Scheu abgelegt, sich zusammen öffentlich zu zeigen. Die Finger ineinander verhakt warteten sie darauf, dass die Sonne hinter dem Waldrand untergehen würde. Es war kühl, die schweren Gewitter der letzten Tage hatten nicht nur die Sandwege in Schlammpfade verwandelt, sondern auch den verfrühten Hochsommer vertrieben.

»Ja«, sagte Rasmus, »ein bisschen verrückt klingt das schon. Hier, fass mich an, ich bin doch ganz real …« Er legte Josies Hand auf seinen Bauch und wölbte ihn vor. »Ein ganz realer Bauch, oder?«

Josie lachte. »Ja. Aber dieser Brief – er hat mich aus der Zeit gerissen. Es ist, als würde er mir sagen: Das bedeutet alles nichts mehr, dreh dich um und sieh in die Zukunft!«

»Und ich – komme ich in deiner Zukunft vor, oder zähle ich zur Vergangenheit?«

Josie legte ihren Kopf an seine Schulter. »Irgendwie schon, ja«, sagte sie. »Andererseits hast du mir gerade gezeigt, wie real du bist. Ich glaube, Wauschkuhn hat das Plätzchen für uns noch freigehalten. Ganz real, meine ich …«

»Wir können ja mal nachsehen«, erwiderte Rasmus.

Magnus Töpfer war der einzige im Dorf, der ein Auto besaß. Er bot Josie an, sie damit nach Hamburg zu bringen. Das Auto sei ein Vorkriegsmodell, aber noch tadellos in Schuss, sie würde pünktlich beim Anwalt sein. Es verkehrte zwar ein Postbus, aber am Abend des vorgesehenen Tages fuhr keiner die Strecke zurück nach Hemelinghausen. Und Josie eine Nacht allein in Hamburg – ausgeschlossen!, entschied Hertha. Also wurde Magnus Töpfers Angebot angenommen.

Der alte DKW, den Josie am Morgen bestieg, sah aus, als wäre er mindestens dreimal ausgebrannt. Die Farbe undefinierbar, die zerschlissenen Polster mit Pferdedecken belegt, die Scheiben mit Klebeband zusammengehalten. »Die Scheibenwischer gehen nicht«, sagte Magnus Töpfer, »aber ich glaube, fürs Erste hat es sich ausgeregnet, da macht das nichts.« Er versuchte, sich betont unbeschwert zu geben und der Fahrt nach Hamburg das Flair des Besonderen zu nehmen.

Bevor es soweit war, waren mehrere Startversuche nötig, bei denen alle verfügbaren Dorfbewohner anschieben mussten. Zweimal blieben die ziemlich platten Vorderreifen bedrohlich im Schlamm stecken. Als der DKW endlich Richtung Dorfausgang rollte, machte sich eine beinahe heitere Stimmung breit, man winkte und rief, und die Kinder liefen ein Stück neben dem Auto her.

»Endlich raus aus diesem Schnucken-Kaff!«, sagte Magnus Töpfer, als sie die Landstraße erreichten. »Ich würde dir gern Glenn Miller vorspielen, aber mein Grammophon steht zuhause.« Ja, Glenn Miller würde jetzt gut passen, dachte Josie, vielleicht *In the mood*. Das war ihr Lieblingsstück.

Teil 2

»Gleich ist es überstanden«

»Du denkst, sie sucht nur nach dir …«

Sie war es gewohnt, angestarrt zu werden, hatte es selbst so gewollt und jahrelang daraufhin gearbeitet, indem sie unermüdlich übte, sich perfekt zu inszenieren. Sie empfand die Blicke der Männer wie Samthandschuhe, die liebkosend über ihre Haut glitten. Blicke bedeuteten ihr ebenso viel wie tatsächliche Berührungen.

An diesem herrlichen Maitag des Jahres 1930 empfand Josephine Baker die Blicke der Menschen jedoch eher als lästig, selbst die der Männer. Sie war erschöpft und übermüdet nach einer Nacht im Schlafwagen. Ihre Laune an diesem Morgen war so schlecht wie ihr Atem. Inmitten ihrer wunderschönen Schweinslederkoffer stand sie auf Bahnsteig 12 des Hamburger Hauptbahnhofs, gewandet in einen knöchellangen, weißen Pelzmantel und versuchte, unter dem Rand ihres wagenradgroßen Hutes hervorzublicken, um zu sehen, ob Adolf Lembach endlich auftauchte. Es war nicht seine Schuld, dass sie warten musste, das war ihr klar. Der Zug D-46362 Paris-Hamburg war eine Stunde zu früh eingetroffen. Und nun stand sie im Gedränge auf dem Bahnsteig und versuchte, die neugierigen Blicke der Menschen von sich abprallen zu lassen.

Fünf Minuten später hastete Adolf Lembach die breite Treppe des riesigen Bahnhofs hinunter, immer drei Stufen auf einmal nehmend, und kämpfte sich zu ihr durch. »Madame!«, rief er schon von weitem, »halten Sie durch! Gleich ist es überstanden …«

Und dann stand er vor ihr, ergriff ihre Hand und führte seine Lippen an den weichen Lederhandschuh. »Wann erlebt man so etwas schon mal?«, sagte er. »Nie kommt ein Zug pünktlich, aber ausgerechnet heute, wenn Sie darin sitzen, muss es passieren! Dennoch: Herzlich willkommen in Hamburg! Und tausend Dank, dass Sie meiner Einladung gefolgt sind.«

Sie winkte ab, als sei ihre Stippvisite von der Seine an die Elbe eine Selbstverständlichkeit. »Für Horacio tue ich alles!«, sagte sie und lachte etwas zu laut.

Adolf winkte einen Kofferträger herbei, deutete auf das Gepäck und sagte knapp: »Zum *Savoy*!« Dann bot er der Diva seinen Arm, und im Gleichschritt machten sie sich auf den kurzen Weg zum Hotel, das unmittelbar gegenüber dem Hauptbahnhof lag.

»Wie geht es Horacio?«, fragte Josephine Baker, als sie ins Freie traten. »Weiß Ihr Vater wirklich nicht, dass ich zu seinem Geburtstag komme?« Dann stutzte sie und deutete auf die Menschenmenge, die sich hinter einem Absperrseil vor dem Eingang des *Savoy* drängte. »Was ist das?«, fragte sie entsetzt.

»Keine Sorge«, erwiderte Adolf, »niemand weiß, dass Sie der Überraschungsgast sein werden, Madame! Wir werden das Hotel durch den Hintereingang betreten und von dort direkt zu Ihrer Suite gelangen. Es ist alles vorbereitet. Der Aufruhr da vorn gilt den Comedian Harmonists, die gleich vorfahren werden.«

Der 60. Geburtstag von Horacio Lembach, der Mann, der aus einem heruntergekommenen Auswandererquartier das erste Hotel der Stadt gemacht hatte, war seit Tagen Thema des *Hamburger Lokalanzeigers*. Dass der halbe Senat samt Gattinnen kommen würde, war schon beinahe alltäglich, denn die Feste im *Hotel Savoy* waren die Höhepunkte der Hamburger Ballsaison, und wenn Horacio Lembach als großzügiger Kulturförderer und Gönner der schönen Künste in sein Haus einlud, war das ein Muss für Hamburgs Society. Die illustren Namen jedoch, die heute auf der Gästeliste standen, übertrafen das Übliche bei Weitem: Nach dem festlichen Dinner für 150 Gäste würde es zu Horacios Ehren im großen Ballsaal Auftritte der Comedian Harmonists, Claire Waldorf sowie dem aufstrebenden Filmstar Marlene Dietrich geben. Außerdem wusste die Zeitung zu berichten, dass der Pianist Peter Igelhoff erwartet würde, um die Diseuse Peggy Stone bei einem Potpourri der großen Operetten-Melodien zu begleiten.

Die Sache mit Josephine Baker war Adolfs Idee gewesen. Seit sein Vater vor einigen Jahren von einem Parisbesuch wie hypnotisiert zurückgekehrt war und monatelang nur noch die Musik der schwarzen Sängerin auf seinem Grammophon hörte – Duke Ellington und Jelly Roll Morton verstaubten derweil im Plattenschrank –, war Adolfs Plan gereift, ihn zu seinem 60. Geburtstag mit einem Besuch der »Schwarzen Gazelle« zu überraschen. Es würde zwar eine Stange Geld kosten, aber das war es ihm wert.

Dass sie weit mehr war als eine Sängerin, hatte Horacio nur dezent angedeutet, und das auch nur, wenn Agatha außer Hörweite war. Normalerweise hatte er keinerlei Geheimnisse vor seiner Frau, aber in diesem Fall war irgendetwas anders, so schien es Adolf. »Du müsstest sie auf der Bühne sehen!«, schwärmte Horacio seinem Sohn vor. »Wie diese Frau sich bewegt, wie sie ihren Blick durch den Saal gleiten lässt – du denkst, sie sucht nur nach dir! Und wenn sie singt, hast du dasselbe Gefühl: Sie singt nur für dich! Sie ist – ich weiß nicht, du müsstest sie selbst erleben ...«

Das tat Adolf ja nun. Seit wenigen Minuten zwar erst, aber ihre intensive Ausstrahlung spürte er bereits als Kribbeln in der Magengrube. Das Timbre ihrer Stimme, diese putzige Mischung aus englisch und französisch, in der sie mit ihm sprach – Adolf beherrschte beide Sprachen –, war allein schon zum Verlieben.

Horacio war es seinerzeit nicht anders ergangen. Eine Geschäftsreise nach Paris – einige Treffen mit einem gefragten Architekten, der Umbauten am *Savoy* vornehmen sollte – war in einem Gefühlschaos geendet, dem Horacio geglaubt hatte, längst entwachsen zu sein.

Denn der Architekt hatte ihn nach zwei anstrengenden Arbeitstagen ins *Theatre des Champs Elysées* eingeladen, um die berüchtigte »Bananen-Tänzerin« zu sehen, die gerade aus Amerika eingetroffen war und die Pariser Bohème Kopf stehen ließ. Der Bananentanz, bei dem sie nur mit einem Röckchen aus Bananen bekleidet über die Bühne steppte, ließ Horacio jedoch ziemlich kalt, der frenetische Jubel und die vulgären Anfeuerungsrufe der Männer an den Tischen vor der kleinen Bühne stießen ihn ab.

Und als sie bei den letzten Takten ihres »Urwaldtanzes« auch noch das Bananenröckchen fallen ließ, bevor sie in den Kulissen verschwand, war er drauf und dran, das Lokal zu verlassen.

Aber was dann folgte, ließ ihn Zeit und Raum vergessen: Nachdem Josephine Baker die Erwartungen der johlenden Menge erfüllt hatte, sang und tanzte sie so herzergreifend, so gefühlsinnig und dann wieder voller überbordendem Temperament und rhythmischer Ekstase, dass Horacio in der Pause einen Kellner kommen ließ und Eintrittskarten für die vier folgenden Abende orderte.

Nach dem letzten dieser Abende nahm er sein Herz in beide Hände und stellte sich hinter der Bühne in die Warteschlange der Verehrer, die vor der Garderobe ausharrten, um einen Blick auf den Star zu erhaschen. Und Josephine Baker enttäuschte keinen: Sie schüttelte sämtliche Hände, schrieb Autogramme auf Servietten, Speisekarten und Billets, plauderte und lachte, als wäre jeder der Wildfremden ihr bester Freund.

Horacio hatte sich ganz hinten eingereiht in der stillen Hoffnung, vielleicht doch nicht mehr vorgelassen zu werden, denn er befürchtete, keinen Ton herauszukriegen. Er, der sonst nie um eine Pointe verlegen und daran gewöhnt war, stets das letzte Wort zu haben, stand dann plötzlich allein vor der pechschwarzen Frau, die einen Kopf größer war als er, und wusste nicht, was er sagen sollte. Der Federschmuck, den sie im Haar trug, ließ sie noch größer erscheinen. Sie spürte sofort, dass dieser Mann anders war als die übrigen.

Sie musterte ihn eine Weile schweigend aus Augen, deren Make-up vom Schweiß verlaufen war. Unbeholfen stand er in seinem Frack vor ihr, die Hände hinter dem Rücken, eine Nelke im Knopfloch, und vergaß nicht nur das Atmen, sondern auch seinen beachtlichen Bauch einzuziehen, was er sich eigentlich fest vorgenommen hatte.

Nach einer schieren Unendlichkeit fuhr er mit der Hand durch sein schütteres Haar und räusperte sich. Es war dann aber sie, die sprach: Sie habe großen Hunger und noch viel mehr Durst, die Tanzerei sei wirklich schweißtreibend, und ob er sie in ihr Stammlokal am *Place Pigalle* begleiten würde, wo es auch zu später Stunde noch gutes und preiswertes Essen gäbe.

Horacio wollte erwidern, dass er sie liebend gern auch hier am Champs Elysée zum Dinner einladen würde, Geld spiele keine Rolle. Aber er nickte nur. Die Tür zur Künstlergarderobe schloss sich wieder. Horacio stand unbeweglich da, bis Josephine Baker in einem Herrentrenchcoat herauskam, sich bei ihm unterhakte und fragte: »Wie heißt du?«

Horacio hatte Adolf diese Geschichte viele Male erzählt. Aber nie weiter als bis zu diesem Moment. Was anschließend geschah und warum sein Vater dieser Frau jahrelang Briefe geschrieben hatte, erfuhr er nie. »Ich will doch nur wissen, was ihr gegessen habt!«, insistierte Adolf. »Und ob du sie danach noch einmal gesehen hast …«

Horacio hatte sich vorgebeugt und verschwörerisch geraunt: »Sie ist etwas so Besonderes – darüber kann man nicht sprechen. Dafür reicht mein Wortschatz nicht. Ich bin nun mal kein Poet.«

Adolf war sich keineswegs sicher, dass sie den kurzen Weg vom Bahnhof bis zum *Savoy* tatsächlich unbemerkt schaffen würden. Doch der Gepäckträger leistete ungewollt Hilfe: Als er einen Karren mit den aufgetürmten Koffern durch die Menge hindurch zu dem roten Teppich schob, der vor dem Hotel ausgelegt war, gehörte aller Aufmerksamkeit ihm, und Adolf konnte mit seinen Gast unbemerkt den Lieferanteneingang betreten.

»Wieder so ein Milchbubi, der noch nie eine Frau gesehen hat«

Horacio saß derweil in seinem Lieblingssessel am Erkerfenster seiner Privatwohnung im *Savoy* bei einem Glas Cognac, rauchte eine Zigarre und nahm die Notizzettel entgegen, die ein Page ihm brachte. Zettel, auf denen die Namen der eingetroffenen Besucher vermerkt waren. Normalerweise empfingen er und Agatha ihre Gäste unten in der großen, palmenbestandenen Halle, in deren Mitte eine recht gute Kopie der Venus von Milo in einem Springbrunnen badete. Heute jedoch wollten sie es spannend machen: Erst wenn alle eingetroffen sein würden, kurz vor Beginn des Dinners, würden sie erscheinen. Die Gäste, die einander alle kannten – schließlich gehörten sie ausnahmslos zu den führenden Familien der Stadt – würden sich die Zeit schon kurzweilig vertreiben.

Natürlich wusste Agatha, dass es noch einen anderen Grund gab: Horacio hatte sich einen neuen Frack schneidern lassen – weinrot! Und in dem wollte er mit seiner Gattin am Arm die große Freitreppe herunterschreiten. Dazu sollte das Orchester *You're driving me crazy* von Josephine Baker spielen.

Und auch Agatha würde für Gesprächsstoff sorgen: Ihr neues, schulterfreies Abendkleid von Béchoff-David war atemberaubend. Horacio konnte durch die halb geöffnete Tür des Ankleidesalons beobachten, wie die Schneiderin letzte Hand anlegte. Das Kleid war ein Traum! Und Agatha ebenso. Immer, wenn die Schneiderin den Stoff etwas anhob – Agatha stand auf einem kleinen Podest – und ein Stückchen ihrer Beine zu sehen war, wurde Horacio unruhig.

Der Page brachte einen neuen Zettel: Max Schmeling war eingetroffen. Von der Straße brandete Applaus herauf. Horacio spähte aus dem Fenster und sah, wie der Boxer über den roten

Teppich schritt. Ja, das Jahr 1930 würde in den Annalen der Stadt Hamburg dick unterstrichen werden, da war er sich sicher.

Endlich hatte die Schneiderin ihr Werk vollendet und verließ den Salon. Horacio erhob sich aus seinem Sessel und blickte gespannt zur Tür des Ankleidezimmers. Er hörte das Rascheln des Kleides, das Klackern von Pumps auf dem Parkettboden. Dann wieder Ruhe. »Agatha?«, sagte er. »Nun zeig dich endlich! Wir müssen bald runter …«

Keine Antwort, nichts zu hören. Auf Zehenspitzen ging Horacio zur Tür auf und lugte in den winzigen Raum.

Auf dem Podest lag das Kleid, ohne Agatha. Die hatte sich auf der Ottomane ausgestreckt, ihr schwarzes Korsett sowie die schwarzen Seidenstrümpfe kontrastierten aufs Herrlichste mit ihrer elfenbeinfarbenen Haut. Sie lag auf der Seite, ein Bein angewinkelt, den Kopf auf die Hand gestützt und sah ihn an. Horacio gingen die Augen über.

»Weiß du noch vor 40 Jahren?«, fragte Agatha. »Heute vor 40 Jahren wurdest du zwanzig und hast mich heimlich in der Garderobe beobachtet, so wie jetzt …«

Ja, natürlich wusste er das! Wie könnte er das je vergessen – Agatha in der Künstlergarderobe der *Kakadu Bar* in der Hafenstraße. Und er: Gerade abgemustert von einem schrottreifen Bananenfrachter zum ersten Landgang auf St. Pauli; hatte nur etwas essen und trinken wollen, dann ein Quartier für die Nacht suchen und am nächsten Morgen eine neue Heuer finden – das war der Plan gewesen. Als Horacio dann den schummrigen Gang von der kleinen Bühne nach hinten ging, wo die Tänzerinnen sich umzogen, kam alles ganz anders: Er sah diese junge Frau in der Garderobe auf einer Ottomane liegen, kaum bekleidet, eine Zigarettenspitze an den Lippen. »Ich habe dich erwartet«, sagte sie, so wie sie es immer tat, wenn ein Kunde kam, und dabei gedacht: Wieder so ein Milchbubi, der noch nie eine Frau gesehen hat. Als er vor ihr kniete und eine Hand auf ihre Hüfte legte, lächelte sie routiniert. Sie ahnte noch nicht, dass dieser Milchbubi der Mann ihres Lebens werden würde.

»Ich habe dich nicht beobachtet!«, versuchte Horacio sich jetzt zu rechtfertigen. »Ich – ich wollte nur …« Aber das war gar nicht nötig. Agatha war wieder das junge Mädchen, ihr Blick, ihr Lächeln, die Art, wie sie den Kopf leicht in den Nacken fallen ließ – die Jahre hatten nichts verändert. »Alles Liebe zum Geburtstag!«, sagte sie. »Ich hatte gehofft, dass du zu mir kommst, bevor wir nach unten müssen.«

Das Kleid saß dann nicht ganz so perfekt, wie die Schneiderin es sich vorgestellt hatte, aber das Erscheinen der beiden auf der Freitreppe löste trotzdem vielfaches »Ahh« und »Ohh« aus. Horacios roter Frack war eine Sensation, Agathas Kleid hinreißend. Als das Paar seine Gäste begrüßte, jeden einzeln mit Handschlag, Handkuss und herzlichen Worten, gab es nur strahlende Gesichter. Das Warten hatte sich gelohnt.

Dann wurden die Türen zum festlich geschmückten Speisesalon geöffnet. Adolf, der mit seiner jungen Gemahlin Thea hinter dem Jubilar schritt, flüsterte seinem Vater zu: »Thea und ich müssen euch nachher etwas mitteilen. Erinnerst du mich bitte daran?«

Horacio, der Geheimnistuerei nicht mochte, zischelte über die Schulter zurück: »Wenn's wichtig ist, dann sag' es gleich!« Aber Adolf lächelte nur vielsagend.

Das Essen war so hanseatisch, wie es nur sein konnte. Aber die beiden Pariser Küchenchefs, die das *Savoy* beschäftigte und sein Restaurant über Hamburgs Grenzen hinaus bekannt gemacht hatten, schafften es, daraus eine Kreation zu machen.

Zwischen Matjes und Fischpfanne erhob sich der Bürgermeister und hielt eine begeisterte Rede auf den großen Mäzen Hamburgs, versäumte es dabei nicht, seiner Hoffnung Ausdruck zu verleihen, dass er der Stadt noch lange erhalten bleiben möge. Eine halbe Stunde später, zwischen Fischpfanne und Labskaus, hob der Leiter des Hamburger Kunstvereins zu seiner Laudatio an, die von den zahlreich anwesenden Malern, Dichtern und Musikern immer wieder mit frenetischem Applaus begleitet wurde. Zwischen Labskaus und Roter Grütze war es dann

Adolf, der um Ruhe bat. »Ich gestehe, es ist mir schwer gefallen ist, ein passendes und sinnvolles Geschenk für meinen Vater zu finden«, sagte er. »Letztlich war es meine Gattin, die entscheidend dabei geholfen hat, sodass ich euch, meine lieben Eltern, nun mitteilen kann, dass nach Ablauf der dafür erforderlichen natürlichen Zeitspanne der Fortbestand unserer Familie auch über meine Generation hinaus als gesichert angesehen werden kann. Man könnte sagen …«

Ein Aufschrei unterbrach Adolfs Ansprache – Agatha erhob sich von ihrem Stuhl, fiel erst ihrem Sohn, dann ihrer Schwiegertochter um den Hals. Dann drückte sie Horacio an ihren Busen und rief immer wieder: »Nun sag doch was, nun sag doch was …!«

Das tat Horacio wohl auch, aber seine Worte gingen im Jubel der Anwesenden unter. Als er spürte, dass er die Tränen der Freude nicht länger würde zurückhalten können, entschuldigte er sich und ging eiligen Schrittes Richtung Ausgang, um eine Minute allein zu sein.

»Ich hoffe, du hast begriffen, worum es geht«

Draußen vor dem Speisesalon lehnte Horacio sich gegen die Tür, zog ein Taschentuch aus seiner Brusttasche und schnäuzte sich ausgiebig. Als er sich wieder unter Kontrolle hatte und in den Saal zurückkehren wollte, eilte der Empfangschef auf ihn zu. »Herr Direktor, ich bitte um Entschuldigung, aber da sind einige Herren, die Sie dringend sprechen möchten.« Er deutete zum Foyer.

»Herren?«, fragte Horacio.

Der Empfangschef nickte. »Dringend«, fügte er hinzu, »sie sagen, es dulde keinen Aufschub.«

Horacio Lembach trat ein paar Schritte vor, um zum Foyer zu blicken – und zuckte zurück. Dem Empfangschef entging diese Reaktion nicht. »Soll ich den Sicherheitsdienst rufen lassen?«, fragte er besorgt.

»Nein, lassen Sie nur«, antwortete Horacio. Er straffte die Haltung, strich seinen Frack glatt und schritt auf die vier Männer zu, die um einen der kleinen Tische saßen und ihm gespannt entgegen blickten. »Bereiten Sie bitte den kleinen Besprechungsraum vor«, sagte Horacio noch leise zum Empfangschef.

»Vorbereiten?«

»Naja, aufschließen meine ich. Lassen Sie ihn öffnen, möglichst sofort.«

Ohne die Männer zu begrüßen, sagte Horacio knapp: »Wenn Sie mir bitte folgen wollen …«, und ging voraus zur Treppe, die ins Souterrain des *Savoy* führte.

Adolf verließ einige Minuten nach seinem Vater den Speisesalon, um nach ihm zu suchen. Er konnte sich nicht erinnern, ihn je so aufgewühlt gesehen zu haben. Sicher, er wusste, dass seine Eltern sich nichts sehnlicher als einen Stammhalter wünschten, aber dass die Mitteilung ihn so aufwühlen würde, hatte er nicht erwartet. Er trat auf den Gang hinaus und sah gerade noch, wie sein Vater zusammen mit unbekannten Männern die Treppenstufen nach unten nahm. Fragend sah er den Empfangschef an, der in der Halle stand. »Sie wollen in den kleinen Besprechungsraum«, erklärte der.

Adolf war unschlüssig. Sollte er seinem Vater folgen, oder zurück in den Festsaal gehen? Er hatte kein gutes Gefühl. Wer waren die Männer? Was gab es an einem Tag wie diesem so Wichtiges zu besprechen, dass Horacio seine eigene Feier verließ?

Er nickte dem Empfangschef dankend zu und eilte ebenfalls die Treppe hinunter. Unten angekommen sah er gerade noch, wie sich die Tür des Besprechungszimmers schloss und drinnen sofort ein lautstarker Disput begann. Adolf stellte sich nahe an die Tür. Lauschen!, dachte er. Wann habe ich zuletzt mal gelauscht? Als kleiner Junge vielleicht, wenn die Männer und Frauen des Dienstpersonals sich in ihren Aufenthaltsräumen Witze erzählten und schallend lachten. Adolf verstand die Witze zwar nicht, aber er lachte trotzdem mit. Dies führte dann fast immer dazu, dass man ihn erwischte, aber sein Lauschen störte niemanden. Die Menschen im *Savoy* fühlten sich wie eine große Familie, und Adolf war irgendwie auch IHR Sohn gewesen, er gehörte allen.

Er fühlte sich nicht wohl in seiner Haut und gleichzeitig ahnte er, dass er das Richtige tat. Denn der Lärm drinnen schwoll an. Mit einem Ruck öffnete Adolf die Tür und stand mitten in dem kleinen Raum, in dem normalerweise das Personal seine Dienstbesprechungen abhielt. Am Tisch saßen mit dem Rücken zu ihm vier Männer, ihnen gegenüber sein Vater. Für einen Moment verstummten alle, dann sagte Horacio: »Du kommst gerade richtig. Unsere Diskussion ist am entscheidenden Punkt angelangt, nicht wahr, meine Herren?«

»Spiel hier nicht den feinen Pinkel, du Emporkömmling – von wegen ›meine Herren‹ und so. Ich hoffe, du hast begriffen, worum es geht.«

»Ich denke schon: Ihr verlangt von mir 10.000 Reichsmark für euer Stillschweigen. Habe ich das richtig verstanden?«

»Hast du. Ist ja auch nicht so schwer, oder?«

»Nein, sicher nicht. Ich will es nur kurz meinem Sohn erklären, damit er weiß …«

»Du erklärst hier jetzt gar nichts, außer dass du einverstanden bist. Und wenn nicht, können wir auch ganz andere Saiten aufziehen …«

Er konnte den Satz nicht vollenden, denn Horacio war von seinem Stuhl hochgeschnellt, hatte den Mann an den Haaren gepackt und knallte sein Gesicht auf die Tischplatte. Dann riss er den Kopf des Mannes erneut hoch und wiederholte es mehrmals. Blut spritzte aus Mund und Nase über den Tisch, röchelnd fiel der Mann zur Seite und auf den Boden, als Horacio ihn endlich losließ.

Die drei anderen waren aufgesprungen, unschlüssig, was sie tun sollten, und blickten zwischen Adolf und Horacio hin und her. »Kommt!«, sagte einer, lief zur Tür und verschwand. Die beiden anderen zögerten keine Sekunde, dann folgten sie ihm.

Adolf sah seinen Vater entsetzt an, dann beugte er sich zu dem Mann am Boden, der sich nicht rührte. »Ich glaube, er atmet nicht mehr!«, sagte er fassungslos. »Wer ist das? Was wollten die Kerle von dir?«

»Der atmet noch, keine Sorge. Unkraut vergeht nicht so schnell.«

»Du kennst ihn?«

Horacio nickte. »Komm, setz dich«, sagte er.

»Aber hier ist alles voller Blut …«

»Dann eben dorthin«, sagte Horacio und deutete auf zwei Sessel, die in einer Ecke des Raumes vor einem Kamin standen.

Adolf sah seinen Vater fragend er. »Machst du öfter solche Sachen?«

Horacio sah auf einmal sehr alt und müde aus, als er antwortete: »Ist schon eine Weile her …«

»Was soll das heißen?«

»Genau das.«

»Mit anderen Worten: Es gab Zeiten, da war sowas normal?«

»Wenn du's so nennen willst.«

»Vermutlich zu der Zeit, als du im Hafen gearbeitet hast.«

Horacio legte die Stirn in Falten und wiegte seinen schweren Kopf langsam hin und her. »Zu der Zeit, ja …«

»Und wieso jetzt wieder?«

»Du hast doch gehört, was der Kerl gesagt hat.«

»Schuldest du ihnen Geld?«

»Nein. Ich hab ihnen allerdings mal ein Geschäft vermasselt. Das ist lange her, ich hätte nie gedacht, dass mich die Geschichte nochmal beschäftigen würde.«

»Wie lange?«

»Viele Jahre. Du warst gerade geboren und wir brauchten Geld. Ich fuhr Doppelschichten im Hafen, seit deine Mutter nicht mehr arbeitete.«

»Sie hat gearbeitet? Im Hafen?«

»Nicht direkt«, sagte Horacio, »eher am Rande – aber darum geht es hier nicht.«

»Also erzähl schon! Was wollen die Kerle von dir?«

Horacio seufzte, dann lehnte er sich zurück. »Also gut«, sagte er, »es war kurz nach Neujahr 1900, ein saukalter Winter. Ich arbeitete im Stückguthafen, am Togo-Kai. Hier wurden die Schiffe gelöscht, die aus den afrikanischen Kolonien kamen. Kolonialwaren. Tee, Kaffee, Baumwolle, Maniok, und auch Erze. Da gab's reichlich zu schleppen, sie nahmen da nur die Großen und Kräftigen.«

»So wie dich …«

Horacio nickte. »Jeden Morgen ging man hin, und wenn ein Pott da war und es was zu löschen gab, wurde man für einen Tag angeheuert. Abends gab es dann das Geld.«

Horacio gehörte zu denen, die fast immer genommen wurden. Denn neben Körperkraft war auch Intelligenz und Mitdenken gefragt. Und Verschwiegenheit. Wer ein Problem damit hatte, dass ein nicht geringer Teil der Ladung in den Taschen der Schiffsagenten, Transportunternehmer oder Vorarbeiter landete, war hier fehl am Platz. Horacio hatte kein Problem damit. Hin und wieder eine Bananenstaude oder ein Sack Kaffee – das war schon eine schöne Sache, auch für Horacio. Die Reeder und Hafenbetriebe kalkulierten so etwas von vornherein mit ein. Auch die niedrigen Löhne, die sie den Hafenarbeitern zahlten, wurden stillschweigend damit gerechtfertigt. Und niemand murrte.

Die Spätschichten waren besonders begehrt, hier wurden nur die besten und loyalsten Arbeiter genommen. Horacio zählte dazu. Nichts hören, nichts sehen war die Devise. Doch selbst Horacio, als allseits geschätzter und respektierter Stauer, wurde an manchen Abenden nicht genommen: Immer dann, wenn es eine ganz besondere Ladung zu löschen gab. Meist kamen solche Schiffe aus Togo.

Anfangs wunderte Horacio sich, warum an solchen Tagen mit dem Löschen gewartet wurde, bis die Dunkelheit einsetzte. Es vergingen dadurch teure Liegestunden, in denen nichts geschah. Dann kamen ihm seltsame Gerüchte zu Ohren über »schwarze Fracht«. Und da wollte er mehr wissen.

Am Neujahrstag des Jahres 1900, nach Ende der Tagesschicht, blieb Horacio am Kai, verbarg sich in einem ausgedienten Schuppen und wartete. Es war eiskalt, und er verfluchte bereits seinen Entschluss. Als er gerade aufgeben und sich davonschleichen wollte, hörte er, wie die Ladeluken geöffnet wurden. Er spähte durch einen Spalt im Holz des Schuppens nach draußen. Was er sah, mochte er zunächst kaum glauben: Aus den Luken kletterten über ein Dutzend Männer, spärlich bekleidet und mit zusammengebundenen Händen. Schwarze Männer.

Man führte sie die unbeleuchtete Gangway herunter bis zu einem Lastwagen, der mit laufendem Motor wartete, auf dessen Ladefläche sie getrieben wurden. Als sie unter einer Abdeckplane verschwunden waren, setzte sich der Wagen sofort in Bewegung und fuhr davon.

Dann begann reges und lautes Treiben an Bord: Die reguläre Entladung des Schiffes begann, hauptsächlich exotische Früchte, die sich bei den betuchteren Familien Hamburgs großer Beliebtheit erfreuten. Horacio stahl sich unbemerkt davon.

»Was sollte das?«, fragte Adolf. »Was waren das für Afrikaner? Sklavenhandel war doch schon längst verboten.«

»Ja, deshalb ja auch die Heimlichkeit. Es waren Afrikaner, die mit dem Versprechen, in Europa gutes Geld für gute Arbeit verdienen zu können, an Bord gelockt und hier dann als Hausmohren an reiche Haushalte verkauft wurden. Ein florierender Schwarzmarkt, sehr diskret, es gab fast nie Pannen. Und wenn mal jemand ins Wasser fiel, dann wurde das als bedauerlicher Verlust abgeschrieben.«

»Hausmohren? Was soll das sein?«

»Früher hielt sich der Hochadel Afrikaner, die prächtig gekleidet in ihren Schlössern Verwendung fanden: Gästen die Türen aufhalten, Essen servieren, dekorativ als Kerzenhalter in der Ecke stehen. Als der alte Adel ausgedient hatte, übernahm der neue Geldadel diese Tradition: Die Reichen – Fabrikanten, Reeder, Bergwerksbesitzer –, die sich mit rauschenden Festen in ihren riesigen Villen gegenseitig zu übertrumpfen versuchten. Wer die meisten Mohren besaß, war König.«

»Und dieser Menschenschmuggel war allgemein bekannt?«, fragte Adolf ungläubig.

»Nein, natürlich nicht. Als ich die Afrikaner zum ersten Mal sah, wie sie da bei eisiger Kälte kaum bekleidet von Bord gebracht wurden, wusste ich es auch noch nicht.«

Horacio erfuhr mehr darüber, nachdem er Agatha davon berichtet hatte, und die wiederum ihrem Bruder, der Vorarbeiter im Petroleumhafen war. August, so hieß der große, kräftige Mann, der sich nebenher als Ringer in *Hippodrom* auf der Reeperbahn ein Zubrot verdiente, suchte Horacio umgehend in dessen Stammlokal *Störtebeker* auf und ließ sich berichten. Gerüchte dieser Art seien schon seit einigen Monaten im Hafen zu hören, erklärte August, aber jemanden, der es mit eigenen Augen gesehen hatte, habe er bislang noch nicht getroffen. Die Hafenmeisterei sei sehr daran interessiert, Licht ins Dunkel zu bringen. Nun gäbe es einen Augenzeugen! Nämlich Horacio. Das ändere die Sache grundlegend. Wie, das wusste er allerdings auch nicht genau. Denn es bestand das Problem, dass Horacio keine Namen der Beteiligten kannte und auch nicht wusste, wohin die Afrikaner gebracht worden waren. Wer würde ihm da glauben? Und dass er den Namen des Schiffes kannte, im dem die schwarzen Männer gekommen waren, würde nichts nützen, denn zweifellos würden alle Spuren beseitigt worden sein.

»Es war dann deine Mutter, die nicht locker ließ«, erklärte Horacio seinem Sohn. »Sie meinte, eine solche Schweinerei könne man nicht einfach auf sich beruhen lassen und hielt uns vor, Feiglinge zu sein. Ich selbst hätte mit diesem Vorwurf leben können – August jedoch nicht. Er lief als Ringer immer dann zu ganz großer Form, wenn das Publikum ihn mit dem Ruf ›Feigling, Feigling!‹ anstachelte. Ja, er war ein wenig einfältig, strotzte jedoch vor Tatkraft. Deshalb hatte er es auch im Petroleumhafen zum Vorarbeiter gebracht, obwohl er kaum lesen und schreiben konnte. ›Sie hat recht‹, sagte er zu mir, ›wir müssen irgendetwas tun! Oder willst du, dass sie deinem Sohn irgendwann erzählt, was für ein Schlappschwanz du bist?‹ Dabei deutete er auf dich, der du an Agathas Brust saugtest und dabei mit weit aufgerissenen Augen zu mir herüber blicktest, als hättest du genau verstanden, was gesprochen wurde. Also, was sollte ich machen …?«

Die Dinge kamen ins Rollen, als Horacio wenige Tage später ein Gespräch zwischen zwei Schauermännern hörte, in dem es wieder um eine Ladung aus Togo ging und dass es in zwei Tagen soweit sei.

So blieb für Horacio und August wenig Zeit, einen Plan zu entwickeln. Ziel war es, die Verladung der Afrikaner zu stören und damit Aufsehen zu erregen – dann konnten Zoll und Wasserschutzpolizei die Sache nicht länger verheimlichen. August hatte die Idee, eine kleine schlagkräftige Truppe zusammenzutrommeln und zu sehen, wie sich die Dinge entwickeln. »Der Überraschungseffekt wird auf unserer Seite sein!«, sagte er.

Dem konnte Horacio nicht widersprechen. Und als August am nächsten Tag mit acht seiner Ringerkumpanen im *Störtebeker* auftauchte und erklärte, sie hätten für den nächsten Abend nichts anderes vor und freuten sich auf eine kleine Abwechslung, sah Horacio es schon vor sich: Ja, es würde ein Leichtes sein, die Afrikaner zu befreien und der Polizei zu übergeben – zusammen mit ihren Entführern.

Der Frachter aus Togo wurde für 20 Uhr erwartet, er hatte bereits mittags das Feuerschiff in der Elbmündung passiert, und die Hafenmeisterei hatte den Liegeplatz festgelegt – derselbe Kai, an dem Horatio eine Woche zuvor alles beobachtet hatte. Bei Einbruch der Dunkelheit trafen er, August und die acht Ringer am verlassenen Kaischuppen ein. Sie waren kaum darin verschwunden, als zu ihrer Verwunderung Polizei auftauchte – vier Beamte in voller Montur! Horacio beobachtete, wie die Polizisten nervös an der Kaimauer auf und ab gingen und Ausschau hielten. Es dauerte jedoch noch eine Weile, ehe der Frachter aus dem dunstigen Dunkel auftauchte und festmachte.

Dann war alles wie beim letzten Mal: Zunächst erschienen einige Matrosen an Deck und blickten auf die Kaianlagen herunter, dann ließen sie die Gangway herunter und öffneten die Ladeluken. Verblüfft beobachtete Horacio, wie die Polizisten an Bord gingen und von der Mannschaft begrüßt wurde, als hätte man sie erwartet.

»Sieht fast so aus, als wären die eine Art Geleitschutz«, flüsterte August, »so als wollten sie die Fracht bewachen …«

»Ja«, nickte Horacio, »die gehören dazu, eindeutig! Sonst hätten sie längst was unternommen.«

»Sauvolk!«, zischte August, »die sollen uns kennenlernen.« Er wandte sich zu seinen Männern.

»Es geht los! Keiner rührt die Afrikaner an! Mit den anderen könnt ihr machen, was ihr wollt …«

Das taten sie dann voller Inbrunst. Die Überraschung war perfekt, als die zehn Männer geduckt und geräuschlos die Gangway heraufkamen und sich mit Gebrüll auf die entsetzten Matrosen und die vier Polizisten stürzten. Es gab ein kurzes Handgemenge, nach wenigen Minuten lagen die Besatzungsmitglieder und drei der Polizisten am Boden, die Ringer standen triumphierend über ihnen.

Horacio sah aus den Augenwinkeln, wie der vierte Polizeibeamte die Afrikaner, die während der Prügelei aus der Luke geklettert waren, die Gangway hinuntertrieb in Richtung eines Lastwagens, der mit laufendem Motor am Kai stand. Die Scheinwerfer schnitten durch das Schneetreiben, seine Abgase hüllten die Szenerie in Nebel.

»Ich habe auf dem Absatz kehrt gemacht und bin hinterher«, erzählte Horacio dem atemlos lauschenden Adolf weiter. »Die Gangway war glatt, die schwarzen Männer schlitterten und stolperten hinunter, ich ebenso. Und dann prallte ich auf den Polizisten. Wir stürzten beide zu Boden, er war schneller als ich auf den Beinen, nestelte an seinem Holster, um seine Pistole zu zücken. Zu meinem Glück war er entweder zu nervös oder der Druckknopf ließ sich nicht lösen. Das verschaffte mir die Zeit, mir einen Enterhaken zu greifen. In dem Moment, als er die Waffe auf mich richtete, schlug ich zu. Er hatte seinen Helm schon zuvor verloren, das schwere Eisen krachte auf seinen Schädel. Er torkelte auf mich zu, und wenn ich nicht einen Schritt zur Seite gemacht hätte, wäre er mir in den Arm gefallen. So jedoch stürzte er von der Gangway ins eisige Wasser.«

Adolf sah seinen Vater fassungslos an. »Du hast ihn erschlagen? Einen Polizisten?«

Horacio nickte. »Was hättest du denn getan? Wenn eine Waffe auf dich gerichtet ist, musst du handeln. Schnell, sehr schnell.«

»Und dann?«

»Ich hörte, wie der Lastwagen fortfuhr. Und dann sah ich die sechs Afrikaner wie erstarrt vor mir stehen. Als ich einen Schritt in ihre Richtung tat, sagte einer von ihnen etwas – sehr ruhig und bestimmt –, und wie vom Katapult geschossen, rannten sie davon. Ich sah sie noch ein paar Sekunden lang, dann verschluckte sie das Dunkel der Nacht.«

»Was war mit dem Polizisten?«

»Einige Tage später stand in der Zeitung, dass er tot aus dem Wasser gefischt worden war. Das große Rätsel: Wie war er dort hineingekommen? Er war Streifenpolizist, hatte im Hafen eigentlich nichts verloren. Aber vier weitere Besatzungsmitglieder, die erst nach dem Handgemenge an Deck gekommen waren, hatten alles beobachtet. Dann schlichen sie sich vorbei und kamen die Gangway herunter. Als sie vor mir auftauchten, erkannte ich sie: Es waren ehemalige Stauer aus dem Frachthafen, mit denen ich zusammengearbeitet hatte und die dann auf der Afrika-Linie als Matrosen angeheuert hatten. Einer trat so dicht an mich heran, dass unsere Nasen sich berührten, und zischte: ›Du hast uns das Geschäft versaut! Dafür wirst du bezahlen, du Schwein! Wir haben Zeit, wir werden dich finden, wo immer du bist‹.«

Horacio deutete auf den Mann am Boden. »Der da?«, fragte Adolf.

Horacio nickte. »Sie verschwanden im Dunkel der Nacht und haben dann erstmal die Stadt verlassen.«

»Aber sie haben nichts in der Hand, womit sie dich erpressen könnten!«, sagte Adolf. »SIE sind es schließlich, die auf frischer Tat ertappt wurden.«

Horacio lächelt müde. »Der Tod des Polizisten – der ist aktenkundig«, sagte er. »Als einziges Ergebnis dieser Nacht. Und sie wollen gemeinsam bezeugen, dass sie gesehen hätten, wie ich ihn erschlug.«

»Was wirst du tun?«

Horacio erhob sich schwerfällig und sah auf den Mann herunter. »War mal ein netter Kerl«, murmelte er. »Was ich tun werde? Erstmal muss er von hier verschwinden, dann wird weiter Geburtstag gefeiert – und dann sehen wir weiter. Man vermisst uns gewiss schon im Festsaal.«

Horacio rief nach dem Empfangschef, teilte diesem mit, dass der am Boden liegende Herr einen Schwächeanfall erlitten hätte, dabei mit dem Gesicht auf die Tischplatte gestürzt sei und beauftragte ihn, den Verletzten in ein Taxi zu setzen und ins Krankenhaus fahren zu lassen.

»Ich durfte eine Nacht lang ihre Gegenwart genießen«

Der Speisesalon war leer, als Horacio und Adolf dorthin zurückkehrten. »Die Herrschaften sind bereits im Ballsaal«, sagte der Oberkellner. »Ihre Frau Gemahlin ist – ein wenig aufgebracht, Herr Direktor …«

»Danke, Gérard«, erwiderte Horacio, »dann sollten wir keine weitere Zeit verlieren!«

Als sie den Ballsaal erreichten, empfing Agatha sie mit hochrotem Gesicht. »Bist du von allen guten Geistern verlassen?«, zischte sie. »Wo treibt ihr euch herum? Die Show hätte schon längst beginnen sollen! Länger hätte ich die Leute nicht mehr hinhalten können.«

Statt einer Antwort legte Horacio seinen Arm um Agathas Taille, führte sie in die Mitte der Tanzfläche, gab dem Orchester einen kleinen Wink, und dann wirbelte er Agatha zu einem ChaChaCha übers Parkett, der sie jeden Atem für weitere Schimpftiraden verlieren ließ. Nach zwei Minuten, als die Musik endete, hatte sie ihren Ärger vorerst vergessen, der Applaus der Gäste ließ ihre geröteten Wangen noch mehr leuchten. Gleich vor der Bühne nahmen sie Platz am Ehrentisch, zusammen mit dem Präses der Handelskammer samt seiner bildhübschen Tochter, die die erkrankte Mutter vertrat, sowie dem zweiten Bürgermeister und seiner Gattin. »Wenn mein Mann doch auch so tanzen könnte …«, sagte diese gerade noch, als sich der Vorhang hob und den Blick auf die Bühne freigab, wo die *Comedian Harmonists* Aufstellung nahmen und ihren Erfolgsschlager *Mein Papagei frisst keine harten Eier* intonierten.

Das Musikprogramm riss das begeisterte Publikum ein ums andere Mal von den Sitzen. Den größten Applaus erhielt die Frau, die eigentlich gar nicht singen konnte, aber dafür umso mehr Gefühl in ihre gehauchten Worte legte: Marlene Dietrich. Während sie ihre Zugabe vortrug, erhob Adolf sich unauffällig von seinem Platz und huschte geduckt aus dem Raum.

Er fand Josephine Baker in ihrer Suite in einem mit Pailletten besetzten, dunkelblauen Abendkleid vor dem Schminkspiegel sitzend, was ihn einen Seufzer der Erleichterung ausstoßen ließ: Er war die ganze Zeit von dem alptraumhaften Gedanken verfolgt worden, sie könnte im Bananenkostüm auftreten wollen.

Aber sie saß da wie eine Königin, kerzengerade, den langen Hals ein wenig nach hinten gebogen, und sog an ihrer Zigarrespitze. »Erwartet er mich?«, fragte sie.

»Er weiß es immer noch nicht. Darf ich Sie hinunter geleiten?«

Es war der perfekte Augenblick. Marlene Dietrich hatte gerade die Bühne verlassen – und prallte zurück, als sie im Gang zur Garderobe der »schwarzen Gazelle« gegenüber stand. »Nein«, stammelte sie, »nein, das glaube ich nicht!«

»Sie müssen Marlene sein«, sagte Josephine Baker, »ganz Paris spricht über Sie. Ihr neuer Film ist eingeschlagen wie eine Bombe!«

»Tatsächlich? Und Sie – nein, ich kann es immer noch nicht glauben …« Sie rieb sich die Augen, trat dicht an Josephine Baker heran. »Sie wollen auftreten?«, flüsterte sie. »Hier? Jetzt?«

»Ja. Für ihn. Ich bin seine Geburtstagsüberraschung.«

»Hoffentlich überlebt er das«, sagte Marlene Dietrich. »Er hat mir mal von Ihnen erzählt – er vergöttert Sie.«

Josephine Baker lachte. »Das ist das Mindeste, was ich erwarte«, sagte sie.

Marlene überlegte eine Sekunde, dann fasste sie Josephine Baker am Arm. »Kommen Sie«, sagte sie, »darf ich Sie ansagen?«

Josephine Baker sah Adolf fragend an. »Gern«, erwiderte er, »besser geht's nicht!«

Das Publikum hatte eben wieder Platz genommen, als zur allgemeinem Verblüffung Marlene Dietrich noch einmal auf die Bühne trat. Den aufkommenden Jubel wischte sie mit einer Handbewegung beiseite. »Ich bin hier, um Ihnen zu sagen, dass dort« – sie deutete zum Vorhang hinter sich – »jemand auf Sie wartet, der der Inbegriff der Chansonkunst ist. Die Königin des Varieté! Eine Frau, bei deren Anblick ich solches Herzklopfen bekomme, dass ich meine eigene Stimme kaum noch hören kann. Können SIE mich noch hören?«

Lachen im Saal, verwundertes Raunen.

»Also dann«, sagte sie, »ich hole sie jetzt!« Sie trat einige Schritte zurück, streckte ihre Hand hinter den Vorhang – und führte Josephine Baker auf die Bühne.

Sie sang nur zwei Lieder. Zuerst ihre berühmtes *Ne me quitte pas,* dann eine von ihr selbst kreierte Fassung des Gassenhauers *In Hamburg sind die Nächte lang* in einem deutsch-französisch-englisch, die das Publikum zu Lachsalven hinriss.

Adolf stand an der Seite der Bühne und beobachtete seinen Vater, dessen Mienenspiel von völligem Unglauben über Fassungslosigkeit, allmählichem Begreifen bis zu grenzenloser Begeisterung wechselte. Und ihm entging auch nicht, wie aufmerksam Agatha ihren Mann beobachtete, ihre Blicke in schnellem Wechsel zwischen der schwarzen Frau auf der Bühne und Horacio. Adolf begann zu ahnen, dass hier gerade eine Zündschnur Feuer fing und überlegte fieberhaft, wie er sie schnellstmöglich wieder löschen konnte, bevor der Sprengstoff hochgehen würde.

Doch zunächst verlief der Abend wie ein Traum, zumindest für Horacio. Bei der anschließenden Party in den Privaträumen der Lembachs im Kreis der engsten Freunde schien Horacio stets eine Handbreit über den Boden zu schweben. Nachdem er erfahren hatte, dass Adolf der Initiator der Überraschung war, nahm er ihn immer wieder in den Arm und flüsterte ihm zu, dass dies der Höhepunkt des Tages sei – ach was: seines Lebens! Und Adolf fing immer wieder den Blick seiner Mutter auf, der nichts Gutes verhieß.

Zum Glück – so empfand es Adolf – widmete der Star aus Paris seine Aufmerksamkeit mit zunehmender Dauer der Party immer mehr dem Mann mit dem breitesten Rücken. Zu vorgerückter Stunde, als nur noch wenige Gäste im Vollbesitz eines nüchternen Verstandes waren, zog sich Josephine Baker in ihre Suite zurück, mit Max Schmeling im Schlepptau, der, wie Adolf fand, auch schon einen recht angeschlagenen Gang hatte. Aber vielleicht gehen Boxer immer so, dachte er.

Die Zündschnur erreichte den Sprengsatz erst am nächsten Vormittag. Im Hotel herrschte emsige Betriebsamkeit, das Personal beseitigte die Spuren des rauschenden Festes, viele Gäste, die im *Savoy* übernachtet hatten, reisten ab. Adolf und Thea hatten entschieden, an diesem Tag einmal Fünfe gerade sein zu lassen: Sie bestellten sich das Frühstück ans Bett. Horacio hatte immer die Ansicht vertreten, bestimmte Dinge geziemen sich nicht für die Inhaber eines Hotels, dazu zähle auch, im Bett zu frühstücken. Ihre Aufgabe sei es, rund um die Uhr für die Gäste da zu sein. Frühstück im Bett war da völlig ausgeschlossen.

Sie konnten es dann auch nur für kurze Zeit genießen: Kaum hatten sie die Champagnerflasche geöffnet, als es klopfte. Adolf öffnete die Tür einen Spalt – und prallte zurück, als stünde ein Geist vor der Tür. »Darf ich?«, hörte Thea vom Bett aus Horacios Stimme und verschluckte sich an ihrem Champagner. Sie zog die Decke bis zum Hals – ihr Schwiegervater hatte sie noch nie im Bett gesehen.

Aber Horacio hatte keinen Blick für sie, er sagte nur: »Sie hat mich rausgeworfen«, und ließ sich in einen Sessel fallen.

»Wo?«, fragte Adolf.

»Aus unserer Wohnung. Du weißt doch wohl, wo das ist? Genau über dieser hier …«

»Ja ja, das weiß ich. Aber möchtest du uns erzählen, warum?«

Horacio sah kurz zu Thea hinüber. »Wegen meines singenden Geburtstagsgeschenks.«

»Ich – ich hab's nur gut gemeint …«

Horacio stöhnte und umfasste seinen Kopf mit beiden Händen, als wäre er zentnerschwer.

»Es war ja auch eine gute Idee, eine liebevolle Idee!

Eine größere Freude hättest du mir nicht machen können. Aber – irgendwie auch keine gute Idee …«

»Du hast ja auch immer so ein Geheimnis gemacht aus der Sache mit dir und ihr …«

Horacio stemmte aus dem Sessel hoch. »Da ist keine Sache!«, sagte er entschieden. »Oder wie immer du es nennen willst! Da ist nie etwas gewesen, worüber man die Nase rümpfen könnte. Nur, dass ich diese Frau himmlisch finde. Ihr habt sie ja gestern erlebt! Selbst bei diesem kleinen Auftritt war doch für jeden zu sehen, wie sie auf Menschen wirkt.«

»Vor allem auf Boxer …«

»Ja, das gehört dazu bei ihr. Sie hat dieses Ursprüngliche, Wilde – wie soll ich sagen: Was sie will, das nimmt sie sich. Auf diese Weise nährt sie ihr Genie. Ja, sie ist ein Genie! Mich hat sie nie gewollt, das hätte ich auch niemals erwartet. Aber ich durfte eine Nacht lang ihre Gegenwart genießen! Einfach nur neben ihr sitzen und zusehen, wie sie isst und trinkt und lacht und redet. Das war's. Das hat mir vollauf genügt.«

»Und das hast du Mutter erzählt?«

»Immer wieder …«

»Aber sie glaubt dir nicht …«

Horacio nickte mit einem tiefen Seufzer und ließ sich in den Sessel zurückfallen. »Gebt mir mal ein Glas!«, sagte er. »Champagner ist jetzt genau das Richtige. Das macht den Kopf klar.«

Mit Agathas Eifersucht hatte Horacio schon sehr bald Bekanntschaft gemacht, nachdem sie ein Paar geworden waren. Es sollte Jahre dauern, bis er der Ursache für ihr ständig gärendes Misstrauen auf die Spur kam. Er war zu unerfahren, zu grün hinter den Ohren, um es gleich zu durchschauen, als er mit seinen zwanzig Jahren in Hamburg gestrandet war, nachdem er vier Jahre zuvor seine Heimatstadt Boston verlassen und als Leichtmatrose angeheuert hatte. Sicher, es gab an Bord unter den Männern während der langen und langweiligen Atlantiküberquerungen kaum ein anderes Thema als Frauen. Aber das war nicht dasselbe. Über Frauen reden – in Horacios Fall: zuhören, wie die Älteren darüber redeten – konnte zwar sehr anregend sein, besaß aber in den seltensten Fällen einen nennenswerten Wahrheitsgehalt.

Überdies verstand Horacio vieles überhaupt nicht, er wusste nichts vom Leben außerhalb der Wände des Hotels seiner Eltern im Bostoner Hafen. Als er mit 16 Jahren das elterliche Nest verließ, nachdem ihm klargemacht worden war, dass allein sein ältester Bruder Tullius – die Eltern hatten allen fünf Söhnen lateinische Namen gegeben – Erbe des Bostoner *Savoy*-Hotels sein würde, war er auf dem Boden einer ganz anderen Welt gelandet: Die raue Welt der Seeleute.

Da das Hotel direkt am Hafen lag, waren ihm Matrosen eigentlich von klein auf vertraut. Er bewunderte die bärtigen Kerle mit dem breitbeinigen, stets leicht schaukelnden Gang, hatte jedoch keine Ahnung, was in ihnen vorging. Das lernte er dann sehr schnell, als er gleich auf seiner ersten Fahrt auf einem Getreidefrachter von Boston nach São Paulo aus nächster Nähe erlebte, wie zwei Matrosen im Streit um ein Kartenspiel ihre Messer zückten und sich an die Gurgeln gingen.

Mehr noch als die raubeinigen Matrosen imponierte dem Jungen jedoch Cäsar Lembach, sein Vater. Der kleine, drahtige Mann mit einer für seine Körpergröße verblüffend tiefen Stimme führte ihn früh in seine »Geheimwelt« ein – die große Zeit des römischen Reiches! Aber nicht Gladiatoren, Wagenrennen und Meuchelmorde faszinierten ihn, sondern die Welt der Kunst, des Geistes, der Lyrik. »Du bist der einzige meiner Jungen, der einen Sinn dafür besitzt«, hatte er ihm erklärt, »du kannst dir die Verse merken und dich an ihnen erfreuen. Tu mir den Gefallen und lerne dieses Gedicht zu morgen. Es würde mich glücklich machen, wenn du es für mich rezitieren würdest.«

Und das tat Horacio, ziemlich mühelos sogar. Er wunderte sich selbst über sein phänomenales Gedächtnis, hatte er doch erlebt, wie seine älteren Brüder an solchen Aufgaben regelmäßig scheiterten. So lernte er es an nur einem Abend auswendig – natürlich in amerikanischer Übersetzung, Latein konnte selbst der gebildete Cäsar Lembach nicht – und fand überdies Gefallen an den Versen: Worte wie in Stein gemeißelt, Horacio liebte sie!

Je mehr Boston zur führenden Hafenstadt Nordamerikas wurde, desto besser florierte das *Savoy*. Es musste beständig erweitert und ausgebaut werden, Cäsar Lembach und seine Frau Helene, deren Familien drei Generationen zuvor aus Regensburg in die USA ausgewandert waren, kamen mit der Arbeit kaum nach. Die Abende, in denen Cäsar mit Horacio ins römische Reich eintauchte, wurden immer seltener. Und irgendwann hörten sie ganz auf.

Cäsar Lembach legte jedoch weiter größten Wert auf eine umfassende Bildung seines jüngsten Sohnes, fast als wollte er an ihm nachholen, was er bei den vier älteren versäumt hatte. Die Jahre in der Baptistenschule stand Horacio nur mit zusammengebissenen Zähnen und seinem Vater zuliebe durch. Und: Er lernte Deutsch, die Sprache seiner Vorfahren.

Mit all dem war abrupt Schluss, als Tullius, der zehn Jahre älter war und bereits tatkräftig im Hotelbetrieb mitarbeitete, Horacio eröffnete, dass für ihn kein Platz im *Savoy* sein würde, wenn er erstmal das alleinige Sagen hätte. Einen Spinner, der Tacitus-Verse rezitiere statt den Gästen die Unterschiede zwischen deutschem und amerikanischem Bier zu erklären, könne er nicht gebrauchen.

Als Vater Cäsar kurz darauf von einem Pferdefuhrwerk überfahren wurde und seinen Verletzungen erlag, war der Tag gekommen. Das Flehen der Mutter um brüderliche Nachsicht konnte Tullius nicht umstimmen. Und als Frau, die daran gewöhnt war, Männern zu gehorchen, ordnete sie sich auch ihrem ältesten Sohn unter, der nun der Herr im Haus war. Als Horacio ihr nach der Beerdigung des Vaters seinen Entschluss mitteilte, zur See zu fahren, weinte sie zwar bitterlich, fügte sich jedoch in ihr Schicksal. Und als er kurz darauf mit geschultertem Seesack vor ihr stand, um Abschied zu nehmen, steckte sie ihm Ciceros *Freie Reden* zu. »Das war Vaters Lieblingsbuch«, sagte sie. »Er würde wollen, dass du es bei dir trägst.«

Horacio sollte seine Mutter nie wiedersehen. Als er ein Jahr später für wenige Tage nach Boston zurückkehrte, weil sein Schiff dort Bananen aus Südamerika entlud, war sie nicht mehr da. Gestorben, erklärte Tullius ihm. Sie habe Vaters Tod nicht verwinden können.

Da war Agatha aus härterem Holz, viel härter sogar. Als Horacio ihr nach vier Jahren auf See im Hinterzimmer der *Kakadu Bar* begegnete, hatte er das sofort gespürt. Und es hatte ihn magisch angezogen.

Horacio leerte das Champagnerglas in einem Zug. »Ich bin mir nicht mal sicher, ob sie mir in Wirklichkeit nicht doch glaubt«, sagte er leise, wie zu sich selbst. »Aber sie hat etwas tief drinnen, einen Stachel, der sie immer wieder quält, der sie nicht zur Ruhe kommen lässt. Du weißt ja, dass sie einige Jahre älter ist als ich. Als wir uns kennenlernten, wusste sie viel mehr als ich über die Sache mit den Männern und den Frauen. Sie wusste nur zu genau, wie Männer sein können, sie erlebte es jeden Abend in dieser Bar auf St. Pauli: Biedere Ehemänner, die von allen guten Geistern verlassen werden, sobald sie sich unbeobachtet fühlen, die im Schummerlicht Scheu und Scham vollständig ablegen. Sie lernte ihre Lektion gründlich: Auch im bravsten Familienvater steckt ein Dreckschwein! Es muss nur rausgelassen werden.«

»Aber nun kannte sie doch dich …«

»Ja, sie sah in mir eine Chance, eine einmalige Gelegenheit. Sie wusste zwar nichts über mich, als ich vor ihrer Ottomane niederkniete, aber sie sah es in meinen Augen. Das hat sie mir selbst gesagt, mehr als einmal. Und trotzdem hatte sie immer einen Rest Argwohn, dass auch ich irgendwann zu einem dieser Kerle werden könnte. Auch das hat sie mir nicht vorenthalten.«

Vom Bett her hörte man ein Räuspern: Thea.

»Entschuldigt!«, sagte sie. »Entschuldigt bitte, dass ich das alles mitangehört habe. Ich …«

»Unsinn! Du kannst es ruhig wissen, ich habe kein Problem damit.«

Thea schob das Frühstückstablett zur Seite und stieg aus dem Bett. »Ich werde jetzt zu ihr gehen«, sagte sie bestimmt. »Wenn sie von solchen Dämonen verfolgt wird, sollte sie damit nicht allein gelassen werden.«

»Dämonen?«, fragte Adolf.

»Ja, wie würdest du das denn nennen: Du weißt, dass etwas Unsinn ist, aber du denkst es trotzdem. Das sind Dämomen.«

»Tacitus«, sagte Horacio. »So ähnlich hat er es auch ausgedrückt ...«

»Wer?«, fragte Thea.

»Tacitus.«

»Von mir aus«, sagte Thea und verschwand im Ankleidezimmer. Eine Minute später kam sie wieder heraus und eilte aus dem Zimmer.

Horacio beugte sich zu seinem Sohn und flüsterte: »Ist sie noch da?«

»Josephine?«, fragte Adolf. »Schon abgefahren. Schmeling hat sie zum Bahnhof gebracht. Sie hat einen Brief für dich zurückgelassen.«

Adolf griff in seine Brusttasche, zog ihn heraus und reichte ihn seinem Vater. Der steckte ihn ungelesen ein.

»Was ist nun mit dieser Erpressung?«, fragte Adolf. »Wie wirst du reagieren?«

»Ich denke, ich werde zahlen. Ich kann mir zwar kaum vorstellen, dass irgendjemand sich nach so vielen Jahren noch für diese alte Geschichte interessiert, geschweige denn, dass die Polizei sie neu aufrollen wird. Trotzdem: Ich bin einfach zu alt, um mich damit herumzuschlagen.«

»Du bist nicht zu alt! Außerdem hast du mich. Gemeinsam wird uns schon etwas einfallen. Wir können auf das Geld nicht verzichten – du weißt: Die Renovierung des Westflügels steht ins Haus. Wie sollen wir das bezahlen, wenn wir so viel Geld zum Fenster rauswerfen?«

Horacio hob die Hände und sagte gedehnt: »Ein Problem nach dem anderen! Sonst gerät man ins Stolpern, mein Junge. Wenn das erste abgearbeitet ist, kommt das zweite dran. Vorher nicht.«

»Und das erste wäre …?«

»… deine Mutter.«

»Männer haben so viel Grips wie in deinen Schminktiegel passt«

Thea musste mehrere Minuten an der Zimmertür klopfen, ehe sie von der wütend funkelnden Agatha aufgerissen wurde. »Ach, du bist's«, sagte sie dann, »komm rein.«

Thea war noch nie ohne Begleitung ihres Mannes in den Gemächern ihrer Schwiegereltern gewesen. Scheu blickte sie sich um. »Kann ich dir helfen?«, fragte sie dann zögerlich und deutete auf den Koffer, der aufgeklappt auf dem Bett lag. »Was hast du vor?«

»Wonach sieht's denn aus?«, entgegnete Agatha. »Glaubst du, ich übe wie man Koffer packt?«

Jetzt sah Thea, dass drei weitere Koffer auf dem Boden neben dem Bett standen. »Es sieht aus, als wolltest du recht lange weg ...«

»Ich bin schon viel zu lange hier! Viel zu lange tanzt mir dieser Kerl auf der Nase herum. Ich hätte es gleich wissen müssen: Er ist genau wie alle anderen. Kein bisschen anders! Wie sollte er auch – er ist ja nur ein Mann!«

»Nur?«

»Ja – nur. Männer haben etwa so viel Grips wie in deinen Schminktiegel passt. Lass dich von ihren großen Köpfen nicht täuschen, die haben sie nur zur Zierde!«

Agatha ging mit kurzen, schnellen Schritten auf und ab und wedelte mit den Armen, während sie sprach. Dann blieb sie abrupt stehen. »Verfluchter Mist, schon wieder keine Zigaretten mehr!«

»Da liegen sie doch«, sagte Thea und deutete auf das Beistelltischchen.

»Sag' das doch gleich!«, blaffte Agatha, riss eine Zigarette aus der Packung und zündete sie mit ihrem goldenen Feuerzeug an.

»Das hat Horacio dir aus Paris mitgebracht, nicht wahr?«, sagte Thea und bemerkte im selben Moment den Fehler.

»Paris! Fährt der Kerl doch dahin, verliebt sich in diese Schlampe und bringt mir ein goldenes Feuerzeug mit! Und dann wagt die es auch noch, hier in unser Hotel zu kommen!«

»Agatha, aber – er hat doch nichts Verkehrtes gemacht. Er …«

»Ach, warst du dabei in Paris? Du hast doch wohl miterlebt, wie er wochenlang nur die Schallplatten von diesem Luder gespielt hat und dabei den ganz großen Weltschmerz hatte. Er ist kein Deut anders als all diese Kerle! Das kleine Ding da zwischen ihren Beinen, diese lächerliche kleine Wurst, weist ihnen den Weg. Wie eine Kompassnadel – und sie folgen nur zu gern! Sie kennen nichts Schöneres …«

»Und wohin willst du?«

Agatha ließ sich in den Ohrensessel am Fenster fallen, in dem am Tag zuvor Horacio gesessen hatte, als er die Ankunft der Gäste verfolgte. »Am liebsten würde ich an Bord irgendeines Dampfers steigen, ohne zu wissen wohin. Und dann irgendwo an Land gehen und gucken, wo ich gelandet bin. Vielleicht Neuseeland. Oder China. Nur weg von hier …« Sie sprang auf und stapfte durch den Raum, den Zigarettenrauch wie ein Dampfkessel in die Luft blasend.

»Aber dort würdest du nie erfahren, ob es ein Junge oder ein Mädchen wird«, sagte Thea und blickte auf ihren leicht gerundeten Bauch.

Agatha hielt inne, langsam wandte sie sich zu ihrer Schwiegertochter. Ihre wütenden Gesichtszüge glätteten sich, dann legte sie eine Hand vor den Mund. »Oh mein Gott«, sagte sie, »daran habe ich überhaupt nicht gedacht. Was glaubst du?«

»Was – glauben?«

»Was es wird!«

Thea legte eine Hand auf ihren Bauch. »Ich habe mal gehört, man kann es an der Art, wie sie strampeln, erkennen. Jetzt zum Beispiel. Manchmal glaube ich, es ist ein Junge, weil er so kräftig tritt. Aber jetzt im Moment – ich glaube, es wird ein Mädchen. Es ist so sanft.«

»Kann man das tatsächlich fühlen?«

»Du kannst ja mal deine Hand auflegen …«

»Wirklich? Wäre dir das nicht unangenehm?«, fragte Agatha, während sie vor Thea trat.

»Ach was, wir sind doch eine Familie! Dein Sohn – du weißt schon, ein Mann zwar nur, aber immerhin – er war auch daran beteiligt.«

»Mein Sohn, ja«, sagte Agatha und setzte sich neben Thea, »lang ist's her.« Thea ergriff Agathas Hand und legte sie auf ihren Bauch.

Nach einer Weile sagte Agatha enttäuscht: »Ich spüre gar nichts. Ist es nicht noch viel zu klein, um sich schon zu bewegen?«

»Es ist wohl nur vorsichtig. Und sanft. Ich glaube, es wird ein Mädchen. Adolf wünscht sich eines. Und bisher habe ich ihm alle Wünsche erfüllen können. Du hast einen guten Sohn, ich liebe ihn sehr. Ebenso wie dich und deinen Mann. Ich liebe euch alle!«

Agatha hob den Kopf und sah ihr in die Augen. »Wenn du glaubst, mich mit diesem Gesäusel umstimmen zu können …!« Dann versagte ihre Stimme und sie brach in Tränen aus.

Thea legte einen Arm um die Schultern ihrer Schwiegermutter und wiegte sie leicht hin und her. »Was ist bloß mit mir?«, weinte Agatha. »Manchmal denke ich, ich habe den Satan im Leib, der mir die schrecklichsten Dinge einflüstert. Der mich mit Misstrauen, Wut und Eifersucht vergiftet. Ich kenne mich dann selbst nicht mehr – und ich kann mich dann überhaupt nicht leiden …«

»Oh ja«, sagte Thea, »das ist mir nicht fremd. Bei mir ist es nur etwas anders: Mir flüstert er ein, dass ich zu nichts tauge, zu nichts gut bin, nichts kann und alles falsch mache.«

»Du?«, fragte Agatha erstaunt und wischte sich die Wange trocken. »Aber du machst alles richtig! Seit du zur Familie gehörst, geht hier alles wie von selbst.«

»Das liegt nicht an mir, ganz gewiss nicht. Das liegt daran, dass Horacio und du – ihr seid ein unschlagbares Gespann! Nicht von Ungefähr seid ihr der gesellschaftliche Mittelpunkt der Stadt, das hast du doch erst gestern Abend wieder erlebt! Die Leute lieben euch. Sie spüren, dass ihr etwas Besonderes seid und wollen daran teilhaben.«

Agatha erhob sich und blickte suchend im Zimmer umher. Dann riss sie den Koffer vom Bett und schleuderte ihn zu Boden. »Verdammt, verdammt, verdammt! Warum muss ich bloß immer so sein? Er hat das nicht verdient, er ist nicht so, das weiß ich selber …«

Dann sah sie Thea traurig an. »Aber warum musste dieses Weib hier gestern auftauchen? Was sollte das?«

»Das war Adolfs Idee! Kindskopf-Idee! Es tut ihm längst leid. Und außerdem ist sie schon wieder weg.«

»Wo waren die beiden eigentlich gestern nach dem Essen so lange, mein Mann und mein Sohn? Sie gingen kurz nacheinander aus dem Saal, und dann dauerte es eine Ewigkeit, bis sie zurückkamen. Die Leute wurden schon unruhig. Was haben sie gemacht?«

Thea räusperte sich verlegen. »Also, Adolf hat mir erzählt, da wären Männer im Hotel erschienen, die wollten Geld von Horacio. Erpressung oder sowas. Wegen irgendeiner Sache, die ewig lange zurück liegt. Irgendwas im Hafen, wo Horacio – na ja, ich weiß auch nicht genau – er hat es mir nur ganz kurz gesagt, es war ja so viel los.«

Agathas Haltung straffte sich ruckartig, sie stemmte die Fäuste in die Hüften und reckte das Kinn vor. »Im Hafen?«, wiederholte sie leise. »Im Hafen, sagst du? Das kann nur … komm mit!«

Sie ergriff Theas Hand und zog sie hinter sich her. Im Stechschritt eilte sie den Flur entlang zum Fahrstuhl, Thea im Schlepptau. »Im Hafen – na, das wollen wir doch mal sehen!«

Als sie Adolfs Wohnung erreichten, verließ gerade ein Page das Zimmer. Er hielt den beiden Frauen die Tür auf. »Ihre Gattin, Monsieur Lembach!«, sagte er.

Horacio las gerade den Brief, den der Page gebracht hatte. Er war kreidebleich, in seinen Augen stand die nackte Panik.

»Wieder dieser Lütke?«, fragte Agatha. »Ewald Lütke?«

Horacio nickte schwach.

Agatha trat zu ihm und legte eine Hand an seine Wange. »Wie viel diesmal?«, fragte sie leise.

»Zehntausend.«

Sie lachte kurz auf und schüttelte dann ungläubig den Kopf. »Wie dumm ist der eigentlich? Man schlachtet doch nicht das Huhn, von dessen Eiern man lebt …«

Adolf trat neben seine Mutter. »Moment mal!«, sagte er. »Soll das heißen, dass die euch immer noch erpressen?«

»Genau. Aber noch nie so viel wie jetzt.«

»Und das ging die ganzen Jahre hindurch so?«

»Mal mehr, mal weniger. Aber immerhin so viel, dass er offenbar seinen Lebensunterhalt davon bestreiten konnte, und seine drei Mitwisser ebenso. Sie leben nicht auf großen Fuß, aber sie brauchen nicht mehr im Hafen zu schuften. Zumindest wurden sie dort nicht mehr gesehen.«

»Darf ich?«, sagte Adolf und nahm den Brief, den sein Vater auf den Boden hatte fallen lassen.

»Das kann man ja kaum entziffern«, sagte er und las langsam vor: »*Dafür wirst du bezahlen. Der Betrag verdoppelt sich.* Lese ich das richtig?«

Agatha trat neben Adolf und überflog das Papier. »Ja, so sieht es aus«, sagte sie.

Horacio schlug die Hände vors Gesicht. »Wir können den Laden hier zumachen«, sagte er leise, »und wieder in die Kolonien gehen.«

»Nein, nein, mein Lieber!«, sagte Agatha und legte einen Arm um seine Schulter. »Ein zweites Mal flüchten wir nicht vor diesen Kerlen. Außerdem gibt es gar keine Kolonien mehr …« Dann sah sie ihn streng an und fragte: »Horacio, wie alt bist du gestern geworden?«

»Sechzig.«

»Eben. Und mit 60 sollte sich ein Mann nicht mehr herumprügeln. Ich werde diese Sache jetzt in die Hand nehmen und ein für allemal aus der Welt schaffen. Und du« – sie sah ihn fürsorglich an und strich ihm durchs Haar – »wirst ein paar Tage Urlaub machen bei meiner Nichte in Hemelinghausen. Da müsste jetzt gerade die Schafschur stattfinden, aufregende Sache! Wann warst du zuletzt in Ferien?«

»Noch nie.«

»Na also! Jeder in der Stadt wird Verständnis dafür aufbringen, wenn Horacio Lembach sich nach anstrengenden Tagen ein wenig Erholung gönnt. Und wenn du zurückkommst, ist alles erledigt.«

»Das kommt überhaupt nicht infrage!«, hob Horacio an und wollte sich aus seinem Sessel erheben, doch Agatha drückte ihn zurück.

»Adolf wird dich mit der Hotellimousine in die Heide fahren«, sagte sie bestimmt. »Und Thea und ich kümmern uns um alles andere. Nicht wahr, Thea?«

Die sah ihre Schwiegermutter erstaunt an, nickte dann aber zustimmend.

»Am besten du gehst sofort ein paar Sachen packen«, wandte Agatha sich wieder an Horacio. »Es kann dort nachts noch recht kühl werden, der wollene Pyjama wäre angebracht. In einer Stunde fahrt ihr los. Komm jetzt!«

Horacio erhob sich schwerfällig und folgte seiner Frau aus dem Zimmer.

»Was war denn das eben?«, fragte Thea, als sie mit Adolf allein war. Er konnte ein Grinsen nicht unterdrücken, als er erwiderte: »Nun hast du mal gesehen, wie hier der Hase läuft. Es gibt Momente, da wird diese kleine, zierliche Person zur Riesin. Dies war so einer. Keiner kann ihr dann widerstehen.«

»Zum Beispiel?«

»Zum Beispiel damals, als sie zum ersten Mal Geld verlangten. Das war etwa fünf Jahre, nachdem die Sache passiert war.

Da standen sie plötzlich bei uns vor der Tür in der Silbersackstraße. Ich hatte die Tür geöffnet, war gerade groß genug, um den Türknauf zu erreichen. Sie gaben sich freundlich und fragten nach Vater. Aber der war nicht da, und als Agatha im Flur erschien, zog Lütke einen Zettel aus der Hosentasche. ›Gib' das deinem Mann!‹, sagte er plötzlich sehr barsch. Dann polterten sie die Treppe hinunter und verschwanden.«

»Und das war die erste Erpressung?«

»Ja. Meine Eltern besaßen aber kein Geld. Es war Agathas Idee, mit dem nächsten Frachter nach Togo zu fahren.«

»Togo?«

»Ja, es war die am schnellsten erreichbare deutsche Kolonie in Afrika.«

»Und wie lange seid ihr dort geblieben?«

»So lange, bis sie genügend Geld für die Rückfahrt hatten. Das dauerte eine Weile. Afrika war keineswegs das Paradies, wie es der Kaiser seinen Untertanen beschrieb. Die Arbeit dort war knüppelhart, die Bezahlung schlecht, das Klima fürchterlich. Wer nicht als Offizier oder Kaufmann nach Afrika ging, musste ebenso hart schuften wie die Eingeborenen, mit dem Unterschied, dass man uns nicht nach Lust und Laune verprügelte. Wir lernten viele deutsche Familien kennen, die den Anpreisungen der Regierung geglaubt und all ihre Ersparnisse zusammengekratzt hatten, um sich eine Überfahrt leisten zu können. Manche von ihnen kannten wir aus Hamburg, wo die Auswanderer oft monatelang auf eine Überfahrt warten mussten. Die Männer lungerten dann im Hafen herum und hofften auf Gelegenheitsarbeit, um die viel zu teuren Hotelzimmer bezahlen zu können. Wie diese Leute damals behandelt wurden, das hat Agatha und Horacio zutiefst empört. Deshalb haben sie später dieses heruntergekommene Gebäude am Hauptbahnhof für wenig Geld gemietet und hier Auswandererfamilien untergebracht, nachdem wir wieder zurück waren aus Togo. Das war der Anfang des Hotels *Savoy*.«

»Aber Lütke und seine Leute haben euch gefunden?«

»Ja, und meine Eltern haben offenbar jahrelang an sie bezahlt. Das haben wir ja gerade gehört …«

Vor der Tür rief Agatha: »Er wäre dann so weit! Fahr vorsichtig, es geht ihm nicht so gut. Er sagt, ihm sei schwindlig.«

»Umso wichtiger, dass er jetzt ein paar Tage Ruhe hat. Was wirst du nun unternehmen …?«, fragte Adolf.

Agatha sagte mit einem spöttischen Lächeln zu Thea: »Es tut mir leid, dass du einen derart neugierigen Ehemann bekommen hast. Es ist mir nicht gelungen, ihm diese Unart abzugewöhnen.« Und zu Adolf gewandt fügte sie hinzu: »Wart's ab …!«

Zehn Minuten später standen sie vor dem Hotel und verabschiedeten sich von Horacio und Adolf. Horacio wirkte um Jahre gealtert als er in der Limousine neben seinem Sohn Platz nahm und eine Hand hob, um Agatha zuzuwinken. Die warf ihm einen Handkuss zu und drehte sich dann schnell weg.

Thea sah Tränen in ihren Augen, die Agatha mit einer raschen Bewegung wegwischte. »Er sieht nicht gut aus, gar nicht gut. So müde habe ich ihn noch nie gesehen«, sagte sie. Dann holte sie tief Luft, hakte Thea unter und ging mit ihr zur Hotelrezeption. »Hat der Überbringer des Briefes eine Adresse hinterlassen?«, fragte sie den Portier.

»Es ist ja doch eine recht finstere Gegend hier«

Der Treffpunkt für die Geldübergabe befand sich in einer Gegend, die Thea noch nie mit eigenen Augen gesehen hatte. Natürlich hatte sie davon gehört, dass es diese Welt gab – Betrunkene, die auf dem Bürgersteig lagen, spärlich bekleidete Frauen, die über sie hinwegstiegen als wären sie weggeworfene Hosen, langsam vorbeifahrende Autos, in denen gut gekleidete Herren saßen, die dann irgendwann eine der Frauen zu sich heranzuwinken.

Thea zog den Kopf ein und schlug den Mantelkragen hoch. Es war zwar fast dunkel, aber sie hatte das Gefühl, dass es besser wäre, hier nicht gesehen zu werden, hier im tiefsten St. Pauli.

Agatha hingegen blickte nicht nach links und rechts, zielsicher und mit energischen Schritten bog sie in eine kaum beleuchtete Gasse ein und steuerte auf ein windschiefes Haus zu, das aussah, als wäre es gerade erst ausgebrannt.

Kurz bevor sie die Eingangstür erreichten, traten zwei Männer aus dem Dunkel einer Nische heraus. »Ah!«, rief Agatha erfreut, »da sind Sie ja! Ich wusste, dass ich mich auf Sie verlassen kann. Alte Freundschaft rostet nicht …«

Auf dem Weg mit der U-Bahn nach St. Pauli hatte sie Thea erzählt, dass es einen Mann gäbe, der ihr einen Gefallen schulde. Der würde zu ihnen stoßen, kurz bevor das Treffen mit den Erpressern stattfinden sollte. Dass es zwei Männer waren, hatte sie nicht erwähnt.

Sie betraten ein altes Fachwerkhaus und gingen durch eine offenstehende Tür in die nächstliegende Parterrewohnung. Sie schien unbewohnt zu sein, nur aus einem Zimmer am Ende des Flures drang Licht. Man hörte gedämpfte Männerstimmen, die verstummten, als sie sich dem Raum näherten. Sie traten ein. Agatha vorweg, hinter ihr Thea, und dann die beiden Begleiter.

Die vier an einem Tisch sitzenden Männer sprangen auf. »Was soll das?«, fragte einer, dessen Gesicht mit Pflastern beklebt war.

Agatha hob beschwichtigend die Hände. »Kein Grund zur Besorgnis!«, sagte sie. »Es tut mir außerordentlich leid, was Ihnen bei uns im Hotel widerfahren ist. Es wird sich nicht wiederholen.«

Dann deutete sie auf die beiden Männer, die hinter ihr standen. »Darf ich vorstellen: Das ist Viktor Grell, Chefreporter des *Hamburger Lokalanzeigers*, und dies ist sein Fotograf Peter Leibing. Die beiden interessieren sich sehr für das, was Sie zu erzählen haben, meine Herren – ein Stück Hamburger Geschichte, das die meisten nicht kennen: die Entführung von Afrikanern, die gewinnbringend an reiche Unternehmer verkauft wurden. Das muss die Öffentlichkeit erfahren! Und natürlich auch, wer die wackeren Männer sind, die dabei waren und endlich auspacken wollen! Deshalb ist auch Herr Leibing mitgekommen, der einer der besten Presse-Fotografen ist. Er hat übrigens die berühmten Fotos von der Hinrichtung Hamanns gemacht – Sie erinnern sich sicher, der Massenmörder mit dem Hackebeilchen. Dürfen wir Platz nehmen, mein lieber Herr Lütke?«

Lütke hob die Hände. »Einen Moment!«, sagte er, und sah dabei zwischen Agatha und dem Chefreporter hin und her. »Wir müssen uns noch kurz beraten.« Er erhob sich. »Kommt nach draußen«, sagte er zu den drei anderen.

Es herrschte Stille im Raum, draußen hörte man leises Gemurmel. Und dann Schritte, die sich schnell entfernten.

Nach einer Weile ließ Agatha sich in einen Stuhl fallen und atmete tief durch. »Die sehen wir nicht wieder!«, sagte sie. »Ich danke Ihnen, meine Herren, Sie waren eine große Hilfe! Sie würden meiner Schwiegertochter und mir eine große Freude bereiten, wenn Sie uns noch zum Hotel begleiten und wir Sie dort zum Abendessen einladen dürften. Es ist ja doch eine recht finstere Gegend hier …«

Es kam zu keinem gemeinsamen Abendessen. Als Agatha und Thea eine halbe Stunde später die Hotelhalle betraten, eilte Adolf ihnen entgegen, seine besorgte Miene ließ nichts Gutes erwarten. »Wir sind gar nicht erst bis Hemelinghausen gekommen«, platzte er ohne weitere Vorrede heraus. »Er bekam Atemnot. Ich musste immer wieder anhalten und die Fester öffnen. Wir sind dann auf halbem Weg umgekehrt und zurückgefahren.«

»Wo ist er?«, fragte Agatha bestürzt.

»Ich habe ihn ins Hafenkrankenhaus gebracht.«

Das Krankenzimmer lag im Halbdunkel, eine einzelne Lampe neben dem Bett beleuchtete die Szene, als alle drei eintraten. Eine Krankenschwester saß auf einem Stuhl neben Horacios Bett und fühlte seinen Puls, ihre andere Hand lag auf seiner Stirn, die schweißnass war. Horacios Atem ging mühsam, er schien um jedes bisschen Luft kämpfen zu müssen, sein Brustkorb hob und senkte sich heftig unter der Bettdecke. Doch seine Augen waren weit geöffnet, als Agatha sich über ihn beugte. »Wie schön«, sagte er, »wie schön du bist …!«

Agatha legte ihren Kopf auf seine Schulter, Horacio schloss die Augen.

»Ich lasse Sie jetzt allein«, sagte die Krankenschwester und verließ leise den Raum. Adolf ließ Thea auf dem einzigen Stuhl Platz nehmen und stellte sich hinter sie.

Horacio schien eingeschlafen zu sein, sein Atem ging jetzt ruhig und gleichmäßig. Agatha erhob sich, trat ans Fenster und blickte über die nächtliche Elbe, deren pechschwarzes Wasser von den vielen tausend Lichtern des Hafens zum Funkeln gebracht wurde. »Hier hat alles begonnen«, sagte sie, »hier ist er angekommen und hat den Weg direkt zu mir gefunden. Ohne Umwege. Es war sein erster Landgang …«

Horacio öffnete die Augen. Sein Blick fiel auf Thea und die Rundung ihres Bauches. Dann winkte er Adolf zu sich heran. Als er sich über seinen Vater beugte, sagte Horacio leise: »Wenn es ein Mädchen wird, nennt es Josephine.«

Dann schloss er erneut die Augen. Sein Atem wurde immer flacher, dann blieb er ganz aus.

Teil 3

»Es dauert seine Zeit«

»Wahrscheinlich hätten sie uns einzeln umbringen müssen«

Josephine war eingeschlafen, während der alte DKW langsam die Elbbrücken überquerte. Als er eine halbe Stunde später vor dem Haus Schmilinskystraße 54 hielt und das Motorengeräusch verstummte, erwachte sie. Verschlafen sah sie aus dem Fenster. »Geht es dir nicht gut?«, fragte Magnus Töpfer. »Ist dir unwohl?«

Josie öffnete die Augen. »Was ...?«, fragte sie gedehnt und blickte auf die Ruinen, die die Straße säumten. »Was – ist hier passiert?«

Er sah sie erstaunt an. »Du weißt doch«, erwiderte er, »der Krieg! Ist zwar schon fünf Jahre her, aber es dauert seine Zeit, bis alles wieder steht.«

»Und das Hotel?«

»Gleich da vorn um die Ecke. Lange Reihe hoch und dann links.«

Sie sah Magnus Töpfer verwundert an. »Naja, ich hab auch mal hier gewohnt«, erklärte er, »nicht genau hier, sondern in Winterhude. Aber die Gegend um den Hauptbahnhof kennt man natürlich als Hamburger. Euer Hotel müsste noch stehen. Sonst hättest du es ja nicht geerbt.«

»Ich möchte es sehen.«

»Jetzt?«

Josie nickte.

»Dein Termin beim Anwalt beginnt in fünf Minuten. Wir haben es pünktlich bis hierher geschafft. Unglaublich, die alte Klapperkiste!« Er strich über das Armaturenbrett des DKW. »Wir stehen direkt vor dem Haus.«

»Bitte«, sagte Josie, »nur einmal vorbeifahren! Ich möchte es gern kurz von außen sehen.«

Er seufzte und zog den Choke. Nach drei Fehlzündungen begann der Zweitakter zu tuckern.

Der DKW war das einzige Auto, das die Lange Reihe hinaufknatterte. Sie überholten Männer mit Handkarren voller Arbeitsgerät, Pferdefuhrwerke mit Baugerüsten. Manche Häuser waren mit Bauzäunen abgesperrt, hinter denen Kräne standen. »Sie haben gedacht, sie könnten uns in die Steinzeit bomben«, sinnierte Magnus Töpfer, »aber Unkraut vergeht nicht, wie man sieht. Sie bauen schon wieder alles auf.«

Josie sah ihn verständnislos an. »Wer?«, fragte sie. »Wer hat das gedacht? Und welches Unkraut?«

»Die Tommies! Du hast doch ihre Bomber gesehen, wenn sie übers Dorf hinwegzogen – hier haben sie alles abgeworfen, was sie an Bord hatten. Auch als schon alles in Schutt und Asche lag, haben sie immer weitergemacht. Sie wollten uns vom Erdboden vertilgen, wie Unkraut. Früher glaubte man, die Kakerlaken seien die widerstandsfähigsten Lebewesen der Erde, jetzt weiß man, dass das ein Irrtum ist – wir sind es. Wahrscheinlich hätten sie uns einzeln umbringen müssen, so wie wir es mit den Juden gemacht haben.«

»Was?« Josie sah ihn entsetzt an.

Der DKW bog jetzt in die Kirchenallee ein. »Da links«, sagte Magnus Töpfer, »das müsste es sei.«

Magnus Töpfer hielt vor dem Hauptbahnhof. »Kannst du es sehen?« Er deutete auf die andere Straßenseite. Zwischen Ruinen und freien Grundstücken ragte ein einzelnes Gebäude empor, dessen ehemals weiße Stuckfassade rußgeschwärzt war. Vom Neon-Schriftzug auf dem Dach waren noch ein »S« und »oy« zu sehen. »Hotel *Savoy*!«, sagte er. »Da steht es. Erkennst du es wieder? Man kann noch ahnen, wie prachtvoll es einmal gewesen ist …«

Aber Josie hielt ihren Blick gesenkt. »Was – umgebracht? Einzeln …«

»Na ja, nicht wirklich einzeln. Sie haben sie in die Gaskammern getrieben. Erschossen, verhungern oder erfrieren lassen haben sie sie. Oder einfach totgeschlagen. Hat man euch das nicht in der Schule erzählt?«

Josie begann zu zittern.

»Tut mir leid«, sagte Magnus Töpfer, »ich hätte nicht davon anfangen sollen! Aber die Trümmer hier überall – die haben damit zu tun. Die sind die Folge davon. Nicht nur, aber auch ...« Er suchte nach versöhnlichen Worten. Als er keine fand, startete er den DKW erneut und sie tuckerten zurück zur Schmilinskystraße. Josephine hatte das Hotel nicht angesehen, sie hielt die Augen geschlossen.

Die Anwaltskanzlei Brockstädt&Partner befand sich in einem der wenigen von Zerstörung verschonten Gründerzeithäusern. Kunstvoll verzierte Glasfenster in der Eingangstür, die in ein Treppenhaus mit Marmorboden und dunklen Holzwänden führte. Kronleuchter unter der Decke, eine breite Treppe mit rotem Teppich bespannt. Das leichte Knarren der Stufen kündigte die Besucher an. »Sowas gibt es also auch noch«, flüsterte Töpfer, »Hamburger Noblesse! Geht's dir wieder besser?«

Als Josie nickte, drückte er auf den Klingelknopf, dessen unerwartet lautes Schnarren beide zusammenfahren ließ. Von innen war das schnelle, harte Klacken hochhackiger Schuhe auf Parkettfußboden zu vernehmen. »Jetzt schlagen wir ein neues Kapitel deines Lebens auf«, sagte Töpfer leise und strich Josie beruhigend über den Arm.

Die Tür wurde geöffnet und eine hoch gewachsene, brünette Frau in einem eleganten, silbergrauen Kostüm blickte Magnus Töpfer an. »Bitte?«, fragte sie.

»Josephine Lembach«, erwiderte er und deutete auf Josie.

Die Frau trat einen Schritt zurück und betrachtete Josie ausgiebig, so wie eine Museumsbesucherin ein Gemälde studiert. »Sie sind das also!«, sagte sie dann.

»Sie sind ja nun eine gute Partie«

»Ich habe Ihren Herrn Vater nur dieses eine Mal gesehen«, erklärte Dr. Karl-Udo Brockstädt, als Josie auf dem Besucherstuhl vor dessen Schreibtisch saß. »Er kam Anfang April 1943 zu mir, ohne einen Termin gemacht zu haben – aber wer machte in jenen Tagen schon Termine, nicht wahr? – und beauftragte mich damit, dieses Couvert zu verwahren und am 1. Mai 1950 zu öffnen, sofern er es bis dahin nicht abgeholt haben sollte. Und als ich das dann tat – also vor drei Wochen – sah ich den Grund: Es ist ein Testament, das Sie mit dem Tag Ihrer Volljährigkeit als Erbin des Hotels einsetzt. Die Volljährigkeit haben Sie ja jetzt erreicht, nicht wahr.«

»Und meine Mutter?«

»Sie habe das Land verlassen, erklärte er mir. Er wisse nicht, wo sie sei und ob sie zurückkäme.«

Josie blickte hilfesuchend zu Magnus Töpfer, der neben ihr saß.

»So etwas war nicht ungewöhnlich in jenen Zeiten«, fuhr der Anwalt fort. »Tausende sind spurlos verschwunden, nicht wahr?«

»Und hat er Ihnen gesagt, wohin er wollte?«

Dr. Brockstädt schüttelte den Kopf, sog an seiner Zigarre und lehnte sich in seinem Stuhl weit zurück. Die Weste spannte über seinem Bauch, ein Zipfel seines weißen Hemdes lugte hervor und gab ein Stück rosiger Haut frei. Josie konnte ihren Blick nicht davon lösen. Sie schwieg eine Weile wie hypnotisiert, bis die Frau, die neben dem Schreibtisch stand, sich vernehmlich räusperte und sagte: »Und was werden Sie jetzt tun, Fräulein Lembach? Sie sind ja nun eine gute Partie …!«

»Eine was?«

»Was meine Schwester meint ist: Sie sind finanziell bestens gestellt, Fräulein Lembach. Aber vermutlich müssen Sie sich erstmal an den Gedanken gewöhnen, nicht wahr? Wenn ich ungefragt einen Rat geben darf: Verkaufen Sie den Kasten, das Grundstück ist eines der begehrtesten der Stadt. Ich kann Ihnen dabei behilflich sein, meine Kontakte sind vorzüglich.«

Er beugte sich vor, der Hemdenspalt schloss sich und Josie blickte auf.

»Ich schlage vor, wir machen uns auf den Heimweg«, sagte Magnus Töpfer. »Der Tag war anstrengend und die Rückfahrt wird noch lang. Zuhause kannst du alles in Ruhe überdenken.«

Josie sah von einem zum anderen. »Würden Sie mich einen Augenblick allein lassen?«, fragte sie. »Sie alle?«

Dr. Brockstädt zog die Augenbrauen in die Höhe und sog scharf den Atem ein. »Natürlich«, sagte er dann, »warum nicht, nicht wahr ...«

Als Josie allein war, nahm sie den Brief ihres Vaters zur Hand, der an das Testament geheftet war. »Bitte unterstützen Sie meine Tochter in ihrem Handeln, gleich welche Entscheidung sie bezüglich des Hotels fällt«, las sie. »Wobei ich meiner Hoffnung Ausdruck verleihe, dass sie sich dazu entschließen möge, es weiterzuführen.«

Josie erhob sich, ging zum Fenster und sah auf die Straße hinunter. In einem halb zerstörten Gebäude gegenüber fiel ihr ein Frisiersalon im Souterrain auf, die Treppenstufen voller Trümmer. Den kenne ich!, durchfuhr es sie. Hierher hat er mich sonnabends mitgenommen, wenn er sich frisieren und den Schnauzbart stutzen ließ! Es gab dort einen Hund, der auf zwei Beinen laufen konnte, wenn man ihm einen Keks vor die Nase hielt.

Ihr Blick wanderte weiter und blieb am Eck-Café hängen, das eben von einem Paar betreten wurde. Dort hat er anschließend immer seinen Kaffee getrunken, erinnerte sie sich. Und ich habe Apfelsaft bekommen.

Sie stand noch eine Weile vor dem Fenster, dann riss sie sich los, ging durch das mit schwerem Teppich ausgelegte Büro und öffnete die Tür, vor der der Anwalt und seine Schwester standen.

Josie sah sich nach Magnus Töpfer um. »Er wartet schon unten im Auto«, erklärte die Frau, »aber Sie dürfen sich gern Zeit lassen, hat er gesagt.«

»Wie hieß der Friseur gegenüber?«, fragte Josie.

»Grünbaum«, erwiderte sie ohne zu zögern.

»Und der Hund? Wie hieß der?«

Die beiden sahen sich verdutzt an. »Max«, sagte Dr. Brockstädt dann. »Max, nicht wahr?«

Josie nickte versonnen. »Ja, so hieß er. Er konnte auf zwei Beinen laufen«, sagte sie.

Dr. Brockstädt und seine Schwester warfen sich einen kurzen Blick zu. »Ich werde nicht zurückfahren«, sagte Josie. »Können Sie mir eine Unterkunft hier in der Nähe besorgen, bis ich in unserem Hotel wohnen kann?«

»Also …«, hob Dr. Brockstädt an, atmete tief ein und die Weste über seinem Bauch spannte sich bedrohlich.

»Sie könnte bei mir wohnen!«, fiel ihm seine Schwester ins Wort. »Ich habe genug Platz. Warmes Wasser ist auch wieder da.«

»Das wäre großartig, Frau Brockstädt!«, sagte Josie. »Ich bin …«

»Baier«, unterbrach die Schwester sie, »ich heiße Baier. Mein Mann ist noch in Russland. Aber bis er wiederkommt …«

Dr. Brockstädt, ein Kopf kleiner als seine Schwester, sah verblüfft zu ihr auf. »Aber du wolltest doch …«

»Was wollte ich?«

»Ähm – weiß ich auch nicht mehr. Dinge ändern sich, liebes Fräulein Lembach, Dinge ändern sich. Und wer sich nicht darauf einstellt, muss sehen, wo er bleibt, nicht wahr?«

»Ja, wenn Sie das sagen …«, erwiderte Josie. »Entschuldigen Sie mich bitte einen Moment, ich möchte mich verabschieden.«

Als sie den DKW vor der Haustür erreichte, kurbelte Magnus Töpfer das Fenster herunter. »Brauchst nichts zu erklären«, sagte er, »ich hab's dir schon angesehen, als er das Testament vorlas. Ich hätte es genauso gemacht wie du. Soll ich alle grüßen?«, fragte er und zog den Choke.

»Nicht alle«, sagte Josie, »aber Sie werden schon wissen, wen. Und wenn Sie Rasmus ausrichten würden …«

»Ja, was?«

Josie überlegte. »Weiß ich jetzt auch nicht«, sagte sie dann. »Im Moment weiß ich gar nichts. Außer, dass hier etwas auf mich wartet, das ich nicht aufschieben kann.«

Magnus Töpfer nickte und trat das Gaspedal durch, streckte einen Arm aus dem Fenster und winkte, während der DKW die Schmilinskystraße entlang tuckerte. Dann bog er in die Lange Reihe ein und verschwand aus Josephines Blickfeld. Zurück blieb eine blaue Wolke.

»Hamburg und der Führer – ein schwieriges Kapitel«

Schutt knirschte unter Josies Füßen. Vorsichtig stieg sie die Treppenstufen aus dem Keller empor und stand in der Empfangshalle. Die riesigen Spiegel an den Wänden hatten Risse bekommen oder waren blind geworden, die badende Venus lag bäuchlings auf dem Boden, die großen Fenster zur Straße waren mit Brettern vernagelt. Schwaches Licht fiel durch die Holzspalte herein.

Josie stand in der Mitte der Hotellobby und begann, sich langsam im Kreis zu drehen, so wie sie es früher oft gemacht hatte: Die Arme ausgestreckt ließ sie den herrlichen Raum um sich herumsausen. Nur dass sie diesmal keine Pagen mit Kofferwagen sah, keine Damen mit Zigarettenspitzen, keine Kellner, die Kaffee und Gebäck servierten, sondern nur Staub, der in den Lichtstrahlen tanzte. Ihr Atem ging schneller und schneller, irgendwann konnte sie sich nicht mehr auf den Beinen halten und sie ließ sich zu Boden sinken. So lag sie ausgestreckt da und sah zur großen Freitreppe hinüber. Sie zählte die ausgetretenen Stufen und kam auf 38. Wenigstens daran hatte sich nichts geändert.

Früher hatte sie die Treppe in zwölf Sätzen geschafft, immer drei Stufen auf einmal. Allerdings nur, wenn ihr Vater nicht in der Nähe war, er hatte es ihr strikt untersagt. Das Personal hingegen freute sich über das lebhafte Kind, der Portier zwinkerte ihr zu, wenn sie besonders schwungvoll heruntergesprungen kam. Josie erhob sich und stieg die Treppe empor, langsam und jede Stufe einzeln, als wollte sie sie begrüßen.

In den Jahren der Besatzung diente das Hotel der britischen Standort-Kommandantur als Hauptquartier, hatte Dr. Brockstädt erklärt. Sie hätten ihre Büros in den Räumen der oberen Etagen eingerichtet sowie in den Privatzimmern der Hoteliersfamilie.

Die meisten Türen der ehemaligen Hotelzimmer standen offen, manche hatten gar keine mehr. Viele Räume waren leer, in einigen befand sich noch ein alter Schreibtisch, in anderen Aktenschränke. Die Tapeten hingen in Fetzen herunter. Die Fenster hier oben waren nicht vernagelt, durch eine fingerdicke Staubschicht konnte Josie zum Hauptbahnhof hinübersehen. In einem Raum hatte sie exakt dieselbe Aussicht wie früher, wenn sie im Büro ihres Vaters gestanden und aus dem Fenster gesehen hatte – es war sein ehemaliges Büro, kein Zweifel! Sie sah sich um, aber sie entdeckte nichts, was sonst noch an ihn erinnert hätte. Es war leer.

Josie ging von Zimmer zu Zimmer. In einem lehnte ein Ölgemälde des englischen Königs an der Wand, in einem anderen lag eine alte Aktentasche am Boden, in der sich eine verblichene Ausgabe des »Daily Mirror« befand, die zerbröselte, als Josie sie berührte.

1943, kurz nachdem Adolf Lembach den Brief bei ihm hinterlegte, habe die NSDAP sich im *Savoy* breit gemacht, hatte Dr. Brockstädt noch erzählt. Hier hätten sie Gäste untergebracht und Parteitreffen veranstaltet. Einmal sei der Führer für eine Nacht erwartet worden, nach tagelangen Vorbereitungen der Hamburger Parteileitung war er dann doch nicht gekommen. »Hamburg und der Führer – ein schwieriges Kapitel, nicht wahr?«, hatte Dr. Brockstädt geseufzt.

Schließlich fand Josie sich vor ihrem ehemaligen Kinderzimmer wieder. Nummer 23 – die Tür war geschlossen. Die »2« klebte noch am Holz, die »3« war nirgends zu sehen. Minutenlang stand sie auf dem Flur, dann holte sie tief Luft und drückte die Klinke.

Eine Woche lang hatte Josie zuvor im Gästezimmer der Wohnung von Isolde Baier verbracht, bevor sie den Mut hatte, zum ersten Mal das Hotel zu betreten. Die Schwester des Anwalts hatte an dem Tag, nachdem sie Josie mit zu sich nach Hause genommen hatte, umgehend ihr Kanzlei-Kostüm abgelegt und gegen einen bequemen Hausanzug getauscht. »Ich kann Ihnen auch so einen anbieten«, sagte sie. »Ich finde, Rock oder Kleid sind überhaupt nicht angenehm, wenn man es sich auf dem Sofa bequem machen will.«

Josie beobachtete erstaunt die Verwandlung der strengen, geschäftsmäßigen Frau, die jetzt ihr Haar löste, ihre Pumps gegen ein Paar dicke Wollsocken tauschte und sich dann eine Zigarette anzündete. »Sie haben kein Gepäck dabei?«, fragte sie.

»Ich war nicht darauf vorbereitet, zu bleiben. Eigentlich wollte ich jetzt schon wieder auf dem Heimweg sein.«

»Nach Hemelinghausen?«

»Ja. Woher wusste Ihr Bruder, dass ich dort lebe? Wie hat er mich gefunden?«

»Von Ihrem Herrn Vater. Er erzählte, er habe Sie dorthin geschickt und hinterließ uns die Adresse. Andernfalls hätten wir Sie ja nicht ausfindig machen können. Darf ich Ihnen etwas anvertrauen?«

»Bitte.«

»Ich hatte schon damals das Gefühl, dass wir ihn nicht wiedersehen würden.«

Josie war verblüfft. »Sie haben meinen Vater auch gesehen?«

»Natürlich. Ich arbeite seit vielen Jahren in der Kanzlei. Ihr Vater – nun, er wirkte gehetzt, müde. Und trotzdem voller Tatkraft und Entschlossenheit. Wissen Sie, wir hatten damals viele Klienten, die sich darauf vorbereiteten, das Land zu verlassen, unterzutauchen oder die fürchteten, ihnen könnte etwas zustoßen. Man sah es ihnen meistens schon an, wenn sie vor der Tür standen, egal wie betucht sie waren. Sie hatten so etwas – Entwurzeltes. Ihr Vater war anders. Und trotzdem hatte ich dieses Gefühl, wie soll ich sagen: Da war jemand am Ende seines Weges …«

»Kannten mein Vater und Ihr Bruder sich bereits vorher?«

»Nein. Oder ja – flüchtig vielleicht. Das Hotel liegt ja gleich um die Ecke, und Ihr Vater war ein bekannter Mann in Hamburg. Mein Bruder hat hin und wieder Geschäftsbesuch im *Savoy* untergebracht oder dort zu Abend gegessen. Da war ich allerdings nie zugegen. Wenn's um Geschäfte geht, bleiben die Männer lieber unter sich.« Sie sah Josie mitfühlend an. »Sie sehen erschöpft aus. Jetzt suchen wir Ihnen einen passenden Hausanzug aus und dann können Sie sich ausruhen. Vorher möchte ich Ihnen aber noch etwas zeigen.«

Sie führte Josie in die Küche, wo sie eine Gardine zur Seite zog. »Unser Haus liegt am Hansaplatz«, erklärte sie. »Nach hinten raus hat man einen schönen Blick. Sehen Sie …!«

Josie trat ans Fenster und sah auf einen verwilderten Garten hinunter, der zu einem großen weißen Gebäude zu gehören schien, das am anderen Ende dieser kleinen Wildnis lag. »Das ist der Garten des *Savoy*«, erklärte Isolde Baier. »Und das da« – sie deutete auf das Haus – »das ist die Rückseite des Hotels. *Ihres* Hotels …«

Ein Woche lang dauerte es, bis Josie sich traute, das Hotel zu betreten. Mehrmals hatte sie die Wohnung ihrer Gastgeberin verlassen, war durch St. Georg gewandert und hatte versucht, die Orte ihrer Kindheit wiederzuerkennen. Es gelang nur selten, die Verwüstungen waren immer noch zu groß. Die Kreise, die sie um das *Savoy* zog, wurden dabei immer enger. Morgen, dachte sie – morgen werde ich hinein gehen! Es dauerte dann noch einen Tag, und noch einen Tag, und noch einen, bevor sie es wirklich tat.

Sie hatte sich dem *Savoy* durch den verwilderten Garten genähert und auf der Rückseite des Gebäudes eine unverschlossene Kellertür gefunden. Als sie jetzt langsam die Klinke zu ihrem ehemaligen Zimmer herunterdrückte und die Tür knarzend aufschwang, spürte sie, wie ihre Knie nachgaben: Vor ihrem geistigen Auge war alles genauso, wie sie es an dem Tag zurückgelassen hatte, als Louis, der Chauffeur, sie fortgebracht hatte. Vor dem Fenster, durch das die Sonne hereinschien, stand das Bett mit ihrer hellblauen Lieblingsbettwäsche; davor die Kommode, auf der ein Wecker tickte; daneben ihr Stoffhund aus Kindertagen, den sie bis an ihr Lebensende behalten wollte; an der Wand Regale voll mit ihren geliebten Karl-May-Büchern; davor sorgfältig aufgereiht Indianerutensilien, die ihr Vater ihr zu Geburtstagen zu schenken pflegte: Tomahawks und Jagdmesser aus Hartgummi, ein Indianer-Kopfschmuck aus bunten Adlerfedern, eine tönerne Friedenspfeife. An der gegenüberliegenden Wand der Schreibtisch mit Schulheften und Bücherstapeln, ein Zirkel und ihre Lupe, mit der Josie alles untersuchte, was ihr in die Hände kam.

Und darüber an der Wand ein gerahmtes Portraitfoto Adolf Hitlers. Hin und wieder waren eifrige Fähnleinführer des Jungvolks gekommen, um zu überprüfen, ob der geliebte Führer bei den Klassenkameraden auch tatsächlich einen Ehrenplatz einnahm – da war es wichtig, ihn regelmäßig zu entstauben.

Als sie die Augen wieder öffnete und aus ihrem Tagtraum erwachte, war es nahezu dunkel. Unter ihren Händen spürte Josie rauen Zement und Steine, im Mund den Geschmack von Sand und Mörtel. Sie hob den Kopf und ließ den Blick über die rissigen Wände schweifen, von der Decke baumelte eine zerbrochene Glühbirne. Der Raum war leer. Die Stille des riesigen Gebäudes legte sich wie eine schwere Last auf Josies Körper.

Sie ging zum Fenster und blickte in den Garten hinunter, auf dessen gegenüberliegende Seite das hell erleuchtete Haus stand, in dem sie jetzt wohnte. Sie wartete darauf, weinen zu müssen. Aber nichts geschah. Sie versuchte es, aber es gelang nicht. Das war schon immer mein Problem, dachte sie. Wein ruhig, hatte ihr Vater manchmal gesagt, wenn er gespürt hatte, dass ihr danach zumute war. Aber sie hatte es nie geschafft, zumindest erinnerte sie sich nicht daran.

Langsam wandte Josie sich um und wollte eben das Zimmer verlassen, als etwas Weißes auf dem Boden ihre Aufmerksamkeit erregte. Es war das abgebrochene Mündstück der Friedenspfeife. Sie hob es auf und steckte es in die Tasche der Hose, die ihre Gastgeberin ihr geliehen hatte. Wer die andere Hälfte wohl haben mag?, fragte sie sich.

Sie ließ die Tür offen, als sie schließlich das Zimmer verließ. Als erstes muss eine neue »3« her, dachte sie, das ist das Wichtigste. Alles andere wird sich dann von selbst ergeben.

»Für zwischendurch sind Männer erträglich, aber keinesfalls auf Dauer«

Isolde Baier überraschte Josie ein ums andere Mal. Nicht nur, dass sie fast jeden Abend ausging – sie ging sogar allein aus, ohne männliche Begleitung! Mal war es ein Theaterstück, das man unbedingt gesehen haben musste, mal ein Konzert, mal eine Vernissage. Sie machte den Eindruck, sich sehr gut allein amüsieren zu können und auf Begleitung nicht angewiesen zu sein. Sie freute sich jedoch auch sichtlich darüber, Abende daheim mit Josie zu verbringen. »Ich habe das Gefühl, immer noch nicht richtig angekommen zu sein«, erklärte Josie ihr eines Tages. »Ich merke das daran, dass ich morgens beim Aufwachen auf das Meckern der Heidschnucken warte.«

»Und – meckern sie?«

»Wenn ich die Augen geschlossen halte …«

»Lassen Sie sich Zeit!«, sagte Isolde Baier.

Zweimal erwachte Josie spät in der Nacht, als ihre Gastgeberin heimkam und neben der ihren eine leise Männerstimme zu vernehmen war. Am nächsten Morgen war jedoch kein Mann in der Wohnung. Ein anderes Mal fand Josie sie schlafend und voll bekleidet auf dem Sofa. »Oh!«, sagte Isolde Baier, als sie sich erschrocken aufrichtete. »Ich muss wohl zu müde gewesen sein, um den Weg ins Bett zu finden. Man trinkt jetzt Highballs, daran bin ich noch nicht gewöhnt …«

Josie sah sie fragend an. »Das sind Cocktails, amerikanischer Whiskey mit Ginger Ale und Zitrone. Schmeckt hervorragend und man spürt die Wirkung erst sehr spät. Dann allerdings umso heftiger …« Sie kicherte.

Josie sah die Frau genauer an. Sie vermochte ihr Alter nur schwer einzuschätzen. 35? 40? Vielleicht älter? »Ich bin 42«, sagte sie unvermittelt, als habe sie Josies Gedanken gelesen, »wenn ich richtig rechne, doppelt so alt wie du. Da kriegt man nicht mehr so viele Anträge. Also, ich meine jetzt von Männern, keine Bauanträge. Da muss man sich dann schon ranhalten …«

»Und – wollen Sie das?«

»Was?«

»Sich ranhalten.«

Isolde Baier richtete sich auf und fasste sich an die Schläfe. »Das war wohl einer zu viel gestern Abend. Mindestens einer … wie war die Frage?«

»Ob Sie sich ranhalten wollen?«

»Solch eine Frage beantworte ich nicht jemandem, mit dem ich per Sie bin. Es gibt also zwei Möglichkeiten: Keine Antwort und wir siezen uns weiter. Oder wir duzen uns und ich beantworte die Frage.«

Josie lachte. Sie konnte sich kaum wieder beruhigen, und als sie sich verschluckte und nach Luft rang, erhob sich Isolde Baier unsicher, ging zur Küche, um mit einem Glas Sekt zurückzukommen.

»Hier trink, sonst erstickst du noch …«

»Also, willst du dich nun ranhalten oder nicht?«, fragte Josie, als ihr Atem wieder normal ging.

Isolde schüttelte verneinend den Kopf. »Nein, will ich nicht. Ich weiß ja nicht, welche Erfahrungen du mit Männern hast, aber meine sagen mir: Wir kommen besser durchs Leben ohne sie. Mein Gatte wird jetzt seit sieben Jahren vermisst, und was soll ich dir sagen: von mir nicht. Ich meine: Ganz ohne sie geht es nicht, natürlich nicht! Für zwischendurch sind sie erträglich – aber doch nicht auf Dauer, rund um die Uhr, Tag für Tag!« Sie beugte sich verschwörerisch vor und tippte an Josies Stirn.

»Die Highballs hauen offenbar wirklich rein«, sagte Josie.

»Nun werd' nicht kiebig, ich könnte immerhin deine Mutter sein. Und um nochmal aufs Thema zurückzukommen: Ich will keinesfalls deine Meinung über die Männer beeinflussen, ich weiß ja nicht, wie du zu ihnen stehst. Hast du einen Freund?«

Josie erhob sich und trat ans Fenster. Sie spürte, wie sich ihr Magen zusammenkrampfte beim Gedanken an Rasmus. Sie würde ihm schreiben müssen – unbedingt! Ihr fiel nur nicht ein, was. Ihre Gedanken waren seit der Ankunft in Hamburg so ungeordnet wie nie zuvor. Und ihre Tagträume wirrer denn je: Bilder von der blühenden Heide vermischten sich mit Trümmern und Ruinen, das Blöken von Schafen mit dem Hupen von Autos.

»Ja«, antwortete Josie, »habe ich. Er heißt Rasmus und war mein Lebensretter in Hemelinghausen. Ohne ihn wäre ich dort eingegangen wie eine Primel. Er hat mich durch die Zeit gebracht. Und ich habe mich nicht anständig von ihm verabschiedet …«

Isolde trat neben sie. »Er weiß, dass etwas Neues vor dir liegt, etwas, was du erstmal allein kennenlernen musst. Was sagtest du, wie er heißt?«

»Rasmus.«

»Klingt sympathisch – möchte ich kennenlernen.«

Josie schluckte hart, Isolde legte einen Arm um sie. »Ich habe selten so ein tapferes Mädchen gesehen wie dich«, sagte sie. »Du kannst bei mir wohnen, solange du möchtest. Ich glaube, dass ich dir bei manchem helfen kann. Aber jetzt muss ich eine Runde schlafen, die Highballs hämmern immer noch in meinem Hirn.«

Josie sollte jedoch nicht mehr allzu lange bei ihrer großzügigen Gastgeberin wohnen, die sie von Tag zu Tag sympathischer fand. Nachdem sie ihr eröffnet hatte, dass sie beabsichtige, ins Zimmer 23 des Hotels zu ziehen, hatte Isolde Baier nur pragmatisch geantwortet: »Dann brauchst du jetzt Geld. Du wirst es ja sicherlich ein wenig herrichten müssen dort, kannst ja nicht im Schutt waten und durch zerbrochene Scheiben gucken. Außerdem brauchst du einen Wasseranschluss, Strom, Abwasser, vielleicht auch ein Telefon? Und irgendwann kommt der nächste Winter, dann musst du heizen. Ich kümmere mich darum …«

Und das tat sie. Schon am nächsten Abend kam sie aus der Kanzlei und berichtete, die Landeszentralbank sei bereit, das

Grundstück zu beleihen, bis eine Entscheidung über die weitere Nutzung des Hotels gefällt würde. 5.000 Mark würden am nächsten Tag auf ein Notar-Anderkonto überwiesen, auf das nur Josie Zugriff hätte. Dafür besäße die LBZ bis zur Rückzahlung ein Prozent des Hotels. Sie legte einen Stapel Papiere auf den Tisch: »Alles vorbereitet, brauchst nur zu unterschreiben.«

»Dann hat das Hotel ja einen Wert von …«, sagte Josie verblüfft und begann, im Kopf zu rechnen.

»Ja, eine halbe Million, und das ist noch konservativ geschätzt«, nahm Isolde ihr das Ergebnis vorweg. »Es gibt angeblich geheime Pläne einer Investorengruppe, das ganze Areal abzureißen und einheitlich zu bebauen. Mit modernen Hotels und einem Kasino. Aber dafür würde dein Grundstück benötigt. Wenn das Wirklichkeit würde, bekommst du noch weit mehr für den alten Kasten.«

Josie sah sie empört an. »Aber das Gebäude kann man doch nicht einfach abreißen!«, sagte sie. »Es steht seit Generationen hier, jeder kennt das *Savoy*. Nein, nein – ich werde es so schnell wie möglich instandsetzen! Ich will, dass es wieder das beste Haus der Stadt wird.«

Isolde schob ihr die Papiere zu. »Bravo! Das wollte ich von dir hören! Aber eines nach dem anderen: erstmal richtest du dein altes Zimmer wieder her. Hier – wenn wir den Papierkram morgen unterschrieben zurückbringen, kannst du schon übermorgen an dein Geld.«

Es sprach sich herum in Bankierskreisen, dass Adolf Lembachs Tochter in der Stadt aufgetaucht sei und die Absicht hätte, das *Savoy* zu restaurieren. Während Josie in Arbeitskleidung und Gummistiefeln gemeinsam mit Handwerkern, die Dr. Brockstädt vermittelt hatte, in ihrem Zimmer arbeitete, erschienen kurz nacheinander Vertreter alt eingesessener Hamburger Bankhäuser, um ihre Dienste anzubieten. Der erste war der Inhaber der Privatbank *von Behling&Richter*. »Hier kann man sich ja hoffnungslos verlaufen!«, sagte er aufgekratzt, als er Josie endlich fand. »Wenn ich nicht das Hämmern und Bohren gehört hätte, würde ich noch immer durch diese endlosen Gänge stolpern!«

Er klopfte sich den Staub von den Hosenbeinen und strahlte Josie an. »Sie sind also das Fräulein Lembach!«, sagte er begeistert. »Die ganze Stadt spricht von Ihnen! Ich konnte gar nicht glauben, was man da so hört …«

»Und Sie – mit wem habe ich das Vergnügen?«, unterbrach Josie ihn.

»Oh – verzeihen Sie, gnädiges Fräulein! Wie unhöflich von mir! Karl-Friedrich von Behling, ganz zu Ihren Diensten. Bei Ihrem Familiennamen kann ich Ihnen nur sagen: Sie haben unbegrenzten Kredit bei uns – nahezu unbegrenzt!«

»Und wieso?«

»Wieso? Lembach – das muss man sich auf der Zunge zergehen lassen! Ich habe schon mit Ihrem Herrn Vater Geschäfte gemacht, da waren Sie noch so klein.« Er hielt eine Hand kurz über den Erdboden. »Ein guter Mann! Ein Jammer, dass er nicht mehr da ist …«

»Was wissen Sie über ihn?«, unterbrach Josie ihn.

»Wie soll ich sagen – er hat wohl irgendwann auf das falsche Pferd gesetzt, so hörte man. Es gibt manchmal Zeiten, gnädiges Fräulein, da muss man sich ein wenig nach der Decke strecken. Und wer das nicht tut, der kann schon mal unter die Räder geraten. Ich will damit nicht sagen …«

»Was wollen Sie nicht sagen!?«, fragte Josie und trat dicht an ihn heran.

»Nun – er hat sicherlich nichts Unrechts getan. Aber in gewissen Zeiten, da sind Recht und Unrecht nicht immer klar voneinander … Sie wissen schon.«

»Nein, ich fürchte, ich weiß es nicht!«

»Nein? Nun – hier ist meine Karte. Wenn Sie unsere Dienste beim Wiederaufbau dieses herrlichen Hauses in Anspruch nehmen möchten …«

»Finden Sie allein hinaus?«, fragte Josie, wandte sich ab und griff zu ihrem Malerpinsel.

»Oh, wie gern wäre ich dabei gewesen!«, sagte Isolde am Abend, nachdem Josie ihr vom Besuch des Bankiers erzählte. »Diese Banditen! Das ist die Bank, die der Partei in Hamburg das Geld vorn und hinten reingesteckt hat.«

»Welcher Partei?«

»Entschuldige, ich vergaß wie jung du bist: Die NSDAP. Und jetzt kommen sie aus ihren Löchern hervor und versuchen wieder Fuß zu fassen. Ausgerechnet bei denen, die sie damals ...«

»...was haben sie damals?«, fragte Josie.

»Naja, du weißt ja, dass 1943 die Partei das Hotel übernahm. Kurz nachdem dein Vater verschwunden war.«

Josie sah sie scharf an. »Verschwunden!«, wiederholte sie und spuckte das Wort aus wie ein Stück sauren Apfel. »Wie kann jemand einfach so verschwinden? Weggezaubert?«

»Es sind viele verschwunden damals. Auch ohne dass sie sich mit der Partei angelegt haben.«

»Aber er hat das getan – sich angelegt?«

»Ich weiß es nicht, ich weiß es wirklich nicht. Ich war damals zwar schon in der Kanzlei meines Bruders tätig, wo man so allerlei hört, zugegeben. Aber ich war jung verheiratet, ich hatte anderes im Kopf. Viele der Geschichten, die damals kolportiert wurden, wollte ich auch nicht wissen. Männergeschwätz – die plappern viel mehr dummes Zeug als Frauen, wenn der Tag lang ist. Nur dass es bei ihnen gefährlich werden kann, wenn die Falschen zuhören. Damit will ich aber nichts über deinen Vater gesagt haben. Ich weiß nichts, was irgendeinen Sinn ergibt. Das musst du mir glauben!«

Der nächste Bankvertreter kam zwei Tage später, als Möbelpacker gerade Bett und Schrank ins Zimmer getragen hatten. Josie war in Hochstimmung: Das Zimmer sah tatsächlich schon wieder fast so aus wie damals. Wenn ich jetzt noch Karl-May-Bücher hätte, mit denen ich das Regal füllen könnte, dachte sie, als von der Tür her ein Räuspern zu vernehmen war. »Dürfte ich eine Minute stören und mich kurz vorstellen?«, sagte eine sonore Männerstimme.

Ohne sich umzudrehen antwortete Josie: »Wenn Sie Karl-May-Bücher zu verkaufen haben …«

»Karl May? Da ließe sich sicherlich etwas machen. Aber eigentlich bin ich aus einem anderen Grund hier. Gerd Bülow, Kredithaus *Bülow&Söhne*.«

Josie drehte sich zu ihm um: »Ja, dann stellen Sie sich mal vor …«

»Das tat ich doch gerade!«

»Was ich meinte: Stellen Sie sich mal vor, dieses Regal dort wäre voller Karl-May-Bücher! Wer mag meine jetzt wohl besitzen?«

»Viele Menschen haben während der unruhigen Zeiten ihre Bücher verloren, gnädiges Fräulein, und nicht nur Bücher. Aber wie gesagt: Da ließe sich gewiss etwas machen.«

Josie wechselte das Thema. »Sie kannten gewiss auch meinen Vater? Und haben gute Geschäfte mit ihm gemacht?«

Bülow sah ein wenig irritiert aus. »Bis zu einem gewissen Punkt – ja. Dann allerdings wurde es etwas schwierig«, antwortete er.

»Weil er nicht so recht in die Zeit passte?«

»Sie hätten Diplomatin werden sollen!« Er lächelte. »Ich vermag Ihnen leider nicht zu sagen, was am Ende vorgefallen ist. Ich kann Ihnen nur versichern, dass unser Haus Ihnen die besten Konditionen anbietet, gesetzt den Fall, dass Sie sich für uns entscheiden sollten.«

»Ich weiß Ihre Fürsorge zu schätzen«, sagte Josie. »Sie hören von mir, vielleicht.«

An diesem Abend wurde Isolde richtig böse. »Welch eine Dreistigkeit!«, sagte sie, als Josie ihr von dem Gespräch berichtete. »Das ist die Bank, die damals bei den Enteignungen der jüdischen Geldhäuser am meisten abgestaubt hat. Es ist eine Schande, dass die immer noch Geschäfte machen dürfen!«

»Aber vielleicht besorgt er mir Karl-May-Bücher …«

Isolde sah Josie verblüfft an, dann brach sie in schallendes Gelächter aus, um ebenso plötzlich wieder ernst zu werden.

»Dann nimmst du die nicht an! Das musst du mir versprechen! Das ist eine Verbrecherbande, an deren Händen klebt Blut. Von denen nimmt man keine Bücher.«

»Gibt es gar keine anständigen Leute mehr in dieser Stadt?«

»Doch, ein paar schon. Zum Beispiel die Bank, von der du dein Geld hast. Aber die meisten anderen stecken tief drinnen in diesem Sumpf. Und der ist noch lange nicht trocken gelegt …«

»So habe ich dich ja noch nie erlebt«, sagte Josie. »Trotzdem wage ich die Frage: Bist du dir darüber im Klaren, dass ich morgen in mein Hotel einziehe und dies dein letzter Abend mit mir als deiner Untermieterin ist?«

Isolde grinste. »Oh ja, das bin ich. Und deshalb werden wir heute Abend auf die Pauke hauen. Hier«, sie nahm zwei Eintrittskarten aus ihrer Handtasche und hielt sie die Höhe, »wir gehen ins *Pulverfass*! Da gibt's Dinge, die du noch nie gesehen hast. Dinge, für die man noch vor wenigen Jahren ins Lager gekommen wäre?«

»Zum Beispiel?«

»Männer, die in Frauenkleidern auf der Bühne singen und tanzen.«

Josie sah ihre Freundin befremdet an. »Und auch Frauen in Männersachen?«

»Ja, das auch. Wobei man nie genau weiß, ob das nicht in Wahrheit auch Männer sind. Sie sind wunderbar!«

»Ich dachte, du siehst Männer eher etwas – kritisch«, warf Josie ein.

»Aber nicht, wenn sie tanzen können!«

»Es ist nie zu spät, mit dem Rauchen anzufangen«

Josie fühlte sich nicht sonderlich wohl in dem Kleid, das Isolde ihr anbot. »So etwas trug man in den zwanziger Jahren zu diesem Modetanz – wie hieß er noch: Charleston oder so?«, sagte sie.

»Richtig. Und genau das ist das Motto des heutigen Abends: Die wilden 20er Jahre. Hier, nimm bitte noch den Hut und die Zigarettenspitze.«

»Ich rauche nicht.«

»Erstens ist es nie zu spät, damit anzufangen. Und zweitens ist es das wichtigste Accessoire zum Charleston-Kleid.«

Josie willigte kopfschüttelnd ein. Untergehakt gingen sie über den Hansaplatz zum nahe gelegenen *Pulverfass*, wo man Isolde gut zu kennen schien: Sie brauchten ihre Eintrittskarten nicht vorzuzeigen und wurden sofort zu einem Platz direkt vor der Bühne geleitet. »Bitte Madame, wie immer!«, sagte die Kellnerin mit tiefer Stimme. »Ich hoffe, es ist alles zu Ihrer Zufriedenheit …«

Josie warf Isolde einen fragenden Blick zu. »Bernadette kennt mich schon lange«, raunte sie ihr zu. »Sie würde alles für mich tun.«

»Ihre Stimme!«, flüsterte Josie.

»Ich sagte dir doch …«

Isoldes weitere Erklärung ging im Getöse der Eröffnungsmusik unter, die von einer Kapelle gespielt wurde, die in einem kleinen Orchestergraben saß. »Nirgends ist es so schön laut wie hier!«, schrie Isolde in Josies Ohr und zündete sich eine Zigarette an, während der Champagner serviert wurde.

Josie war fasziniert und irritiert zugleich von den Darbietungen auf der Bühne. Die Selbstverständlichkeit, mit der die Männer ihre Rollen auslebten, ließ sie immer wieder vergessen, dass es keine wirklichen Frauen waren. Dann wieder jedoch empfand sie Beklemmung und Befremdung – so etwas hatte sie noch nie gesehen.

In der Pause ließ Isolde sie kurz allein, um sich die Nase zu pudern, wie sie sagte. Kaum war sie fort, ließ sich eine Schönheit im mitternachtsblauen Abendkleid und silbernen Diadem im Haar neben Josie nieder. »Ich bin Babette, dich habe ich hier noch nie gesehen«, sagte sie. »Gefällt dir die Show?«

Josie nickte.

»Dann freu dich auf den zweiten Teil! Da wirst du etwas sehen, was alles in den Schatten stellt …«

Josie spürte, dass Babette gefragt werden wollte, was es denn sei, und tat ihr den Gefallen. »Was ist es?«, fragte sie.

»Die umwerfendste Frau, die je auf einer Bühne gestanden hat …«

»Und wer soll das sein?«

»Josephine Baker!«

Josie riss Augen und Mund auf. »Josephine … die gibt es immer noch?«

»Babette, was machst du da mit Josephine?«, ließ sich jetzt Isolde vernehmen, die zurückgekehrt war. »Du hast sie ja ganz aus der Fassung gebracht!«

Nun war es an Babette, erstaunt den Mund aufzusperren. »Ihr Name ist – Josephine?«, fragte sie.

»Ja«, sagte Isolde, »und ich verrate dir auch, warum sie so heißt: als Verneigung vor Josephine Baker! Ihre Eltern haben sie aus Verehrung für die schwarze Gazelle so genannt. Stimmt doch, Josie, oder?«

Josie nickte, und die Frau im Abendkleid erhob sich hektisch. »Das muss ich gleich …!«, sagte sie und entfernte sich eilig.

Der Auftritt des Josephine Baker-Darstellers war dann tatsächlich erstaunlich. Selbst als er den Bananentanz aufführte und danach fast unbekleidet die Bühne verließ, hätte jeder Nicht-Eingeweihte ihn für Josephine Baker gehalten. Der Jubel in dem ausverkauften kleinen Theater belohnte ihn.

»Ich habe nie ganz verstanden, warum meine Eltern mich unbedingt nach dieser Tänzerin benennen mussten«, sagte Josie, als sie das *Pulverfass* zu später Stunde verlassen hatten. »Nicht, dass ich etwas gegen die Frau habe, aber der Kult, der in unserer Familie um sie gemacht wurde, ist mir rätselhaft. Mein Großvater besaß sämtliche Platten von ihr. Er hat sie sogar einmal kennengelernt.«

»Kennengelernt?«

»In Paris. Damals war sie noch am Anfang ihrer Karriere. Und einige Jahre später hat mein Vater sie nach Hamburg eingeladen. Sie trat im *Savoy* auf. Das war kurz vor meiner Geburt.«

Isolde blieb stehen und sah Josie ungläubig an. »Wenn wir das den Jungs im *Pulverfass* erzählen, dann drehen die durch. Ich schwör's dir!«

»Von mir aus«, erwiderte Josie. »Wie gesagt, ich verstehe diesen Kult nicht ganz, aber ich kann mit dem Namen gut leben. Er gefällt mir.«

»Er gefällt dir. Das ist schön! Meiner gefällt mir überhaupt nicht. Zu Isolde fällt mir immer gleich Tristan ein – und schon ist man bei Wagner, dem Zweit-Gott meines Mannes.«

»Zweit-Gott? Wer war denn sein Erst-Gott?«

»Na, der geliebte Führer natürlich! Wenn Eduard wüsste, wo wir zwei heute Abend waren – er würde verrückt werden. Andererseits: Das war er sowie schon. Fast alle Männer in meiner Familie waren damals verrückt: Führer hier – Führer da! Sie ließen sich Oberlippenbärtchen wachsen und liefen in Breeches herum. Sie himmelten ihn an wie die Kinder den Weihnachtsmann. Der einzig Normale war mein Bruder. Der hat zwar alles mitgemacht, was man damals machen musste, aber begeistert war er nie.«

»Und warum hast du Eduard geheiratet, wenn du ihn verrückt fandst?«

»Weil er tanzen konnte! Das andere hab ich erst später gemerkt, und da war es schon zu spät. Zum Glück kam dann Russland, das er unbedingt erobern wollte, und das ihn zur Belohnung bei sich behalten hat.«

»Du meinst …«

»Ja, die sind dort alle verreckt. Zu Millionen. Millionen! Kannst du dir das vorstellen? Und vorher haben sie Millionen Russen umgebracht. So verrückt können nur Männer sein. Dumm, dümmer, Männer – sage ich immer. Und deshalb kommt mir keiner mehr ins Haus.«

»Auch nicht, wenn er tanzen kann?«

»Dann darf er vielleicht einmal kurz reinkommen. Aber mehr nicht ...«

»Du hast in mir einen Verehrer auf Lebenszeit«

Sonntag, der 30. Mai, war ein strahlender Frühsommertag. Hamburg reckte sich der Sonne entgegen und genoss die Wärme, die die Männer ihre Jacketts ausziehen und die Frauen ihre Socken herunterkrempeln ließ. Auf der Alster blähten sich weiße Segel zur ersten Regatta des Jahres, im Hafen kamen noch mehr Menschen zusammen, um den Stapellauf der »Bürgermeister Brauer« mitzuerleben. Und vor dem Hauptbahnhof war eine mit Girlanden geschmückte Ehrentribüne errichtet worden, auf der die Honoratioren der Stadt Platz nahmen, um einen Sonderzug mit Heimkehrern aus Russland willkommen zu heißen.

Und es war der Tag, an dem Josie ins *Savoy* einzog. Ihre wenige Habe trug sie in einem alten Pappkoffer, den Isolde ihr gegeben hatte: Ein Sommerkleid, zwei Blusen, eine Strickjacke und eine Stretchhose, die sie sich bei Ladage&Oelke gekauft hatte. »Wenn man schon Geld für neue Kleidung ausgibt, dann kauft man sie dort«, hatte Isolde gesagt. »Die haben Sachen, die halten ein Leben lang.«

Eigentlich hatte Josie Isolde gebeten, sie nur bis zur neuen Drehtür des *Savoy* zu begleiten, aber Isolde war hartnäckig: Sie dürfe sie in einem solchen Augenblick keinesfalls allein lassen, befand sie. Und so schritten sie Arm in Arm durch die Eingangshalle, nachdem sie zuvor lachend wie kleine Kinder mehrmals mit der Drehtür Karussell gefahren waren.

Als sie Josies Zimmer erreichten, sah Isolde sich erstaunt darin um.

»… und genauso hast du hier als Kind gewohnt?«, fragte sie.

»Beinahe. Es gibt die Original-Tapeten nicht mehr, aber diese ist sehr ähnlich. Ansonsten ist alles wie damals.«

Isolde sah auf die Bücherregale. »Aber etwas fehlt noch!«, sagte sie, entnahm ihrer Handtasche ein Geschenk und überreichte es Josie.

»Für mich?«

»Nein, Dummchen – für das Zimmermädchen!«

Josie öffnete das Päckchen und stieß einen Freudenschrei aus. »Der Schatz im Silbersee!«, rief sie und blätterte sofort in den Seiten. »Das Originalbuch!«

»Ja, sie haben es wieder aufgelegt. Für Kindsköpfe wie dich ...«

Josie konnte nicht aufhören, sich immer wieder zu bedanken – bis ein Knistern sie die Ohren spitzen ließ, gefolgt von einem Rauschen. Und dann die ersten Töne einer Swingkapelle – *You're driving me crazy*, kratzig und ein wenig leierig, aber deutlich zu erkennen. »Das kenne ich«, flüsterte Josie. »Das habe ich bei meinem Vater gehört, als ich klein war.« Und dann erklang Josephines Stimme.

Wie von Geisterhand schwang langsam die Tür auf und auf der Schwelle stand Josephine Baker, hinter ihr auf dem Boden ein Grammophon, auf dessen Teller sich eine Schellackplatte drehte. Es war der Darsteller aus dem *Pulverfass*, der jetzt auf Josie zugetänzelt kam, die vor Überraschung die Hand vor den Mund schlug. Josephine Baker begann zu tanzen. Charleston! Schnell! Wild! Und dabei urkomisch, wie er immer wieder Josie tief in die Augen sah und ihr Handküsse zuwarf.

Nach drei Minuten endete die Platte, Josie applaudierte begeistert. »Nach dem, was du mir erzählt hast«, sagte Isolde, »fand ich es eine gute Idee, am Tag deines Einzugs an einen anderen großen Tag dieses Hauses anzuknüpfen. Es ist etwas über 21 Jahre her, dass Josephine Baker hier aufgetreten ist! Kannst du dir das vorstellen, Arnold?«, fragte sie und stieß den halbnackten Tänzer in die Rippen.

Der schüttelte den Kopf. »Unvorstellbar! Und eine Ehre für mich, hier heute die Josephine geben zu dürfen! Josephine – du hast in mir einen Verehrer auf Lebenszeit ...!«

Josie bat ihn, die Nummer noch einmal zu bringen. Und dann noch einmal. Sie konnte nicht genug bekommen.

Als Arnold eine Pause brauchte, nahm Josie die Schallplatte vom Grammophon, um sie sich anzusehen – und erstarrte. Sie hielt das Etikett dicht vor ihre Augen und sagte dann atemlos zu Isolde: »Hier, sieh mal!«

»Da hat jemand etwas drauf gestempelt«, sagte Isolde, »man kann es noch schwach erkennen. H.L. oder so ähnlich. Ja – H.L.«

»Horacio Lembach«, sagte Josie.

»Wer?«

»Mein Großvater. Er besaß eine Plattensammlung, darunter alles von Josephine Baker. Und auf alle Platten hat er seine Initialen gestempelt.«

Aufgeregt wandte Josie sich Arnold zu. »Woher stammt die Platte?«, fragte sie. »Wem gehört sie?«

Arnold wich erstaunt einen Schritt zurück. »Sie gehört mir«, antwortete er. »Ich habe sie von einem Trödelladen auf St. Pauli. Ist eine Rarität, ich habe mehr als ein Monatsgehalt dafür bezahlt …«

»Hat der Laden noch mehr davon?«, fragte Josie.

»Schon möglich. Zumindest, als ich zuletzt da war.«

»Und wann war das?«

»Vor ein paar Wochen.«

Josie überlegte. »Zeigst du mir, wo das ist?«

»Jetzt?«

Es dauerte eine halbe Stunde, bis sie in die U-Bahn nach St. Pauli stiegen, da Arnold sich umziehen und abschminken musste. Als die Bahn kurz vor der Station Rödingsmarkt aus dem unterirdischen Schacht ans Tageslicht kam und das eiserne Viadukt erklomm, auf dem sie bis zur Station St. Pauli am Hafen entlang fuhr, presste Josie ihr Gesicht gegen die Fensterscheibe und sog die Bilder in sich auf. Wenn ihr Vater ein wenig Zeit erübrigen konnte, war er mit ihr dieses Stück gefahren, um dann an den Landungsbrücken zu flanieren, ein Eis zu essen und den Schleppern auf der Elbe bei der Arbeit zuzusehen. Es schien Josie, als wäre es gestern gewesen, und doch fühlte sie, dass ein abgrundtiefer Graben sie von ihrer Vergangenheit trennte, als wäre es das Leben eines anderen Menschen. Ein Gefühl der Liebe überwältigte sie, als sie sich neben ihrem Vater die steilen Treppen zum Elbtunnel hinuntersteigen sah, gleichzeitig verübelte sie es ihm, das er sie aus seinem Leben verbannt hatte.

Der Trödelladen befand sich hinter dem Fischmarkt, gleich am Beginn der Palmaille im weitläufigen Kellerlabyrinth eines baufälligen Hauses. Die Tür stand offen, und schon nach wenigen Schritten befand man sich im Halbdunkel, umgeben von einem chaotischen Gewirr von Gegenständen: Gallionsfiguren mit schrecklichen Fratzen, Schaufensterpuppen in Matrosenanzügen und ausgestopfte Tiere aller Art erschreckten den Besucher an jeder Biegung des engen Ganges. Josie fühlte sich an die Geisterbahn auf dem Hamburger Dom erinnert

Arnold ging zielsicher voran, und nach einigen Minuten stießen sie auf ein lebendes Wesen – einen uralten Mann, der in einem Schaukelstuhl saß und schlief. Arnold bedeutete Josie und Isolde, leise zu sein, trat dann dicht an ihn heran und nahm ihm die Pfeife aus dem Mund. »Wir wollen doch nicht, dass du dir ein Loch in deine schöne Strickjacke brennst, Rudi«, sagte er sanft.

Rudi hob den Kopf, öffnete ein Auge und erwiderte: »Wenn du so nett zu mir bist, willst du sicherlich wieder was Besonderes. Was suchst du denn heute?«

»Sind von diesen Platten noch welche da?«

»Du meinst – DIESE Platten?«

»Ja, genau die. Hast du noch welche davon?«

»Muss ich mal gucken.« Er erhob sich ächzend und schlurfte dann ins Dunkel eines anderen Raumes. »Das ist die Schatzkammer«, flüsterte Arnold, »da darf nur er allein rein.«

Nach einigen Minuten kam er wieder heraus, einen Karton vor sich herschiebend. »Das ist der Rest«, sagte er, setzte sich wieder in den Schaukelstuhl und steckte die Pfeife in den Mund. Bevor er die Augen schloss, fragte er noch: »Wer sind die Damen?«

»Verehrerinnen«, antwortet Arnold und schob den Karton zu Josie.

»Gut. Dann dürfen die auch gucken.«

Josie beugte sich über die Kiste und nahm nacheinander die Schallplatten heraus. »Ja«, sagte sie, »ja!« Immer aufgeregter inspizierte sie den Karton, bis sie die letzte Platte wieder zurückstellte und sagte: »Es sind alles seine, sie tragen alle seinen Stempel! Nur von Josephine ist keine einzige mehr dabei …«

Arnold trat vor Rudi. »Rudi, eine der Damen möchte dich etwas fragen.«

»Welche?«

»Die junge. Sie kennt den Mann, dessen Initialen auf sämtlichen der Platten sind. Sie ist seine Enkelin.«

»Kann ja jeder sagen.«

»Warum sollte das jeder sagen? Sie will sie dir ja nicht wegnehmen. Sie möchte nur etwas wissen.«

Rudi grunzte und sog an seiner erloschenen Pfeife. Josie trat vor ihn und fragte: »Wissen Sie noch, wer Ihnen die Platten verkauft hat?«, fragte sie.

»So'n Mann.«

»Wann?«

»Paar Jahre her.«

»Wann?«

Rudi hob jetzt seine schweren Lider und sah Josie direkt in die Augen. »Als man mit solcher Musik vorsichtig sein musste«, sagte er.

»Im Krieg?«

»Gegen Ende.«

»Und warum haben Sie sie genommen, wenn es doch gefährlich war?«

»Der Mann brauchte dringend Geld. Das hat er nicht gesagt, aber ich habe es ihm angesehen.«

»Sah er verarmt aus?«

Rudi schüttelte den Kopf. »Nein, nur gehetzt. Aufgewühlt sah er aus. Ein bisschen wie du jetzt.«

»Er sah aus wie ich?«

»Sag ich doch. Nur nicht so hübsch. Aber Augen und Nase hatte er von dir – oder umgekehrt.«

»Und dann? Haben Sie ihn nochmals gesehen?«

Rudi wiegte seinen großen Kopf, auf dem eine blaue Pudelmütze wackelte. »Bin mir nicht sicher. Möglich.«

»Wo?«

»Weiß nicht.«

Rudi schloss die Augen und ließ den Kopf auf die Brust sinken.

Arnold machte Josie ein Zeichen zum Gehen. Als sie beinahe draußen waren, hörten sie Rudi noch sagen: »Kannst eine mitnehmen. Schenk ich dir …«

»Danke«, sagte Josie, »nächstes Mal. Ich komme wieder.«

»Würde ich nicht tun. Hier unten kriegt man Rheuma.«

Er war hier!, dachte Josie, als sie ins gleißende Sonnenlicht traten – er war hier in diesem Keller! Er war in Not. Er brauchte Geld. Er wollte weg. Warum hat er sich nicht mehr bei mir gemeldet? Er wusste, dass ich auf ihn wartete! Warum …

»Josie – hallo!«, riss Isolde sie aus ihren Gedanken. »Möchtest du noch die Schiffstaufe sehen, oder sollen wir zurückfahren?«

»Ich möchte in mein Bett.«

»Jetzt? Mitten am Tag?«

Josie nickte.

Wenig später lag sie zum ersten Mal auf ihrem neuen Bett im Zimmer 23 des *Savoy* und betrachtete das Bücherregal. Der grüngoldene Umschlag des »Schatz im Silbersee« schien den Raum zu erleuchten. Josie fühlte sich ihrem Vater so nah wie nie, seit er sie nach Hemelinghausen geschickt hatte. Mit einem Lächeln schlief sie ein.

»Ich komme mir vor wie im Museum«

»Am besten wird es sein, wir sprechen mit der Kreditanstalt für Wiederaufbau«, sagte Dr. Brockstädt. »Die haben die günstigsten Konditionen, sind flexibel und unbelastet, nicht wahr?«

»Was meinen Sie damit?«, fragte Josie, die ihm in seiner Kanzlei in der Schmilinskystraße gegenüber saß, »unbelastet?«

»Sie haben keinen Dreck am Stecken, kein Altlasten aus dem Tausendjährigen Reich«, erklärte er. »Nicht so wie die anderen, die mit den Nazis unter einer Decke steckten.«

Josie erwähnte die Besucher im *Savoy*. »Die sollten Sie nicht mal mit der Kneifzange anfassen!«, ereiferte sich Dr. Brockstädt. »Übles Volk, ganz übel! Wenn Sie wollen, mache ich uns einen Termin bei der KfW, was meinen Sie?«

»Wieso uns?«, mischte sich Isolde ein, die mit verschränkten Armen am Fenster stand und das Gespräch aufmerksam verfolgte, »bist du ihr Manager? Wie viel Provision bekommst du?«

Karl-Udo Brockstädt seufzte und fuhr sich mit der Hand durch sein schütteres Haar. »Wie haben Sie es bloß drei Wochen lang mit dieser impertinenten Person ausgehalten?«, fragte er Josie. Und zu seiner Schwester gewandt: »Nein, ich bin nicht ihr Manager, aber vielleicht kann ich die eine oder andere Tür für sie öffnen. Hast du ein Problem damit?«

Isolde stieß sich von der Fensterbank ab und trat zu Josie. »Hast du ein Problem damit?«, fragte sie.

»Nein, warum sollte ich?«

»Weil er ein ganz ausgekochter Geschäftmann ist.«

»Das ist doch genau das, was ich jetzt gebrauchen kann«, antwortete Josie, »sofern er auf meiner Seite steht.« Dann, zu Dr. Brockstädt gewandt: »Stehen Sie auf meiner Seite?«

»Probieren Sie's aus«, entgegnete er. »Ohne Risiko gibt es in diesen Zeiten nichts …«

Josie musste grinsen, die Antwort gefiel ihr. Sie blickte zwischen den Geschwistern hin und her und sagte dann: »Ja, machen wir's mit diesen Wiederaufbauleuten. Ich hätte dich auch gern dabei, Isolde.«

Die Hotelbegehung mit drei Kreditexperten der KfW eine Woche später ging schneller als erwartet. Viel schneller sogar. Sie sahen sich nicht einmal alle Räume des *Savoy* an, geschweige denn Keller und Boden, sondern begnügten sich mit einem flüchtigen Rundgang. Als sie am Ende in der Hotellobby zusammen standen, sagten sie zu Josie: »Sie müssen uns nur mitteilen, wie viel Geld Sie für die einzelnen Bauabschnitte brauchen und wann Sie es benötigen. Wir legen keinen Kreditrahmen fest – dieses Haus wird eine Goldgrube. Wenn Sie nicht alles falsch machen, kann hier nichts schief gehen. Und außerdem haben Sie Dr. Brockstädt an Ihrer Seite, er ist uns Garant genug für eine unbegrenzte Hypothek.«

Als sie gegangen waren, wandte sich Karl-Udo Brockstädt an Isolde. »Tust du mir einen Gefallen?«, fragte er seine Schwester. »Wiederholst du für mich den letzten Satz, den die eben gesagt haben?«

»Nein.«

»Sehen Sie«, sagte er in gespielter Verzweiflung zu Josie, »so ist sie, meine kleine Schwester! Einfach unausstehlich …«

Die nächsten Wochen verbrachte Josie damit, Hotels zu inspizieren. Sie wollte wissen, wie sie heute aussahen, wie sie eingerichtet waren, wie ihr Personal geschult war, was die Gäste erwarteten. Sie ging ins *Atlantik*, ins *Prem*, ins *Vier Jahreszeiten*. Manchmal quartierte sie sich für eine Nacht ein, um den Service aus der Sicht des Gastes zu erleben. Sie führte über alles Buch, legte Listen an mit den Dingen, die ihr gefielen und die ihr missfielen.

»Du bist ja eine ausgemachte Pedantin!«, sagte Isolde eines Abends zu ihr, als sie im *Alsterpavillon* saßen und Josie ihr von ihren Studien berichtete.

»Ich muss wissen, was heute Standard ist, was sich gewandelt hat, was geblieben ist«, erklärte Josie. »Und vor allem: was man besser machen kann!«

»Und das wäre?«

»Ich weiß es noch nicht. Ich habe allerdings den Eindruck, dass sich nicht viel verändert hat, dass sie versuchen, alles genauso zu machen, wie es vor dem Krieg war. Ich komme mir manchmal vor wie im Museum. Die Gäste hingegen sehen völlig anders aus, vor allem die aus dem Ausland – Engländer, Franzosen, Amerikaner. Die sind viel legerer als früher. Zur Zeit meines Vaters hätte sich kein Gast ohne Krawatte und Anzug in die Lobby gesetzt, heute tun das die meisten. Auch in den Spitzenhäusern.«

»Du klingst wie eine echte Expertin.«

»Bin ich nicht. Aber ich muss eine werden, wenn ich das *Savoy* wiedereröffnen will. Ich muss genau wissen, was die Gäste heutzutage erwarten. Es muss zeitgemäß sein und ihnen zugleich alles bieten.«

Als Josie einige Tage darauf auf der Terrasse des *Hafenhotels* saß und bei einer Tasse Kaffee den Elbkränen beim Entladen der Schiffe zusah, näherte sich ein Kellner, beugte sich zu ihr und räusperte sich dezent. »Entschuldigen Sie die Aufdringlichkeit, gnädige Frau«, sagte er, »sind Sie das Fräulein Lembach? Josephine Lembach?«

Noch bevor sie sich umwandte, erkannte sie ihn an seiner Stimme: Adalbert, der Chef-Sommelier des *Savoy*-Restaurants! Wie hätte sie seine Stimme je vergessen können, die ihr so oft Geschichten vom Weingut seiner Familie an der Mosel erzählt hatte, wenn sie ihm im Weinkeller des *Savoy* einen Besuch abstattete. Josie liebte die Stille dort unten, die Kühle, den feuchten Geruch, die Regale voller Flaschen, die Adalbert einmal pro Woche zu entstauben pflegte. »Das muss zwar nicht sein«, hatte er Josie erläutert, »manche meinen sogar, je staubiger die Flaschen sind, desto besser der Inhalt, aber da bin ich mir nicht so sicher. Ich denke, die Flaschen haben ein Recht darauf, manierlich auszusehen und behandelt zu werden.«

Josie erhob sich und breitete die Arme aus. Adalbert wich einen Schritt zurück. »Fräulein Lembach, ich bin hier angestellt, bitte keine Vertraulichkeiten«, sagte er leise. »Ich freue mich außerordentlich, Sie zu sehen, ich kann Ihnen gar nicht sagen, wie sehr! Ich hörte bereits, dass Sie wieder in der Stadt sind …«

»Sie hörten es?«

»Nun, diejenigen von uns, die noch am Leben sind und alles halbwegs heil überstanden haben, stehen im Kontakt miteinander. Wir waren ja schließlich so etwas wie eine große Familie damals, als ihr seliger Herr Vater …«

»Selig?«, unterbrach sie ihn erneut.

»Was ich sagen will: Es weiß keiner so genau, was geschehen ist, ob er noch – also, was ich meine: Ich hörte von ehemaligen Kollegen, dass Sie im *Savoy* logieren und konnte es kaum glauben.«

»Logieren ist übertrieben. Ich habe mein ehemaliges Zimmer hergerichtet, alles Übrige sieht immer noch aus, als hätten die Vandalen darin gewütet.«

»Gnädiges Fräulein, ich muss jetzt weiter bedienen, ich würde mich sehr freuen, wenn wir uns wiedersehen könnten.«

»Natürlich! Kommen Sie ins *Savoy*, wann immer Sie möchten. Falls Sie mich nicht antreffen, befestigen Sie einfach einen Zettel an der Tür mit Ihrer Anschrift. Dann komme ich zu Ihnen.«

»Zu gütig, Fräulein Lembach, zu gütig!« Unter Verbeugungen entfernte er sich. Josie fiel erst jetzt auf, dass er ein Bein nachzog, als er an einen Tisch gerufen wurde. Josie beobachtete, wie er die Bestellung entgegen nahm, dann wandte sie sich ab und setzte sich wieder. Sie spürte in ihrem Rücken, wie die Gäste vom Nebentisch sie anstarrten.

Als sie auf dem Heimweg den Baumwall entlangging, fiel Josie ein Auto auf. Eines, das nicht zu übersehen war: ein offener amerikanischer Straßenkreuzer mit blitzenden Chrom-Stoßstangen und Weißwandreifen. Josie stutzte, denn den Wagen hatte sie schon mehrmals gesehen: Immer war er ihr in einem gewissen Abstand gefolgt und hatte gestoppt, wenn sie stehen blieb. So auch jetzt.

Zügig überquerte sie die Straße und lief die Treppen zur U-Bahn hoch. Oben angekommen, blickte sie über die Brüstung und sah hinunter. Ein junger Mann mit Sonnenbrille und Zigarette saß in dem Wagen, ein Arm auf den Türrahmen gelehnt, eine Hand am Lenkrad. Er blickte direkt zu Josie herauf, als hätte er erwartet, dass sie an der Brüstung erscheinen würde. Als sie sich erschrocken zurückzog, hob er lässig wie zum Gruß eine Hand und fuhr dann langsam davon.

Als Josie wenig später vom Hauptbahnhof kommend auf das *Savoy* zuging, traute sie ihren Augen nicht: Der Wagen stand vor dem Hotel, der Fahrer lehnte neben der Tür und sah ihr entgegen. Sie verlangsamte ihre Schritte. Je näher sie kam, desto mehr erinnerte er sie an einen Mann auf einem Foto, das sie in einer Filmzeitschrift bei Isolde gesehen hatte: Haartolle, heruntergeschobene Sonnenbrille, über deren oberen Rand hinweg er sie ansah, Zigarette im Mundwinkel, Arme verschränkt, Beine gekreuzt – die Lässigkeit in Person. Er war jung, nur wenig älter als sie selbst, und doch verströmte er Lebenserfahrung im Überfluss.

Josie blieb vor ihm stehen. »Hallo, James Dean«, sagte sie, »wenn Sie hierher fahren wollten, hätten Sie mich auch gleich mitnehmen können.«

»Du hast der U-Bahn den Vorzug gegeben, was also hätte ich tun sollen?«

»Kennen wir uns?«

Er ließ die Zigarette zu Boden fallen und stieß sich von der Wand ab. »Wie man's nimmt. Zumindest hast du einen Namen, den ich mir leicht merken kann, weil er derselbe ist wie meiner.«

»Josephine?«

Er lachte. »Nein, Nick.«

»Und weiter?«

»Lembach.«

Josie zuckte zusammen. »Kenn' ich nicht«, sagte sie, »wer soll das sein? Klingt irgendwie nach Zirkus ...«

»Also sagen wir mal so«, begann er und guckte bedeutend über seinen Brillenrand. Josie fiel sein leicht amerikanischer Akzent auf. »Ich bin aus Boston. Das liegt an der amerikanischen Ostküste ...«

»Ist mir bekannt.«

»... wo meine Familie seit Generationen ein Hotel betreibt, das ebenso heißt wie dieses hier.« Er deutete mit dem Daumen hinter sich und Josie fühlte, wie ihre Beine schwach wurden. »Bis dieser Scheißkrieg begann, habe ich dort mitgearbeitet. Von klein auf an. Dann wurde ich eingezogen. Hab' erst in Frankreich gekämpft, dann bin ich hierher gekommen. Und bin geblieben. Die Deutschen sind wild auf Ami-Autos. Damit handele ich jetzt. Kann gar nicht genug rüberholen, sie reißen sie mir aus dem Händen.«

Er beugte sich vor und sah Josie besorgt an. »Ist dir nicht wohl?«

»Ich muss mich setzen«, sagte sie. Dann verließen sie die Kräfte und sie wäre zu Boden gefallen, wenn er sie nicht gestützt hätte. »Es ist wirklich ein besonders heißer Tag heute«, sagte er verständnisvoll, »gib mir mal den Schlüssel.«

Josie reichte ihm ihre Handtasche, und kurz darauf traten sie in die kühle Eingangshalle. Während sie sich in einer Ecke auf den Boden setzte und sich den kalten Schweiß von der Stirn wischte, ging Nick durch die Halle und sah in alle Ecken, während der Schutt unter seinen Cowboystiefeln knirschte. »Cool!«, rief er. »Das ist supercool! Du wohnst hier?«

Sie nickte. Er ging zu ihr und setzte sich neben sie in den Staub. »Um es zu Ende zu erzählen: Ich bin so etwas wie dein Großcousin«, erklärte er und reichte ihr ein Taschentuch. »Oder groß-groß oder so – falls es überhaupt eine Bezeichnung für unser Verwandschaftsverhältnis gibt: Mein Vater ist der Sohn vom Bruder deines Großvaters. Das war die Generation mit den unaussprechlichen Vornamen, lateinisch oder so.«

»Kenn ich nicht ...«

»Macht nichts, ist aber so.«

»Woher weißt du von mir?«

Er zog eine Packung Zigaretten aus der Brusttasche seines karierten Hemdes, nahm eine Zigarette heraus und warf sie sich zwischen die Lippen. Sie landete richtig herum. Josie sah ihm erstaunt zu. »Lernt man das bei euch in der Armee?«, fragte sie.

»Unter anderem. Geht's wieder besser?«

Josie nickte.

»Dann zu deiner Frage: Ich lebe hier auf St. Georg, mache hier meine Geschäfte. Bahnhofsviertel sind immer gut. Und dein Auftauchen ist hier sehr genau registriert worden. Man könnte sagen: Du bist Gesprächsthema. In gewissen Kreisen.«

»Was für Kreise?«

»Geschäftsleute. Immobilienmenschen. Spekulanten. Bis vor kurzem nannte man das Schwarzmarkt. Sowas in der Art. Und alle sind gespannt, was du hier willst, was du vorhast. Dein Name elektrisiert die Leute, der steht für was. Große Vergangenheit – Lembach! Und vielleicht auch große Zukunft?«

»Ist ja auch dein Name, wenn es stimmt, was du mir erzählt hast.«

»Offiziell, ja. Aber ich nenn' mich anders. Du sagtest den Namen vorhin bereits ...«

Josie sah ihn fragend an. »Dean. Nick Dean«, antwortete er und machte eine angedeutete Verbeugung, »US-Car-Import. Aber ich handele eigentlich mit allem. Wenn du irgendwas brauchst bei deinem Projekt hier«, er sah in die riesige Halle und machte eine ausholende Armbewegung, »ich kann's dir besorgen. Günstig natürlich. Oder wenn du Hilfe benötigst, wie auch immer, musst du es mich nur wissen lassen.«

»Und warum? Warum solltest du mir helfen?«

»Familie!«, sagte er. »Familienbande – oder wie nennt man das bei euch? Bande klingt irgendwie nach Ganoven. Also nennen wir es mal so: Blut ist dicker als alles andere. Und soll ich dir noch etwas sagen?«

»Allmählich kann ich nichts mehr aufnehmen – aber gut, bitte schön ...«

»Im *Savoy* in Boston hängt ein Foto von deinem Großvater, dieser Horacio, in der Ahnengalerie im Foyer. Da war er noch ganz jung, natürlich, und das Foto ist vergilbt. Aber es hängt da.«

Josie stand auf. »Also: Wenn du mir noch mehr erzählen möchtest, komm' beim nächsten Mal direkt hierher. Du brauchst mir nicht mehr hinterherzufahren mit deinem unauffälligen Auto. Komm einfach her ...«

Jemand klopfte an die Tür und drückte das Gesicht gegen die Scheibe. »Herein!«, rief Josie, die Isolde erkannte. »James Dean will sowieso gerade gehen.«

Isolde trat ein und verlangsamte ihre Schritte, als sie im Halbdunkel die Gestalt wahrnahm. »Was ...?«, hob sie an.

»Ein andermal«, unterbrach Nick sie, »die Dame muss sich jetzt ausruhen.« Er tippte sich wie zum militärischen Gruß an eine imaginäre Mütze und verließ das Foyer.

Isolde sah ihm nach. Dann wandte sie sich Josie zu. »Die sind jetzt also auch schon hier ...«, sagte sie langsam.

»Wer – die?«

»Naja, es gibt hier in St. Georg Leute, die man eigentlich vornehmlich bei Nacht sieht. Leute, die alles im Griff haben und ohne die kaum etwas läuft. Ich will nicht sagen Unterwelt – aber doch eine Welt, die unter der anderen, der sichtbaren Welt, tätig ist.«

»Er handelt mit Autos, amerikanischen Autos.«

»Ja, die handeln mit allem, was nicht niet- und nagelfest ist. Das soll nicht heißen, dass er – wie heißt er?«

»Nick.«

»Und weiter?«

»Dean.«

Isolde lachte schrill auf. »So sieht er auch aus. Was ich sagen wollte: Das soll nicht heißen, dass er nicht vielleicht ein ehrenwerter Geschäftsmann ist. Aber auf jeden Fall sieht er etwas anders aus als ein hanseatischer Kaufmann – also rein äußerlich gesehen.«

Josie seufzte. »Er ist mein Cousin, oder sowas.«

Isoldes Kinnlade klappte herunter. Sie überlegte lange, dann sagte sie: »Ich glaube, du solltest dich jetzt wirklich ein wenig hinlegen. Die Hitze macht einen ziemlich fertig, da schmilzt das Hirn, ohne dass man es merkt. Und dann hat man den Salat ...«

Während sie die Freitreppe hinaufstiegen, sagte Josie: »Salat, ja! Darauf hätte ich jetzt Appetit. Besorgst du mir einen?«

»Natürlich, Liebes. Ich hab' noch welchen, aber leg dich erstmal hin.«

Isolde eilte nach Hause, und als sie kurz darauf mit einer Schüssel Gurkensalat zurückkam, schlief Josie bereits. Sie stellte den Salat im Bücherregal ab und verließ dann das *Savoy,* so leise es auf dem knirschenden Schuttboden möglich war.

»Ein Hotel sollte kein Wohnzimmer sein, sondern eine Einladung in die Welt«

Nach zwei Monaten kannte Josie fast alle Hotels und Restaurants der Stadt, ihr Notizbuch war voll und sie beschloss, die Recherchen abzuschließen und ein Resümee zu ziehen – mit dem enttäuschenden Ergebnis, das ihr nichts von dem, was sie gesehen hatte, gefiel. »Es sieht alles so aus, als hätten die Innenarchitekten versucht, die Zeit zurückzudrehen und die Kriegsjahre vergessen zu machen«, erklärte sie Isolde. »Sie knüpfen da an, wo alles aufhörte, bevor es zu Bruch ging. Es ist muffig, plüschig und völlig überladen mit Kitsch und scheußlichem Plunder. Damals hatten die Hotels – zumindest das meiner Eltern – Geschmack, heute ist es nur noch ein grässlicher Abklatsch des Einrichtungsstils der Vorkriegszeit.«

Sie saßen im *Junction*, ein Kellerlokal in der Koppel, in dem Jazzmusik gespielt wurde. Isolde nippte an ihrem Highball und nickte anerkennend. »Klingt, als hättest du eine fundierte Meinung«, sagte sie. »Sowas wie hier gefällt mir auch viel besser. Vielleicht etwas zu amerikanisch, aber man kann durchatmen, ohne fürchten zu müssen, am Staub zu ersticken.«

Josie sah sich um. Isolde hatte sie hergebracht, weil sie meinte, dass es höchste Zeit für sie sei, endlich auch einen Highball zu probieren. Und weil sie sicher war, dass Josie die Musik gefallen würde. Letzteres traf zu. Eine Fünf-Mann-Kombo spielte Swing.

Josie betrachtete den Raum. Er war schlicht weiß gekalkt, dazu Sitzbänke und Stühle mit rotem Lederbezug, kleine runde Tische mit weißrotem Steinmosaik, das die Farben des Raumes aufnahm. Der Boden war aus dunklem Holz.

»Man muss kein Einrichtungsexperte sein, um zu wissen, wo man sich wohlfühlt. Hier!«, sagte sie und ließ den Blick durch den Raum schweifen, »hier fühle ich mich wohl. Aber das liegt sicher auch an den Bildern.«

Die Wände waren mit Fotos von Straßenszenen amerikanischer Städte behängt. Man hatte das Gefühl, mittendrin zu sein, fand Josie. »Und dann die Musik dazu – einfach großartig. Die Benny Goodman-Platten meines Vaters klangen so ähnlich. Er hat sie oft gehört.«

»Und der Highball?«

Josie schob ihr Glas zu Isolde hinüber. »Kannst du haben, schmeckt fürchterlich.«

Ein Kellner, der am Tisch vorbeiging, hatte Josies Urteil gehört. Er beugte sich zu ihr herunter. »Wenn Sie es nicht meinem Chef verraten: Ich mag's auch nicht«, sagte er mit gedämpfter Stimme. »Das trinken die Leute nur wegen dieser Kriminalromane, wo der Detektiv immer Highballs bestellt. Ich bringe Ihnen etwas anderes, lassen Sie sich überraschen …«

»Mike Hammer«, sagte Isolde.

Der Kellner sah sie überrascht an. »Genau! So heißt der Detektiv …«

Eine Minute später brachte er Josie ein hohes Glas mit einer schwarzen, leicht sprudelnden Flüssigkeit, in der Eiswürfel und eine Scheibe Zitrone schwammen. »Auf Ihr Wohl!«, sagte er.

»Coca Cola«, sagte Isolde und schüttelte sich. »Ist was für Kinder.«

Josie schmeckte das Getränk vorzüglich. »Also, du musst herausfinden, wer der Innenarchitekt ist, der dieses Lokal gestaltet hat«, sagte Josie, nachdem sie das Glas in einem Zug geleert hatte. »So stelle ich mir das *Savoy* vor!«

Isolde sah sie entgeistert an. »Nein«, sagte sie, »das kannst du nicht machen! Ein Jazzlokal – ja. Aber doch nicht ein ganzes Hotel! Da wird man ja verrückt …«

Dennoch erfüllte sie Josies Wunsch umgehend. Schon zwei Tage später teilte Isolde ihr mit, dass der junge Mann, ein Fotograf und Architekturstudent, an einem Gespräch interessiert wäre. Sein Name sei Claude Lignier. »Ein Franzose?«, fragte Josie.

»Ja. Aber überdenk es nochmal: Du kannst doch nicht so einem unerfahrenen Burschen einen derartigen Auftrag geben! Er hat bisher nur Lokale eingerichtet.«

»Abwarten!«, erwiderte Josie. »Jeder hat mal klein angefangen.«

Der junge Architekt traf am *Savoy* ein, als Josie gerade von einer Rundfahrt im Straßenkreuzer zurückkehrte. Nachdem Nick sie überredet hatte, mit ihm in seinem offenen Auto durch die Stadt zu fahren, konnte sie nicht genug davon bekommen. Sie hatten sich angewöhnt, einmal um die Alster zu fahren, dann durch Pöseldorf, den Mittelweg und zum Abschluss den Jungfernstieg entlang, bevor sie über die Mönckebergstraße zum Hauptbahnhof zurückkehrten. Es war der dritte Ausflug, wie Josie es nannte, und sie hatte sich ein Kopftuch umgebunden, weil beim letzten Mal ihr Haar vom Fahrtwind so zerzaust war, dass sie es kaum mehr bändigen konnte.

Als der Wagen jetzt vor dem *Savoy* zum Stehen kam, sprang sie heraus und eilte auf den jungen Mann zu, der erstaunt auf das rote Cabriolet blickte. »Sie müssen Claude sein. Verzeihung, Verzeihung!«, rief sie. »Ich hoffe, Sie warten noch nicht lange.«

»Doch«, erwiderte er, »eine Viertelstunde. Aber dieser Anblick entschädigt dafür …«

Josie sah sich verwundert um. »Welcher Anblick?«

»Sie und dieses Auto! Sowas sieht man nicht jeden Tag. Wie aus einem James Dean-Film. Ein Jammer, dass ich keinen Fotoapparat dabei habe.« Er stutzte und sah Nick an, der jetzt aus dem Wagen stieg.

»Ja, ich bin's wirklich«, sagte Nick, »aber das muss unter uns bleiben …«

Alle drei lachten, bis ihnen die Tränen kamen.

»Das Eis war sofort gebrochen«, erzählte Josie später Isolde. »So etwas habe ich noch nie erlebt: Es war, als würden wir uns schon ewig kennen. Wir gingen durchs Hotel, Claude sah sich alles genau an und rief immer wieder: Großartig, das ist es! Genau so! Ja, so muss es sein! Als wir uns verabschiedeten, sagte er: ›Gib mir einen Monat, dann mache ich dir Vorschläge.‹ Darauf warte ich nun gespannt.«

»Und du hast ihm nur gesagt, dass du es so haben möchtest wie das *Junction*? Mehr nicht?«

»So ähnlich. Ich habe ihm gesagt, dass ich mich im *Junction* gefühlt habe, als wäre ich mitten in New York. Ich wünsche mir, dass das künftige *Savoy* die Gäste anregt, zu reisen, die Welt kennen zu lernen, Neues erfahren zu wollen. Ein Hotel sollte kein Wohnzimmer sein, sondern eine Einladung: eine Einladung zu einer Phantasiereise zu Orten, die man später vielleicht tatsächlich besuchen wird. Sowas Ähnliches habe ich ihm gesagt, ja.«

Als Adalbert, der Sommelier, eine Woche später klingelte – Josie hatte eine elektrische Klingel neben der Drehtür anbringen lassen, die so laut schrillte, dass man sie im ganzen Haus hören konnte –, war Josie gerade dabei, einen Brief an Rasmus zu formulieren. In den letzten Tagen war die Erinnerung an ihn übermächtig geworden. Sie beschrieb ihm, was sie tat und plante und schilderte dann ausführlich, wie sehr sie ihn vermisste, wie die Erinnerungen ihr immer öfter die Kehle zuschnürte, sodass sie manchmal im Bett lag und kaum noch atmen konnte. Sie bat ihn, so bald wie möglich nach Hamburg zu kommen und so lange wie möglich zu bleiben. Als sie eben eine Reihe Herzchen an den unteren Briefrand gemalt hatte, schrillte also die neue Glocke durchs Haus.

Josie erschrak, als sie Adalbert begrüßte: Ohne seine Kellner-Livré sah er alt und gebrechlich aus. Sie führte ihn in ihr Zimmer und bot ihm den einzigen Stuhl an, den sie besaß, sie selbst setzte sich auf die Bettkante und kam ohne Umschweife zur Sache. »Adalbert, was ist passiert? Wo sind all die Kollegen und Mitarbeiter? Leben sie noch? Was ist mit meinem Vater geschehen? Mit meiner Mutter? Ich habe keinerlei Nachricht erhalten, man hat mir nichts gesagt, nichts!«

Adalbert sah sie bekümmert an. »Ich weiß, wie sehr Sie sich gesträubt haben, in das Auto zu steigen, das Sie fortbringen sollte. Ich sehe es noch vor mir als wäre es heute, es hat mir das

Herz zerrissen. Aber es war der letzte Moment, um Sie in Sicherheit zu bringen …«

»Wieso, die Bomben fielen doch schon seit Monaten? Warum musste es auf einmal so schnell gehen? Warum hat er mir nichts erklärt? Es kam mir vor, als wollte er mich loswerden …«

»Ja, so war es auch«, erwiderte Adalbert. »Es ging um Leben und Tod. Es war keine Minute mehr zu verlieren. Er wusste, dass sie jeden Moment kommen konnten, um ihn abzuholen, und er musste Sie vorher in Sicherheit bringen. Das hat er mir gesagt, unmittelbar zuvor.«

»Wovon reden Sie?«, rief Josie und sprang auf. »Es war doch nichts passiert, alles war wie immer …«

»Oh, es war viel passiert, nichts war mehr wie immer! Er hat es nur gut vor Ihnen verborgen, er wollte Sie aus allem raushalten …«

»…wo raus?«

»Fräulein Josephine – Sie wissen doch, dass Ihre Frau Mutter Halbjüdin war. Lange haben die Nazis sie in Ruhe gelassen, aber plötzlich waren auch diese Menschen nicht mehr sicher. Ihre Eltern hatten in den Jahren zuvor viele Freunde Ihrer Mutter unterstützt, hatten sie versteckt, manchmal sogar hier im Hotel. Sie haben ihnen Papiere besorgt, haben ihnen geholfen, das Land zu verlassen. Und dann muss irgendetwas passiert sein, was Ihren Vater selbst in höchste Gefahr brachte. Ihre Mutter war ja schon lange zuvor abgereist …«

»… es hieß, sie müsse zur Kur …«

»… ja, das hat man Ihnen wohl so gesagt. Was hätten sie denn tun sollen? Sie hätten doch einem Kind nicht sagen können, was wirklich vor sich ging.«

»Und dann?«, fragte Josie.

Adalbert zog die Schultern hoch. »Ich weiß es nicht, ich weiß es wirklich nicht. Unmittelbar nach Ihrer Abfahrt traf Ihr Herr Vater zwei Männer im Hotelfoyer – mit denen ging er fort. Eine Woche später wurde das *Savoy* geschlossen, und die NSDAP machte sich im Hotel breit.«

»Und Sie?«

»Mich hatten sie schon kurz nach dem Verschwinden Ihres Vaters zum Gespräch gebeten. Und was die Gestapo als Gespräch bezeichnete, habe ich dann am eigenen Leib erlebt.« Er suchte nach Worten, sagte dann leise: »Fragen Sie mich jetzt bitte nicht nach Einzelheiten. Irgendwann haben sie wohl gemerkt, dass ich wirklich nichts von dem wusste, was sie von mir hören wollten, und haben mich gehen lassen.«

»Oh mein Gott!«, sagte Josie. »Das tut mir alles so leid! Es ist unvorstellbar, dabei ist es erst so kurze Zeit her. Wo sind all die Menschen geblieben, die diese furchtbaren Dinge getan haben?«

Adalbert sah sie ernst an. »Das ist eine gute Frage, so ziemlich die beste, die man stellen kann. Die Antwort ist einfach: Sie sind alle noch da. Fast alle. Es geht ihnen gut, sie machen jetzt andere Dinge.«

»Und niemand im Hotel hat jemals wieder etwas von meinen Eltern gehört oder gesehen?«

»Meines Wissens nicht. Allerdings …«

»Was?«, fragte Josie, beugte sich vor und ergriff Adalberts Arm.

»Die Hausdame von Etage zwei hat mir anvertraut, dass Ihr Vater sie noch gebeten hat, eine Kiste, die unter seinem Bett stand, in Sicherheit zu bringen.«

»Und – hat sie das getan?«

»Ich konnte sie nicht mehr fragen. Aber ich glaube, ich könnte in Erfahrung bringen, wo sie jetzt lebt.«

»Oh ja – würden Sie das für mich tun, bitte?«

Der alte Mann erhob sich, stützte sich schwer auf seinen Gehstock. »Lassen Sie nur«, wehrte er ab, als Josie ihm helfen wollte, »ich kenne den Weg nach draußen. Ich bin ihn wohl tausende Male gegangen. Ich komme wieder.«

Josie lauschte, wie er durch den Flur schlurfte, dann die Treppe hinunter und durch die Halle. Die Schritte wurden leiser, dann verstummten sie. Sie ließ sich auf ihr Bett zurückfallen – die Sehnsucht nach Rasmus war stärker denn je.

»Der Junge hat ein Händchen, das habe ich sofort gemerkt«

Nick überraschte Josie mit einem neuen Auto: Ein blauer Thunderbird mit weißem Verdeck und eingebautem Radio. Nein, erklärte er, wirklich neu sei der Wagen nicht, er habe ihn schon länger. Er sei nur in den vergangenen Wochen in der Werkstatt aufgearbeitet worden, so wie alle Fahrzeuge, die aus den USA einträfen. »Sie müssen umgerüstet werden für die deutschen Vorschriften, und außerdem sind meist auch einige Schönheitskorrekturen nötig«, erklärte er. »Dieser zum Beispiel war an den Türen durchgerostet, da war einiges zu tun.«

»Und so etwas kannst du selbst?«

Nick warf seine Lederjacke auf den Rücksitz und hielt Josie die Tür auf. »Nein, dafür habe ich meine Leute. Ich bin Geschäftsmann, kein Mechaniker. Aber ich weiß, wie ich es haben will, wie der Wagen am Ende aussehen soll. Und darauf kommt es an.«

Josie war beeindruckt, auch von Nicks Erscheinung. Er trug ein Hawaiihemd, eine eng sitzende blaue Hose und schwarze Cowboystiefel. »Ist das eine Arbeitshose?«, fragte sie.

»Damit kann man auch arbeiten, ja. Aber ich trage sie, weil sie meine schönen Beine besonders gut zur Geltung bringen«, erklärte Nick und grinste breit. »Jeans nennt man solche Hosen. Werd' ich auch bald importieren – die Leute sind ganz wild darauf.«

Nachdem sie ihre übliche Runde durch die Stadt gefahren waren sagte er: »Ich zeige dir gern meine Werkstatt, sofern es dich interessiert. Ich bin sehr stolz darauf. Hast du noch ein wenig Zeit?«

»Daran mangelt es nicht. Die Arbeiten haben noch nicht begonnen, ich warte noch auf die Entwürfe. Ich bin unglaublich gespannt ...«

»Sie werden gut, das verspreche ich dir! Der Junge hat ein Händchen, das hab' ich sofort gemerkt. Der ist wie ich: Er weiß, was er kann, was er will, und wie er es erreicht. Er gefällt mir.«

Nicks Werkstatt befand sich auf einem verwilderten Industriegelände in Moorfleet abseits der Eiffestraße. Von Unkraut überwucherte Trümmer säumten den holprigen Weg, der zum einzigen Gebäude führte, das noch stand. Als sie näher kamen, erkannte Josie, dass es kein Haus, sondern eine Industriehalle war. Ein eisernes Schiebetor bildete den Eingang zu einer riesigen Fläche, die von einer hohen Decke überspannt wurde, durch die Oberlicht hereinfiel. Ein halbes Dutzend Straßenkreuzer standen verteilt im Raum, Mechaniker waren nicht zu sehen. »Heute haben meine Jungs frei«, erklärte Nick. »Sie haben das ganze Wochenende durchgearbeitet, um einen Wagen fertigzumachen. Heute Morgen ist der stolze Besitzer damit vom Hof gefahren. Ein wunderschöner Buick – weiß mit schwarzem Stoffverdeck zum Herunterklappen. Ich hätte ihn gern selbst behalten – ein herrliches Auto! Aber der Käufer war bereit, jeden Betrag zu zahlen, er versuchte gar nicht erst zu handeln. Er war so scharf auf den Wagen, das ihm fast die Augen aus dem Kopf fielen.«

Sie waren mit dem Thunderbird in die Halle hinein gefahren, die Nick zugleich als Wohnung zu dienen schien. Josie entdeckte eine Sitzecke mit verschlissenen Ledersofas und ein überdimensionales Bett in der Ecke. »Du lebst hier?«, fragte sie.

»Ja, sehr praktisch. Wenn ich morgens zur Arbeit gehe, brauche ich nicht aus dem Haus. Mein Büro ist ebenfalls hier.« Er deutete auf ein gemauertes, weiß getünchtes Viereck mit einer extra Eingangstür in einer Ecke der Halle. »Man muss sich ja auch mal zurückziehen können.«

»Und was ist das?«, fragte Josie und deutete auf eine Art Theatervorhang, der einen Teil der Halle abtrennte.

»Ich sagte ja schon, dass ich auch mit anderen Sachen handele. Die lagern dort.«

Er führte Josie hinter den Vorhang. Meterlange Regale standen in Reih und Glied, gefüllt mit einer kuriosen Ansammlung von Produkten: Toaster, Radios, Lampen, Bilderrahmen, Bücher, Schuhe, Hüte, Gipsköpfe, Geschirr, Kinderwagen, Gemälde. Manches wies Gebrauchsspuren auf, anderes sah neu aus. »Und hier«, sagte Nick mit großer Geste, »habe ich Sachen, die dir gefallen werden.« Er schritt zu einem Regal voller Kartons, zog einen heraus, stellte ihn auf einen Tisch und öffnete ihn.

Josie trat neben ihn und beobachtete, wie er einige Schmuckkästchen herausnahm und vor ihr abstellte. »Such dir was Schönes aus!«

Josie sah ihn irritiert an, woraufhin er lachte und sagte: »Als Geburtstagsgeschenk!«

»Ich habe nicht Geburtstag.«

»Jeder hat irgendwann Geburtstag.«

»Ja, aber Geburtstagsgeschenke bekommt man an dem Tag, an dem man Geburtstag hat. Und nicht an irgendeinem anderen Tag.«

»Schon richtig«, sagte er und wiegte nachdenklich den Kopf, »da ist natürlich was dran. Aber Geschenke, die man irgendwann bekommt, sind eigentlich schöner, finde ich.« Er nahm ein schmales Etui heraus. »Das hier zum Beispiel …«

Er öffnete es und stellte es vor Josie ab. Sie blickte auf eine Halskette mit einem silbernen Medaillon, in das eine Blume eingraviert war. Vorsichtig entnahm sie die Kette und ließ sie durch ihre Finger gleiten. »So eine schöne habe ich noch nie gesehen«, sagte sie. »Wo hast du die her?«

»Wenn du sie schön findest, spielt das gar keine Rolle. Komm, ich leg' sie dir an.«

Er trat hinter Josie, legte die Kette um ihren Hals und ließ den Verschluss zuschnappen. Dann ging er zu einem Regal und holte einen Handspiegel für Josie. »Du hast recht«, sagte er, »sie ist wunderschön! Sie macht deinen schönen Hals noch schöner.«

»Aber das kann ich nicht bezahlen …«

Er seufte in gespielter Verzweiflung und sagte: »Seit wann bezahlt man denn Geburtstagsgeschenke?«

Josie schüttelte den Kopf, dann lächelte sie ihrem Spiegelbild zu und legte eine Hand auf das Medaillon. »Wunderschön! Ich danke dir von Herzen.«

»Na, das ist doch was, mehr wollte ich nicht hören! Schmuck schön, Frau glücklich – mehr kann ein Mann nicht erwarten …«

Als sie die Halle wieder verließen, fielen Josie verrostete Gebäude aus dunklem Blech auf, die auf dem verwilderten Gelände verteilt standen und aussahen, als würden sie jeden Moment zusammenbrechen. »Sind da auch Autofirmen untergebracht?«, fragte sie.

»Leider nein. Ich würde sie gern haben, dann könnte ich meinen Betrieb vergrößern. Du kannst dir nicht vorstellen, wie viele Leute scharf auf amerikanische Autos sind, nicht nur hier in Hamburg. Ich könnte ganz Deutschland beliefern. Das sind ehemalige Behelfsheime für Flüchtlinge aus dem Osten. Sind jetzt unbewohnt und keiner kümmert sich darum. Aber die Stadt verbietet eine weitere Nutzung. Deshalb verfallen sie. Manchmal spielen dort Kinder. Sie lieben die Gegend hier. Hat ja auch etwas Abenteuerliches, oder?«

»Das hat es«, bestätigte Josie, während sie in den Thunderbird stiegen, »sehr abenteuerlich.«

»Ein bisschen naiv bist du schon«

Rasmus Volkerts hatte den ersten Zug am Morgen genommen. Er fuhr über Celle, Uelzen und Lüneburg, machte in jedem Dorf Halt, sodass er erst um 12 Uhr im Hamburger Hauptbahnhof einlief. Er hielt Josies Brief in der Hand, seit er ihn erhalten hatte.

Rasmus war fassungslos gewesen, als Magnus Töpfer ohne Josie aus Hamburg zurückgekehrt war. Er wäre am liebsten sofort selbst nach Hamburg gereist, aber der Zustand seiner Schwester Margret hatte sich drastisch verschlechtert, seit Josie verschwunden war, sie brauchte Rasmus jetzt. Er war der einzige, mit dem sie wenigstens hin und wieder ein paar Worte sprach. Sie litt unter Angstzuständen, verließ die Gartenhütte nicht. Rasmus und die Eltern versorgten Ingo mit dem Nötigsten. Nachdem Josies Brief eingetroffen war, fasste er dennoch den Entschluss zu einem Überraschungsbesuch in Hamburg – wenigstens einmal, und wenn auch nur ganz kurz, musste er Josie sehen!

Der riesige Hautbahnhof schüchterte ihn ein, mehrmals nahm er den falschen Ausgang, bis er endlich die Kirchenallee fand. Das gegenüberliegende Gebäude mit dem Schriftzug *Savoy* war unübersehbar – Rasmus war am Ziel. Hier irgendwo musste er Josie finden, er konnte es kaum erwarten, ihr endlich in die Augen zu sehen.

Er wollte eben die Straße überqueren, als ein so riesiges Auto vorfuhr, wie er noch nie eines gesehen hatte. Heraus stieg ein Mann in einer Bekleidung, die Rasmus ebenfalls nicht kannte. Er ging geschmeidig um den Wagen herum, öffnete die Beifahrertür und heraus trat – Josie. Sie trug ein geblümtes Sommerkleid, ein Kopftuch und eine Sonnenbrille, um ihren Hals glänzte eine silberne Kette in der Sonne. Josie, dachte Rasmus – ist sie das wirklich? Er starrte zur anderen Straßenseite hinüber. Ja, kein Zweifel. Kaum wiederzuerkennen, aber sie war es! Rasmus hob den Arm und wollte winken, um auf sich aufmerksam zu machen – und blieb dann wie angewurzelt stehen. Er beobachtete, wie Josie und der Mann sich umarmten, Josie ihn auf die Wange küsste und dann durch eine Drehtür im Inneren des Hotels verschwand. Dann Mann setzte eine Sonnenbrille auf, stieg in den Wagen und fuhr langsam davon.

Rasmus stand erstarrt mitten auf der Straße, für einen Moment konnte er weder Arme noch Beine bewegen. Autos fuhren hupend um ihn herum, ein Verkehrspolizist näherte sich energisch mit großen Schritten. Langsam drehte Rasmus sich um und schlich zum Bahnhof zurück. Er wusste nicht, wann der nächste Zug zurück fahren würde, es war ihm egal.

»Die Kette ist traumhaft, sie steht dir großartig!«, schwärmte Isolde, als sie mit Josie im *Junction* saß. »Ich frage mich nur, wie er so etwas bezahlen kann. Und woher er sie hat. Das ist echtes Silber! So etwas verkauft hier im Moment kaum ein Geschäft.«

»Das ist doch gut für ihn!«, entgegnete Josie. »Umso mehr kann er dafür verlangen.«

Isolde schüttelte betrübt den Kopf. »Ein bisschen naiv bist du schon, nicht wahr? Hast du dich nicht gewundert über das Sammelsurium, das du in seinem Lager gesehen hast?«

Während Josie verneinte, setzte die Musik ein. Isolde musste sich vorbeugen und ihr ins Ohr brüllen: »Hehlerware! Verstehst du?«

Josie schüttelte den Kopf.

»Weißt du, was das ist?«

Josie deutete begeistert auf den Schlagzeuger, der zu einem Solo ansetzte.

Aber Isolde ließ nicht locker.

»Alles geklaut!«, rief sie. Drei Herren am Nebentisch sahen neugierig zu ihnen herüber, und Isolde lachte, als hätte sie gerade einen guten Witz gemacht.

Als sie das Lokal verließen, kam Isolde noch einmal auf das Thema zurück. »Ich hatte vom ersten Moment an kein gutes Gefühl mit ihm. Findest du es normal, wie der junge Kerl lebt und was er treibt?«

»Was ist denn heute normal? Alle versuchen, sich irgendwie durchzuschlagen und über die Runden zu kommen. Warum nicht mit alten Autos?«

»Hör zu: Dieser Nick ist stadtbekannt! Er läuft ja auch herum wie ein bunter Hund, aber davon abgesehen: Ich habe mich ein wenig über ihn erkundigt. Er verkehrt in Kreisen, die man besser nicht zu seinen Freunden zählt …«

»Er ist ja auch nicht mein Freund! Aber mein Cousin. Und er ist ein guter Kerl. Er hat mich noch nie belogen oder hintergangen. Er ist zuverlässig. Es macht Spaß, mit ihm zusammen zu sein, ich finde ihn lustig. Außerdem hat er Ideen und Initiative. Zum Beispiel hat er mir erzählt, dass er ins Box-Geschäft einsteigen will. Da sei viel Geld zu holen …«

»Oh Kindchen – das ist nun wirklich der Abschaum! Das sind alles Ganoven und Zuhälter, die in diesem Geschäft mitmischen. Natürlich ist da viel Geld zu holen, es findet so gut wie kein Kampf ohne Absprachen statt. Und die Gangster stopfen sich die Taschen voll mit Wettgeldern.«

»Woher kennst du dich damit so gut aus? Gehst du da selbst hin?«, fragte Josie.

»Früher. Eduard war Boxfreund. Er nahm mich mit. Was da für ein Volk rumläuft …«

»Du solltest Nick besser kennenlernen, bevor du über ihn urteilst.«

Isolde seufzte und wurde dann ein wenig feierlich. »Wenn du noch auf einen Highball mit zu mir kommst, habe ich eine Überraschung für dich …«

»Du weißt, dass ich das Zeug nicht trinke.«

»Ich hab' auch Coca Cola – steht jetzt immer in meiner Küche für den Fall, dass du kommst. Was in letzter Zeit leider selten geworden ist.«

»Ich habe viel zu tun! Die Post hat Telefonleitungen gelegt, Leute von den Wasserwerken waren da, ich habe Elektriker im Haus, ich mache mir Gedanken über den Umbau …«

»Ja, und fährst in Straßenkeuzern in der Stadt herum. Es würde mich nicht wundern, wenn demnächst ein Foto von euch in der Zeitung erscheint.«

»Nächstes Mal nehmen wir dich mit!«, sagte Josie und hakte sich bei ihrer Freundin unter. »Du bist ja nur neidisch. Es macht wirklich Spaß, vor allem ohne Verdeck.«

Als sie Isoldes Wohnung betraten, bemerkte Josie einen ungewohnten Geruch. »Was riecht hier so modrig und feucht?«, fragte sie.

»Das hat mit deiner Überraschung zu tun. Hier«, sagte sie, »riech mal – ist es das?«

Sie zog einen alten Pappkarton unter dem Sofa hervor und stellte ihn in die Mitte des Raumes. »Das hat lange in feuchten Räumen gestanden.«

Josie stieß einen Überraschungsschrei aus und hielt die Hand vor den Mund – es war der Karton aus dem Trödelladen, randvoll mit Schallplatten!

»Sind das DIE?«, fragte sie ungläubig.

»Sieh hinein!«

Das brauchte Josie nicht – sie erkannte auf den ersten Blick die Platten ihres Vaters. Sie ließ sich auf das Sofa fallen und war vor Verblüffung sprachlos. »Soll ich eine auflegen?«, fragte Isolde.

Kurz darauf erklang Louis Armstrongs *Georgia on my mind.* Josie ließ sich vom Sofa gleiten, kroch zum Grammophon, das auf dem Boden stand und hielt ihr Ohr dicht vor den Trichter. Als die Platte auslief, wandte sie sich zu Isolde und sagte wehmütig: »Dazu haben meine Eltern immer getanzt.« Dann dankte sie Isolde mit einer langen Umarmung. »Das muss ein Vermögen gekostet haben …«, sagte sie.

»Ich schenke sie dir. Ich habe sie selbst fast geschenkt bekommen.«

»Wieso denn das?«

»Schellack will niemand mehr haben, seit es diese neuen Platten gibt, die viel länger spielen können. Wenn du willst, helfe ich dir, sie rüberzutragen. Und das Grammophon spendiere ich dazu. Ich werde mir nämlich einen modernen Plattenspieler kaufen, da braucht man nicht mehr dauernd die Platten umzudrehen.«

An diesem Abend hallte Musik durch die Flure des *Savoy*, die das alte Gemäuer an längst vergangene Zeiten erinnerte. Josie lag dabei auf ihrem Bett und lauschte, bis ihr im Morgengrauen die Augen zufielen.

»Er will sie vernichten«

Das Schrillen der Türglocke riss Josie am späten Vormittag aus dem Tiefschlaf. Sie sprang aus dem Bett, lief hinunter und sah den Postboten, der gerade wieder auf sein Fahrrad stieg. Sie schaffte es noch, ihn einzuholen, bevor er um die Straßenecke verschwunden wäre.

Es war ein Einschreiben. »Sie müssen hier abzeichnen, dass Sie den Brief erhalten haben«, sagte er und hielt ihr ein Formular unter die Nase, »und außerdem würde ich Ihnen empfehlen, sich Schuhe anzuziehen – hier liegen nicht selten Hundehaufen mitten auf dem Bürgersteig.«

Josie dankte ihm für seine Fürsorge und las auf dem Rückweg elektrisiert den Absender: Magnus Töpfer, Hemelinghausen.

Liebe Josie! Wir alle hier sind sehr gespannt darauf zu erfahren, wie es dir in Hamburg ergeht. Am meisten natürlich Rasmus, der dich kürzlich besuchen wollte und unverrichteter Dinge zurückkehren musste. Ich glaube, es wäre gut, wenn du Kontakt zu ihm aufnimmst, möglichst persönlich, denn er ist untröstlich, nachdem er dich vor dem Hotel in Umarmung mit einem jungen Mann gesehen hat. Ich bin der Letzte, der sich in deine persönlichen Angelegenheiten einmischen würde, aber Rasmus liegt mir am Herzen. Er ist kaum noch er selbst und leidet wie ein Hund. Bitte melde dich bei ihm!

Josie saß auf der Bettkante und las mit wachsendem Entsetzen den Brief immer wieder. Wann war Rasmus hier gewesen? Wann hatte sie einen jungen Mann umarmt? Es konnte sich nur um Nick handeln, an dem Tag, nachdem er ihr die Halskette geschenkt hatte.

Sie schlüpfte in ihre Schuhe und rannte aus dem Haus, die Lange Reihe hinunter und zur Schmilinskystraße. An der Tür zur Anwaltskanzlei klingelte sie Sturm, und als Isolde öffnete, sagte sie atemlos: »Du musst mich nach Hemelinghausen bringen – sofort!«

»Der Bahnhof ist direkt gegenüber …«

»Mit dem Auto!«

»Ich kann nicht fahren.«

»Aber ihr habt doch eines!«

»Ja, mein Bruder fährt, ich nicht.«

Josie schob Isolde zur Seite und stürmte ins Büro des Anwalts, der in eine Zigarrenwolke gehüllt am Schreibtisch saß und telefonierte. Die Zigarre fiel ihm aus dem Mund und brannte ein Loch in ein Schriftstück, das vor ihm lag. Josie drückte auf die Telefongabel. »Was zum Teufel …!«, hob er an und bemerkte dann seine Schwester, die hinter Josie stand und ihm beruhigende Handzeichen machte.

»Bitte fahren Sie mich nach Hemelinghausen! Ich muss sofort dorthin.«

Isolde nickte bekräftigend mit dem Kopf. »Darf man wenigstens erfahren, worum es geht?«, fragte Dr. Brockstädt, während er sich erhob.

Zehn Minuten später saßen sie in der schwarzen Mercedes-Limousine und glitten die Amsinckstraße entlang in Richtung Autobahn. »Es handelt sich also um die große Liebe, richtig?«, sagte Karl-Udo Brockstädt, nachdem er Josie aufmerksam zugehört hatte.

»Karlchen – also bitte!«, sagte Isolde, die hinter ihm auf der Rückbank saß.

»Das weiß ich nicht«, antwortete Josie, »ich habe da keinen Vergleich. Ich weiß nur, dass er der liebste Mensch auf der Welt ist. Außer meinen Eltern vielleicht, aber das ist ja etwas anderes.«

»Und wenn wir ihn nach Hamburg holen, wo soll er dann wohnen?«

Josie sah ihn verblüfft an. »Im Hotel natürlich. Da habe ich ja nun wirklich genügend Platz.«

»Aber Sie wissen schon, dass es verboten ist, wenn Unverheiratete … nicht wahr?«

»Karlchen, nun reicht es aber wirklich!«

Josie jedoch lachte. »Er wird mein erster Hotelgast sein!«, sagte sie. »Und man kann ja nicht alle Hotelgäste heiraten, das wäre dann ja auch wieder verboten. Wegen Bigamie – oder so ähnlich.«

Nervös sah Josie immer wieder zum Tachometer, der neunzig Stundenkilometer anzeigte. Geht es nicht etwas schneller?, dachte sie, zwang sich aber, nichts zu sagen. Sie kniff die Lippen zusammen und presste die Handflächen gegeneinander, um das Zittern ihrer Hände zu bändigen.

Endlich bog der Wagen von der Autobahn auf die Landstraße und nach wenigen Minuten sah Josie die ersten Heidschnucken.

Hemelinghausen lag wie ausgestorben vor ihnen. Bis auf die Heidschnucken, die auf dem Dorfanger standen und ausnahmsweise mal nicht blökten, zeigte sich kein Lebewesen. Der schwarze Mercedes kam vor dem Haus der Grubes zum Stehen und Josie stieg aus. Es war totenstill im Dorf. Sie klopfte an die Tür ihrer Tante. Keine Reaktion erfolgte. Sie ging hinüber zum Haus der Volkerts, wo eine von Rasmus' Schwestern die Tür einen Spalt breit öffnete. Alle seien in der Scheune, antwortete sie auf Josies Frage.

»Und was machen sie da?«

Beate zuckte die Schultern. »Irgendwas besprechen«, sagte sie, »wir müssen im Haus bleiben.«

Als Josie sich vorsichtig der Scheune näherte, hörte sie drinnen eine Stimme. »…und deshalb sieht sich das Amt für Soziales verpflichtet, hier einzuschreiten!«, hörte sie eine energische Männerstimme. »Es kann nicht sein, dass dieses verwahrloste Kind weiterhin bei seiner offenbar geistesgestörten Mutter lebt, die überdies einen zweifelhaften Lebenswandel zu pflegen scheint, denn es ist kein Vater bekannt, geschweige denn, dass er mit ihr und dem Kind zusammenlebt.«

Josie stand neben dem Scheunentor und hielt den Atem an. Es ging um Margret und Ingo! Der Mann legte eine Pause ein, Josie hörte Stimmengemurmel, dann meldete sich jemand zu Wort, dessen Stimme sie als die ihrer Tante erkannte: »Und was heißt das konkret?«

»Der neue Landrat hat uns dringend ersucht, dafür zu sorgen, dass das Kind in geordnete Verhältnisse kommt, also zunächst in ein Waisenheim, später vielleicht zu einer Pflegefamilie. Und die Mutter bedarf ärztlicher Hilfe. Wir haben ihre Einweisung in eine Anstalt vorbereitet.«

Nun ertönte ein Schluchzen. Josie lugte in die Scheune hinein. Sie sah Margrets Mutter, die zusammengesunken auf einem Stuhl saß, neben ihr stand Rasmus' Vaters, der eine Hand auf ihre Schulter legte.

Josie zuckte zusammen, als jemand sie am Hosenbein zupfte. Es war Ingo, der einen Finger auf seine Lippen legte und mit der anderen Hand auf das Haus von Hans Wauschkuhn deutete. »Komm mit!«, sagte er leise, zog Josie von der Scheune fort und führte sie zu der kleinen Hütte.

Die Tür wurde sofort geöffnet, und als Josie und Ingo eintraten, standen Rasmus und Hans Wauschkuhn vor ihr. Beide blickten sie verblüfft an, Josie starrte zurück. »Was geht hier vor?«, fragte sie und sah im selben Augenblick im Hintergrund Margret auf einem Hocker sitzen. Sie blickte Josie angsterfüllt an, sagte jedoch kein Wort. Josie lief zu ihr und kniete sich vor sie. »Hab' keine Angst!«, sagte sie, »ich bin jetzt da. Niemand wird dir etwas antun. Und niemand wird dir Ingo wegnehmen …«

»Schenk«, ließ sich Wauschkuhn vernehmen, »Schenk ist es! Das Schwein steckt hinter alldem. Jetzt wo er Landrat ist, versucht er mit aller Macht zu verhindern, dass irgendetwas herauskommt von dem, was er damals verbrochen hat. Er will Margret mundtot machen, er will sie vernichten!«

»Wieso bist du hier?«, fragte Rasmus leise. »Woher wusstest du …?«

»Ich wusste von nichts. Ich habe heute einen Brief von Magnus Töpfer bekommen und bin sofort losgefahren. Ich werde dir alles erklären, aber erstmal müssen wir hier weg! Wo sind die Töpfers? Warum helfen sie euch nicht?«

»Sind in Hannover, Verwandtenbesuch. Wie sollen wir wegkommen? Und wohin …?«

»Nimm Ingo auf den Arm«, sagte Josie entschlossen. »Margret, komm bitte zu mir.«

»Moment!«, sagte Hans Wauschkuhn, »ich gehe erst zur Scheune.« Er trat aus seinem Haus und eilte über den Dorfplatz. Als er die Scheune erreichte, blickte er vorsichtig hinein, dann winkte er den anderen, dass sie kommen könnten.

»Los!«, sagte Josie, »wir gehen!«

Sie nahm Margret bei der Hand und schob Rasmus mit Ingo vor sich her. »Zu dem schwarzen Wagen dort«, sagte sie, »und keinen Mucks, bis wir drin sind!«

Isolde sah die vier kommen. »Ich glaube, es wird voll auf der Rückfahrt!«, sagte sie zu ihrem Bruder, stieg aus und hielt die hinteren Türen auf. Als alle eingestiegen waren, schloss sie geräuschlos die Türen und ließ sich dann auf den Beifahrersitz gleiten. »Mach jetzt keinen Kavalierstart!«, ermahnte sie Dr. Brockstädt. »Fahr' so leise wie möglich, auf der Landstraße kannst du dann Gas geben.«

Alle schwiegen, während der Wagen langsam den Sandweg zur Landstraße hinauffuhr. Josie sah sich um. Niemand kam aus der Scheune, niemand schien sie zu bemerken. Nur Hans Wauschkuhn stand vor seiner Hütte und sah ihnen nach.

Ingo war auf den Schoß seiner Mutter geklettert, die zwischen Rasmus und Josie saß, und klammerte sich an sie. »Es wird gut«, beruhigte Rasmus ihn, »alles wird wieder gut! Josie ist gekommen ...«

Josie zog den Brief aus ihrer Rocktasche und sagte zu Rasmus: »Ich werde dir alles erklären! Es gibt nichts, was zwischen uns steht. Es war ...«

»Erklär nichts«, erwiderte Rasmus, »du bist hier, das genügt. Ich habe nie an dir gezweifelt, nur – es war ein Schock für mich ...«

Josie nickte. »Der Brief von Magnus Töpfer auch. Und was war das hier gerade eben für eine Versammlung in der Scheune? Was geht da vor?«

Rasmus strich seiner Schwester beruhigend über den Arm und antwortete: »Nachdem du nicht zurückgekehrt warst, hat

Margret allen Lebensmut verloren. Sie hat sich wieder völlig zurückgezogen und mit niemandem mehr Kontakt gehabt. Wer dann den Landrat eingeschaltet hat, weiß ich nicht. Meine Eltern gewiss nicht, sie sind viel zu verstört und verwirrt. Und die Töpfers wohl auch nicht. Magnus hat immer wieder beteuert, dass du wiederkommen würdest, irgendwann …«

»… und dann hat er mir geschrieben. Allerdings nichts über Margret und Ingo.«

Jetzt räusperte sich Dr. Brockstädt vernehmlich. »Was hielten Sie davon, uns miteinander bekannt zu machen«, fragte er Josie, »und uns vielleicht zu erklären, was hier los ist? Wer ist dieser Landrat? Und wer ist der alte Mann mit den langen grauen Haaren, der sich da eben als einziger im Dorf gezeigt hat – abgesehen von unseren drei Mitfahrern?«

»Das also ist Rasmus!«, sagte Isolde, nachdem Josie die drei vorgestellt und in wenigen Worten die Situation erklärt hatte. »Ich hab doch gleich gesagt, dass er mir sympathisch sein würde.«

»Wieso?«, fragte Rasmus irritiert.

»Wenn Josie sagt, Sie seien der liebste Mensch der Welt, dann müssen Sie mir sympathisch sein. Ist doch klar, oder?«

»Und der Alte?«, hakte Dr. Brockstädt nach.

»Hans Wauschkuhn. Er malt entartete Bilder – so nannte man das wohl bis vor Kurzem …!«

Wieder wandte Isolde sich um. »DER Wauschkun?«, fragte sie. »Eine Freundin hat ihn vor Kurzem in seinem Atelier besucht – der Mann ist eine Legende! Es gibt Leute, die reisen von weit her an!«

»Nach dem heutigen Tag wird er wohl einen noch schwereren Stand im Dorf haben«, sagte Rasmus.

»Warum?«

»Er hat Margret und Ingo heute Morgen in sein Haus geholt, als der hohe Besuch aus der Kreisstadt eintraf. Ich weiß nicht, was er sich davon versprochen hat, es war wohl eher eine Geste, eine hilflose Geste, aber …«

»… aber jetzt sind sie in Sicherheit!«, ergänzte Josie.

»Inwiefern?«, ließ sich Dr. Brockstädt vernehmen.

»Weil ich sie nicht wieder allein lassen werde«, erklärte Josie mit Nachdruck. »Ich werde für sie sorgen und mich um sie kümmern. Dass heißt: WIR werden uns kümmern?« Sie blickte zu Rasmus hinüber, der erschöpft nickte und Josies Hand ergriff.

»Du willst sie alle bei dir einquartieren?«, fragte Isolde.

»Oder bei dir …!«, sagte Josie und fügte lachend hinzu: »Nein, das war ein Scherz, ich wollte dich nur ein wenig erschrecken.«

»Davon habe ich heute ausreichend gehabt. Für diese Woche ist mein Bedarf gedeckt.«

Sie fuhren eine Weile schweigend über die Autobahn, Ingo war eingeschlafen, sein Kopf auf Josies Schoß gerutscht, Margret sah Josie unverwandt an. »Eines würde ich aber doch noch gern wissen«, meldete sich erneut Dr. Brockstädt, »was ist, wenn diese Sozialamtsleute wieder auftauchen?«

»Dann schalte ich SIE ein!«, antwortete Josie prompt. »Und dann werden die ihr blaues Wunder erleben …!«

»Ach so!«, sagte er und konnte sich ein Grinsen nicht verkneifen. »Darauf hätte ich natürlich selbst kommen können – für blaue Wunder ist meine Kanzlei ja berühmt.«

Als die schwarze Limousine beim *Savoy* vorfuhr, stand dort bereits ein Fahrzeug, ein gelber Dodge mit laufendem Motor, der so laut tuckerte wie ein Alsterdampfer. Darin saß ein junger Mann, der in den Rückspiegel blickte und seine Haartolle kämmte. Als er den Mercedes sah, stieß er einen kurzen Pfiff aus. »Welch ein Wagen!«, murmelte er, sprang aus seinem Auto und sah den Ankommenden entgegen. Als er Josie erblickte, lächelte er erfreut. Rasmus hingegen blieb wie angewurzelt stehen.

Josie entging das nicht, sie trat zu Rasmus und legte ihre Arme um seinen Hals. »Ist das der Mann, mit dem du mich gesehen hast?«, fragte sie ihn. »Wie praktisch, dass er gerade hier ist – dann kann ich euch gleich miteinander bekannt machen.«

Sie führte Rasmus zu Nick. »Rasmus, das ist Nick«, sagte sie feierlich, »ein amerikanischer GI, der hier in Hamburg hängen geblieben ist und jetzt mit Autos handelt. Aber viel wichtiger ist: Er ist mein Cousin und hilft mir mit dem Hotel. Nick – das ist mein Freund Rasmus! Ich habe ihn gerade geholt. Er wohnt jetzt mit seiner Schwester bei mir – und natürlich mit Ingo, ihrem Sohn.«

Rasmus entspannte sich, die beiden gaben sich die Hand. Nick war verblüfft. »Wo willst du die alle unterbringen?«, fragte er.

Josie deutete strahlend auf das *Savoy* und sagte: »Oder weißt du ein besseres Hotel?«

Jetzt stieg Margret mit Ingo an der Hand aus dem Auto, der sich verschlafen die Augen rieb. Isolde stellte sich neben sie und fasste sie am Arm, als fürchte sie, sie könne umfallen. Und schließlich kämpfte sich auch Dr. Brockstädt hinter dem Lenkrad hervor und umrundete sofort interessiert den Dodge.

Nick schüttelte den Kopf. »So viele Leute in einem Auto!«, sagte er, »aber ich habe auch jemanden dabei …«

Er öffnete die Beifahrertür und ein großer brauner Hund sprang heraus, der sofort zu Ingo lief und ihn aufgeregt beschnüffelte. »Er streunt seit ein paar Tagen um meine Werkstatt herum«, erklärte Nick. »Und weil er hungrig aussieht, habe ich ihn gefüttert. Corned Beef in Dosen. Davon habe ich reichlich. Und danach wollte er nicht mehr weg. Ich würde ihn selbst behalten, aber dann fand ich, dass du vielleicht einen Empfangshund gebrauchen kannst, bevor du hier irgendwann einen richtigen Portier einstellst …«

Josie lachte und beobachtete, wie Ingo den Hund verzückt an sich drückte.

»Ingo wollte schon immer einen Hund«, ließ sich auf einmal Margret vernehmen, »aber unsere Eltern waren dagegen.« Alle sahen sie verblüfft an. »So schnell kann sich das ändern – jetzt hat er einen!«, sagte Nick. »Ich habe ihn übrigens Charlie genannt, nach meinem Lieblingsgitarristen …«

»Charlie!«, sagte Ingo. »Hast du Hunger, Charlie?« Charlie blickte zu Nick, der seinen Kofferraum öffnete und einen Karton voller Dosen entnahm. »Das sollte für den Anfang reichen. Aber ich weiß, wo es mehr gibt …«

Als sie das Hotel betraten, sagte Josie zu Isolde: »Führst du sie bitte hinauf? Ich möchte noch kurz mit deinem Bruder sprechen.« Isolde sah sie verwundert an. »Aber du überlegst dir schon noch, wo die alle schlafen sollen heute Nacht?«, fragte sie.

Josie trat zu Dr. Brockstädt, der gerade den Dodge eingehend betrachte und mit dem Finger über den Kotflügel strich, als wolle er prüfen, ob er aus purem Gold sei. »Warum die Amis immer ihre Motoren laufen lassen müssen?«, sagte er. »Wahrscheinlich fürchten sie, dass die Kisten nicht wieder anspringen. Aber gut aussehen tut das Ding, muss man zugeben«

»Herr Dr. Brockstädt«, sagte Josie schüchtern, »ich bin Ihnen zu großem Dank verpflichtet! Wenn Sie mich nicht so spontan chauffiert hätten, weiß ich nicht, was in Hemelinghausen passiert wäre. Das war wirklich sehr großzügig von Ihnen – zumal Sie ja überhaupt nicht wussten, worum es ging.«

»Ehrlich gesagt, weiß ich es immer noch nicht genau. Aber wenn meine Schwester meint, ich soll es machen, dann mache ich es. Sie hat Sie ins Herz geschlossen. Trotzdem«, er richtete sich auf und sah Josie ernst an, »Sie müssen sich darüber im Klaren sein, dass diese Aktion – oder sollte ich es Entführung nennen? – ein Nachspiel für Sie haben kann. Das werden sich die dortigen Behörden nicht bieten lassen.«

»Sie kennen die Vorgeschichte nicht. Ich erzähle Ihnen bald alles, versprochen! Denn ich werde Ihre Hilfe weiterhin brauchen, auch Ihre anwaltliche Hilfe. Ich weiß, auf was ich mich da heute eingelassen habe. Aber es war eine Notsituation, glauben Sie mir.«

»Dabei wirkte alles so friedlich in diesem Dorf, von einem Notfall habe ich nichts bemerkt.«

»Sie werden es verstehen, wenn ich es Ihnen erklärt habe. Noch einmal herzlichen Dank! Ich muss jetzt zu meinen Gästen …« In einer plötzlichen Gefühlsaufwallung trat sie an ihn heran und gab ihm einen flüchtigen Kuss auf die Wange, bevor sie ins Hotel eilte.

Oben standen alle vor Zimmer 23 und sahen zu, wie Ingo mit Charlie spielte. Als Nick Josie kommen sah, sagte er: »Es werden ja wohl nicht alle in diesem Zimmer nächtigen können. Ich glaube, du brauchst sehr schnell weitere Möbel. Wie sieht das Zimmer nebenan aus?«

»Ich habe vor kurzem gefegt. Man kann es betreten …«

»Gut, dann werde ich jetzt ein paar Sachen auftreiben und sie herbringen lassen. Am Abend sollte alles hier sein. Ich hab da so meine Leute …«

»… und ich schlage vor, wir gehen bis dahin in meine Wohnung und unternehmen erstmal etwas gegen den Hunger«, sagte Isolde. »Dass wir genügend Futter für den Hund haben ist ja ganz schön, aber die anderen brauchen auch etwas, glaube ich.«

Kurz darauf saßen alle in Isoldes Küche, schälten Kartoffeln, Mohrrüben und Pastinaken. »Ein Eintopf ist nach so aufregenden Ereignissen immer das Beste!«, sagte sie. »Und wenn ich mich nicht irre, habe ich noch etwas Speck in der Speisekammer.«

»Warum ist Eintopf das Beste?«, fragte Ingo. »Ich mag auch Würste.«

»Weil beim Eintopfmachen alle mithelfen können«, sagte Margret, »und weil es schön ist, wenn danach alle aus derselben Schüssel essen.«

Rasmus sah seine Schwester an. »Ich kann es noch nicht glauben«, sagte er. »Wenn du wüsstest, wie viel Angst ich um dich hatte …« Er legte die Hände vors Gesicht und schluchzte leise. »Ich weiß«, sagte Margret und umarmte ihn, »aber ich fühlte mich wie tot, ich war gelähmt. Ich konnte nichts mehr denken oder fühlen, es hat mich beinahe umgebracht.«

»Es ist meine Schuld«, mischte sich Josie ein, »alles meine Schuld! Ich habe dich ermutigt, und du hast mir vertraut. Und dann war ich plötzlich weg! Aber ich wäre wiedergekommen, das musst du mir glauben!«

Nick hatte nicht zu viel versprochen. Am frühen Abend schleppten er und vier kräftige Männer die Möblierung für das zweite Zimmer ins *Savoy*. Nick hatte an alles gedacht: Außer zwei Betten und einem Kleiderschrank waren auch ein Sofa, mehrere Stühle und ein Tisch dabei. Und sogar eine Anrichte. Sie war ramponiert und hatte nur drei Beine, aber er befand: »So wohnen die Deutschen am liebsten! Ein viertes Bein treibe ich schon noch auf.« Fürs erste legte er einen Mauerstein unter die freischwebende Ecke der Anrichte.

»Wo hat er das alles so schnell aufgetrieben?«, raunte Rasmus Josie zu.

»Er kann alles besorgen! Sogar Corned Beef – hast du ja gesehen.«

»Und wo soll Charlie schlafen?«, fragte Ingo.

»Er darf es sich selbst aussuchen«, schlug Josie vor. »Charlie, wo möchtest du schlafen?«

Der Hund sah Ingo an und legte sich zu seinen Füßen. »Dachte ich's mir«, sagte Josie, »er hat dich bereits als Herrchen ausgesucht. Und nun musst du immer gut für ihn sorgen.«

In dieser Nacht schliefen alle unruhig, die Ereignisse dieses Tages schlichen sich in ihre Träume. Mehr als einmal hörte Josie, wie im Nebenzimmer Margret beruhigend mit Ingo sprach. Sie selbst vernahm im Schlaf immer wieder die schneidende Stimme des Mannes in der Scheune, der davon sprach, die ganze Welt ins Irrenhaus zu schicken. Sie drückte sich dann noch enger an Rasmus, der mit offenen Augen dalag und sorgenvoll an seine Eltern und Schwestern dachte. Josie ahnte nichts davon.

»Wenn du nicht zurückgekommen wärest, wäre sie jetzt tot«

Während der nächsten Tage wuchs Isolde über sich hinaus. Nicht nur, dass sie jeden Mittag Josie und ihre Gäste bewirtete, sie ging auch mit Margret und Ingo ausgiebig einkaufen: Kleidung, Schuhe, Wäsche und Spielzeug. Ingo war Feuer und Flamme für seine neue Freundin, wie er Isolde nannte. Gleichzeitig beobachtete der Junge sehr genau, wie seine Mutter von Tag zu Tag unbefangener und gelöster wurde. Als Margret nach einer Woche zum ersten Mal den Mut aufbrachte, allein das Hotel zu verlassen, um einen Brief an ihre Eltern zum Postamt zu bringen, ergriff Ingo Josies Hand und sagte: »Wenn du nicht zurückgekommen wärest, wäre sie tot.« Josie nahm ihn auf den Arm und drückte ihn.

So fand Rasmus die beiden vor, als er nach einem Rundgang durch die Räume des Hotels ins Zimmer zurückkehrte. »Ingo hat Recht«, sagte er. »Man konnte förmlich zusehen, wie ihre Lebenskräfte schwanden. Und trotzdem wollte sie sich von niemandem helfen lassen. Das einzige, was ihre Augen aufleuchten ließ, war, wenn jemand sagte: Josie wird kommen, eines Tages ist sie wieder bei uns.«

Ingo ging mit Charlie auf den Hotelflur, um mit ihm um die Wette zu laufen. Rasmus sagte: »Josie, ich kann nicht bleiben. Ich muss mich um meine Eltern kümmern. Manchmal denke ich, sie merken gar nicht mehr, was um sie herum geschieht. Sie sind ein Spielball der Intrigen im Dorf, sie können sich nicht mehr wehren. Ich muss einen Weg finden, sie von dort weg zu bekommen. Irgendwohin, wo niemand sie und die furchtbare Geschichte kennt. Es muss mir etwas einfallen!«

Josie strich ihm über die Wange. »Es hat nichts mit dir und mir zu tun – es geht nur um sie«, fuhr Rasmus fort. »Sie sind hilflos! Meine Schwestern sind alt genug, sich selbst zu helfen, sie sind fast mit der Schule fertig. Aber meine Eltern …«

»Damit hatte ich gerechnet«, sagte Josie. »Ich habe deine Eltern kurz in der Scheune gesehen – sie wirkten wie Verurteilte. Hoffnungslos und verloren. Und was wirst du tun, wenn diese Sozialamtsleute kommen und dich nach Margret fragen?«

Rasmus zuckte die Achseln. »Was soll ich schon tun? Ich werde ihnen sagen, dass ich nichts über meine Schwester und Ingo weiß. Und dass ich an dem Tag, als sie verschwanden, selbst nicht da war.«

Josie drückte fest seine Hand. »Wann wirst du aufbrechen?«

»Morgen früh um acht geht der Postbus. Er fährt zwar nur bis Celle, aber den Rest des Weges werde ich auch schon irgendwie schaffen.«

An diesem Abend machten sie einen Abschiedsspaziergang um die Alster. Viele Menschen schienen dieselbe Idee gehabt zu haben, die den lauen Abend genossen, Eis aßen, auf den Wiesen lagerten oder auf dem Alsterwanderweg flanierten. Die heitere Stimmung übertrug sich auf Josie und Rasmus, für kurze Zeit vergaßen sie alles und genossen ihr Beisammensein.

Auf dem Rückweg führte Josie ihren Freund ins *Junction*. Das Lokal war voll, kein Platz mehr frei, und so stellten sie sich an die Bar. Staunend lauschte Rasmus der Musik. »Gefällt dir das?«, rief Josie ihm ins Ohr. »Doch, doch, ich wusste nur nicht, dass es sowas gibt«, sagte er.

»Wenn du es nicht hören magst, können wir gehen!«, rief Josie.

»Es gefällt mir!«, beteuerte er und nahm Josie in die Arme.

Zu später Stunde, als die Band ihre Instrumente einpackte, löste sich ein junger Mann aus einer Menschentraube, die vor der Bühne gestanden hatte, und kam auf Josie zu. »Ich wäre dann so weit!«, sagte er und strahlte über das ganze Gesicht. »Ich habe alles fertig. Wann darf ich präsentieren?«

»Rasmus, das ist Claude!«, sagte Josie, »Claude Lignier. Er macht Entwürfe für den Wiederaufbau des Hotels, er ist Innenarchitekt.«

»Angehender Innenarchitekt!«, korrigierte der junge Franzose. »Und das muss Rasmus sein …« Er griff Rasmus' Hand und schüttelte sie ausgiebig.

»Morgen wäre mir recht«, sagte Josie. »Am Nachmittag?«

Claude nickte und mischte sich wieder unter seine Clique.

»Woher weiß er, wer ich bin?«, fragte Rasmus später, als sie das *Junction* verlassen hatten.

»Alle die mich kennen, kennen auch dich!«, sagte Josie und lachte. »Ich habe jedem von dir erzählt! Schließlich gehören wir zusammen, auch wenn du nicht bei mir bist.«

Rasmus blieb stehen und sah sie lange an. »Ich weiß gar nicht, womit ich dich verdient habe!«, sagte er. Josie legte ihre Arme um ihn und sagte: »Komm, wir fahren Karussell!« Und während sie sich küssten, drehten sie eine Runde nach der anderen in der Drehtür des *Savoy*.

»Hier ist nichts, womit man feiern könnte«

Claude trug seine Pläne zusammengerollt unter einem Arm und in der anderen Hand einen Tapeziertisch, als er den großen Ballsaal des Hotels betrat, wo auf seinen Wunsch die Präsentation stattfinden sollte. »Dieser Raum wird das Schmuckstück werden«, sagte er, »deshalb möchte ich euch hier in meine Pläne einweihen!«

Josie hatte Isolde, Dr. Brockstädt und Nick sowie den Leiter der Kreditabteilung der Bank für Wiederaufbau eingeladen. »So wird er von Anfang an einbezogen«, erklärte sie Isolde, die allerdings fand, dass es dafür zu früh wäre. »Du musst dir erstmal selbst darüber klar werden, was du aus dem *Savoy* machen willst!«, hatte sie gesagt. Aber Josie hegte nicht den geringsten Zweifel daran, dass Claude Lignier genau wusste, was sie wollte.

Und so war es. Als er seine Pläne ausrollte und die Gestaltung jedes einzelnen Raumes erläuterte, spürte Josie einen Schauer nach dem anderen über ihren Rücken laufen. Der junge Architekt hatte genau begriffen, was ihr vorschwebte! Kein Raum würde wie der andere sein, jedes Zimmer sein eigenes Thema, seine eigene Möblierung, seine eigene Bebilderung erhalten. Den Bildern maß Claude ganz besondere Bedeutung zu. »Wir holen die gesamte Welt ins *Savoy*!«, erklärte er. »Von China bis Chile, von Paris bis Peking. Wir legen dem Gast die Welt zu Füßen! Wenn er einmal im Venedig-Zimmer genächtigt hat, möchte er bei seinem nächsten Besuch ins New-York-Zimmer. Und dann zum Nordpol, und von da nach Feuerland. Wer einmal hier war, will in kein anderes Hotel mehr – das *Savoy* wird der Garten Eden der Reisenden sein!«

Er hatte neben Grundrisszeichnungen und präzisen Aufmaßen farbige Skizzen der Zimmer angefertigt, selbst die Restaurants und Festsäle erschienen den Betrachtern dreidimensional.

Josie war außer sich vor Glück, sie wäre am liebsten in dem großen, leeren Saal herumgesprungen und hätte ihre Begeisterung laut herausgeschrien. Doch ein Blick auf die nachdenkliche Miene von Dr. Karl-Udo Brockstädt, der bedächtig die meterlange Front der Pläne abschritt, hielt sie davon ab – dicht hinter ihm der mögliche Geldgeber, der keine Regung zeigte.

Nach einer gefühlten Unendlichkeit blieb der Anwalt stehen. »Ich bin kein Experte«, stellte er fest. »Ich bin zwar schon viel herumgekommen, aber von Hoteldesign verstehe ich wenig. Ich kann nur sagen: So etwas habe ich noch nie gesehen. In einem solchem Hotel würde ich sofort wohnen wollen, wenn ich Reisender wäre …«

Josie stieß einen Schrei aus und fiel ihm um den Hals. »Allerdings habe ich keinerlei Vorstellung, ob ein solcher Bau auch nur annähernd bezahlbar wäre«, fügte der Anwalt hinzu und sah Josie ernst an.

Die blickte zum Banker. »Und Sie?«, fragte sie.

»Ich kann mich meinem Vorredner voll inhaltlich anschließen«, erwiderte er.

Dies war der Moment des ganz großen Auftritts des Claude Lignier. »Geld ist wichtig, aber es ist nicht alles«, sagte er. »Wichtiger noch sind die Ideen. Und die müssen nicht die Welt kosten.«

Er zog einen weiteren Papierbogen hervor und breitete ihn auf dem Tisch aus. Die Anwesenden beugten sich darüber und sahen lange Tabellen, Auflistungen, Additionen, Übersichten. Und am Ende stand eine dick unterstrichene Zahl. Doch bevor jemand etwas dazu sagen konnte, legte Claude eine zweite Berechnung darüber – und dann eine dritte. »Es gibt das *Savoy* in drei Varianten. Äußerlich unterscheiden sie sich kaum, es sind eher die Details. Müssen es Samtvorhänge sein, oder genügt Velours? Brauchen wir Parkett, oder genügen Holzdielen? Brauchen wir Damastbettwäsche oder genügt Leinen? Solche Dinge …« Er faltete die drei Preislisten so, dass die drei Endbeträge übereinander standen: 500.000, 800.000, 1,2 Millionen.

Nun war es der Banker, der Haltung annahm und sagte: »Einen solch präzisen Kostenvoranschlag sieht man nicht alle Tage – Respekt, junger Mann! Wenn es Ihnen Recht ist, lasse ich alle Papiere in unsere Büros bringen, wo wir sie einer genauen Prüfung unterziehen. Aber«, er wandte sich an Josie, »ich bin sicher, dass wir zueinander finden werden. Ein solches Haus wäre für diese Stadt ein großer Gewinn!«

Josie trat ans Fenster und blickte zitternd auf die belebte Kirchenallee hinaus. Sie konnte es vor Anspannung kaum aushalten. »Ich begleite Sie hinaus«, hörte sie Dr. Brockstädt zu dem Banker sagen. Sie wartete noch einen Moment ab, dann brach es aus ihr heraus: Sie stürmte zu den anderen, umarmte Claude Lignier, dann Margret, dann Charlie, dann Nick, dann Ingo, dann Isolde. Dann tanzte sie jubelnd durch den Raum, bevor sie erneut jedem um den Hals fiel. Danach blieb sie abrupt stehen und überlegte. »Wir werden feiern«, sagte sie, »heute Abend! Hier in diesem Ballsaal …!«

Die anderen sahen sie betreten an und ließen ihre Blicke durch den leeren Raum gleiten. »Und wie?«, sprach schließlich Isolde aus, was alle dachten, »hier ist nichts, womit man feiern könnte …«

»Noch nicht …«, sagte Josie.

Fünf Stunden später sah das schon ganz anders aus: Die Band aus dem *Junction* stimmte ihre Instrumente, während Nick und seine Automechaniker unermüdlich Getränkekisten hereinschleppten; die Belegschaft aus dem *Pulverfass* erschien fast vollzählig, derweil Claude mit einigen seiner Studentenfreunde riesige Bilder an den Wänden befestigten. Und während die Party langsam Fahrt aufnahm, strömten immer mehr Gäste ins *Savoy:* Freunde von Nick, Isolde, Claude – es hatte sich wie ein Lauffeuer herumgesprochen, dass im *Savoy* heute Nacht etwas passieren würde.

Sie wurden nicht enttäuscht. Nachdem man lange ausgelassen zur Swingmusik getanzt hatte, trat Josie vor die Band und kündigte einen Weltstar an – »eine Frau, die dem *Savoy* seit Langem verbunden ist und heute die Wiedergeburt des Hotels einläuten wird.« Es war vollkommen still im Raum, als die Josephine Baker aus dem *Pulverfass* vor die Band trat – und der Jubel umso größer, nachdem sie ihren ersten Song gesungen hatte.

Josie war außer sich vor Glück – und dennoch hatte sie plötzlich das Bedürfnis, allein zu sein. Sie blickte sich um, sah in all die Gesichter, darunter Margret, die so lebendig aussah, wie Josie sie noch nie gesehen hatte, und Ingo, der mit Charlie am Boden saß und staunend das Geschehen um sich herum verfolgte. Unbemerkt stahl sie sich davon und ging auf ihr Zimmer. Dort zog sie den Karton mit den Schallplatten hervor und legte eine davon auf das Grammophon. Dann setzte sie sich mit geschlossenen Augen auf ihr Bett und lauschte. Sie spürte ihren Vater, als säße er neben ihr, hörte seine Stimme, sein Lachen, spürte seinen Atem. Noch bevor die Musik endete, schlief sie ein. Draußen dämmerte bereits der Tag herauf.

Am späten Vormittag erwachte Josie, nachdem Ingo lange an ihre Zimmertür geklopft hatte. Als sie verschlafen öffnete, hielt er ihr einen Zettel hin. »Den hat gerade ein alter Mann abgegeben«, sagte er. »Er wollte nicht hereinkommen, ich soll ihn dir geben …«

Josie war sofort hellwach.

Verehrtes Fräulein Lembach, las sie, *Frau Roswitha Burmeister hat die Aufzeichnungen Ihres Vaters. Die Adresse: Hohe Weide 11. Hochachtungsvoll, Adalbert.*

»Jemand wusste zu viel«

Die holprige Hohe Weide erwies sich als schwieriges Pflaster für Nicks neuen Oldsmobile. Josie hatte ihn noch am Tag, als die Nachricht von Adalbert eingetroffen war, gebeten, mit ihr die Straße auf und ab zu fahren, um zu sehen, wo die ehemalige Hausdame wohnte, bevor sie sie später besuchen würde. Auf Nicks Frage, wozu diese Vorsichtsmaßname, hatte sie geantwortet, sie habe einfach nur so ein Gefühl – ein ungutes Gefühl. »Die Vorstellung, dass in dieser Wohnung vielleicht seit sieben Jahren die Hinterlassenschaften meines Vaters lagern, ist mir unheimlich«, erklärte sie. Nick hatte die Augen verdreht – und zugesagt.

Nun schrammte das tiefliegende Cabrio besorgniserregend über die Schlaglöcher. Überhaupt sah es hier aus, als hätte der Krieg gestern erst geendet. Auf dem Weg nach Eimsbüttel hatten sie viele Straßen passiert, in denen eine geschäftige Baustelle auf die andere folgte. In der Hohen Weide jedoch herrschte sonntägliche Ruhe, obwohl Mittwoch war. Unbewohnte, von den Flammen rußgeschwärzte Ruinen hielten sich auf verwahrlosten Grundstücken mühsam aufrecht, von ehemals prachtvollen Bürgerhäusern standen nur noch die Straßenfassaden mit schwarzen Löchern, die einst die Fenster gewesen waren, und drohten jeden Moment auf die Straße zu kippen. Manche Häuser waren jedoch bewohnt, in einem geöffneten Fenster lehnte auf ein Kissen gestützt ein Mann in Unterhemd und einem weißen Spitz neben sich, sah auf die Straße und starrte ungläubig auf den offenen Wagen mit seinen blitzsauberen Weißwandreifen herunter.

»Hier können wir nicht weiterfahren«, sagte Nick. »Nummer 11 kann nicht mehr weit sein, wir lassen den Wagen stehen und gehen zu Fuß.«

»Wir hätten gar nicht erst mit diesem Auto kommen sollen«, entgegenete Josie. »Nicht nur wegen der Schlaglöcher, sondern vor allem, weil es hier völlig unpassend wirkt, obszön geradezu.«

Nick, der soeben aussteigen wollte, hielt in der Bewegung inne und sah Josie groß an. »Wie nennst du mein Auto? Obszön?«, fragte er.

»Nicht dein Auto. Sondern, dass wir damit durch diese Gegend fahren. Es ist schlimmer als obszön – es ist eine Beleidigung für die Menschen, die hier wohnen müssen.«

»Ich habe das Gefühl, der einzige, der gerade beleidigt wird, bin ich. Du warst es doch, die mich gebeten hat, hierher zu fahren!« Nick schien jetzt zum ersten Mal ernsthaft böse zu werden.

»Da wusste ich noch nicht, wie es hier aussieht. Und nun stell dich nicht an wie eine Diva, hilf mir, die richtige Hausnummer zu finden.«

Nick knallte etwas zu energisch die Fahrertür zu und überquerte mit langen Schritten die Straße, Josie folgte ihm eilig. Sie fühlte sich unbehaglich, irgendetwas stimmte hier nicht, fand sie. »Warte!«, rief sie. »Lass uns auf dieser Straßenseite bleiben und erstmal das Haus beobachten. Ich will da jetzt noch nicht hin.«

Nick drehte sich seufzend um und sah, wie Josie abrupt stehen blieb, erstarrte und fassungslos an ihm vorbei auf die andere Straßenseite blickte. Er wollte gerade etwas sagen, als sie mit der Hand abwinkte. »Ruhig!«, zischte sie und starrte weiter an ihm vorbei. Nach einigen Sekunden schien sie sich zu entspannen und ging rückwärts auf den Bürgersteig zurück. Nick folgte ihr. »Was war denn nun wieder?«, fragte er. »Hast du einen Geist gesehen?«

»Sowas Ähnliches«, erwiderte Josie und lehnte sich erschöpft gegen eine Litfasssäule, deren zerfetzte Plakate jahrhundertealt zu sein schienen. Über Josie hingen die Reste eines Aufrufs zum Winterhilfswerk 1944. Nick nestelte eine zerknüllte Zigarettenpackung aus seiner Hosentasche und bot Josie eine an. Die schüttelte nur den Kopf und sagte: »Da war … da war …«

»Wo?«

»Da drüben.«

»Was?«

»Eine alte Frau.«

»Ja – und?«

»Meine Großmutter.«

Nick machte das Feuerzeug wieder aus und nahm die Zigarette aus dem Mund. »Deine was …?«

»Ich hab sie seit sieben Jahren nicht gesehen. Seit ich in die Heide geschickt wurde.«

»Und die war da drüben?«

Josie nickte. »Sie kam aus einem Haus, blickte kurz zu uns herüber und verschwand dann im Torweg.«

Nick sah zur anderen Straßenseite, wo jetzt eine Gruppe Kinder erschien, die etwas Faszinierendes entdeckt zu haben schienen.

»Oh nein, mein Auto! Sie haben mein Auto entdeckt!«, sagte Nick und setzte sich eilig in Bewegung. »Bin gleich wieder da!«

Josie ließ sich mit dem Rücken an der Litfasssäule heruntergleiten und hielt dabei den Torweg, in dem die Frau verschwunden war, fest im Blick. »Eine Fatamorgana«, murmelte sie, »ich dreh' allmählich durch.«

Ihre Augen sogen sich förmlich fest an der dunkelbraunen Backsteinfassade des nahezu unversehrten Hauses, durch das der Torweg hindurch führte. »Komm wieder raus!«, murmelte sie. »Zeig dich! Komm raus!«

Stattdessen schob sich rumpelnd der Oldsmobile ins Bild: Nick mit acht begeistert johlenden Kindern, die Josie und den wenigen übrigen Passanten zuwinkten wie Passagiere eines Kreuzfahrtschiffes, das gerade in See sticht.

Josie winkte matt zurück, erhob sich und schüttelte den Kopf. Wahrscheinlich sehen alle alten Frauen so aus wie Großmutter, dachte sie, oder umgekehrt: Agatha sieht aus wie alle alten Frauen, die gerade ihren zweiten großen Krieg überlebt haben. Wie alt wäre sie jetzt? 89? 91?

Nummer 11 – wo ist die Nummer 11? Josie ging ein Stück die Straße entlang und konzentrierte sich auf die Häuser der gegenüberliegenden Seite. Manche hatten Schilder mit Hausnummern, andere waren nur schwer leserlich mit Kreide beschriftet. Zweimal passierte sie das Oldsmobile, einmal von links, einmal von rechts. Die Kinder winkten immer noch, und da – da war Nummer 11! Ein flaches Haus: Souterrain, Erdgeschoss und erste Etage. Je zwei Wohnungen links und rechts vom Eingang. Alles ziemlich unbeschädigt, zumindest aus der Entfernung betrachtet.

Hier wohnte Roswitha Burmeister also. Josie konnte sich nur schwach an die Hausdame erinnern. Sie war verantwortlich gewesen für den Zimmerservice in der zweiten Etage des Hotels. Freundlich, zuvorkommend, undefinierbares Alter. Josie kamen damals alle Frauen über 20 wie alte Frauen vor, aber wahrscheinlich hatte Frau Burmeister Familie, musste Kinder versorgen, hatte einen Mann »im Feld«, wie man sagte.

Ihr Vater, das fiel Josie jetzt wieder ein, schien die Hausdame besonders ins Vertrauen zu ziehen, zumindest sprach er häufiger mit ihr als mit anderen Hotelangesellten unter vier Augen. Zu Josie war sie stets freundlich, aber distanziert gewesen, nicht so herzlich und übergriffig wie andere. Wenn Josie jemals ein Problem gehabt hätte, von dem sie ihren Eltern nicht hätte erzählen mögen – vermutlich wäre sie damit zu Frau Burmeister gegangen. Konzentriert beobachtete sie das Haus, in dem sich nichts rührte.

Schritte neben ihr ließen sie aufschrecken. Nick. »Irgendwas Bemerkenswertes?«, fragte er. Josie schüttelte den Kopf.

»Dann können wir ja vielleicht unsere Zelte hier abbrechen?«

»Und die Kinder?«

»Sind wieder ausgestiegen. Sie wollen jetzt alle nach Amerika auswandern und sich Straßenkreuzer kaufen. Doch zunächst musste ich ihnen versprechen, wiederzukommen und noch einmal eine Rundfahrt mit ihnen zu machen …«

»Und – machst du's?«

»Klar! Warum nicht.«

Josie lächelte. »Du bist ein guter Kerl«, sagte sie. »Leuten, die die Kinder mögen, kann man vertrauen.« Sie hakte sich bei ihm unter. »Ja, lass uns zurückfahren. Ich komme morgen wieder her. Mit der U-Bahn.«

Als Nick ihr die Autotür öffnete, fragte Josie beiläufig: »Haben die Stoßdämpfer die Schlaglöcher überlebt?«

»Oh, Madame sprechen Automechanikersprache, Chapeau! Und ja – sie haben es überlebt. Acht Kinder sind ja nicht so schwer wie Madame.«

»Also …!« Josie stemmte eine Faust in die Hüften und holte tief Luft für eine Entgegnung, die ihr allerdings nicht so schnell einfiel.

Am nächsten Tag war Josie wieder in der Hohen Weide. Der Weg vom U-Bahnhof Christuskirche war kurz, und das war gut so, denn es regnete heftig. Josie hatte sich die Kapuze ihres Regenmantels über den Kopf gezogen und lief geduckt auf Haus Nummer elf zu.

Sie fand keine Namensschilder, es gab keine Klingelknöpfe, die Haustür zum Treppenhaus war verschlossen. Sie wandte sich zur linken Kellerwohnung, stieg ein paar Stufen hinab und klopfte. Nichts geschah. Als sie eben erneut klopfen wollte, sagte eine Stimme hinter ihr: »Ich hatte dich schon früher erwartet.«

Josie verharrte in der Bewegung und rührte sich nicht. Der Schreck war ihr so in die Glieder gefahren, dass sie das Gefühl hatte, erstarrt zu sein. Regenwasser aus einem defekten Fallrohr ergoss sich über ihre Schuhe und bildete einen kleinen See auf dem rissigen Zement. »Lass uns hineingehen, bevor du nasse Füße bekommst«, sagte die Stimme. Josie wandte sich langsam um und stieß dann einen Schrei aus, als sie die Person erkannte, die vor ihr stand.

Die Frau schloss die Tür auf und schob Josie hinein, die sie mit geweiteten Augen anstarrte und keinen Ton herausbekam. »Zieh deinen nassen Mantel aus«, sagte die Frau, »du warst immer schon erkältungsanfällig. Und die Schuhe am besten auch. Sauwetter heute.«

»Großmutter!«, hörte Josie sich selbst stammeln. »Wo kommst du plötzlich her? Was machst du hier in dieser Wohnung? Wieso hast du mich erwartet?«, fragte sie, als sie sich am Tisch einer winzigen Küche gegenübersaßen, in der Agatha den Gasherd entzündete, der den Raum schnell erwärmte.

»Erstmal frage ich!«, entgegnete Agatha. »Das ist das Recht der Älteren. Also: Wieso bist du hier gestern durch die Straße geschlichen und hast das Haus beobachtet? Woher hast du diese Adresse?«

»Hast du mich gestern schon bemerkt?«

»Wer sollte dich nicht bemerkt haben? Auffälliger geht's ja wohl kaum – mit diesem Auto? Wo hast du das her? Wer ist der unmögliche Kerl?«

»Warum hast du mich nicht gestern schon angesprochen? Ich meine, du hast mich gesehen, ich habe dich nicht gesehen …«

»Irgendwie kommen wir so nicht weiter«, stellte Agatha fest und erhob sich, »wenn wir immer nur Fragen stellen und keiner eine Antwort gibt.«

Sie erhob sich mühsam, ging um den Tisch herum, beugte sich zu Josie und nahm ihr Gesicht in ihre Hände. »Lass mich meine Enkelin erstmal anfassen, damit ich weiß, dass es keine Einbildung ist! Du kannst dir nicht vorstellen, wie glücklich ich bin, Josephine! Als ich dich gestern sah, glaubte ich an eine Vision. Ich hatte nicht den Mut, wieder aus dem Torweg herauszukommen.« Agathas Stimme brach. »Meine Josie!«, schluchzte sie, »meine Josie!« Sie drückte ihre Enkelin so fest an sich, dass Josie sich wunderte, woher die alte Frau die Kraft nahm.

Schließlich saßen sie sich wieder gegenüber und sahen sich lange wortlos an, beide damit beschäftigt, das Wunder ihres Wiedersehens zu begreifen. »Du zuerst«, sagte Agatha.

Josie nickte und erzählte von Hemelighausen, ihrer Rückkehr nach Hamburg und was sich seitdem ereignet hatte. Wortlos lauschte die alte Frau und blickte Josie dabei unverwandt an. Erst als Josie geendet hatte, räusperte sie sich und fragte: »Und dieser junge Mann gestern – wer ist das?«

»Oh, wie konnte ich ihn vergessen! Er heißt Lembach …«

»Was?!«

»Nick Lembach. Er ist der Enkel von Horacios Bruder Tullius. Er war als GI in Deutschland und ist nach dem Krieg in Hamburg geblieben. Er handelt mit amerikanischen Autos und noch ein paar anderen Dingen.«

Agatha schüttelte langsam den Kopf.

»Ich fasse es nicht«, murmelte sie, »Tullius! Dein Großvater hat mir viel von ihm erzählt. Wenn Tullius nicht so hartherzig gegen ihn gewesen wäre, hätte ich Horacio nie kennen gelernt, weil er dann nämlich in Boston geblieben wäre. Und dann hätte es Adolf nicht gegeben und dich folglich auch nicht. Mit anderen Worten: Dann säßen wir zwei jetzt nicht hier an diesem Tisch.«

Josie starrte ihre Großmutter verblüfft an, dann beugte sie sich vor und ergriff ihre Hand: »Und wieso sitzen wir hier? Was machen wir hier in dieser Wohnung? Lebst du hier? Ich glaubte, Roswitha Burmeister hier antreffen zu können, die Hausdame aus der zweiten Etage, um von ihr etwas über Vaters Verbleib zu erfahren. Erinnerst du dich an sie?«

»Oh ja! Wie kommst du auf sie?«

»Adalbert, der Sommelier – ich bin ihm zufällig begegnet und er hat mir die Adresse gegeben. Angeblich hat sie Dinge von Vater, Aufzeichnungen oder so etwas, aus denen hervorgehen könnte, was mit ihm geschah und wo er jetzt ist.«

»Wo er jetzt ist?« Agatha erhob sich und trat an das kleine Fenster der Küche, durch das man in einen vermüllten Hinterhof sah, wo ein Rudel Katzen in den Resten einer umgekippten Abfalltonne wühlten. »Wo er jetzt ist, fragst du? Für eine Antwort auf diese Frage würde so mancher viel Geld bezahlen. Leider weiß ich es nicht. Aber das, wonach du suchst, befindet sich tatsächlich hier. Warte einen Moment.«

Gebeugt ging sie in einen Raum, der Schlaf- und Wohnraum zugleich zu sein schien. Josie folgte ihr und ließ sich auf einem zerschlissenen Sessel nieder. Agatha deutete auf einen Schrank.

»Ich komme da nicht mehr hoch«, sagte sie. »Oben auf dem Schrank, der Pappkarton – versuch' ihn mal herunterzuholen.«

Eine Minute später hielt Josie den Karton auf dem Schoß und hob den Deckel an. Modriger Geruch stieg ihr in die Nase, als ihr Blick auf das von Feuchtigkeit gewellte Papier fiel. Während sie vorsichtig das oberste Blatt zwischen zwei Finger nahm, begann Agatha zu erzählen.

»Dein Vater hat diesen Karton tatsächlich Roswitha Burmeister gegeben, kurz bevor er abgeholt und nicht wieder gesehen wurde. Die Information, die du erhalten hast, stimmt also. Nur dass die Gute nicht mehr am Leben ist. Ich habe hier fast zwei Jahre lang zusammen mit ihr gelebt, dies war ihre Wohnung ...«

»Du mit ihr?!«, fragte Josie. »Aber wieso denn? Du hattest im Hotel deine eigene Wohnung ...«

»Das Hotel!« Agatha lachte kurz. »In dem hatten wir von der Sekunde an, da Adolf fort war, nichts mehr zu sagen. Als hätten sie auf diesen Moment nur gewartet waren schlagartig SA-Männer da und durchwühlten alles, kehrten das unterste zuoberst. Sie sagten nicht, wonach sie suchten, aber sie waren mit tödlichem Ernst bei der Sache. Sie verhörten das gesamte Personal, einen nach dem anderen, manche nahmen sie mit zur Gestapo-Zentrale. Und dann stand Roswitha Burmeister plötzlich in meiner Wohnung und sagte nur: ›Sie sollten gehen – jetzt sofort. Hier ist mein Wohnungsschlüssel. Hohe Weide 11. Wenn sie dort sind, schließen sie ab und öffnen niemandem. Ich komme nach Dienstschluss‹. Sie drückte mir einen Schlüssel in die Hand und machte auf dem Absatz kehrt.

Sie kam tatsächlich am späten Abend in die Wohnung, wo ich die ganze Zeit reglos auf dem Sessel gewartet hatte, auf dem du jetzt sitzt. Sie sagte, auch sie sei mehrere Stunden lang befragt worden. Wonach denn gesucht würde, fragte ich – und da zog sie diesen Karton unter dem Schrank hervor. Adolf hatte ihn ihr am Vortag zur Verwahrung gegeben, bis dahin hatte er in seinem Safe gelagert.«

»Was ist denn darin so Wichtiges?«

Agatha seufzte tief. »Wo soll ich anfangen? Du weißt ja, dass deine Mutter Halbjüdin war und 1938 das Land verlassen hat.«

»Sie sei krank und müsse ins Sanatoriun, sagte Vater mir. Wieso?«

»Ja, Kindchen – wieso? So war es halt. Es gab viele Juden damals, sie lebten überall in der Stadt, als Nachbarn, Geschäftspartner, Ladeninhaber, Klassenkameraden, Freunde. Und dann auf einmal galten sie als Staatsfeinde, als das Böse schlechthin, das vernichtet werden müsse. Viele von ihnen haben das Land verlassen, solange es noch möglich war, noch mehr jedoch sind geblieben. Deine Mutter ging.«

»Und wohin?«

Agatha zuckte die Achseln. »Anfangs kam noch Post, einmal aus den Niederlanden, einmal aus der Schweiz, und dann noch einmal aus Portugal. Dann verlor sich ihre Spur.«

Josie spürte eine Welle von Traurigkeit in sich aufsteigen, die sie jeden Moment mit sich zu reißen drohte. Gerade noch rechtzeitig, bevor die ersten Tränen kamen, kniete sie vor ihrer Großmutter nieder, verbarg ihr Gesicht in ihrem Schoß. Agatha strich ihr übers Haar und sprach weiter. Agatha spürte, dass es jetzt sein musste, in diesem Moment! Jetzt war der Augenblick gekommen, auf den sie ebenso wie Josie so lange gewartet hatte.

»Dein Vater hat vielen seiner jüdischen Freunde geholfen, Künstlern, Musikern, Malern. Und auch Geschäftspartnern. Als sich die Grenzen allmählich schlossen, nachdem die Nazis während der Olympischen Spiele der Welt ein letztes Mal ein freundliches Gesicht gezeigt hatten, suchten diese Menschen Schutz und Hilfe. Und Adolf half, wo er konnte. Ich weiß nicht, wie viele er für einen oder mehrere Tage in unserem Hotel versteckte, bis er eine Fluchtgelegenheit für sie gefunden hatte. Meistens war der Hafen der Ausgangspunkt. Und ich – ja ich, Josie! – knüpfte dort die Kontakte zu Kapitänen oder Schiffsoffizieren, die bereit waren, menschliche Fracht an Bord zu nehmen, aus Menschlichkeit oder gegen Geld. Du weißt ja, dass ich mit deinem Großvater die ersten Jahre am Hafen lebte und viele Menschen dort kannte. Das zahlte sich jetzt aus.«

Josie hatte sich ein wenig beruhigt und erhob sich, nachdem sie sich mit dem Rockzipfel ihrer Großmutter die Tränen aus den Augen gewischt hatte. »Und dann?«, fragte sie.

»Die Nazis hatten Adolf schon lange im Verdacht. Er war schon mehrmals verhört worden, kam jedoch immer wieder zurück. Bis der Tag kam, an dem er dich fortschickte und sie ihn unmittelbar darauf abholten.«

»Und du?«

»Es war nur eine Frage der Zeit, bis sie herauskriegen würden, dass auch ich beteiligt war. Darüber hatte Adolf mit der Hausdame gesprochen und ihr Geld gegeben dafür, dass sie mich bei sich verstecken würde – hier, in dieser kleinen Wohnung. Das Geld liegt immer noch hier, sie hat es nicht annehmen wollen. In einer der letzten Bombennächte ist sie umgekommen. Auf dem Weg zum Luftschutzbunker. Ich bin dort nie hingegangen, ich habe die Wohnung bis zum Kriegsende nicht verlassen. Aber sie tat es, wie die meisten anderen auch. Und da ist sie von herabfallenden Steinen getroffen worden. Sie hatte bis dahin im Hotel gearbeitet, so wie das übrige Personal auch. Außer den Juden natürlich. Die NSDAP hatte sich das *Savoy* unter den Nagel gerissen, nachdem dein Vater verschwunden war, und dort ihre Parteizentrale eingerichtet. Es wurden rauschende Feste gefeiert, die Herrenmenschen haben es richtig krachen lassen. Sekt und Wein flossen in Strömen – Adalbert müsste dir ein Lied davon singen können.«

Josie schlug die Hände vors Gesicht. »Wie entsetzlich!«, flüsterte sie. »Wäre sie doch auch in der Wohnung geblieben, statt zum Bunker zu laufen!« Dann blickte sie Agatha erstaunt an: »Aber warum wohnst du immer noch hier?«

»Ganz einfach: Ich halte mich bedeckt. Ich will nicht auffallen. Das gelingt auch ganz gut, weil viele mich für Roswitha Burmeister halten.«

»Und warum hältst du dich – bedeckt?«

»Das Tausendjährige Reich ist erst vor fünf Jahren untergegangen und mit ihm viele seiner Verbrecher – viele aber auch nicht. Sie leben mitten unter uns, sie machen da weiter, wo sie vorher aufgehört haben. Nur mit dem Unterschied, dass sie jetzt keine Juden mehr jagen oder Behinderte totspritzen, sondern dass sie zum Beispiel Steuersünder jagen und Schulkinder gegen Kinderlähmung impfen. Sie haben sich perfekt angepasst, aber sie sind immer noch dieselben Menschen. Und wenn sie fürchten, dass jemand etwas über sie weiß, dann schrecken sie vor nichts zurück. Viele ungeklärte Morde der letzten Zeit haben diesen Hintergrund: Jemand wusste zu viel und musste deshalb mundtot gemacht werden. Die Polizei sagt das natürlich nicht, von denen stecken viele selbst tief drin in diesem Sumpf.«

»Und du gehörst zu denen, die Dinge wissen?«

»Ja, hier in meinem Kopf ist vieles archiviert.« Agatha tippte gegen ihre Stirn. »Ebenso wie dort in dem muffigen Karton. In dem Moment, wo du die Papiere liest, gehörst du auch zu denen …«

»Zu wem?«

»Zu denen, die zu viel wissen. Vielleicht solltest du es besser nicht tun.«

Aber Josie hörte diesen Satz schon nicht mehr. Sie hatte begonnen, einen Brief zu lesen, in dem ein Mann, der mit David T. unterzeichnete, Adolf Lembach wegen einer Schiffspassage nach Caracas schrieb.

Teil 4

»Dieser Mann ist der Messias«

»Das können Sie doch sicherlich verstehen ...«

»Falls irgendetwas schiefgehen sollte«, sagte David Tenenbaum, blickte Adolf Lembach tief in die Augen und wedelte mit seinem Zeigefinger vor dessen Nase herum, »dann verschwindest du sofort! Ich will auf keinen Fall, dass du irgendein Risiko eingehst. Du hast schon genug für uns riskiert, mehr als man von einem Freund erwarten kann!«

»Es wird keinen Grund geben, zu verschwinden. Denn es wird nichts schiefgehen!«, erwiderte Adolf. »Erstens sind die Leute, mit denen wir zusammenarbeiten, vertrauenswürdig. Und zweitens ist es nicht das erste Mal, dass ich so etwas mache. Ich will mich nicht damit brüsten – aber ich habe im Laufe der letzten Jahre sieben Freunden samt deren Familien zur Flucht verholfen. Und es gab nie irgendein Problem.«

Adolf saß mit David Tenenbaum und dessen Frau Ruth im Direktorenbüro des *Savoy* zusammen. Es war das letzte Treffen, bei dem sie die Flucht der Tenenbaums planten. Der Frachter, der die Familie am nächsten Tag nach Venezuela bringen sollte, verkehrte linienmäßig zwischen Hamburg und Caracas, transportierte skandinavisches Holz und nahm bis zu zehn private Passagiere mit – ein einträgliches Zusatzgeschäft, das viele Reedereien neuerdings auszubauen versuchten.

Für die Tenenbaums war inoffiziell eine Kabine reserviert – offiziell würden sie nicht an Bord gelangen, Juden war die Ausreise seit drei Jahren verboten: Die Gangways sämtlicher Schiffe, die den Hafen verließen, wurden kontrolliert. Sie würden stattdessen in einer der Kisten, die zum Transport des Bauwerkzeugs dienten, an Bord gebracht werden. Erst nachdem das Schiff die deutschen Hoheitsgewässer verlassen hätte, würde man sie daraus befreien. Dieser Fluchtweg war schon mehrmals erfolgreich gewählt worden, Adolf hatte den Kapitän als einen zuverlässigen Mann erlebt und nicht den geringsten Zweifel an dessen Vertrauenswürdigkeit.

Als es dann soweit war, gab es trotzdem ein Problem. Und das hatte mit der Körpergröße David Tenenbaums zu tun. Adolf hatte das Ehepaar und seine Tochter wie geplant am frühen Abend mit einem Lieferwagen zum Schuppen 34 am Südamerika-Kai gebracht, wo die *Santa Augusta* für die Fahrt über den Atlantik vorbereitet und beladen wurde. Sie trafen vor den anderen Passagieren ein. Die Kiste, in der man sie an Bord schaffen würde, stand in einem Lagerhaus bereit, beschriftet mit dem Namenszug der Firma »Handwerkzubehör Engelhoff&Söhne«, in der sich Werkzeug für die Holzverarbeitung befand. Eine Ecke in der Kiste bot erfahrungsgemäß für drei Flüchtlinge genügend Platz – nur war sie diesmal nicht hoch genug. Denn David Tenenbaum maß 2,03 Meter.

Adolf lief rot an vor Wut darüber, nicht daran gedacht zu haben, dass sein alter Schulfreund mehr Platz als ein normal gewachsener Mann brauchte. Ruth Tenenbaum und ihre sechzehnjährige Tochter Lea hatten sich bereits in die Kiste gezwängt und versuchten vergeblich, David zu sich hereinzuzerren. Es gelang nicht – sein Kopf blieb draußen, die Kiste ließ sich nicht schließen.

»Wir legen in einer Stunde ab!«, sagte der Kapitän nervös, der eine nicht unbeträchtliche Geldsumme für das Risiko erhielt, das er einging – ein Betrag, der die Familie Tenenbaum nunmehr mittellos machte. Wenn sie in Caracas von Bord gehen würden, besäßen sie nichts außer der Hoffnung, dass Verwandte, die bereits dort lebten, sie bei sich aufnehmen und versorgen würden, bis sie irgendwann auf eigenen Füßen stehen konnten. Die Chancen dafür standen nicht schlecht: David Tenenbaum war Ingenieur, Bauexperten wurden in Lateinamerika gesucht. »Wenn's nicht geht, geht's nicht …!«, sagte der Kapitän.

»Können wir ihn nicht irgendwie anders an Bord bringen?«, fragte Adolf.

»Ich kann ihn nicht über die Gangway spazieren lassen, das wissen Sie doch!«

Lea Tenenbaum kam aus der Kiste heraus. »Komm' rein, Vater«, sagte sie. »Wenn ich nicht drin bin, hast du genügend Platz, um dich hinzuhocken.«

Die Männer sahen sie konsterniert an. »Und du?«, fragte Adolf.

»Ich werde hier und jetzt ins Wasser springen. Ich werde sozusagen über Bord gehen beim Kistenverstauen. Und Ihre Matrosen ziehen mich dann auf das Schiff«, erklärte sie dem Kapitän.

»Das ist ja wohl das ...!«, hob der Kapitän an – da lief Lea bereits auf die Kaimauer zu, kletterte hinauf und sprang in die Elbe. Man hörte nur noch ein Platschen und gleich darauf ihr Prusten im Wasser.

Der Kapitän rannte über die Gangway an Bord, fuchtelte mit den Armen und schrie seinen Matrosen zu: »Mann über Bord!«

Als wenige Minuten später die Kiste mit David und Ruth Tenenbaum zugenagelt war und von einem Kran auf das Schiff gehievt wurde, lag Lea bereits in Wolldecken gehüllt in der Schiffsmesse.

Adolf wartete vor Schuppen 34, bis die *Santa Augusta* abgelegt hatte und von zwei Schleppern aus dem Hafenbecken gezogen wurde. Als die Taue gelöst waren und der Frachter aus eigener Kraft die Elbe flussabwärts fuhr, machte er sich auf den Weg zu seinem Lieferwagen. Er bemerkte erst jetzt, dass die Dämmerung sich bereits über dem Hafen ausgebreitet hatte. Die beiden Männer in der schwarzen Limousine, die ihn beobachteten, bemerkte er nicht.

Adolf zündete sich eine Zigarette an, lehnte sich gegen die Wagentür und spürte, wie die Anspannung allmählich von ihm abfiel. Der Mann am Steuer der Limousine drückte seine Zigarette aus, ließ den Motor an und rollte langsam von hinten auf Adolf zu. Als dieser das Knirschen der Reifen hörte und sich umdrehen wollte, war der Wagen bereits neben ihm, der Beifahrer sprang heraus und zerrte Adolf mit geübtem Griff in den Wagen. Dort wartete der zweite Mann mit dem Lachgas. Er presste Adolf eine Maske auf das Gesicht, nach wenigen Atemzügen schwanden ihm die Sinne. Er glitt zur Seite und lag reglos auf der Rückbank. Der Wagen setzte sich langsam in Bewegung.

Als Adolf wieder zu sich kam, gelang es ihm nur mit Mühe, sich durch ein Dickicht wirrer Gedanken an die Oberfläche seines Bewusstseins zurückzukämpfen. Mal sah er sich als Kind auf seinem Rodelschlitten, nass und durchgefroren, die Hände steif vor Kälte. Dann glaubte er, in der Badewanne zu liegen, das Wasser abgelassen, doch seine Mutter kam nicht, um ihn abzutrocknen. Dann wieder wähnte er sich im Kühlraum des Hotelrestaurants, die Tür war hinter ihm ins Schloss gefallen.

Als sich der Schleier vor seinen Augen lichtete sah Adolf, dass er sich in einer Fabrikhalle befand. Durch ein milchiges Glasdach sah er den Sternenhimmel. Dann spürte er, dass er auf einem Holzbrett lag, Splitter stachen in seinen Rücken. Er war unbekleidet und fror. Adolf versuchte sich aufzurichten, Lederriemen hielten ihn zurück. Wie komme ich hierher, was mache ich hier?

Das Quietschen einer Eisentür. Schritte, die sich ihm näherten. Adolf wandte den Kopf.

»Ah, man ist erwacht! Ausgeschlafen, Herr Direktor? Das trifft sich gut, denn sonst hätten wir Sie wecken müssen. Sehen Sie, wir haben eigens einen Eimer Wasser mitgebracht ...«

Adolf sah den Mann an, der zu ihm herantrat. Schwarzer Anzug, Hut – wie aus einem der Ganovenfilme, die gerade in den Kinos beliebt waren.

»Aber wenn wir das Wasser schon hierher geschleppt haben, dann sollten wir es auch gebrauchen, oder?«, sagte der andere.

Adolf sah den zweiten Mann an, der kleiner aber ähnlich gekleidet war, nur dass er statt eines Hutes eine graue Schirmmütze trug und Adolf umgehend ins Gesicht schlug. »Du hast mich nicht anzuglotzen, das mal gleich vorweg!«, sagte er und goss das Wasser über Adolf aus. Es war eiskalt, Adolf hatte das Gefühl, sich nie mehr bewegen zu können.

»Also«, sagte nun der Große, der eine sonore, angenehme Stimme hatte, »wir möchten Sie einige Dinge fragen und hoffen auf Ihre Kooperation, Herr Direktor. Können wir davon ausgehen?«

Als Adolf nicht sofort antwortete, schlug der andere ihm erneut ins Gesicht. »Mach ihn hoch!«, sagte er heiser.

»Jetzt schon?«

»Wann denn sonst? Wir haben nicht ewig Zeit, meine Frau hat heute Abend noch Pläne mit mir.«

Der Große ergriff ein Tau und zog daran. Das Brett, auf dem Adolf angeschnallt lag, bewegte sich von der Horizontalen in die Senkrechte. Adolf wurde übel, er schloss die Augen.

»Geschlafen wird jetzt nicht!«, sagte der Kleine und schlug erneut zu. »Wir möchten einige Dinge in Erfahrung bringen, deshalb sind wie hier versammelt, wir drei Hübschen.« Er lachte, als hätte er einen großartigen Witz gemacht. Dann wurde er abrupt ernst: »Wir interessieren uns für das Judenpack, das in deinem sogenannten Hotel ein- und ausgeht und das wohl eher eine Sammelstelle für Volksfeinde ist. Wir wollen wissen, wer da alles kommt und geht.«

Adolf spürte, dass sich Blut in seinem Mund angesammelt hatte und spuckte es aus, ehe er fragte: »Wer will das wissen? Sind Sie von der Partei?«

»Welche Partei?«, bellte der Kleine und wollte erneut zuschlagen. Der andere hielt seinen Arm fest. »Langsam!«, sagte er. »Die Frage ist ja durchaus berechtigt. Es ist so, Herr Direktor: Die Partei gibt sich nicht mit Gesindel wie Ihnen ab. Sie hat Wichtigeres zu tun. Dafür hat sie uns, wir sind sozusagen freie Mitarbeiter und kümmern uns um so etwas wie Sie. Wir können das gut. Deshalb werden wir damit beauftragt und gut bezahlt. Kommt aber aufs selbe raus: Die Partei erfährt am Ende alles. Worum es geht: Der jüdische Untergrund, Sie wissen schon, Herr Direktor, diese Volksverräter, die bei Ihnen verkehren, mit denen Sie zusammenarbeiten und die Sie außer Landes bringen. So wie heute Nachmittag. Die interessieren uns vorrangig.«

Als er Adolfs entsetzten Blick bemerkte, lachte er jovial und fuhr fort: »Lieber Herr Direktor, wir wissen über alles Bescheid! Auch darüber, wen Sie da heute versucht haben, außer Landes zu bringen. Wir haben Sie gewähren lassen, das macht gar nichts. Die drei kommen bis Cuxhaven, dort sammelt die Wasserschutzpolizei sie ein, und ruckzuck sind sie wieder hier. Es ging uns heute darum, Sie auf frischer Tat zu ertappen, Herr Direktor. Und außerdem möchten wir all diese Dinge aus Ihrem eigenen Mund hören, fürs Protokoll sozusagen. Das können Sie doch sicherlich verstehen ...«

»Du ahnst gar nicht, wie recht mein Kollege hat«, sagte der Kleine jetzt und packte Adolfs Kopf, drehte ihn nach rechts, sodass sein Blick auf einen Tisch fiel, der neben dem Brett stand. »Aus deinem eigenen Mund möchten wir's hören ...«

Sägen, Bohrer, Nägel, Zangen, Lötkolben und Schraubzwingen lagen dort bereit. »Ja, guck dir alles in Ruhe an«, sagte der Kleine, »alles für dich ...!« Er lachte schrill und zündete sich eine Zigarette an.

Adolfs Blick glitt über den Tisch mit den Werkzeugen hinweg durch ein Fenster auf ein großes, hell erleuchtetes Gebäude, vor dem ein Unfallwagen mit Blaulicht hielt. Das Hafenkrankenhaus!, dachte Adolf, ich bin in der Nähe des Hafenkrankenhauses! Wie lange ist es her, dass ich Horacio dorthin gebracht habe? Er glaubte, die Stimme seines Vaters zu hören, nur mehr ein Flüstern: »Wenn's ein Mädchen wird, nennt es Josephine ...« Adolf sah das Gesicht seiner Mutter, die sich über ihren Mann beugte, als er seinen letzten Atemzug tat. Dann hörte er, wie der Kleine geräuschvoll eines der Werkzeuge zur Hand nahm. »Ich lass' Sie dann mal eine Weile mit meinem Kollegen allein, Herr Direktor«, sagte der andere und wandte sich zum Gehen. Adolf schloss die Augen und sah erneut das totenbleiche Gesicht seines Vaters vor sich.

»Es werden die dunkelsten aller Zeiten«

Der Trauerzug, der Horacios Leichnam folgte, war fast so lang wie die Linné-Allee, die Hauptachse des Ohlsdorfer Friedhofs. Die Rhododendren, die die Straße säumten, standen in voller Blüte, der Duft der Azaleen, die dazwischen gepflanzt waren, hing schwer in der Luft, wurde nur überlagert von den Ausdünstungen der vier Pferde, die das Fuhrwerk mit dem Sarg zogen: riesige Friesen mit Fellpuscheln über den Hufen, als hätte man ihnen Stulpenstrümpfe angezogen.

Am Haupttor setzte sich der Zug in Bewegung und schritt die zwei Kilometer bis zur Kapelle 13, wo die Trauerfeier stattfinden sollte – die größte Kapelle dieses riesigen Parkfriedhofs. Der Bestattungsunternehmer hatte Adolf seine neue *Horch*-Limousine angeboten, auf Drängen Agathas hatte man sich jedoch für das Pferdefuhrwerk entschieden. »Hinter einem stinkenden Auspuff werde ich nicht gehen!«, hatte sie klargestellt. »Dann musst du auf meine Anwesenheit verzichten.«

Also wurden die Pferde angespannt. Hin und wieder stockte der Zug, wenn Angestellte des Bestattungsunternehmens mit Besen und Schaufeln auf die Straße sprangen, um frische dampfende Pferdeäpfel zu beseitigen. Agatha, untergehakt von Adolf und Thea hinter dem Fuhrwerk gehend, blieb dann stehen und sah interessiert zu. Hinter ihnen schritten die Angestellten des Hotels sowie enge Freunde der Familie, dann folgten die Honoratioren der Stadt.

Als man die Kapelle erreichte, die große Flügeltür geöffnet wurde und die Gäste den Andachtsraum betraten, tönte ihnen Musik entgegen, die viele entsetzt die Augen aufreißen ließen: Aus einem Grammophon erklang Duke Ellingtons *Black and Tan Phantasie*, das Musikstück, auf das Adolf und Agatha sich nach langem Hin und Her geeinigt hatten, denn eigentlich hatte Adolf

Josephine Bakers *Ne me quite pas!* eingeplant. »Nur ein Ton von dieser Person, und du hast die längste Zeit eine Mutter gehabt!«, hatte Agatha gezischt und sich mit dieser Drohung durchgesetzt.

Während die Familie Platz nahm und die nachfolgenden Trauergäste in den Raum drängten, wurden erste Empörungsrufe laut. »Negermusik!« – »Sind wir hier bei den Hottentotten?« – »Wenn das der Führer wüsste ...!« Es waren hanseatische Würdenträger – Abgeordnete, Staatsräte, Notare, Anwälte – mit Hakenkreuz-Armbinden, die seit der letzten Bürgerschaftswahl Aufwind verspürten und die zahlreich erschienen waren, hatte ihre Partei es sich doch angewöhnt, auswärtige Parteifreunde im *Savoy* einzuquartieren, da dessen Küche als die beste der Stadt galt. Sie hatten das *Savoy* zu ihrem Stammlokal gemacht, und Horatios Beerdigung beizuwohnen war das Mindeste was sie tun konnten, um ihm die Ehre erweisen.

Die nach ihnen in die Kapelle drängenden Mitglieder des »Vereins der freien Künste«, die von Horacio Lembach seit vielen Jahren großzügig unterstützt worden waren, reagierten prompt. »Nazis raus!«, skandierten sie. Als eine kleine Gruppe von ihnen begann, die *Internationale* anzustimmen und erste Hakenkreuzträger daraufhin handgreiflich wurden, sackte Thea auf ihrem Stuhl zusammen. Sie stöhnte, hielt ihren Bauch und krümmte sich. Zwei Sanitäter, die unauffällig an der Seite der Kapelle gestanden hatten, sprangen herbei und fingen sie auf, als sie zu Boden sank.

Als sie die kreidebleiche Hochschwangere langsam aus der Kapelle führten, bildeten die streitenden Parteien schweigend eine Gasse. Kaum war sie draußen, verstummte das quäkende Grammophon, der Redner trat hinter das Pult und hieß die Trauergäste willkommen. Seiner Rede, die Horacios Lebenswerk, sein soziales Engagement und seine Förderung der schönen Künste rühmte, konnten jedoch nur die Gäste in den ersten Reihen folgen, denn der Lärm der nun immer wütender aufeinander losgehenden Parteien übertönte ihn mühelos.

Die Zeitungsberichte des nächsten Tages über den »Friedhofs-Skandal« enthielt Adolf seiner Frau vor, denn der Arzt hatte empfohlen, jede Aufregung von Thea fernzuhalten. Adolf hielt sich daran – auch was den Besuch von Baudirektor Seyboldt zwei Wochen später betraf.

Dr. Hubertus Seyboldt erschien ohne die rote Armbinde im *Savoy*, dennoch kannte Adolf die politische Neuorientierung des alten Weggefährten der Familie, der bislang der Zentrumspartei nahe gestanden hatte. Seyboldt und Horacio Lembach waren beide Mitglieder des Fußballklubs Altona 93 gewesen, der Politiker hatte Horatio mit wertvollen Tipps bei Umbauten des Hotels geholfen, eine Menge Geld zu sparen.

»Hören Sie, Adolf – ich darf Sie doch bei Ihrem Vornamen nennen? –«, eröffnete er das Gespräch, als sie sich in Horatios Büro gegenüber saßen, in dem nun Adolf residierte, »ich bin der Letzte, der die Meinung anderer Menschen geringschätzt, ich denke, das wissen Sie. Aber Sie sollten zur Kenntnis nehmen, dass eine völlig neue Zeit auf uns alle zukommt, eine Zeit des Aufbruchs, auf den Deutschland seit Langem sehnsüchtig wartet! Dieser Mann ist ein Messias!« Seyboldt nannte den Namen nicht, aber es war klar, wen er meinte. »Lachen Sie mich ruhig aus: Er ist der Messias!«

Adolf lachte nicht, aber er verzog auch sonst keine Miene, sondern blickte konzentriert auf die Glut seiner Zigarre. »Ich weiß, ich weiß«, fuhr Seyboldt fort, »sein öffentliches Auftreten wirkt manchmal gewöhnungsbedürftig – aber das, wofür er steht, ist es erst recht! Denn er steht für ein neues Deutschland, das sich vor niemandem mehr zu verstecken und das sich bei niemandem mehr für irgendetwas zu entschuldigen braucht. Dieser Mann kommt genau im richtigen Moment, er wird verhindern, dass unser Vaterland im Chaos versinkt. Und deshalb«, er sah Adolf jetzt eindringlich an, der seine Augen immer noch gesenkt hielt, »sollten Sie alles dafür tun, dass solcher Pöbel, wie wir ihn auf der Trauerfeier Ihres seligen Herrn Vaters erleben mussten, künftig von Ihnen und Ihrer Familie fernbleibt. Solche Leute – Kommunisten, verkrachte Künstler, Homosexuelle, von den Juden gar nicht zu reden – haben in diesem ehrwürdigen Haus, das Ihr Vater aufgebaut hat, nichts verloren! Das sage ich Ihnen als Freund und Vereinskamerad Ihres Vaters, der nur das Beste für Sie und Ihre Familie wünscht. In diesem Zusammenhang: Die besten Wünsche für die Frau Gemahlin!« Er hob sein Glas und wartete darauf, dass Adolf es ihm gleichtat. Als dies nicht geschah, leerte er es in einem Zug, erhob sich und schickte sich an, den Raum zu verlassen. Vor der Tür blieb er kurz stehen und sagte ohne sich umzudrehen: »Heil Hitler!« Es war das erste Mal, dass Adolf diesen Gruß im *Savoy* hörte. Es sollte nicht das letzte Mal sein.

Thea brachte das Kind im Hotel zur Welt. Sie hatte es abgelehnt, in ein Krankenhaus zu gehen mit der Begründung, eine Geburt sei keine Krankheit. Sie duldete nur die Hebamme in ihrer Nähe, die sie schon während der letzten Wochen betreut hatte. Adolf ließ nicht locker in seinem Bemühen, Thea doch noch von einer Hausgeburt abzubringen, bis Agatha ihm eines Abends über den Mund fuhr: »Was denkst du eigentlich, wo du zur Welt gekommen bist?«, fragte sie.

Adolf sah seine Mutter verblüfft an. »Kannst ja mal in deiner Geburtsurkunde nachlesen«, sagte Agatha und setzte sich zu Thea ans Bett. »Und nun lass uns allein …«

Als Adolf Zeit fand, in den Familienunterlagen nach seiner Geburtsurkunde zu suchen und diese tatsächlich fand, musste er zweimal hinsehen, ehe er begriff, was da stand: »Geboren am 11. Juli 1904 im *Blauen Kakadu*.« Adolf wusste: Den gab es heute noch – eine Spelunke, in der Matrosen aus aller Welt mithilfe freundlicher Damen für kurze Zeit den harten Alltag auf See vergessen durften.

Thea brachte ihr Kind um vier Uhr morgens zur Welt. Es war eine schnelle und leichte Geburt. Das Kind hätte wohl so rasch wie möglich das Licht der Welt erblicken wollen, meinte die Hebamme, als sie Adolf, der im Nebenzimmer gewartet hatte, hereinrief. Es lag neben Thea und blickte schweigend mit weit geöffneten Augen ihren Vater an. »Ein Mädchen«, erklärte die Hebamme, und Thea und Adolf sagten wie aus einem Mund: »Josephine.«

Später, als Josephine in Adolfs Armen schlief, schreckte Thea ihren verzückten Mann mit den Worten auf: »Warum JETZT? Warum tun wir ihr das an?«

»Was meinst du? Wovon redest du?«

»Er hat es dir doch erklärt, dieser Baudirektor: Die neuen Zeiten! Ja, sie werden kommen, ganz gewiss. Aber nicht so, wie er es erwartet.«

»Sondern?«

»Es werden die dunkelsten Zeiten, die es jemals gab. Vor allem für Leute wie uns.«

»Ich kann dir nicht folgen ...«

»Du weißt aber schon noch, dass du mit einer Halbjüdin verheiratet bist? Oder hast du das vergessen?«

»Vergessen habe ich es nicht, aber meistens denke ich nicht daran. Es ist doch gänzlich unwichtig.«

»Für die aber nicht! Wenn die erstmal am Ruder sind, dann werden sie nicht mehr nur darüber reden, dann werden sie handeln.«

»Sie werden aber nicht ans Ruder kommen, das verspreche ich dir!« Er strich Josephine über den Kopf: »Und dir verspreche ich es auch.«

Er legte das Kind in Theas Arm zurück und sagte: »Ihr zwei solltet jetzt schlafen und euch keine Sorgen machen ...«

Drei Jahre später, an Josephines drittem Geburtstag, waren sie dann doch am Ruder.

»Wir wollen nur ein paar Namen von Ihnen«

Der Kleine wartete, bis die Schritte seines Partners verhallt waren, dann nahm er nacheinander einige der Werkzeuge zur Hand, die auf dem Tisch lagen. »Tja, womit anfangen? Das ist immer die große Frage«, sagte er bedächtig. »Man will nicht gleich sein ganzes Pulver verschießen, aber auch nicht allzu zaghaft beginnen. Ich glaube«, er ergriff eine Rohrzange, »die hier ist ganz gut für den Beginn.« Adolf, nackt angeschnallt auf dem Holzbrett, beobachtete durch die fast geschlossenen Augenlider, wie er langsam um ihn herumging, bei seinen Füßen stehen blieb und dann blitzschnell die Zange wie eine Schlange auf den großen Zeh seines rechten Fußes herabstoßen ließ. Das Eisen umfasste das obere Glied des Zehs und wurde fest zusammengepresst. Adolf riss die Augen auf, hielt den Atem an und stieß, als der Schmerz immer stärker wurde, ein so lautes Brüllen aus, dass er selbst darüber erschrak. Der Kleine stand regungslos vor seinen Füßen und drückte weiter zu. Der Schrei ging in ein heiseres Stöhnen über, das zu einem Röcheln wurde, dann zu einem langgezogenen Wimmern. Alle Versuche, den Fuß der Zange zu entziehen, scheiterten an den Lederriemen, die eng um seine Knöchel geschnürt waren.

Die Stimme des anderen Mannes, der zurückgekehrt war, ertönte neben Adolf. »Ja, er hat Stehvermögen, der alte Haudegen!«, sagte er. »Wenn es sein muss, kann er die Zange stundenlang zudrücken. Das muss man sich mal vorstellen, Herr Direktor – stundenlang!«

Adolf antwortete nicht. Selbst wenn er gewollt hätte, wäre kein verständliches Wort aus seinem Mund gekommen. Er wand sich und zerrte vergeblich an den Riemen. Der Große legte eine Hand auf seine nackte Schulter. »Entspannen Sie sich«, sagte er, »wir wollen nur ein paar Namen von Ihnen. Ich frage Sie jetzt mal zum Beispiel: Wie heißt die Tochter dieser netten Familie, die Sie vorhin zum Schiff begleitet haben?« Die Zange wurde noch etwas fester zusammengepresst und dann plötzlich losgelassen. Adolf atmete schwer, versuchte Worte zu artikulieren. Als der Schmerz ein wenig nachließ, gelang es ihm. »Lea«, flüsterte er. Wieder kniff die Zange zu. »Wie bitte?«, fragte der Lange. »Ich kann Sie nicht verstehen. Etwas lauter bitte!« Die Zange löste sich wieder. »Lea«, sagte Adolf.

»Richtig!«, rief der Mann in gespielter Begeisterung. »So heißt das schöne Kind. Sie ist 16 Jahre alt und besucht die Talmud-Thora-Schule, nicht wahr? Genauer gesagt: Sie besuchte sie bis vor kurzem. Jetzt ist sie ja gerade auf dem Weg die Elbe hinunter, und morgen wird sie wieder bei uns sein – zusammen mit ihren Eltern. Dann werden wir uns auch mit ihnen ein wenig unterhalten müssen. Aber das Wichtigste ist: Sie, Herr Direktor, sind bereit, uns die Wahrheit zu sagen. Das sind Sie doch, nicht wahr?«

Adolf nickte. »Andernfalls würden wir das sofort merken, oder?«, fragte er an seinen Partner gewandt. »Wir wissen nämlich ohnehin schon alles, wir möchten es nur noch mal aus Ihrem Mund hören. Persönlich vom Herrn Direktor sozusagen.«

Der Kleine löste die Zange von Adolfs Zeh und trat an den Tisch mit den Werkzeugen. »Und nun zu einem anderen Thema«, sagte der Große. »Wer sind eigentlich die Leute, die da neuerdings nachts bei Ihnen auftauchen, durch den Hintereingang das Hotel betreten und irgendwann wieder verschwinden? Einer von denen heißt glaube ich Ludovic – oder so ähnlich? Korrigieren Sie mich, ich kenne mich mit fremdländischen Namen nicht so gut aus, will ich auch gar nicht. Also: Wie heißt der Mann genau?« Zu seinem Partner gewandt sagte er. »Jetzt leg mal die Zange weg und nimm etwas anderes, wozu haben wir das denn alles hergeschleppt?« Dann entfernte er sich wieder.

Der Kleine nahm in jede Hand einen Hammer und wog sie gegeneinander ab. »Ich glaube, der kleine soll es sein«, sagte er.

»Der ist zwar leichter, aber zielgenauer. Ja, ich nehm' heute mal den kleinen.« Und in der nächsten Sekunde krachte der Hammer auf Adolfs Daumen. Er sog scharf die Luft ein, dann fiel der Hammer in blitzschneller Folge auf die vier anderen Finger seiner Hand. Adolf wurde schwarz vor Augen.

»Es wird nicht beim Bartabschneiden bleiben«

Levi Ludovic war ein Star. In jeder Schulklasse gibt es so einen wie ihn: Einer, der immer etwas früher als die anderen weiß, welche Mode gerade im Kommen ist, welche Schlager man hört, wie man sich die Haare kämmt, ob man das Hemd über der Hose trägt oder unter den Gürtel stopft, ob man weiße Socken trägt oder gar keine Strümpfe. Lelu, wie er genannt wurde, war so einer. In einer Schule wie dem Jungengymnasium auf der Uhlenhorst war so etwas besonders wichtig. Außerdem war er sportlich – Schlagmann im Ruder-Achter der Schulmannschaft –, und er konnte etwas, was kein anderer konnte: Er zeichnete wie ein Gott. Aus dem Handgelenk gelangen ihm perfekte Karikaturen des gesamten Lehrkörpers sowie naturgetreue Wiedergaben anderer Körper, die bei den halbwüchsigen Jungen hoch im Kurs standen: nackte Frauen. Großzügig verschenkte er diese Kunstwerke an seine Günstlinge.

Aber nicht aus diesem Grund war Lelu Adolf Lembachs bester Freund. Levi Ludovic begeisterte sich ebenso wie Adolf für die Antike. Im Geschichtsunterricht überboten sie sich mit ihrem Wissen über die Architektur und Bauten der Griechen und Römer. An den Nachmittagen, wenn Lelu Adolf im *Savoy* besuchte, saßen sie zusammen an Adolfs Schreibtisch und Lelu entwarf Häuser: Riesige Paläste, herrliche Innenhöfe, imposante Freitreppen und von Säulen eingefasste Foyers. Mehrmals zeigte Adolf seinem Vater Lelus Entwürfe und sagte: »Stell dir vor, unser Hotelfoyer würde so aussehen – die Leute würden tot umfallen vor Begeisterung. Sowas hat noch niemand gesehen.«

»Was soll ich mit toten Gästen«, hatte Horacio geantwortet, dann aber doch die eine oder andere Zeichnung bei sich behalten.

Levi studierte dann Architektur, Adolf lernte Hotelkaufmann und studierte Betriebswirtschaft. Als er nach Horacios Tod die

Leitung des Hauses übernahm, kam Lelu fast jeden Abend ins Hotel, zusammen mit Adolf und Thea diskutierten sie Ideen, das *Savoy* zu modernisieren. Als Deutschland die Ausrichtung der Olympischen Spiele 1936 zugesprochen bekam, war klar, was die Stunde geschlagen hatte: Das *Savoy* sollte sich den Gästen aus aller Welt von seiner besten Seite zeigen.

Levi Ludovic erhielt den Auftrag, die Foyers, die Gesellschaftsräume, die Restaurants sowie die Bibliothek neu zu gestalten. Nächtelang saßen er und Adolf zusammen, die Wände seines Büros waren gepflastert mit Entwürfen. Am Morgen nach solchen Sitzungen lagen stapelweise Papierbögen mit verworfenen Skizzen am Boden, sehr zu Josephines Freude, die – inzwischen fünf Jahre alt und begeisterte Malerin – mit ihren Buntstiften die Blätter ausmalen durfte. Sie lag dann bäuchlings auf dem Boden im Büro ihres Vaters und malte Stunde um Stunde, während Ingenieure, Statiker und Handwerker kamen und gingen, um mit Adolf die Einzelheiten der Bauarbeiten zu besprechen.

Nach einem Jahr Bauzeit, für die Adolf sich bis zur Schmerzgrenze bei seiner Hausbank verschuldete, wurde das umgebaute *Savoy* einen Monat vor Eröffnung der Olympischen Spiele eingeweiht. Es schlug ein wie eine Bombe, die Presse erging sich in Lobeshymnen, die Zimmerreservierung schaffte es kaum, die vielen Buchungen für die nächsten Monate entgegenzunehmen. Das Haus war ausgebucht, Adolf konnte die Preise anheben, wie er wollte – die Gäste waren nur noch versessener darauf, im *Savoy* abzusteigen. Die »European Architect Society« (EAC) verlieh Levi Ludovic im Dezember 1936 in Genf die Silbermedaille für den gelungensten HotelUmbau des Jahres.

Der klassizistische Stil, die Großzügigkeit, die verschwenderische Verwendung von Marmor gefiel auch den neuen Machthabern. »Speer hätte das kaum besser machen können«, befand Dr. Seyboldt, der mittlerweile zum Oberbaurat aufgestiegen war, bei einem Besuch. Er und seine Parteigenossen quartierten oft und gern ihre auswärtigen Gäste im *Savoy* ein, Seyboldt war zum

Stammgast des Hotelrestaurants geworden. Diesmal jedoch kam er privat und ohne Ankündigung. »Nein wirklich – ein ganz großer Wurf!«, sagte er und breitete die Arme aus, als wolle er das Hotel an seine Brust drücken. Dann beugte er sich vor und fügte leise hinzu: »Aber warum dieser Ludovic? Ein arischer Architekt hätte das auch gekonnt. Schließlich sind es Ihre Ideen, mein lieber Adolf – Ihre Ideen!«

Adolf sah sein Gegenüber empört an. »Wie kommen Sie darauf? Ich bin nur der Bauherr, die Ideen stammen samt und sonders von Levi …!«

Seyboldt lehnte sich weit zurück, als habe Adolf Mundgeruch und verzog das Gesicht. »Der Name, mein Lieber, allein dieser Name! Wie können sie den so beiläufig im Mund führen? Jüdischer kann man ja wohl nicht heißen. Einfach abstoßend! Also nochmal: Warum ein Volksfeind? Was haben Sie sich dabei gedacht?«

Der scharfe Ton, den Seyboldt plötzlich anschlug, traf Adolf unvorbereitet. »Wieso gedacht?«, fragte er zögernd. »Er heißt nun mal so! Und Jude ist er auch, ja. Aber sehen Sie doch, was er hier geschaffen hat – die ganze Welt ist begeistert …!«

»Seien Sie froh, dass wir hier unter uns sind und ich ein Freund der Familie bin. Die Menschen draußen im Land wären nicht so geduldig mit Ihnen wie ich. Ein Jude hat etwas geschaffen, sagen Sie? Juden stehlen, klauen, entwenden! Und am liebsten die Ideen anderer. So sieht es aus! Und zu diesem Thema noch etwas …«

Seyboldt stand auf und trat hinter Adolf. »Ihre Frau, mein Lieber. Ja, ich weiß – priviligierte Mischehe. Halbjüdin. Noch lässt der Führer so etwas durchgehen. Aber Sie haben sicherlich gehört, dass die Partei allen Ariern empfiehlt, sich von ihren jüdischen Partnern zu trennen. Scheidung zum Schutz des deutschen Blutes – etwas Ehrenvolleres gibt es kaum! Noch steht jedem diese Möglichkeit offen, es freiwillig zu tun – aber nicht mehr lange.«

Seyboldt legte eine Hand auf Adolfs Schulter. »Denken Sie darüber nach. Es wäre auch zum Vorteil Ihrer entzückenden kleinen Tochter. Eine Halbjüdin als Mutter – das hat keinen guten Beigeschmack. Einen sehr schlechten sogar, wenn Sie mich fragen.«

Langsam schritt er zur Tür. »Das war nur eine Empfehlung. Aber das mit dem Architekten, das ist keine Empfehlung: Ich erwarte von Ihnen, dass Sie diesen Namen umgehend entfernen! Aus allen Unterlagen und Dokumenten. Ich wünsche, dass Sie diesen Namen in der Öffentlichkeit nicht mehr im Munde führen!«

Vor der Tür blieb er stehen und sah sich zu Adolf um. »Es wäre ein Leichtes für mich, in Ihrem Hotel Dutzende von Verstößen gegen die Bauordnung festzustellen. Eine vorübergehende oder auch dauerhafte Schließung des Hauses« – er schnippte mit den Fingern – »ist die einfachste Übung für mich. Ich brauche nur so zu machen.« Er schnippte noch einmal, dann öffnete er die Tür und ließ einen konsternierten Adolf Lembach zurück.

Adolfs Überraschung war noch größer, als er am nächsten Tag seinen Freund aufsuchte, um ihm von Seyboldts Besuch zu berichten, und Levi ihm eröffnete: »Wir hauen ab, wir verlassen Deutschland. Man hat meinen Sohn in der Schule verprügelt, und die Lehrer haben dabei zugesehen. Und seinem Talmud-Lehrer haben sie den Bart abgeschnitten. SA-Leute. Kamen einfach rein in die Synagoge, ergriffen ihn und haben ihm den Bart abgeschnitten. Wir gehen alle.«

»Wie – alle?«

»Meine Eltern, meine Schwiegereltern, meine Frau, unsere beiden Kinder. Und meine Großmutter. Sie kann zwar nicht mehr laufen, aber irgendwie muss es gehen. Wir haben die Schiffspassage bereits gebucht!«

»Aber – warum so überstürzt?«

»Was ist denn daran überstürzt? Sie wollen uns fertig machen. Das ist kein Gerede mehr, sie machen Ernst. Und es wird nicht beim Bartabschneiden bleiben, in Kürze schneiden sie auch Köpfe ab …«

Adolf wurde kreidebleich. »Aber Lelu – das ist doch unvorstellbar! Wir sind ein zivilisiertes Land, hier leben zivilisierte Menschen. Die werden diese Wahnsinnigen über kurz oder lang zum Teufel jagen.«

»Wer – du zum Bespiel?«

Adolf war verblüfft. »Ja, ich weiß nicht, vielleicht …«, stammelte er.

Levi fasste Adolf freundschaftlich bei den Schultern und schüttelte ihn leicht: »Siehst du? Wenn selbst einem so anständigen und weltoffenen Menschen wie dir nicht mehr zu diesem Thema einfällt – was erwartest du dann von den anderen? Glaub mir: Niemand wird uns beschützen. Wir müssen uns selbst helfen. Übermorgen geht das Schiff, noch lassen sie uns unbehelligt ausreisen.«

Thea sah Adolf lange an, als er ihr am Abend vom Vorhaben der Familie Ludovic erzählte. Immer wieder schüttelte sie fassungslos den Kopf. »Was ist denn?«, fragte Adolf, »was schaust du mich so entgeistert an?«

»Ich kann nicht fassen, dass du dich darüber wunderst!«, erklärte Thea. »Glaubst du, dass wir hier in zwei oder drei Jahren noch so zusammenleben können wie heute? Das werden wir natürlich nicht! Sie werden es nicht zulassen, sie fangen doch jetzt schon an, von der Reinhaltung des deutschen Blutes zu faseln. Und Ehen wie unsere sind für sie das Gift, das dieses Blut verunreinigt. Du und ich – wir vergiften das großartige deutsche Erbgut! Vor allem ich …«

Sie begann zu weinen. Hilflos stand Adolf vor ihr, schnappte nach Luft und ruderte ziellos mit den Armen, als Agatha hereinkam. Sie erfasste sofort die Situation, setzte sich neben Thea und legte einen Arm um ihre Schwiegertochter.

»Ich wundere mich, dass es erst jetzt so weit ist. Und ihr habt zuvor noch nie darüber gesprochen …?«, fragte sie, nachdem Thea ihr schluchzend berichtet hatte.

Adolf schüttelte ratlos den Kopf, Thea antwortete: »Er hat immer so lange zu arbeiten – das Hotel, der Umbau, der ganze

Trubel! Es war nie der passende Augenblick dafür. Wenn wir mit Freunden zusammen sind – ja, dann wird darüber geredet. Die meisten gehen davon aus, dass der Spuk bald ein Ende haben wird, so schlimm wird es schon nicht werden, sagen sie. Und außerdem: Man könne doch hier nicht alles aufgeben.«

»Aber jetzt …«, sagte Agatha.

»… aber jetzt stehen Entscheidungen an«, fiel ihr Thea ins Wort. »Und sein Freund Lelu hat seine bereits getroffen.«

»Der böse Geist vom Pinnasberg«

Verschwommen sah Adolf die Konturen des Mannes mit dem Hammer neben sich, der sich jetzt über ihn beugte. »Da bist du ja wieder, Direktorchen!«, sagte er und tätschelte ihm die Wange. »Ich dachte schon, ich muss hier ewig warten, bis du mir erzählst, wer da letzten Sonntag mitten in der Nacht dein Hotel durch den Hintereingang verlassen hat. War das nicht zufällig der liebe Lelu, das kleine Judenferkel?«

»Wer?«, fragte Adolf schwach.

Erneut ergoss sich ein Eimer kaltes Wasser über ihn, den der Große gebracht hatte. »Nun machen Sie es sich und uns doch nicht so schwer! Wir wollen nur von Ihnen persönlich hören, dass dieser Kerl, der damals mit seiner Sippe getürmt ist, heimlich zurück ins Land gekommen ist, um hier mit anderen Juden Sabotageakte zu verüben. Und dass er mit einer Tasche voll Geld das Hotel verlassen hat. Wie viel haben Sie ihm gegeben, Herr Direktor?«

»Etwa 10.000«, flüsterte Adolf.

»Genauer bitte!«, forderte der Kleine, und der Hammer traf den Daumen der anderen Hand.

»Lass gut sein!«, sagte der Hutträger. »Auf die Mark genau kommt es jetzt nicht an. Wir haben ihn ja geschnappt, er wird es uns noch genau mitteilen.«

Adolf riss die Augen auf und versuchte sich aufzurichten. »Ja, da machen Sie große Augen, was?«, sagte der Mann. »Ich muss mich doch sehr wundern: Sie können doch nicht im Ernst angenommen haben, dass wir uns so einen Fang durch die Lappen gehen lassen? Wir haben ihn schon seit Wochen observiert, und seine kriminellen Kumpane auch. Was glauben diese Leute eigentlich? Dass sie uns mit ihren lächerlichen Anschlägen aufhalten können? Was bilden diese kleinen Ratten sich ein?!«

Der Hammer sauste auf Adolfs Mittelfinger. Er presste die Lippen zusammen, um erneutes Schreien zu unterdrücken. »Was für ein Dämlack!«, sagte der Kleine. »Warum will er bloß nicht mit uns reden …?«

Ein erneuter Schwall kalten Wassers ergoss sich über Adolf, der am ganzen Leib zitterte. »Stimmt es eigentlich, dass Zitteraale elektrisch sind?«, hörte er den Kleinen sagen. »Ob Zittermenschen auch elektrisch sind? Vielleicht sollten wir ihn besser nicht mehr anfassen, sonst kriegen wir noch einen Stromschlag!« Er lachte wiehernd und bekam dann einen Hustenanfall. »Gib mir mal 'ne Zigarette«, sagte er und blies den Rauch über Adolfs Gesicht. »Das verleiht ihm etwas Geheimnisvolles, findest du nicht auch?«, fragte er. »Der böse Geist vom Pinnasberg …« Erneut schüttelte ihn hysterisches Gelächter.

»Hör auf mit dem Gequatsche, Kindskopf!«, fuhr ihn der Größere an. »Wir müssen noch mit ihm über seine Frau reden. Ich geh jetzt mal ne Weile raus, und du bittest ihn, uns zu erzählen, wohin die eigentlich gefahren ist, als sie abhaute. Und vor allem: wo sie jetzt ist …«

»Sie will die Zeit auskosten, die ihr noch bleibt«

Theas Abreise nach der »Reichskristallnacht« vom November 1938 war für sie nur eine Frage der Zeit gewesen. Der einzige Grund, weshalb sie es immer wieder hinauszögerte, war Josephine. »Sie liebt dieses Kind abgöttisch«, sagte Agatha am Abend nach der Feier zu Josies achtem Geburtsgag zu Adolf. »Sie kann ihre Hände nicht von ihr lassen, und ihre Augen auch nicht. Am liebsten würde sie sie ständig an sich drücken …«

»So sind Mütter«, sagte Adolf halbherzig.

»Was weißt du denn davon?«, erwiderte Agatha. »Soll ich dir sagen, was ich denke: Sie will die Zeit, die ihnen noch bleibt, so intensiv auskosten wie möglich.«

Adolf sah sie verständnislos an. »Wieso *noch bleibt*?«, fragte er. »Du sprichst, als hätte eine von den beiden nicht mehr lange zu leben. Sie sind aber kerngesund!«

»Aber sie weiß, dass das nicht mehr lange so sein wird. Familien, in denen jüdisches Blut fließt, werden sehr bald einem tödlichen Virus anheimfallen …«

»Hör mit diesem Unsinn auf!«, fiel Adolf seiner Mutter ins Wort. »Dafür habe ich keine Zeit. Ich muss jetzt diese japanische Wirtschaftsdelegation empfangen, die bei uns einen Kongress abhalten will, und ich muss ihnen die Konferenzräume zeigen. Wenn die sich tatsächlich bei uns einbuchen, wird dies das Rekordjahr des *Savoy*!«

»Unwichtig!«, sagte Agatha. »Das Haus brummt seit Jahren, du machst in einem Monat so viel Umsatz wie dein Vater in einem Jahr nicht. Da kommt es auf ein paar Japaner nicht an …«

Aber Adolf hatte bereits den Raum verlassen. Er atmete tief durch, als er die Zimmertür hinter sich geschlossen hatte, zog seinen Kamm aus der Jackentasche und fuhr sich damit durch das ohnehin perfekt sitzende Haar. Dann straffte er sich und eilte zum Empfang, wo jeden Moment die Delegation erwartet wurde.

Theas endgültige Entscheidung fiel, als sie nach einem Theaterbesuch mit Freunden im *Savoy* bei einem späten Essen zusammensaßen. Das Gespräch drehte sich schon nach wenigen Minuten nur noch um ein Thema: Sind die Nazis ein Witz, ein schlechter Witz – oder vielleicht doch kein Witz? Die Mehrheit vertrat die Meinung, in spätestens einem halben Jahr sei der Spuk vorbei. »Dass sie alle anderen Parteien verboten haben und es keine Wahlen mehr geben soll, das wird sich das deutsche Volk auf Dauer nicht bieten lassen«, erklärte Chaim Münzenberg, »dafür hat man nicht auf den Schlachtfeldern von Verdun seine Söhne verrecken lassen! Da könnten wir gleich den Kaiser aus dem Exil holen … wie geht's dem alten Herrn eigentlich? Man hört, dass Göring sich mit ihm getroffen hat, und ihn überreden wollte, zurückzukehren in sein geliebtes Vaterland.«

Die einzige, die nicht in das allgemeine Gelächter einstimmte, war Thea. »Ich hör' mir das nicht länger an!«, sagte sie und erhob sich, um den Raum zu verlassen. »Ihr gackert hier wie die Martinsgänse, die sich einreden, der Heilige St. Martin habe das Gänseessen abgesagt. Ihr steht bereits fest auf dem Speiseplan! Wir alle, die das arische Blut verunreinigen!«

Später, nachdem die Freunde gegangen waren, saß Adolf an Theas Bett, die mit weit aufgerissenen Augen an die Zimmerdecke starrte und die Hände zu Fäusten geballt hatte. »Ich komme mit dir, Agatha und Josie auch«, sagte Adolf. »Wenn wir gehen, dann als Familie!«

»Du wirst hier gebraucht! In diesem Haus arbeiten über hundert Menschen. Du musst sie schützen, für sie da sein. Du bist mehr als ihr Hoteldirektor, sie vertrauen dir. Du kannst das nicht alles wegwerfen.«

»Aber DICH soll ich wegwerfen?«

»Tust du ja nicht! Ich bin es, die verschwindet. Zumindest bis dieser Spuk ein Ende hat. Aber vorher wird dieses Land durchs Fegefeuer gehen, und dabei wirst du unsere Tochter beschützen, das ist deine wichtigste Aufgabe! Denn ich werde es nicht können …« Sie sah ihn jetzt mit funkelnden Augen an und Adolf begriff, dass es keine Gegenargumente mehr gab.

Drei Tage später reiste Thea ab, unauffällig und mit kleinem Gepäck. Sie müsse zur Kur wegen ihres zu dünnen Blutes, hieß es. Spätestens zu Weihnachten sei sie wieder da.

»Dass ihr euch immer so viel kloppen müsst!«

»Was ist denn so schwer daran, mir zu sagen, in welchen Kurort die Gute gefahren ist!«, sagte der Kleine ungeduldig und zog die Schraube, die den Eisenring um Adolfs Oberschenkel hielt, fester zusammen. »Sie wird dir doch sicherlich Postkarten geschrieben haben, auf denen ein Absender stand!«

Aber Adolf antwortete nicht mehr. Sein Atem ging flach, seine Augen waren nach oben verdreht. »Ich glaube, wir müssen noch Wasser holen«, sagte der Kleine zu seinem Kollegen. Der legte eine Hand auf Adolfs Brust und schüttelte er den Kopf. »Der ist kurz vorm Herzinfarkt«, sagte er. »Für den Moment reicht es. Er hat begriffen, dass er künftig keinen Scheiß mehr macht. Und für unseren Bericht wissen wir mehr als genug. Wir haben unser Geld redlich verdient. Lass ihn uns einpacken.«

Es war zwei Uhr morgens, als der Portier des *Savoy* die schwarze Limousine vorfahren sah. Er überflog die Liste der für diesen Tag erwarteten Gäste und stellte fest, dass niemand fehlte. Verwundert ging er zur Tür, als ihm zwei Männer entgegen kamen, die einen leblosen Körper untergehakt hielten und herein schleppten. »Der Gute scheint einen Unfall gehabt zu haben. Sie sollten schnellstmöglich einen Arzt holen«, sagte einer der beiden, »er sieht nicht gut aus.« Sie ließen Adolf Lembach auf einen Sessel fallen.

»Wo haben Sie ihn gefunden?«

»… lag auf der Straße. Ist wohl irgendwo gegen gelaufen.« Mit diesen Worten verschwanden sie ins Dunkel der Nacht.

Josie sah ihren Vater an folgenden Morgen nicht, als sie sich um halb acht den Schulranzen auf den Rücken schnallte. Doch das beunruhigte sie nicht weiter, denn er war nicht selten bereits in Besprechungen, wenn sie das Hotel verließ, um zur Grundschule am Hansaplatz zu gehen. Sie hatte auch nicht nach ihm gesucht. Sie war noch müde, am Abend zuvor hatte sie bis lange nach der erlaubten Zeit ihren neuen Karl May-Band gelesen, *Old Surehand*. Sie war zwar anfangs enttäuscht gewesen, dass nicht Old Shatterhand im Mittelpunkt stand, sondern dieser andere Trapper, aber der war ihr schnell sympathisch geworden und wurde auch gleich von üblen Burschen in einen Hinterhalt gelockt. Es war schon fast Mitternacht, als ihr die Augen zufielen. Entsprechend unausgeschlafen trabte sie die Lange Reihe entlang, den Ranzen auf dem Rücken, den Turnbeutel in der Hand, ohne nach links und rechts zu sehen.

Im Klassenzimmer wäre sie beinahe wieder eingeschlafen, als sich die Klasse endlich setzen durfte, nachdem sie Dr. Schröder strammstehend mit einem »Heil Hitler« begrüßt hatte. Doch ihre Müdigkeit wurde mit einem Schlag weggewischt, als Dr. Schröder empört rief: »Wer war das?«

Zunächst wusste niemand, was er meinte. Erst als die Kinder seinem Blick folgten, sahen sie es: Das Bild des Führers hing über Kopf! Der ausgestreckte Arm schien den Boden zu berühren und es sah aus, als würde er auf einem Arm Handstand machen.

»Wer war das?«, wiederholte Dr. Schröder schreiend.

Angstvolles Schweigen schlug ihm entgegen, was seine Wut nur noch mehr steigerte. »Wenn ich jetzt nicht bald etwas höre, werdet ihr alle nachsitzen – alle!«, fauchte er.

»Na dann«, sagte Josie und erhob sich zur Wortmeldung von ihrem Stuhl. Aller Augen wandten sich ihr zu, Dr. Schröder trat dicht an sie heran und beugte sich zu ihr herunter. »Du also?«, fragte er lauernd.

»Ich? Nein«, erwiderte Josie, »mit Bilder umhängen kenne ich mich nicht aus. Ich wollte etwas anderes sagen …«

Sie machte eine Pause, während es im Raum so still war wie in einem Beichtstuhl kurz vor einem schockierenden Geständnis. »Ich wollte nur sagen«, fuhr Josie fort, »dass ich nicht glaube, dass der Mann auf dem Bild unser geliebter Führer ist.«

Dr. Schröder schnappte nach Luft. »Und wieso glaubst du das nicht?«, fragte er kaum hörbar.

»Weil ich mir nicht vorstellen kann, dass unser geliebter Führer Handstand auf einem Arm machen kann. Ich weiß, er kann vieles, aber er ist ja kein Artist. Oder doch?«

Dr. Schröders Wutgeschrei und das Klatschen der Ohrfeigen, die Josie trafen, hallten bis auf den Flur hinaus. Die anschließende Befragung Josies im Dienstzimmer des Direktor, die von weiteren Ohrfeigen untermauert wurde, erbrachte jedoch kein Ergebnis im erhofften Sinn: Josie konnte das Bild nicht umgehängt habe, denn sie war als Letzte in die Klasse gekommen, fast zeitgleich mit Dr. Schröder. Trotzdem schickte man sie umgehend nach Hause mit einem Brief, in dem ihr Vater für den nächsten Morgen zu einem Gespräch in die Schule bestellt wurde.

Mit glühenden Wangen, über die noch die Tränen liefen, betrat sie das Hotelfoyer, wo sie auf den Portier traf, der sie in die Arme nahm. »Oh, mein Kleines, es tut mir so leid!«, sagte er. »Du musst jetzt ganz tapfer sein …«

»Bin ich ja!«, erwiderte Josie. »Aber woher wissen Sie …?«

Der Portier betrachtete sie jetzt eingehend und fragte: »Wer hat dir ins Gesicht geschlagen? Was ist passiert?«

»In der Schule war …«

»Da bist du ja!«, hörte Josie im selben Moment ihre Großmutter. »Ein Segen, dass ich dich hier treffe! Leider kannst du jetzt noch nicht zu ihm, der Arzt ist noch drinnen.« Dann stutzte sie und fragte: »Aber wieso bist du nicht in der Schule? Und wie siehst du überhaupt aus?«

»Welcher Arzt? Bei wem?«

Adolf hatte eine Beruhigungsspritze bekommen und schlief bis zum späten Nachmittag, während Josie die ganze Zeit an seinem Bett saß und seine bandagierte Hand hielt. Das Essen, das man ihr gebracht hatte, war noch unberührt, als der Arzt um fünf Uhr nachmittags erneut ins Zimmer kam. »Mach dir keine allzu großen Sorgen, mein Kind«, sagte er. »Er wird wieder. Es ist gut, dass er jetzt so lange schläft. Es sind nicht nur die Verletzungen, er steht auch unter Schock. Da ist Schlaf sehr heilsam. Bist du auch gestürzt?« Josie schüttelte den Kopf.

»Woher hast du die Prellungen im Gesicht?«

»In der Schule …«, sagte sie, ohne den Satz zu Ende zu führen.

»Dass ihr euch auch immer so viel kloppen müsst!«, seufzte er. »Naja, in der Hitlerjugend bekommt ihr genügend Möglichkeit, euch auszutoben und eure Kräfte zu messen. Das ist besser als sich auf dem Schulhof zu prügeln. Bist du schon in der HJ?«

Josie wollte eben antworten, als sie spürte, wie die Hand ihres Vaters sich bewegte. »Er wacht auf!«, flüsterte sie und beugte sich über ihn. »Er möchte etwas sagen …« Adolfs Lippen bewegten sich, aber es kam kein Laut. Josie legte ihren Kopf auf die Bettdecke, die den Körper ihres Vaters bedeckte. »Das ist gut!«, sagte der Arzt. »Am Körper darfst du ihn berühren. Aber fass nicht seine Hände und Füße an, da sind die Verletzungen am schlimmsten. Ich werde jetzt noch mal die Verbände wechseln, gehst du bitte solange raus?«

Josie schüttelte den Kopf.

»Nicht?«

Erneutes Kopfschütteln. »Dann eben nicht«, sagte der Arzt und begann, den dicken Verband von Adolfs rechter Hand zu erntfernen. Die Berührungen schienen Schmerzen zu verursachen, Adolf stöhnte und wandte den Kopf von einer Seite zur anderen. Josie flüsterte immer wieder: »Ich bin ja bei dir …«

Das tat sie auch noch, als der Arzt sich verabschiedete. »Ich komme am späteren Abend noch einmal wieder«, sagte er. »Du bist ein tapferes Kind. Ich habe dir hier ein Attest für deine Schule ausgestellt. Du stehst unter Schock und kannst für mindestens eine Woche nicht am Unterricht teilnehmen, steht da drin. Und: Creme von Zeit zu Zeit seine Lippen ein. Hier ist eine Fettsalbe.« Er reichte Josie eine Tube. »Und wenn ich nachher komme, möchte ich, dass du etwas gegessen hast«. Er deutete auf den Teller mit dem unberührten Mittagessen. »Lass es dir warm machen …«

Josie verbrachte drei Tage am Bett ihres Vaters. Sie registrierte jede seiner Bewegungen und notierte sie akribisch in einem Heft. Wenn Agatha, die jetzt Adolfs Geschäfte wahrnahm, hereinkam, las sie ihr daraus vor. Und jedesmal fragte sie danach ihre Großmutter: »Was war das für ein Unfall? Wo ist er gewesen, so spät in der Nacht?«

»Er hat einen Freund zum Hafen gebracht«, erwiderte Agatha, »aber wo er dann gewesen ist und was mit ihm gemacht wurde, wissen wir nicht. Er hat es uns noch nicht sagen können.«

»Mit ihm gemacht?«, fragte Josie. »Was heißt das? Wer hat …«

»Ich meinte: Was für eine Art Unfall er hatte.«

Der Arzt verlängerte das Schulattest noch zweimal, und Josie wich nicht von ihres Vaters Seite. Doch als Adolf nach drei Wochen zum ersten Mal das Wort an sie richtete, war sie eingeschlafen. Josie hörte seine Stimme wie durch eine Wand, als er flüsterte: »Wo ist deine Mutter?«

Sofort öffnete sie die Augen. Adolf wiederholte seine Frage. »Sie ist auf Kur«, antwortete Josie. »Das weißt du doch!«

Adolf stöhnte, und Josie legt eine Hand an seine Wange: »Sie hätte nicht fahren sollen, sie soll sich nicht aufregen …«, sagte er.

»Was hat sie denn? Wie lange bleibt sie fort?«

»Das weiß ich auch nicht so genau. Angst – ja, sie hat Angst. Und wollte uns damit nicht anstecken.«

»Angst ist doch nicht ansteckend! Wovor hat sie Angst?«

»Das uns jemand etwas tun könnte, vielleicht …«

»Wer?«

Adolf seufzte. »Du solltest mal wieder ein Karl-May-Buch lesen«, sagte er matt. »Ich würde mich freuen, wenn du wieder liest. Immer nur mich angucken – das ist nun wirklich nicht spannend. Und außerdem fühle ich mich beobachtet …« Zum ersten Mal seit drei Wochen lächelte er. Josie musste weinen.

»Wenn ich sage, wir mieten das Hotel, dann mieten wir es«

Adolfs erster Besucher, nachdem er seine Arbeit wieder aufgenommen hatte, war Oberbaudirektor Dr. Seyboldt. »Mein Lieber!«, sagte er, als er Adolfs Büro betrat. »Mir fehlen die Worte, um meine Erleichterung angemessen auszudrücken. Also sage ich ganz schmucklos und direkt: Ich freue mich, Sie wieder bei der Arbeit zu sehen! Wenn das kein Grund zum feiern ist ...« Schwungvoll stellte er eine Flasche Champagner auf den Tisch.

»Danke«, erwiderte Adolf, »aber für geistige Getränke bin ich noch nicht wieder zu haben.«

»Keine Sorge, mein Lieber! Ich will Sie nicht zum Alkohol verführen. Es geht um etwas anderes.«

Er streckte Adolf nun stolz eine offiziös aussehende, rote Ledermappe mit Hakenkreuz-Emblem entgegen. »Sie sind einer der Ersten, denen ich es zeige, denn ich baue ganz auf Sie. Ich brauche Sie!«

Adolf nahm die Mappe. »Feierlichkeiten zum ersten Jahrestag des Anschlusses Österreichs an das Deutsche Reich«, las er auf dem Umschlag.

»Wir werden hier bei Ihnen, in Ihrem Hotel, den großen Tag begehen. Die Partei mietet Ihr Haus komplett! Es wird das rauschendste Fest im ganzen Reich sein, wir werden allen zeigen, dass auch wir Nordlichter zu feiern verstehen. Geld spielt keine Rolle!«

»Ach ja, richtig! Sie sind ja jetzt stellvertretender Gauleiter. Glückwunsch, Herr Oberbaudirektor! Es ist nur so: Wir sind an dem Tag komplett ausgebucht.«

Seyboldts Gesichtszüge sackten nach unten, sein Blick wurde tieftraurig. »Aber mein Lieber«, sagte er dann, »ich hatte gehofft, dass Sie inzwischen ein wenig mehr begriffen haben! Wenn ich sage, wir mieten Ihr Hotel, dann mieten wir es. Buchungen lassen sich rückgängig machen, nicht wahr?« Er warf den Kopf in den Nacken. »Und jetzt möchte ich mit Ihnen einen Rundgang durch Ihr Haus machen, um Ihnen die Einzelheiten des geplanten Festes darzulegen.«

Als Adolf zwei Stunden später seinen Gast verabschiedete, beugte der sich noch einmal vertraulich zu ihm und sagte leise: »Eines noch, mein lieber Adolf: Wie ich gesehen habe, hängen in einigen Räumen Gemälde an den Wänden, die in einem anständigen deutschen Haus nichts verloren haben. Ich werde noch heute eine Spedition schicken, die diese abholt und stattdessen andere bringt – Bilder, die das neue Deutschland verkörpern! Und wenn ich danach immer noch eines dieser entarteten Machwerke bei Ihnen finden sollte, dann könnte es wirklich unangenehm für Sie werden. Ich meine: WIRKLICH unangenehm! Und ein Letztes: Wie geht es der Frau Gemahlin? Ist sie immer noch auf Kur? Sollten Sie etwas von ihr hören: Wir sind interessiert daran, ihren Aufenthaltsort zu erfahren …«

Das Fest verlief zur Zufriedenheit Dr. Seyboldts. Im Laufe des Vormittags trafen im *Savoy*, dessen Fassaden rundum mit Hakenkreuzfahnen geschmückt worden waren, die Parteimitglieder samt ihren Gattinnen aus ganz Norddeutschland ein und bezogen die Zimmer, in denen Fotos des Führers über jedem Bett angebracht worden waren und Exemplare von »Mein Kampf« auf den Nachttischen platziert wurden. Frisches Obst und Champagner standen in den Suiten bereit, in den einfachen Zimmern musste man sich mit einer Flasche Mineralwasser begnügen.

Am Nachmittag versammelte man sich im Salon und erwartete mit wachsender Ungeduld die Radioübertragung von der Rede des Führers aus Wien. Nach anfänglichen Tonstörungen hallten seine Worte durch das ganze Hotel und der Jubel der Gäste brandete auf. Dann ertönte aus dem Festsaal das Deutschlandlied, gespielt vom neuen Norddeutschen Rundfunkorchester, am Mikrofon stand keine Geringere als Lale Andersen, die im weiteren Verlauf des Abends für ihre Gesangsdarbietungen bejubelt wurde.

Auf dem Höhepunkt des Festes ließ Dr. Seyboldt das Konzert unterbrechen, trat ans Mikrofon und bat Adolf Lembach zu sich auf die Bühne. Er dankte ihm für die wunderbare Beköstigung und Unterbringung der Gäste und fügte hinzu: »Wir alle haben Verständnis dafür, dass der eine oder andere etwas länger braucht, um sich unserer Bewegung mit ganzem Herzen anzuschließen. Umso glücklicher bin ich, dass nun auch der Leiter dieses großartigen Hauses einer der Unseren ist. Adolf, ich habe bereits Ihren Herrn Vater gekannt und durfte ihn einen Freund nennen, nun bin ich sicher, dass es ganz in seinem Sinne ist, wenn ich dies auch mit Ihnen mache. Auf unsere große Zukunft, mein lieber Adolf!«

Unter »Heil!«-Rufen verließ Adolf die Bühne und hatte das Gefühl, so betrunken wie noch nie in seinem Leben zu sein. Es kostete ihn Mühe, das Gleichgewicht zu halten, und als er den Waschraum erreichte, erbrach er sich, als wolle er seine Seele ausspeien, die er soeben verkauft zu haben glaubte.

Als er bleich und mit weichen Knien den Waschraum verließ, stand Josie vor der Tür und strahlte ihn an. »Mutter hat geschrieben!«, sagte sie.

Die Karte war schon vor zwei Tagen eingetroffen – das erste Lebenszeichen nach fast einem halben Jahr. Erst am Nachmittag hatte die Poststelle den Umschlag bemerkt und ihn Agatha ausgehändigt. Nun saß Adolf an seinem Schreibtisch, Josie stand neben ihm. Es war nach Mitternacht und der Feierlärm noch immer beträchtlich. Schweigend betrachteten sie das Stadtbild Baden-Badens, das die Vorderseite der Karte zierte, die in einem Briefumschlag ohne Absender eingetroffen war. Auf der Rückseite standen die Worte: »Ich verlasse nun dieses Land. Ein Freund wird demnächst persönliche Grüße überbringen und einen Wunsch vortragen.«

Keine Anrede, kein Grußwort. Es war Josie, die das Schweigen brach: »Liebt Ihr Euch nicht mehr?«

Adolf verzog das Gesicht, als würde er zu weinen beginnen, dann gelang es ihm, matt zu lächeln: »Doch. Sehr. Aber sie musste fort.«

»Warum?«

»Du weißt ja: Sie hat Angst.«

»Wovor?«

»Hast du die Leute im Festsaal gesehen?«

»Vor denen?«

Josie nickte. »Sie sind abstoßend und widerlich. Bist du wirklich ihr Freund?«

Adolf sah Josie traurig an. »Nein«, erwiderte er, »nein, nein, nein. Aber ich muss so tun als ob, sonst schließen sie das Hotel. Und dann verlieren viele Menschen ihre Arbeit.«

»Du auch?«

»Ich auch. Geh jetzt zu Bett, Josie, lies noch ein bisschen, falls du nicht schlafen kannst …«

»Ja«, sagte Josie, »schade, dass es Old Shatterhand nicht wirklich gibt. Sonst würde er die alle zum Teufel jagen.«

Adolf zog Josie auf seinen Schoß und drückte sie so fest, dass sie die Luft anhalten musste. »Ja, das würde er«, sagte er.

In den folgenden Monaten traf weitere Post von Thea ein, in denen sie mit immer ähnlichen Worten ankündigte, dass sich Freunde melden und einen »Wunsch vortragen« würden. Die Karten zeigten alle dasselbe Stadtbild Baden-Badens, die Briefmarken jedoch stammten aus wechselnden Ländern Europas, am häufigsten aus der Schweiz. Und die Freunde, die sich bald darauf meldeten, hatten alle denselben Wunsch: Für einige Tage im Keller des *Savoy* Unterschlupf finden. Die meisten waren Juden – aber ganz andere, als Adolf bisher kennengelernt hatte: Diese trugen keine Bärte oder Kippas, manche sprachen mit amerikanischem Akzent, wenn sie überhaupt etwas sagten. Und sie sahen nicht aus wie Menschen auf der Flucht, eher wie Männer und Frauen, die etwas zu erledigen hatten. Sie kamen im Dunkel der Nacht, verhielten sich vollkommen ruhig und verschwanden ebenso lautlos.

Adolf richtete neben der Zentralheizungsanlage einen fensterlosen Raum für sie her, in dem er ein Bett, ein Tisch und eine Lampe aufstellte und zu dem nur er einen Schlüssel besaß. Er persönlich brachte ihnen Essen und achtete peinlich genau darauf, dass niemand ihn dabei sah. Sie blieben nie länger als zwei oder drei Nächte, nannten keine Namen und hatten keine weitergehenden Wünsche. Ebensowenig kündigten sie an, wann sie wieder gehen würden – eines Morgens waren sie einfach weg. Nicht selten war danach zu hören, dass ein hochrangiger Parteifunktionär verschwunden oder verunglückt sei. Nach Kriegsbeginn kamen immer weniger. 1941 waren es nur noch vier, 1942 drei.

Und dann erschien die Frau, die alles veränderte.

»Wieso traust du dich durch die Vordertür herein?«

Theas letzte Karte kam aus Spanien. Sie war lapidar wie gewohnt, nur die Formulierung wich ein wenig ab: »Eine Freundin wird deine Hilfe benötigen.«

Der Hotelbetrieb lief an dem Sonntagvormittag, als die »Freundin« eintraf, ruhig. Es war ein sonniger Julitag, Agatha war mit Josie an die Elbe gefahren: Ein neues Passagierschiff sollte auf Kiel gelegt werden, im Deutschunterricht war die Aufgabe erteilt worden, die Zeremonie, zu der Adolf Hitler erwartet wurde, zu beobachten und darüber einen Aufsatz zu schreiben. Das Schiff sollte *Wilhelm Gustloff II* heißen und verdienten Parteimitgliedern für Kreuzfahrten zur Verfügung stehen. Josie hatte schon ein paar Tage zuvor Karten für eine Barkassenrundfahrt gekauft, um möglichst dicht an die *Gustloff* heranzukommen.

Ob Adolf Hitler tatsächlich erscheinen würde, war unklar, die Hamburger Parteiführung hoffte es jedoch inständig. Die seltenen Besuche des Führers in der Hansestadt wurmten Dr. Hubertus Seyboldt, er hatte sich aufgerafft, in einem Brief an Hitlers persönlichen Adjutanten darauf hinzuweisen, dass das »Deutsche Reich nicht nur aus Berlin und Bayreuth« bestehe. Kaum hatte er den Brief abgeschickt, überkam ihn panische Angst, in Ungnade zu fallen, doch das Gegenteil geschah: Er erhielt postwendend ein Antwortschreiben des Inhalts, dass der Führer versuchen würde, einen Termin für die Kiellegung freizumachen.

Die »Freundin« erschien ganz ohne Geheimnistuerei, der Portier rief Adolf in seiner Privatsuite an und teilte ihm mit, eine Besucherin warte auf ihn in der Hotelbibliothek.

Als Adolf den Raum mit den deckenhohen Bücherregalen, dem großen Kamin und den bequemen Lehnsesseln betrat, sah er zunächst niemanden. Dann bemerkte er eine Person, die in einem Sessel mit dem Rücken zu ihm saß, nur ihr Schopf lugte über die Kante der Lehne. Als er um den Sessel herumtrat, hielt er den Atem an.

»Guten Tag, Adolf«, sagte die Frau, »wie schön dich zu sehen!« Sie erhob sich geschmeidig, legte ihm einen Arm um den Hals und hauchte ihm einen Kuss auf die Wange. »Du hast noch immer dasselbe Parfüm wie damals …«, sagte sie.

»Das gleiche«, korrigierte Adolf, »das gleiche Parfüm! Ich verbrauche etwa einen Flakon pro Monat, das heißt, dass ich seit meiner Heirat mit Thea etwa 200 davon verbraucht habe. Zum Glück wird die Rezeptur nicht geändert …«

»Thea hat es dir geschenkt, richtig?«

»Ja, sie hatte schon immer einen guten Geschmack. Nicht nur mit Parfüms, auch bei der Auswahl ihrer Freundinnen. Wie lange haben wir uns nicht gesehen?«

Die Frau sah sich um, und als sie sicher war, dass niemand außer ihnen in der Bibliothek war, erwiderte sie: »Seit sie abgetaucht ist. Zur selben Zeit bin auch ich von der Bildfläche verschwunden. Ist dir das nicht aufgefallen?«

»Abgetaucht?«

»Nenn es wie du willst. Auf jeden Fall ist sie gut beraten, ihren Fuß nicht mehr in dieses Land zu setzen, solange die Barbarenhorde hier das Sagen hat.«

»Aber du schon?«

»Ich bin keine Jüdin, auch wenn ich eure Trauzeugin war. Ich bin aber trotzdem persona non grata.«

»Wieso?«

Sie überlegte einen Moment. »Sagen wir mal so: weil ich Dinge mache, die ihnen wehtun.«

Adolf verstand. »Wie lange wirst du bleiben?«

»Kommt darauf an, ob alles wie geplant läuft. Wir sind mit mehreren nach Hamburg gekommen.«

»Und?«

»Es hat mit SEINEM Besuch zu tun – sofern ER wirklich erscheinen sollte zu dieser Sache im Hafen …«

»Du meinst – heute Nachmittag?« Adolf ließ sich in einen Sessel fallen und atmete tief durch. »Wieso traust du dich hier durch die Vordertür herein? Die anderen kommen bei Nacht durch den Hintereingang …«

»Ich werde nicht gesucht. Noch nicht. Aber es kann sein, dass ich dich bitten muss, mich später ebenfalls durch die Hintertür hereinzulassen.« Sie erhob sich. »Adolf, ich muss aufbrechen, man wartet auf mich …«

»Meine Tochter und meine Mutter werden am Hafen sein, ebenso wie tausende andere Hamburger. Sie haben Barkassenplätze gemietet – besteht Gefahr für sie?«

»Nein«, erwiderte sie, »im Hafen wird nichts passieren. Dort ist das Sicherheitsaufgebot viel zu groß. Ich muss jetzt gehen, ich danke dir jetzt schon für deine Unterstützung.«

Ehe er etwas erwidern konnte, verließ sie die Bibliothek, ohne sich noch einmal umzusehen.

»Der Himmel war blau, aber was macht das schon«

»Und worüber soll ich nun schreiben?«, fragte Josie ihre Großmutter enttäuscht. »Er ist nicht gekommen …«

»Aber die Zeremonie hat trotzdem stattgefunden, oder?«, erwiderte Agatha. »Ob mit oder ohne Führer. Wir haben es ja mit eigenen Augen gesehen …«

»Ja, aber das war langweilig!«

»Es hätte kaum anders ausgesehen, wenn er dabei gewesen wäre.«

»Aber es hätte … etwas Magisches gehabt! Es ist ein Unterschied, ob sie einen Kiel legen, oder ob sie einen Kiel legen und Adolf Hitler ist dabei.«

»Du wirst das schon machen. Denk an Karl May! Stell dir vor, was er darüber geschrieben hätte. Der Mann hatte Fantasie – und du hast auch Fantasie! Wann sollt ihr den Aufsatz denn abgeben?«

»Morgen.«

»Also, dann fahren wir jetzt schnell nach Hause und du machst dich an die Arbeit! Der Anfangssatz könnte zum Beispiel lauten: Der Himmel war blau, aber was macht das schon«.

»Was? Wie kommst denn darauf?«

»Fällt mir nur gerade ein. Finde ich gut!«

Als Josie und Agatha das *Savoy* betraten, trafen sie auf Adolf. »Da seid ihr ja«, sagte er, »ein Glück! Er ist nicht gekommen, nicht wahr?«

»Was ist daran ein Glück?«, fragte Josie.

»Na ja, das nichts passiert ist …«

»Was soll denn passieren?«

»Bei solchen Menschenmassen – da weiß man nie! Da kann leicht mal jemand ins Wasser fallen.«

Josie sah Agatha an und verdrehte die Augen. »Ich geh' jetzt in mein Zimmer. Der Himmel war blau, aber was macht das schon …«

Je später der Abend wurde, desto unruhiger lief Adolf in seinem Zimmer auf und ab. Hitler war nicht nach Hamburg gekommen, dennoch hatte Adolf das unbestimmte Gefühl, dass irgendetwas passiert war. Immer wieder ging er in den Keller und inspizierte die Hintertür zum Garten.

Um elf stand sie vor der Tür. Sie war außer Atem, sah jedoch unverändert aus. Außer, dass sie kein Kostüm mehr trug, sondern eine schwarze Hose und einen schwarzen Pullover. Schnell führte Adolf sie zu dem kleinen, fensterlosen Raum.

»Ist dir jemand gefolgt?«

»Glaube nicht.«

»Weshalb bist du hier? Er ist nicht gekommen, und es ist nichts passiert!«

»Je weniger du weißt, desto besser«.

»Ich verstehe nicht …«

Sie sah ihn unschlüssig an. »Also gut: Er ist nicht gekommen, aber passiert ist trotzdem etwas.« Dann erzählte sie in knappen Worten, dass das Kommando, das Hitlers Zug auf der Fahrt nach Hamburg zum Entgleisen bringen sollte, nicht vollzählig am vereinbarten Ort erschienen sei. »Irgendwie hat man Wind davon bekommen, vier von uns wurden verhaftet. Und Hitler ist in Braunschweig umgestiegen und nach Berlin zurückgefahren.«

»Verhaftet?«

»Sind jetzt in der Obhut der Gestapo. Wie das ist, weißt du ja selbst.«

»Wie bitte?«, fragte Adolf. »Woher weißt du …«

»… wir sind gut informiert. Wir haben auch unsere Spitzel, sogar bei der Gestapo. Deshalb weiß ich es. Und umso mehr Respekt habe ich vor dir. Du gehst ein hohes Risiko ein.«

»Glaubst du, sie suchen dich?«

»Ich hoffe nicht. Aber wissen kann man das nie, deshalb muss ich ein paar Tage untertauchen. Komm nicht hierher zu mir, gefährde dich nicht unnötig.«

»Aber du musst essen und trinken!«

»Muss ich nicht. Drei Tage gehen auch mal ohne. Hier steht eine Karaffe Wasser auf dem Tisch, das reicht. Bring' mich nur Mittwochnacht zum Hafen, mehr brauchst du nicht zu tun. Oder – lass mich einfach nur raus! Ich finde den Weg zum Hafen allein, ich bin ja schließlich Hamburgerin.«

Adolf konnte seine Nervosität kaum bändigen an den nächsten Tagen. Drei Tage – so lange hatte er noch niemandem im Keller versteckt! Und dann, am Mittwochmittag, blieb ihm das Herz für einen Moment stehen, als er durch das Hotelrestaurant ging: Vor einem der Tische am Fenster stand Josie und unterhielt sich mit zwei Männern – Männer, die Adolf sofort erkannte, obwohl sie heute weder Mütze noch Hut trugen. Einer schien gerade etwas Lustiges gesagt zu haben, Josie lachte aus vollem Hals.

Als die beiden Adolf sahen, winkten sie ihn zu sich heran. »Lieber Herr Direktor«, sagte der Größere, »eine entzückende Tochter haben Sie, ein Prachtmädel. Geben Sie gut Acht, dass ihr nichts zustößt! Das wäre wirklich ein Jammer, nicht wahr?« Er sah den Kleineren an, der erwiderte: »Mehr als ein Jammer wär' das – so ein nettes Mädchen!«

Josie sah ihren Vater verwirrt an, der den beiden kurz zunickte, seine Tochter am Ellenbogen fasste und hinausführte. »Passen Sie gut auf sie auf, Direktorchen!«, rief der Kleinere ihm nach. Adolf erschauerte, und Josie fragte: »Wieso nennt der dich so?«

»Ein Witzbold«, erwiderte Adolf, »das ist halt ein Witzbold. Hast ja selbst über seine Scherze gelacht …«

Um elf ging Adolf in den Keller. Die Frau lag auf dem Bett und hielt die Augen geschlossen. »Hier«, sagte er und stellte ein paar belegte Brote vor ihr ab, »du musst hungrig sein. Ich hole dich um Mitternacht und fahre dich zum Hafen. Reicht die Zeit?«

»Perfekt. Aber du musst das nicht tun.«

»Ich lasse meine Trauzeugin nicht nachts allein durch die Stadt laufen, vor allem nicht in so einem Bankräuberaufzug!«

Sie lächelte. »Danke. Wenn ich mir das so ansehe, bekomme ich doch ein wenig Hunger …« Und sie machte sich über die Brote her.

In der Tür blieb Adolf stehen. »Kannst du mir irgendetwas über Thea sagen? Ich sehe an den Briefmarken, dass sie überall in Europa herumreist. Wo will sie hin? Was hat sie vor?«

»Ich habe sie nur einmal getroffen. Ich hatte den Eindruck, dass es ihr gut geht. Abgesehen davon, dass sie euch vermisst. Ihr Ziel ist Palästina. Sie will dort leben, wenn die Nazis Vergangenheit sind.«

Als Adolf um Mitternacht die Hintertür von außen öffnete, war sie bereit. »Das hat Thea immer besonders an dir geschätzt: Deine Zuverlässigkeit …« Sie lächelte und gab ihm einen flüchtigen Kuss auf die Wange. »Egal, wie das hier heute ausgeht – es war mir eine Ehre, Eure Trauzeugin und Freundin gewesen zu sein.«

Als sie im Wagen saßen und den Steindamm entlang fuhren, fragte Adolf: »Was soll im Hafen passieren?«

»Es wartet ein kleiner Erzfrachter am Pier 47. Er geht nach Norwegen. Abfahrt mit ablaufendem Wasser um ein Uhr. Bis dahin sollen diejenigen von uns, die sie noch nicht erwischt haben, eintreffen.«

»Wie viele?«

»Ich war die letzten drei Tage in deinem Keller, ich habe keine Informationen …«

Der Erzfrachter war das einzige Schiff am Pier, hell erleuchtet, alle Ladekräne in Betrieb, Arbeiter an Deck. »Fahr' einfach vor die Gangway«, sagte sie, »ich werde dort aussteigen und sofort an Bord gehen. Auf Wiedersehen, Adolf, in einer Zukunft, von der niemand weiß, wann sie beginnt. Ich danke dir für alles …«

Sie öffnete die Tür und glitt hinaus.

Es waren zehn Meter bis zur Gangway. Sie ging zügig, aber nicht hastig. In ihrer schwarzen Kleidung sah sie aus wie ein Hafenarbeiter.

Nach wenigen Schritten sprangen zwei Schatten hinter der Kaimauer hervor und stürzten sich auf sie. Sie leistete keinen Widerstand.

Dann trat ein Dritter aus dem Dunkel und sah Adolf direkt an. Im Scheinwerferlicht erkannte Adolf ihn sofort: Es war der Große. Er ging auf Adolfs Wagen zu und bedeutete ihm mit der Handbewegung, das Fenster herunterzukurbeln. Dann beugte er sich herunter, tippte an seinen Hut und sagte: »Morgen ist auch noch ein Tag, Herr Direktor. Schlafen Sie sich erstmal aus, es war ein langer Tag für Sie ...« Dann gab er den Männern ein Zeichen, die Frau fortzuführen. Nach wenigen Sekunden war sie im Dunkel verschwunden.

Josie war überrascht, als ihr Vater ihr am Morgen mitteilte, dass sie heute nicht zur Schule gehen würde. »Aber wir bekommen heute den Aufsatz zurück – ich glaube, meiner ist ganz gut geworden. Mindestens eine zwei!«

»Ja, Schatz, davon bin ich überzeugt. Aber heute wirst du verreisen. Louis wird dich gleich zu deiner Tante in die Heide bringen, du weißt, wen ich meine: meine Cousine Hertha ...«

Josie sah ihn entsetzt an: »Warum, was soll ich da?«

»Die Bombenangriffe – es wird noch schlimmer werden! Bald wird hier alles in Schutt und Asche liegen. Jeder, der die Möglichkeit dazu hat, verlässt die Stadt. Sei froh, dass wir dort Verwandte haben!«

»Und du – was ist mit dir?«

»Ich muss mich noch eine Weile um das Hotel kümmern. Ich komme nach, sobald ich kann.«

»Du lügst!«, schrie Josie. »Das sehe ich dir an! Schick mich nicht weg! Ich will bei euch bleiben! Bei dir und Großmama.«

»Ja, mein Liebling, das möchten wir auch! Aber es geht nicht. Wir müssen tun, was wir können, um unser Leben zu retten. In Hemelinghausen bist du sicherer als hier.«

Josie begann, nach ihrem Vater zu schlagen und zu treten, Adolf zog seine schreiende Tochter zu sich heran und presste sie an sich.

»Ruhig!«, flehte er. »Beruhige dich! Es wird alles gut! Es ist das Beste für dich. Und die Note für den Aufsatz wirst du noch erfahren – irgendwann ...«

Nach einigen Minuten beruhigte sich Josie ein wenig, weinend lag sie an seiner Brust. »Wann?«, fragte sie.

»Jetzt gleich!«, erwiderte Adolf. »Louis hat bereits den Wagen vorgefahren. Und dein Gepäck ist schon verstaut …«

Langsam führte er Josie durch die Hotelhalle, den Arm fest um sie gelegt. Er wusste nicht, wie lange er selbst noch die Fassung wahren konnte. Als sie das Auto erreichten, schlug Josie erneut um sich, schrie und weinte. Auf ein Nicken Adolfs hob Louis sie hoch, trug sie zum Wagen, setzte sie auf die Rückbank und verriegelte die Tür.

Als der Wagen anrollte, konnte Adolf die Tränen nicht länger zurückhalten, nur verschwommen sah er den Rücklichtern des Wagens nach. Lange stand er an der Borsteinkante, bis sich eine Hand auf seine Schulter legte. Es war der Portier. »Quälen Sie sich nicht länger, Herr Direktor. Sie haben das Richtige getan.« Dann räusperte er sich und fügte leise hinzu: »Es warten zwei Herren am Empfang auf Sie. Es sind dieselben, die Sie in der Nacht Ihres Unfalls nach Hause brachten.«

»Danke«, sagte Adolf und sah ihn lange an. »Danke für all die Jahre!«

Dann betrat er die Halle und ging zum Empfang.

Teil 5

»Ich wollte nie wieder einen Fuß in dieses Land setzen«

»Ich glaube, dass er mit seinem Verschwinden zu tun hat«

Der blaue Chevrolet glitt geräuschlos über den Moorfleeter Hauptdeich, eine beliebte Hamburger Übungsstrecke für Fahranfänger. »Du brauchst das Lenkrad nicht so zu umklammern, dies ist kein Traktor«, sagte Nick. »Eine Hand genügt, eigentlich sogar ein Finger. Halt deine Hände locker, die Knöchel treten ja schon weiß hervor!«

Nicht nur Josies Hände waren verkrampft, ihr ganzer Körper war unter Hochspannung. Es war die dritte »Fahrstunde« und Nick hatte ihr den Platz hinter dem Lenkrad schon während der Anfahrt durch die Hamburger Innenstadt überlassen. Dass sie noch keinen Führerschein besaß, sei kein Grund zur Beunruhigung, erklärte er: »Sie werden uns nicht kontrollieren, dafür sind sie viel zu beeindruckt, wenn sie dieses Auto sehen.« Bislang hatte er Recht behalten. »Aber bei deiner nächsten Fahrt wirst du einen Führerschein in der Tasche haben«, sagte er. »Ich weiß, wo man die Lappen für kleines Geld bekommt.«

Josie fragte nicht weiter nach. Zu oft hatte sie in den vergangenen Monaten erlebt, dass Nick in der Lage war, alles zu beschaffen, was benötigt wurde, und wenn nicht er selbst, dann einer seiner »Geschäftsfreunde«. Warum also nicht auch einen Führerschein? Ihr war es Recht – für offizielle Fahrstunden hätte sie ohnehin keine Zeit gehabt, denn sie war von früh bis spät mit den Planungen für den Wiederaufbau des Hotels beschäftigt. Im Stundentakt organisierte Claude Termine mit Baufirmen und Handwerkern, es gab unendlich viele Dinge zu besprechen. Der junge Franzose war stets perfekt vorbereitet, wusste genau, was er wollte und vermochte es, seine Vorstellungen präzise zu vermitteln. Josies Hochachtung für ihn wuchs täglich.

Da solche Besprechungen nicht selten bei Firmen außerhalb der Stadt stattfanden, entschied Nick eines Tages: »Du musst endlich selber fahren, ich kann euch nicht ständig überall hin chauffieren.« Und wie um seine Forderung zu untermauern, stand eines Tages ein gebrauchter Volkswagen vor dem *Savoy*. »Der ist zwar schon durchs brennende Hamburg gefahren«, sagte er, »aber er ist in tadellosem Zustand. Meine Jungs haben ihn auf Herz und Nieren überprüft. Zehn Jahre sind ohnehin kein Alter für diese Autos.«

Am Zollenspieker Fährhaus machten sie Pause. »Du vermisst deinen Freund, nicht wahr?«, fragte Nick, als sie mit einem Becher Bohnenkaffee auf dem Anleger des Ausflugslokals saßen und auf die Elbe blickten, wo gerade zwei Erpel eine Entendame jagten. »Besonders charmant sind die nicht …«, sinnierte Josie.

»Wer?«, fragte Nick verblüfft. »Ich wollte wissen …«

»Hab' schon verstanden«, erwiderte Josie. »Natürlich vermisse ich ihn, jeden Tag, zu jeder Stunde.«

»Wenn du den Lappen hast, kannst du in die Heide fahren und ihn besuchen, wann immer dir danach ist. Oder ihn für ein paar Tage nach Hamburg holen …«

»Das klingt gut!«, sagte Josie und fragte dann: »Warum tust du das eigentlich alles für mich?«

»Weil du meine einzige Verwandtschaft bist – hier im Feindesland zumindest«, grinste er.

»Das stimmt nicht ganz. Du hast noch eine Verwandte hier.«

Nick sah sie überrascht an. »In dem Haus an der Hohen Weide, zu dem du mich gebracht hast – dort wohnt nicht die Hausdame, die ich besuchen wollte«, erklärte Josie. »Die Frau, die ich dort angetroffen habe, ist meine Großmutter. Agatha.«

»Du meinst: die Frau von Horacio, dem Bruder meines Vaters?«

»Ja. Sie lebt dort, und es geht ihr gut für ihr Alter. Aber sie hält sich bedeckt – so hat sie sich ausgedrückt. Sie möchte bestimmten Leuten nicht auffallen, über deren Vergangenheit sie zu viel weiß.«

»Und nun gehörst du ebenfalls zu den Leuten, die zu viel wissen?«

»Ich habe in den Notizen und Korrespondenzen meines Vaters gestöbert, ja. Und ich ahne jetzt, was mit ihm geschehen ist.«

»Du ahnst?«

»Es geht nicht eindeutig daraus hervor. Aber es deutet vieles darauf hin, dass man ihn getötet hat, weil er Kontakt zu Personen unterhielt, die auf den Todeslisten der Nazis standen. Noch in der Nacht vor seinem Verschwinden hat er ein Mitglied einer Untergrundgruppe zum Hafen begleitet. Am nächsten Morgen wurde er von zwei Männern abgeholt. Und wenige Minuten vorher hat er mich in das Auto setzen lassen, das mich in die Heide brachte. Er schien es gewusst zu haben.«

»Wer waren diese Männer?«

»Ich kenne ihre Namen nicht. Ich weiß auch nicht, ob sie noch am Leben sind. Aber einer, der meinem Vater immer wieder im Nacken saß, lebt und ist heute Bausenator. Ich glaube, dass er mit seinem Verschwinden zu tun hat.«

»Bausenator?«, grübelte Nick. »Seifert oder so ähnlich – richtig?«

»Seyboldt. Dr. Hubertus Seyboldt. Mit seiner Behörde haben wir derzeit viel Kontakt. Du weißt schon, die vielen Bauanträge, Genehmigungen und so weiter.«

»Und? Macht er dir Schwierigkeiten?«

»Im Gegenteil. Es ist fast so, als würde er im Hintergrund dafür sorgen, dass wir keinen Grund zur Beschwerde haben – im Gegensatz zu damals, als er meinem Vater ständig im Nacken saß. Er erwähnt ihn mehrmals in seinen Notizen. Der Mann hat schon meinen Großvater gekannt, war mit ihm zusammen im selben Fußballverein.«

»Wir könnten ihm ein wenig auf die Finger gucken. Mal sehen, was er sonst noch so macht …«

»Und wie?«

»Oh – ich kenne Leute, die kriegen alles raus, über jeden. Lass mich nur machen! Du hast damit gar nichts zu tun. Du kümmerst dich ausschließlich um dein Hotel. Wo verwahrst du die Kiste mit den Unterlagen?«

»In meinem Zimmer.«

»Nicht gut!«, sagte Nick. »Hat dein Architekt keinen Safe vorgesehen? Da hinein solltest du solche Sachen legen. Lass ihn einen Safe einbauen, das braucht man sowieso in einem guten Hotel.«

Als sie zum Chevy zurückgingen, um den sich eine neugierige Menschentraube versammelt hatte, sagte Nick: »Ich denke, nächste Woche hast du deinen Führerschein, dann drehen wir die erste Runde in deinem eigenen Auto. Und danach brauchst du mich nicht mehr als Chauffeur.«

»Dann sollte ich jetzt die Gelegenheit noch einmal nutzen!«, sagte Josie, öffnete die Beifahrertür und stieg ein. »Gib Gas, Monsieur Lignier erwartet mich!«

»Schaffen Sie die Verrückte weg«

Als sie vor dem *Savoy* hielten, stand auf dem Gehweg Claude Lignier im Gespräch mit einem Mann, der Josie entfernt bekannt vorkam. »Josie, gut, dass du kommst!«, rief ihr der Architekt entgegen. »Dieser Herr möchte dringend mit dir reden, ich verstehe aber leider nicht, was er will und wovon er spricht ...«

Josie trat zu dem Unbekannten und sah ihn an. Er war etwas kleiner als sie, versuchte dies durch stramme Haltung auszugleichen. »Fräulein Josephine Lembach?«, fragte er forsch, bevor Josie etwas sagen konnte.

»Wer will das wissen?«

»Sozialamt Lüneburg, ich komme im Auftrag des Landrats. Rudolf Haupt ist mein Name ...«

Schlagartig sah Josie die Szene vor sich: Dieser Mann in der Mitte der Scheune, wie er den Bewohnern erklärt, was er mit Margret und Ingo zu tun gedenkt!

Sie reagierte blitzschnell. »Einen Augenblick, mein Herr!«, sagte Josie und wandte sich zu Claude. »Geh zu Isolde Baier, du weißt wo sie wohnt!«, flüsterte sie. »Dort befinden sich Margret und ihr Sohn. Bring sie so schnell es geht hierher, rauf in mein Zimmer ...«

»Noch eine Sekunde!«, sagte sie dann zu Rudolf Haupt, lächelte ihm verbindlich zu und eilte zu Nick, der gerade den Wagen startete. »Komm in einer halben Stunde zu meinem Zimmer, du weißt: Nummer 23. Nein, frag jetzt nichts! Klopf an, dann werde ich herauskommen und dir alles Weitere erklären ...«

»Yes, Ma'm!«, erwiderte Nick und legte den Gang ein. »Noch etwas«, fügte Josie hinzu, »zieh dir einen Anzug an – mit Krawatte!« Nick tippte an seine Schirmmütze und der Chevrolet rollte davon.

»So, Herr …«, wandte sich Josie ihrem Besucher zu, »wie war doch gleich der Name?«

»Haupt. Leiter Sozialamt Lüneburg.«

»Richtig!«, sagte Josie. »Ja, irgendwas klingelt da bei mir. Und Sie möchten mich sprechen?«

»Allerdings!«

Josie öffnete die Tür zum Hotelfoyer. »Sie müssen entschuldigen, wenn es ein wenig unaufgeräumt ist. Hier beginnen in Kürze Bauarbeiten. Geben Sie Acht, dass Sie Ihren Anzug nicht beschmutzen, bleiben Sie am besten dicht hinter mir. Nur zwei Etagen«, sagte sie munter, »dann sind wir da!«

Oben angekommen, öffnete sie die Tür zu ihrem Zimmer und bat ihn mit einer einladenden Armbewegung hinein. »Ich kann Ihnen leider nichts anbieten. Hier ist noch nichts, wie Sie sehen.« Sie deutet in die Runde und lächelte entschuldigend. »Aber es ist zumindest nicht so staubig.«

»Ich bin nicht gekommen, um mich beköstigen zu lassen, mein Fräulein. Es gibt ernste Dinge zu besprechen.«

»Oh, ernste Dinge!«, sagte Josie. »Da bin ich aber gespannt …«

»Ich habe das Gefühl, als wollten Sie sich über mich lustig machen! Davon möchte ich Ihnen dringend abraten und Ihnen stattdessen empfehlen, mir sehr genau zuzuhören.«

»Selbstverständlich!«, erwiderte Josie und deutete auf den einzigen Stuhl im Zimmer. »Nehmen Sie Platz, ich bin ganz Ohr.« Sie selbst setzte sich auf die Bettkante.

Haupt stellte seine Aktentasche auf den Boden und klopfte mit der Hand darauf. »Hier drinnen«, sagte er, »ist alles dokumentiert. Alles, was Ihre dreiste Entführungsaktion vom 3. Juli dieses Jahres betrifft!«

Er beugte sich vor und sah Josie streng an. »Sie brauchen es nicht abzustreiten, es gibt genügend Zeugen«, sagte er. »Alle haben …«

»Ich streite nichts ab!«, unterbrach Josie ihn. »Es wird alles so gewesen sein, wie es dort steht. Aber es war natürlich keine Entführung …«

»Wie würden Sie es denn nennen? Sie kommen in das Dorf wie ein Überfallkommando! Und dann fahren Sie mit drei Dorfbewohnern wieder weg, von denen zwei dringend der staatlichen Aufsicht bzw. Hilfe benötigen. Wer weiß, wie es diesen Menschen mittlerweile geht! Der Landrat persönlich hat mich damit beauftragt, die entführten Personen ausfindig zu machen und ihre Rückführung vorzubereiten. Wo sind die beiden? Es heißt, sie werden hier von Ihnen festgehalten.«

»Sie werden gleich hier eintreffen, keine Sorge! Sie sind bereits unterwegs.«

»Hierher?«

»Ja natürlich …«

»Also: Ich soll sie zunächst nur ausfindig machen …«, wehrte Haupt zögernd ab.

»… hat Oskar Schenk gesagt?«

Er sah Josie verblüfft an. »Sie kennen den Landrat?«

»Natürlich, er ist ja bekannt wie ein bunter Hund! Und das nicht erst seit 1945. Vorher noch vielmehr, oder?«

»Was wollen Sie damit sagen?«

»Und Sie – wie war Ihr Name noch gleich?«

»Ich habe ihn jetzt schon zweimal genannt – das muss genügen!«

»Ja«, stimmte Josie zu, »das genügt auf jeden Fall.«

In diesem Augenblick wurde die Tür geöffnet und Claude steckte seinen Kopf durch den Spalt. »Sie wären dann hier …«, sagte er.

Josie ging zur Tür, draußen standen Margret und Ingo. »Erschrick jetzt nicht, es wird euch nichts passieren!«, flüsterte Josie Margret zu. »Setzt euch einfach nur zu mir und sagt nichts. Kein Wort …« Dann führte sie die beiden ins Zimmer.

Rudolf Haupt schnellte von seinem Stuhl hoch und hob eine Hand, als wolle er einen Schlag abwehren. »Setzt euch zu mir«, sagte Josie und deutete auf die Bettkante.

Schweigend sahen die drei Rudolf Haupt an. Eine Ewigkeit schien zu vergehen, ehe er sich vorsichtig wieder auf den Stuhl setzte. Seine Hände zitterten.

»Ja«, sagte Josie gedehnt, »da wären wir dann alle beisammen. Erkennst du ihn wieder?«, fragte sie Margret.

Margret erwiderte nichts, starrte nur den Mann an, während sie ihren Arm um Ingo legte. Rudolf Haupt schluckte schwer, schien mehrmals die Stimme erheben zu wollen, es kam jedoch kein Laut aus seinem Mund.

Margret sah ihn weiter unbewegt an. Haupt begann zu zittern, seine Beine zuckten, sein Kopf bewegte sich ruckartig in alle Richtung in dem Bemühen, Margrets Blick auszuweichen.

Nach einigen Minuten, die wie eine Ewigkeit erscheinen, sprang er auf. »Bringen Sie sie weg! Bringen Sie die Verrückte weg! Sie ist gemeingefährlich!!« Er fuchtelte mit den Armen und deutete auf Margret. »Sie ist nicht bei Verstand, sie braucht – Hilfe …«

Langsam bewegte er sich rückwärts zur Tür und blieb dann wie versteinert stehen, als Margret ruhig und bestimmt sagte: »Er war es. Er hat mich vergewaltigt.«

Ein Klopfen an der Tür ließ Haupt einen kleinen Schreckensschrei ausstoßen. Josie sprang auf. »Einen Moment noch!«, sagte sie, öffnete die Tür einen Spalt und sprach leise zu Nick, der in seinem besten Anzug auf dem Flur stand. »Du sagst jetzt gleich Folgendes …«, flüsterte sie ihm ins Ohr, »und zwar mit deinem schönsten amerikanischen Akzent!« Was sie ihm dann zuraunte, war im Zimmer nicht zu verstehen. Kurz darauf trat Nick ein und baute sich vor Rudolf Haupt auf.

»Your name!?«, fragte er.

»Was?«

»Wie heißen Sie?«

»Rudolf Haupt.«

Er nickte bedächtig, fingerte dann an seiner Brusttasche und nahm eine Zigarettenpackung heraus. »Rauchen Sie amerikanisch?«, fragte er und hielt Haupt die Packung hin.

Der schüttelte den Kopf und sah dann ehrfürchtig wie bei einem Staatsakt zu, als Nick sich in großer Ruhe eine Zigarette anzündete.

»Wir von der Entnazifierungsbehörde hatten gehofft, dass nun bald Schluss sein würde für uns«, sagte Nick dann und blickte versonnen dem Rauch nach, den er aus den Nasenlöchern blies. »Aber so kann man sich täuschen. Je mehr man nachforscht, desto mehr Leute scheinen ihren Dreck immer noch nicht vom Stecken gewischt zu haben – sagt man so auf deutsch?«

Haupt antwortete nicht. »Egal: Ich habe mit meinen Kollegen in Lüneburg telefoniert, gerade gestern erst«, fuhr Nick fort. »Es liegen dort Hinweise vor, denen offenbar nicht mit genügendem Nachdruck nachgegangen worden ist. Verdachtsmomente, unter anderem gegen Sie. Das müssen wir als übergeordnete Behörde natürlich überprüfen, das werden Sie verstehen. Es betrifft auch Ihren Landrat. Er war in der NSDSAP Ihr Chef, der Herr Obersturmbannführer Schenk, richtig? Oskar Schenk …«

Haupt schien jeden Moment die Balance zu verlieren, er schwankte, sodass Nick ihn am Ellenbogen fasste und stützte. »Wir müssen dringend mit Ihnen in Ruhe reden – mit Schenk und mit Ihnen! Es wird sich wahrscheinlich alles aufklären, keine Sorge, es ist ja nur ein Anfangsverdacht. Aber wir müssen Sie beide bitten, bei uns zu erscheinen. Und zwar innerhalb der nächsten drei Tage. Meine Kollegen in Lüneburg sind bereits darüber informiert. Sollten Sie nicht erscheinen, werden wir Sie zwangsweise vorführen lassen müssen. Am besten machen Sie sich also gleich auf den Heimweg. Ihr Chef wird sehr gespannt sein zu erfahren, was Sie ihm von Ihrem Besuch in Hamburg zu berichten haben.« Er trat zur Seite und deutete zur Tür, durch die Rudolf Haupt blitzschnell verschwand.

»Was war das denn?«, fragte kurz darauf Claude Lignier und betrat Josies Zimmer. »Der sah aus, als wäre er dem Leibhaftigen begegnet …«

»Warum kannte ich das noch nicht?«

Ein Jahr Bauzeit hatte Claude Lignier veranschlagt. »Spätestens im Frühjahr '52 werden wir eröffnen können«, sagte er beim abschließenden Gespräch mit den Vertretern der Bank für Wiederaufbau, die sich über die kurze Zeitspanne wunderten. »Es ist ganz einfach«, erklärte er: »Zehn Arbeiter benötigen zehn Jahre, 100 Arbeiter ein Jahr für dieselbe Arbeit – und der Preis ist derselbe. Wir haben unsere Zulieferer und Baufirmen nicht nur nach den günstigsten Angeboten ausgesucht, sondern auch danach, wie viele Leute sie haben. Je mehr, desto schneller, und je schneller, desto eher können wir eröffnen und Einnahmen verbuchen. So einfach ist das!«

»Bei Claude ist immer alles ganz einfach!«, sagte Josie, als sie abends mit Isolde und dem jungen Architekten im *Junction* saß und erste Pläne für die Eröffnungsfeier machte. Sie hatte bereits genaue Vorstellungen. »Ich will auf keinen Fall, dass die Hamburger Honoratioren anrauschen in ihren Ballkleidern und Smokings!«, sagte sie. »Unser Hotel ist für ein anderes Publikum gedacht: Jung, modern – so wie das *Savoy* selbst sein wird! Ich will Künstler, Musiker, Dichter – Leute, die ihren eigenen Kopf haben, die nicht darüber tratschen, wieviel Geld die Sowieso's für ihre neue Villa an der Elbchaussee bezahlt haben, sondern die darüber reden, wie die neue Inszenierung von ›Draußen vor der Tür‹ war. Und deshalb hab ich eine Idee …«

»Da brauchen wir wohl erstmal noch eine Runde!«, sagte Isolde und wollte eben zwei weitere Highballs und eine Cola bestellen, als Claude ihr ins Wort fiel: »Gegenvorschlag«, sagte er. »Ich bestelle Pernot, damit ihr mal seht, was die Jugend heute in Frankreich trinkt. Ich finde, das könnte unser künftiges Hausgetränk sein: Pernot! Wenn man Pernot trinken will, geht man ins *Savoy* – und wenn man im *Savoy* ist, trinkt man Pernot. Ein

Hotel braucht eine persönliche Note, so wie ein Mensch. Pernot ist so eine persönliche Note.«

Die Drinks kamen, und Josie und Isolde waren beeindruckt. »Und so etwas Wunderbares trinkt ihr in Frankreich?«, fragte Isolde. »Warum kannte ich das noch nicht? Noch eine Runde, bitte!«

»Das ist der erste Cocktail, der mir gefällt!«, sagte Josie, »sehr gut sogar. Und nun zurück zur Feier …«

Sie erläuterte ihre Idee, schon vor der Eröffnung mit dem Feiern zu beginnen, jeden fertigen Bauabschnitt mit einer Party zu begehen. »So wie damals, als Claude die Präsentation gemacht hat und wir am Abend spontan gefeiert haben – genauso!«, erkärte sie. »Es soll sich herumsprechen, dass im *Savoy* etwas Besonderes entsteht, nach und nach können auf diese Weise immer mehr Leute unser Haus kennenlernen, schon vor der Eröffnung. Wer künftig Besuch von Auswärts erwartet, der quartiert ihn im *Savoy* ein, weil er weiß, dass man sich dort wohlfühlt! Was haltet Ihr davon …?«

»Noch 'ne Runde!«, sagte Isolde. »Das ist einfach genial!«

Die Idee erwies sich als Volltreffer: Die Bauparties im *Savoy* wurden Stadtgespräch. Einmal im Monat bauten die Musiker aus dem *Junction* nun ihre Instrumente auf – mal in der Hotelküche, mal in der Lobby, mal in Josies künftiger Wohnung, für die sie die Büroräume ihres Vaters ausgewählt hatte – und Nick ließ Speisen und Getränke anrollen. Zu jeder dieser Partys erschienen mehr Gäste.

Einer davon war meistens Rasmus, den Josie mit ihrem Volkswagen aus Hemelinghausen abholte. Obgleich er sich immer noch verpflichtet fühlte, seine Eltern zu unterstützen, ließ er sie für einen oder zwei Tage in der Obhut seiner Schwestern. »Sie sind alt genug!«, ermunterte Josie ihn. »Und wenn es ein Problem gibt: Es gibt jetzt ein Telefon in Hemelinghausen, sie können jederzeit anrufen!«

Josie schaute bei ihren Besuchen in Hemelinghausen auch bei den Grubes herein. Hertha begrüßte sie stets höflich aber distanziert. Als Josie Rasmus zur letzten Party vor der großen

Eröffnungsfeier abholte, nutzte Hertha einen Augenblick, in dem sie mit Josie allein in der Küche war, und schloss die Tür. »Kindchen, was hast du gemacht?«, fragte sie mit Panik in der Stimme.

Josie wich einen Schritt zurück.

»Wovon sprichst du?«

»Margret und Ingo …«

»Was soll mit ihnen sein? Sie wohnen bei einer Freundin, es geht ihnen gut!«

»Haupt und Schenk – davon spreche ich!«

»Oh!«, sagte Josie und setzte sich auf einen Küchenstuhl. »Ja, der eine von denen war vor einiger Zeit bei mir im Hotel …«

»… und jetzt ist er weg!«

»Wie – weg?«

»Das weiß niemand genau. Nach seiner Rückkehr aus Hamburg ist er sofort zu einer Reise aufgebrochen, keiner weiß wohin. Und seitdem ist es verschwunden. Das ist jetzt schon mehr als neun Monate her.«

»Dann wird er wohl seine Gründe haben …«, sagte Josie.

Hertha senkte den Blick auf den Küchenboden und sagte leise: »Und Oskar Schenk gibt es auch nicht mehr. Ist gegen einen Baum gefahren.«

»Der Obernazi und Landrat? Tot?«

»Ja.«

Josie atmete tief ein. »Und wieso fragst du, was ich damit zu tun habe?«

»Haupt war kurz vorher bei dir …«

»Und er hat nichts darüber berichtet?«

Hertha schüttelte den Kopf.

»Dann soll es auch so bleiben«, sagte Josie. »Für Margret allerdings wird es eine sehr beruhigende Nachricht sein. Schade, dass ich es nicht schon früher erfahren habe. Weiß Rasmus davon?«

»Es wird unter dem Deckel gehalten. Im Dorf bin ich die Einzige, die es weiß.«

»Hier ändert sich nicht viel, nicht wahr?«, sagte Josie und erhob sich. »Ich gehe jetzt zu Rasmus. Ihn und seine Eltern wird es interessieren, was du mir eben erzählt hast.«

»Kindchen, du hast dich sehr verändert«, sagte Hertha besorgt.

»Du nicht«, entgegnete Josie. »Bis zum nächsten Mal!«

Rasmus wartete bereits auf Josie, er wirkte bekümmert. »Ich weiß nicht, ob es richtig ist, wenn ich jetzt mit dir fahre«, sagte er, »meine Eltern haben wieder ziemlich schlimme Tage hinter sich. Sie liegen fast nur im Bett und haben jeden Antrieb verloren.«

»Wir sollten zu ihnen gehen«, anwortete Josie und nahm Rasmus in den Arm. »Es gibt Neuigkeiten, die ihre Lebensgeister vielleicht wecken könnten.« Und sie berichtete ihm von Haupt und Schenk.

»Ich fürchte, das haut sie gänzlich um«, erwiderte er.

»Wie werden sehen«, sagte Josie, ergriff seine Hand und zog ihn ins Haus.

Zu ihrer Überraschung saßen Rasmus' Eltern am Küchentisch, ordentlich gekleidet und gekämmt. »Wir haben dein Auto gesehen«, sagte Edgar Volkerts, »ein schönes Auto!«

»Ja, es schafft die Strecke nach Hamburg in zwei Stunden, schneller als Töpfers alte Gurke«, sagte Josie und lachte.

»Wie geht es unserer Tochter?«, sagte unvermittelt Doris Volkerts. »Lebt sie?«

»Ja, natürlich!«, erwiderte Josie erstaunt. »Wieso sollte sie nicht leben? Und Ingo ebenso. Sie wohnen bei einer sehr lieben Freundin, es geht ihnen gut. Und es wird ihnen noch besser gehen, wenn ich ihnen nachher erzähle, was mit den beiden Dreckschweinen passiert ist …«

Rasmus' Eltern zuckten zusammen.

»Welche Dreckschweine?«, fragte Doris Volkerts.

»Überlegen Sie mal!«, sagte Josie mit funkelnden Augen und beugte sich dicht zu ihr heran. »Wer waren die Kerle, die Ihrer Tochter das alles angetan haben?«

»Gegen die kann man nichts machen«, meldete sich Edgar Volkerts zaghaft zu Wort.

»Braucht man auch nicht mehr«, erklärte Josie. »Einer ist tot, der andere abgehauen. Niemand braucht jetzt mehr Angst zu haben. Und Margret kann endlich frei leben.«

Für eine Minute war es still in der Küche, die Volkerts sahen einander an, Josie befürchtete, sie könnten jeden Augenblick von ihren Stühlen fallen. Stattdessen erhoben sie sich, fassten sich bei den Händen und gingen in den Garten. Dort drehte sich Doris Volkerts noch einmal um und lächelte Josie zu.

Josie und Rasmus sahen zu, wie die beiden Hand in Hand um den Dorfplatz gingen. Runde um Runde. Als sie schließlich ins Haus zurückkamen, standen nebenan die Töpfers an ihrer Haustür und sahen ihnen zu, Hans Wauschkuhn war aus seinem Atelier gekommen und lehnte mit einer Zigarette im Mundwinkel am Türrahmen. Als Josies und seine Blicke sich trafen, lächelte er und hob kaum merklich eine Hand zum Gruß.

»Ich bleibe besser hier«, sagte Rasmus, nachdem seine Eltern in ihre Stube gegangen waren. »Vielleicht kommt der Schock erst noch …«

»Ja, womöglich hast du Recht …«, sagte Josie etwas unkonzentriert, »… mir geht da gerade etwas durch den Kopof, entschuldige mich einen Moment!«

Sie lief zu Wauschkuhn, der gerade wieder die Tür hinter sich schließen wollte. »Darf ich Sie kurz sprechen …?«, fragte Josie und schlüpfte ins Atelier.

Als sie sich eine Stunde später von Rasmus verabschiedete, saß der Maler in Josies Auto.

»Er kommt mit mir nach Hamburg«, erklärte Josie. »Ich habe ihm vorgeschlagen, sich das *Savoy* anzusehen und zu überlegen, ob er einige seiner Bilder bei uns ausstellen möchte. Und natürlich habe ich ihn zur Eröffnungsfeier eingeladen.«

»Und?«

»Er hat zugesagt!«

Rasmus drückte Josie fest an sich. »Das ist großartig! Spätestens dann sehen wir uns wieder. Du musst mich nicht abholen, ich nehme den Zug, du wirst genug zu tun haben. Bis dahin werde ich meinen Eltern zur Seite stehen. Wer weiß, vielleicht bringe ich sie mit. Es wäre für sie und Margret …«

Er brach ab, Tränen traten in seine Augen. »Fahr jetzt!«, sagte er. »Ich kann es jetzt schon kaum erwarten, dich wiederzusehen …«

»Mit sowas fangen wir gar nicht erst an«

Die letzten Wochen der Bauarbeiten verliefen ebenso reibungslos wie die gesamte Zeit zuvor, trotzdem war Josie am Vorabend des Festes einem Nervenzusammenbruch nahe. Isolde besuchte Josie in deren neuer Wohnung, die sie im ehemaligen Büro ihres Vaters eingerichtet hatte, und legte einen Arm um sie, während Josie ihre Zweifel äußerte. »Und wenn die Musik den Leuten nicht gefällt?«, fragte sie. »Oder wenn sie die Fotos nicht mögen? Und was ist, wenn ihnen das Essen nicht schmeckt?« Sie hatte zusätzlich zur *Junction*-Swingband eine Rock'n'Roll-Kapelle engagiert; die Fotos mit den Stadtansichten aus aller Welt waren um Portraitfotos von landesüblichen Tieren ergänzt worden; und Josie hatte den Chefkoch beauftragt, nur Gerichte anzubieten, die man im Stehen aus der Hand essen konnte. »Ich will nicht, dass die Gäste den ganzen Abend nur auf einem Platz sitzen«, hatte sie erklärt. »Ich möchte, dass sie in Bewegung sind und möglichst viele neue Leute kennenlernen!«

Isolde beruhigte sie. »Entspann dich! Es werden jetzt gerade noch die letzten Bilder in den Gästezimmern angebracht und dann ist alles erledigt. Wirklich alles ...«

»Ich glaube, wir sollten auch ein Bild von dir aufhängen«, sagte Josie und lachte. »Wenn du mir nicht geholfen hättest, wäre ich untergegangen! Möchtest du bei mir Personalchefin werden? Ich habe noch niemanden dafür eingestellt, bisher hast du das alles erledigt.«

»Mein Bruder würde mir den Hals umdrehen!«, entgegnete Isolde. »Seine Kanzlei wäre ohne mich ein Müllhaufen! Was glaubst du denn, wer seine Akten sortiert, seine Termine macht, seine Kunden bei Laune hält, seine Zigarrenstummel wegräumt? Naja, das war jetzt vielleicht doch ein wenig Eigenlob – aber es muss ja mal gesagt werden.«

Spät am Abend traf Rasmus mit dem letzten Zug ein und sie verbrachten die erste gemeinsame Nacht in Josies neuer Hotelwohnung. »Wenn ich die Augen schließe, sehe ich ihn immer noch dort an seinem Schreibtisch sitzen«, sagte Josie, als sie weit nach Mitternacht in seinen Armen lag und die Straßenbeleuchtung schwach durch die Vorhänge drang.

»Wen?«, fragte Rasmus.

»Meinen Vater. Ich würde alles dafür geben, wenn er morgen dabei sein könnte …«, sagte sie und schlief darüber ein.

Das Hotel war zur Hälfte ausgebucht für die Eröffnungsnacht. Josie hatte den Vorschlag verworfen, Sonderpreise auszuloben.

»Mit so etwas fangen wir gar nicht erst an …«, entschied sie. Stattdessen hatte sie die Idee, die nicht belegten Räume zur Besichtigung für die Partygäste zu öffnen. Das Ergebnis war, dass auch diese Zimmer spontan für eine Nacht gemietet wurden.

Den Auftakt der Feier bildete die Eröffnung einer Ausstellung mit Wauschkuhn-Werken in Adolfs ehemaliger Direktorenwohnung, die zu einer Galerie umgebaut worden war. Sie zeigte überwiegend seine Sonnengemälde. Isolde Baier hatte all ihre kunstsinnigen Freunde informiert, die ihrerseits die Werbetrommel gerührt hatten, sodass der Maler für seine kurze Ansprache auf einen Tisch gestellt werden musste, damit ihn alle Anwesenden in dem überfüllten Raum sehen und hören konnten. Er sagte: »Es gibt Tage im Leben, an denen einen nur noch das Wissen am Leben hält, dass die Sonne auch dann scheint, wenn man sie nicht sieht. Ich schlage Ihnen vor, die hier ausgestellten Bilder in diesem Sinne zu betrachten.«

Josie erhaschte im Gedränge einen kurzen Blick auf Sonja und Magnus Töpfer und winkte ihnen überglücklich zu. Den groß gewachsenen Mann, der hinter ihnen mit verschränkten Armen an der Wand lehnte, bemerkte sie hingegen nicht. Er schüttelte verärgert den Kopf, bevor er sich zum Gehen wandte. Er hatte genug gesehen.

Nach nur drei Stunden Schlaf war Josie am nächsten Morgen wieder auf den Beinen. Sie fühlte sich immer noch wie unter Starkstrom. Im Frühstücksraum, der mit Fotos aus dem Land der aufgehenden Sonne ausgestattet war, trafen die ersten Hotelgäste ein, und Josie beobachtete zufrieden, wie wohl sie sich zu fühlen schienen. Einem Paar, das Kaffee wünschte, brachte sie eine frische Kanne, einer Serviererin, die Mühe hatte, ihr voll beladenes Tablett zu tragen, nahm sie die Marmeladengläser ab – sie hatte das wunderbare Gefühl, Teil eines großen Organismus zu sein, der gerade zum Leben erwachte. Sie spürte, wie das *Savoy* Teil ihrer selbst wurde und sie selbst Teil des *Savoy*. Und sie verstand ihren Vater, der ihr erklärt hatte, ein Hotel sei kein Gebäude, sondern ein Lebewesen, das gehegt und gepflegt werden müsse, damit es sich wohl fühlt. Nur dann könnten sich auch die Gäste wohl fühlen.

Josie nahm sich eine Tasse Kaffee und setzte sich an einen freien Tisch an der Rückwand des Raumes. Im Augenwinkel bemerkte sie, wie die Frau am Nebentisch ihre Zeitung sinken ließ und hörte sie dann sagen: »Das war ein gelungener Abend. Glückwunsch! Adolf hätte es sehr gefallen …«

Josie, die gerade ihre Kaffeetasse zum Mund führte, hielt in der Bewegung inne. Langsam drehte sie den Kopf, und als sie das Gesicht der Frau sah, fiel ihr die Tasse aus der Hand. Sie sprang auf und wich einige Schritte zurück. Eine Kellnerin eilte herbei, um die Scherben zu beseitigen. »Lassen Sie!«, sagte die Frau. »Machen Sie das später.« Dann sah sie Josie an. »Verzeih, wenn ich dich erschreckt habe. Ich hatte nicht damit gerechnet, dass du dich neben mich setzen würdest.«

»Mama!«, flüsterte Josie und ließ sich zitternd auf dem Stuhl neben ihr nieder. Sie starrte sie einige Sekunden an, dann fiel sie ihr um den Hals.

»Komm«, sagte Thea resolut, »lass uns irgendwo hingehen, wo wir niemanden stören …«

Im Kaminzimmer, an dessen Wänden Bilder skandinavischer Waldlandschaften hingen, setzten sie sich auf ein Sofa und sahen sich lange an. Josie versuchte etwas zu sagen, doch ihre Stimme versagte. Thea nahm ihre Hand. »Es tut mir leid, dass ich dich so erschreckt habe. Und überhaupt alles, was in den letzten Jahren geschehen ist. Ich …« Jetzt war sie es, die die Fassung verlor. Josie nahm sie in den Arm. »Dass du lebst!«, sagte sie immer wieder. »Dass du noch lebst!«

Sie gestatteten sich lange zu schweigen, sahen sich dabei unverwandt an. »Ich hatte eigentlich nie wieder einen Fuß in dieses Land setzen wollen«, sagte Thea schließlich, »obwohl ich wusste, dass du hier lebst und ein Recht darauf hast zu erfahren, was aus mir geworden ist. Und obwohl ich nichts mehr wünschte, als dich zu sehen!«

»Du hättest schreiben können.«

»Ja. Ich habe viele Male vor dem Schreibblock gesessen und jedes Mal irgendwann den Stift zur Seite gelegt. Es gelang mir nicht. Das geschriebene Wort wiegt so viel schwerer! Die Nachricht von der Eröffnung des *Savoy* hat mich dann so neugierig gemacht, dass ich …«

»Wie lange wirst du bleiben?«

»Ich fliege heute Nachmittag zurück. Ich wollte nur den Abend miterleben und dich sehen. Länger möchte ich nicht in diesem Land verweilen.«

»Und gestern Abend …«

»… wollte ich dich nicht ansprechen. Ich glaube, es wäre eine Katastrophe geworden, wenn ich dir plötzlich gegenüber gestanden hätte.«

»Wohin fliegst du? Wo lebst du?«

»In Palästina.«

»Seit wann?«

»Seit es für Juden nicht mehr möglich war, in Europa zu sein. Ich bin von Land zu Land gereist, und immer trafen kurz nach mir auch die Nazis dort ein. Und dann lernte ich Leute kennen, die nach Palästina wollten. Dort sei es sicher für uns, sagten sie. Ich habe mich ihnen angeschlossen. Jetzt lebe ich dort in einem Kibbuz.«

»Einem was?«

»Ein Dorf, wo alle das Gleiche haben und alle gleich sind. So ähnlich …« Sie lächelte. »Es ist ideal für Kinder. Ich habe dich all die Jahre hindurch als kleines Kind vor mir gesehen, ein kleines Mädchen, das seinen Vater anhimmelt.«

»Ich habe dich auch geliebt, mindestens genauso!«

»Ja, aber die Umstände waren gegen uns. Und gegen deinen Vater. Weißt du etwas über seinen Verbleib?«

Josie schüttelte den Kopf. »Es gibt nur Hinweise, nichts Konkretes.«

»Welche Hinweise?«

»Dass sie ihn ermordet haben. An dem Tag, an dem er mich von hier fortschickte. Er schien es gewusst zu haben. Und er hat sich in sein Schicksal ergeben.«

»Wohin hat er dich geschickt?«

»Du weißt das alles nicht? Gar nichts?«

»Nein, woher denn?«

In knappen Worten erzählte Josie ihrer Mutter von ihrem Leben auf dem Land und ihrer Rückkehr nach Hamburg.

»Und Agatha lebt?«, fragte Thea erstaunt. »Warum ist sie nicht hier?«

»Sie wollte nicht. Sie wohnt in einer kleinen Kellerwohnung in Eimsbüttel unter dem Namen einer ehemaligen Hausdame des *Savoy*. Du kennst sie sicher noch: Roswitha Burmeister. Sie ist bei einem Bombenangriff ums Leben gekommen. Einmal in der Woche besuche ich Großmutter. Sie sagt, sie wüsste zu viel und möchte nicht ins Visier gewisser Leute geraten.«

»Es ist also immer noch nicht vorbei …«

»Und da wo du lebst – ist es da vorbei?«

»Man muss dort keine Nazis mehr fürchten, aber sie spuken immer noch in den Köpfen der Menschen herum. Das wird auch nie aufhören. Zu furchtbar ist das, was sie getan haben. Wenn dein Vater doch nur früher auf mich gehört hätte! Er wollte es nicht wahrhaben. Und dann ist er selbst in ihr Visier geraten.«

»Hattet ihr später noch Kontakt? Ich meine – nachdem du zur Kur gefahren bist …«

»Zur Kur!« Thea lächelte. »Schön wär's gewesen. Wir hatten nur indirekt Kontakt, über gemeinsame Freunde.«

»Was soll das heißen?«

Thea sah Josie unglücklich an, rang ihre Hände und sagte schließlich: »Gut, ich werde es dir erzählen. Ich wollte eigentlich nie wieder darüber sprechen, aber ich denke, du bist der einzige Mensch, der ein Recht darauf hat, es zu erfahren.«

»Es begann damit, dass sie Ehepaare unter Druck setzten, von denen einer Jude oder Halbjude war. Sie wollten erreichen, dass der arische Partner sich trennte. Und wenn er es nicht tat, sorgten sie dafür, dass er seine Arbeit verlor, dass die Wohnung gekündigt wurde, dass sich seine Freunde von ihm abwandten und andere Dinge, die das Leben unerträglich machten. Es entging mir natürlich nicht, dass sie auch Adolf schikanierten. Er versuchte, es vor mir zu verbergen, aber es war zu offensichtlich: Banken gaben keine Kredite mehr, Behörden verweigerten Baugenehmigungen, Reisevisa, die er für Geschäftsbesuche im Ausland benötigte, wurden nicht ausgestellt. Es war nur eine Frage der Zeit, bis ihre Repressalien auch für ihn unerträglich werden würden. Dem wollte ich zuvorkommen und bin abgereist. Ich wollte, dass sie ihn in Ruhe lassen. Und natürlich auch mich selbst schützen. Sie begannen bereits, jüdische Freundinnen von mir zu attackieren – im wahrsten Sinn des Wortes. Die Deportationen begannen zwar erst einige Jahre später, aber der tägliche Terror war bereits da.

Adolf verschloss die Augen vor alldem. Zumindest solange ich noch mit ihm lebte. Später ist auch ihm nicht mehr entgangen, was um ihn herum passierte. Und er hat gehandelt. Aber da war es für uns beide zu spät, und für ihn führte es offenbar in den Untergang.«

»Was heißt gehandelt? Was hat er gemacht?«

»Er hat Menschen geholfen. Freunden von mir, jüdischen Freunden von ihm. Als Anlaufstation sozusagen. Kurz nach

Kriegsbeginn war ich in der Schweiz und dann in Südfrankreich, was die Nazis zunächst nicht besetzt hatten. Dort hielten sich viele geflüchtete Deutsche auf. Man lernte sich schnell kennen, man erfuhr, dass es auch einen Widerstand gab – Leute, die es nicht einfach so hinnahmen, Leute die Attentate verübten, Anschläge, Sabotageakte. Als sie dann auch in Südfrankreich einmarschierten, was bis dahin von den Italienern verwaltet wurde, bin ich in Portugal, dann in England, für kurze Zeit auch in den USA gewesen. Überall traf man auf Widerständler. Die Amerikaner stellten sogar Bataillone auf, die aus geflüchteten Juden bestanden und die hinter der Front Sabotageakte verübten. Da waren natürlich nur Männer gefragt. Aber woanders wurden auch Frauen eingesetzt. Ich habe sie bewundert, viele waren bereit, höchstes Risiko einzugehen. Ich hatte nicht den Mut. Aber ich habe dazu beigetragen, ihnen sichere Häuser und Wohnungen zu vermitteln. Eines davon war das *Savoy*.«

»Vater hat hier Untergrundkämpfer versteckt?«

»Nicht nur das. Er hat sie mit Kleidung, Geld und Proviant versorgt. Ich schrieb ihm, wann wieder eine Person nach Hamburg kommen würde. Und er hat sich um sie gekümmert. Ich weiß nicht, wie viele es waren, denen er auch Schiffspassagen beschaffte, damit sie das Land verlassen konnten.«

»Agatha hat mir gesagt, dass er sie ebenfalls hinzugezogen hat.«

Thea sah Josie verwundert an. »Das hatte ich nicht geahnt. Aber es passt zu ihr! Sie hat die Nazis gehasst. Sie hat sicherlich Grund, vorsichtig zu sein, sie haben immer noch genügend Einfluss.«

»Wer?«

»Die Nazis. Die Besatzungsmächte konnten nicht vollständig auf sie verzichten. Wer nicht gerade als Mörder in Konzentrationslagern tätig war, den lassen sie seine frühere Arbeit weiter machen. Ärzte, Ingenieure, Wissenschaftler, Verwaltungsbeamte, Fachleute in Behörden und Ministerien – überall dort, wo man Erfahrung und Wissen darüber braucht, wie man ein Land am Laufen hält.«

Josie zuckte mit den Achseln. »Lass uns nicht über die reden, sondern über dich. Wie bist du nach Palästina gekommen?«

»Genau wie Tausende andere. Als es in Europa unmöglich wurde, sich zu verstecken, sprach es sich herum, dass in Palästina Flüchtlinge aufgenommen wurden. Palästina war ein Protektorat, es stand unter dem Schutz der Engländer, Amerikaner und der Russen. Man durfte sich dort also sicher fühlen. Ich lebe jetzt am Rande von Tel Aviv. Unser Kibbuz macht Bewässerungsprojekte. Ich bin sehr glücklich dort.«

»Und bist du … allein?«

Thea verstand nicht sofort, dann lächelte sie. »Kein neuer Mann, wenn du das meinst! Es leben dort viele Einzelpersonen, ich hätte eine gute Auswahl, und manchmal …« Sie lachte. »Aber nein, wozu heiraten? Und du?«

»Ich bin mit einem Mann zusammen, den ich in Hemelinghausen kennenlernte, als wir noch Jugendliche waren. Ob wir irgendwann heiraten werden – keine Ahnung! Im Moment sehe ich keinen Grund dafür. Es geht auch so. Er ist übrigens hier.«

»Im Hotel?«

»Ich nehme an, er schläft noch. Er ist nicht daran gewöhnt, abends lange wach zu bleiben. Seine Eltern züchten Heidschnucken – da muss man früh raus!«

»Kann ich ihn sehen?«

»Wie gesagt: Er schläft.«

»Nur sehen!«

Wenig später standen sie vor der Tür zu Josies Wohnung. »Hier war Adolfs Büro …«, flüsterte Thea.

»Ich weiß. Jetzt wohne ich hier.« Vorsichtig drehte Josie den Türknauf, öffnete die Tür einen Spalt und sah ins Zimmer. »Ich hatte recht …«, sagte sie.

»Lass sehen!«, flüsterte Thea.

»Aber Mama! Er ist im Bett. Er hat ganz zerzaustes Haar …«

»Na und?«, sagte Thea und schob sich an Josie vorbei.

»Was ist los?«, ertönte Ramus schlaftrunkene Stimme. »Wo bist du? Wie spät?«

»Alles gut. Schlaf weiter!«, sagte Josie. »Es ist noch früh.«

»Er hat eine sympathische Stimme«, sagte Thea, als Josie die Tür wieder geschlossen hatte. »Irgendwann kann ich ihn dann vielleicht auch mal im Wachzustand sehen …«

»Dafür müsstest du wiederkommen.«

»Oder ihr besucht mich!«

Als sie zur Hotelhalle zurückkamen, stand dort Claude Lignier. »Das ist der Architekt«, sagte Josie stolz und deutete auf ihn. »Er hat alles entworfen.«

Thea staunte. »Der ist ja noch jünger als du!«

»Aber ein Genie! Wenn Ihr im Kibbuz mal etwas bauen wollt, sag' Bescheid.«

Dann standen Josie und Thea sich schweigend gegenüber, suchten nach Worten oder Sätzen, fanden jedoch keine. »Ich muss zum Flugplatz«, sagte Thea schließlich. »Ruf mir bitte ein Taxi.«

»Nein«, sagte Josie, »ich fahre dich. Mein Auto steht gleich dort …« Sie wollte eben zur anderen Straßenseite deuten, wo ihr Volkswagen geparkt war, als ein gelber Straßenkreuzer vorfuhr und die Sicht versperrte. Nick stieg aus und eilte mit langen Schritten auf Josie zu. »Du wirst es nicht glauben …!«, hob er an, doch Josie hielt einen Finger vor ihre Lippen und sagte: »Gibst du mir deinen Schlüssel?«

Als sie über die Lombardsbrücke fuhren und Thea ihre Verblüffung abgelegt hatte, fragte sie ihre Tochter: »Wer war das denn eben?«

»Das ist eine andere Geschichte. Die erzähle ich dir bei deinem nächsten Besuch …«

»Ich werde das Blöken vermissen«

Die Wauschkuhn-Ausstellung schlug ein wie eine Bombe. Hamburger und überregionale Zeitungen berichteten über die »Sonnengemälde«, ein französisches Kunstmagazin schickte einen Reporter, der ein Interview mit Hans Wauschkuhn führte. Die ursprünglich für einen Monat geplante Bilderschau wurde wegen des großen Interesses immer wieder verlängert, Kunstinteressierte reisten in Gruppen an. Josie machte dem Maler den Vorschlag, sich auf Dauer im *Savoy* einzuquartieren. »Ich möchte gern, dass Sie hier wohnen, dass Sie hier leben!«, erklärte sie ihm, als sie eines Abends allein mit ihm zwischen seinen Bildern saß. »In Hemelinghausen vermisst Sie keiner, und Ihre Verehrer haben eine kürzere Anreise nach Hamburg. Es wäre für alle von Vorteil. Am meisten für Sie! Und für mich wäre es das schönste aller Eröffnungsgeschenke, Sie auf Dauer bei uns zu haben!«

»Mein Atelier«, erwiderte er zwischen zwei Zigaretten, »ich habe mein Atelier dort! Ich muss neue Bilder machen, dafür brauche ich mein Atelier.«

»Das habe ich schon bedacht«, erwiderte Josie. »Und mein Vorschlag ist: Sie richten hier im Haus ein neues ein! In der vierten Etage gibt es Räume direkt unterm Dach – mit Oberlicht! Große, helle Räume, wo Sie so viele Staffeleien aufstellen können wie Sie möchten.«

»Ich werde das Blöken vermissen«, murmelte er, und Josie wusste, dass sie ihn für ihre Idee gewonnen hatte. Zwei Wochen später zog Hans Wauschkuhn im *Savoy* ein.

Ein Artikel im *New York Art-Magazine* steigerte das Interesse an Hans Wauschkuhn noch. Die Erwähnung der Tatsache, dass er wegen seiner »entarteteten Kunst« im KZ inhaftiert gewesen war, veranlasste die Kulturbehörde, ihn und andere Hamburger Maler sowie Dichter und Komponisten, denen es ähnlich ergangen war, zu einer Gedenkstunde ins Rathaus einzuladen, wo sich die Stadt offiziell für das Unrecht entschuldigte, das ihnen angetan worden war und derer gedachte, die es nicht überlebt hatten. »Im Namen des gesamten Senats«, versicherte der Bürgermeister, dass sich Derartiges niemals wiederholen würde.

Josie, die Wauschkuhn zu dem Festakt begleitet hatte, bemerkte auf der Rückfahrt zum Hotel dessen grüblerisches Schweigen. »Sie trauen dem Frieden nicht?«, fragte sie.

Der Maler warf eine Kippe aus dem Autofenster und zündete sich eine neue an. »Was in diesem Land passiert ist, war ein gewaltiges Erdbeben«, erwiderte er, »das gewaltigste, das die Menschheit je erlebt hat. Die Erschütterungen werden noch lange nachwirken und über Generationen zu spüren sein. So etwas kann man nicht mit ein paar feierlichen Worten für beendet erklären, auch wenn man es aufrichtig meint.« Er sah Josie von der Seite an und fragte dann: »Ist dir der Mann aufgefallen, der vorn rechts auf den Senatorenplätzen saß? Er hat dich die ganze Zeit angestarrt. So ein großer Schönling, ein bisschen wie Willy Birgel. Oder wie Hans Söhnker ...«

»Kenne ich beide nicht«, entgegnete Josie. »Und dass mich einer angestarrt hat, ist mir entgangen. Ich habe die meiste Zeit zu Ihnen geguckt.«

»Die beiden gehören zu den Filmstars, die unter den Nazis ganz groß rausgekommen sind und auch jetzt immer noch ganz oben sind. Die Leute stehen Schlange vor den Kinos, um die Nazi-Stars zu sehen. Kontinuität nennt man das. Das beruhigt die Menschen! Der Rühmann gehört auch dazu. Das Karussell soll sich weiterdrehen, mit demselben Personal und zur gleichen Musik.«

»Der Mann, der mich angestarrt hat – haben Sie ihn erkannt?«

»Das nicht. Aber er wurde zu Beginn vorgestellt. Hast du nicht zugehört? Alle anwesenden Senatoren wurden namentlich vorgestellt. Dieser heißt Seyboldt. Jetzt, wo ich darüber nachdenke, schwant mir, ihn schon am Eröffnungsabend gesehen zu haben. Ja, ich glaube, er hat sich die Bilder angesehen. Er schien sie nicht gemocht zu haben.«

Josie trat auf die Bremse. Als der Wagen zum Stehen kam, wandte sie sich zu Wauschkuhn und sah ihm direkt ins Gesicht. »Der Mann taucht in den Notizen meines Vaters auf«, sagte sie. »Auch im Zusammenhang mit Bildern. Er hat ihn aufgefordert, die modernen Gemälde aus dem *Savoy* zu entfernen!«

»Reg dich nicht auf. Ich sagte ja: So ein Beben wirkt nach. Es ist noch längst nicht zu Ende.«

Schweigend legten sie die restliche Strecke bis zum *Savoy* zurück. Als sie vor dem hell erleuchteten Eingang unter dem Schriftzug des *Savoy* hielten, sagte Wauschkuhn: »Besuch' den Mann doch mal, diesen Seyboldt! Frag ihn, ob er sich an deinen Vater erinnert. Mal sehen, wie er reagiert.«

»Das kann man doch nicht machen!«

»Warum nicht? Diese Leute wünschen sich nur eins: in Ruhe gelassen zu werden, Gras über ihre Vergangenheit wachsen zu lassen. Wenn man dabei nicht mitspielt, werden sie nervös. Das könnte sehr interessant werden.«

Die Anwesenheit Wauschkuhns und der Umstand, dass er jetzt im *Savoy* lebte und arbeitete, zog nicht nur Kunstinterssierte an, sondern auch weitere Maler: Junge, ambitionierte Künstler, die den alten Mann kennenzulernen wünschten und ihm mit größter Ehrerbietung begegneten. Nach einigen Monaten berichtete Wauschkuhn Josie von zwei besonders begabten jungen Leuten, deren Bilder er für so gut hielt, dass er sie ausstellen wollte. Josie war begeistert, die Vernissage ein Erfolg. Als kurz darauf auch noch die erste Lesung mit einer jungen Berliner Lyrikerin in der Bibliothek des Hotels stattfand, sagte Rasmus: »Du hast ein Händchen für sowas! In den Zeitungen nennen sie das *Savoy* bereits das ›Künstlerhotel‹.«

Rasmus wohnte jetzt fast ständig bei Josie, der Zustand seiner Eltern hatte sich deutlich gebessert. Und er sah auch seine Schwester täglich: Margret hatte im *Savoy* eine Arbeit in der Küche angenommen, lebte aber weiterhin mit Ingo bei Isolde.

Und dann kam der Tag, an dem Josie einen Brief im typischen hellroten Behördenumschlag erhielt. Absender: *Bau-*

behörde – Denkmalschutzamt. Sie schenkte ihm zunächst keine Beachtung und öffnete ihn erst einige Tage später. Als sie ihn las, hatte sie das Gefühl, jemand schnüre ihr die Luft ab. Ihre Beine versagten und sie schaffte es gerade noch bis zu ihrem Schreibtischstuhl, bevor sie zu Boden gegangen wäre. *»… haben wir festgestellt, dass der Ausbau des Dachgeschosses für die gewerbliche Nutzung eines Malerbetriebes nicht den Anforderungen des Denkmalschutzes genügt. Die dauerhafte Ausübung von handwerklichem Kleingewerbe ist in Gebäuden wie diesem untersagt. Wir verfügen hiermit, dass die vorgenommenen Umbauten rückzubauen sind und Sie sich diesbezüglich mit uns ins Benehmen zu setzen haben.«*

Josie las den Text fünfmal, beim sechsten Mal war ihre Wut so groß, dass sie den Brief zusammenknüllte, auf den Boden warf und darauf herumtrampelte. Rasmus, der daraufhin kam, sah sie entsetzt an. »Was hat dir das arme Blatt Papier getan?«, fragte er und nahm sie in den Arm.

»Ein Stück Papier, ja – aber was für eins!«, erwiderte sie. »Seyboldt! Niemand anderes steckt dahinter!«, zischte sie.

»Wer?«, fragte Rasmus.

»Eine lange Geschichte, erzähl ich dir später mal. Ich muss los …« Sie gab ihm einen Kuss und eilte zu ihrem Volkswagen.

Sie hatte Glück: Sie traf Nick an. Er saß mit mehreren Männern in seiner riesigen Halle auf den zerschlissenen Sofas. Sie waren in Zigarettenrauch gehüllt, auf dem Tisch standen Whiskyflaschen. »Ah, meine Lieblingscousine!«, rief Nick, als sie hereinkam. »Meine Herren, darf ich vorstellen: Josie! Josie, darf ich vorstellen: Meine Geschäftspartner.«

Die Männer hoben jeder lässig eine Hand. »Hast du einen Moment Zeit für mich?«, fragte Josie. »Natürlich, Baby!«, erwiderte Nick und erhob sich. »Wir planen nur gerade den nächsten Boxabend. Diesmal wird es wirklich groß. Und wenn ich sage wirklich, dann meine ich wirklich! 5.000 Leute!«

»Habe verstanden«, erwiderte Josie, »ich will auch nicht lange stören. Eine einzige Frage nur …«

Nick trat dicht vor sie und beugte sich zu ihr herunter.

»Wenn du extra dafür hierher kommst, wird es wohl nicht irgendeine Frage sein …«, raunte er.

»Richtig. Nick, hast du irgendetwas über Seyboldt in Erfahrung bringen können?«

»Macht der Kerl Probleme?«

Josie nickte.

»Ja, habe ich! Es gibt interessante Dinge über den ehrenwerten Herrn Senator.«

»Und – was ist es?«, fragte Josie.

»Ich komme nachher zu dir. Dies ist nicht der passende Rahmen dafür.«

»Was soll ich denn mit einem Rahmen!«, fragte Josie gereizt. »Sag es mir einfach!«

»Gedulde dich! In zwei Stunden bin ich bei dir. Ich kann meine Geschäftspartner nicht länger warten lassen. Deine Geduld wird belohnt werden!«

»Du findest mich bei Isolde«, erwiderte Josie.

»Gut, dann dort.«

Isolde sah Josie an, dass sie einen Pernot brauchte, und zwar dringend.

»Setz dich, trink in Ruhe und dann erzähl'«, sagte sie.

Josie trank das Glas in einem Zug leer und sah sich dann um. »Wo ist Ingo?«, fragte sie.

»Bei einem Klassenkameraden, er kommt erst heute Abend wieder. Genau wie seine Mutter.«

»Gut. Dann sind wir unter uns.«

»Also …?«

»Seyboldt. Bausenator Seyboldt. Seine Behörde will uns an den Kragen. Ich soll Wauschkuhns Atelier zurückbauen, wegen Denkmalschutz und Papperlapapp. Mit sowas hat er früher meinen Vater malträtiert, jetzt fängt er bei mir an. Aber diesmal wird er sich die Zähne ausbeißen!«

»Was kannst du dagegen unternehmen?«

»Das werden wir gleich erfahren. Ich erwarte jeden Augenblick meinen amerikanischen Cousin.«

Nick war bester Laune, als er eintraf. »Wir haben die Ernst-Merck-Halle gemietet!«, rief er. »Europameisterschaftskampf! Halbschwergewicht! Es wird im Rundfunk übertragen. Und Ihr kriegt Ringplätze, meine Täubchen. Da wo man die Knochen brechen hört …«

»Du bist furchtbar«, unterbrach Josie ihn, »hör auf damit! Was ist mit Seyboldt?«

»Ja, der nette Herr Senator! Zunächst mal: Was will er von dir?«

»Mich schikanieren! Ich soll das Obergeschoss denkmalgerecht umbauen, Wauschkuhns Atelier soll verschwinden. Andernfalls droht die Schließung des Hotels.«

»Das hat er dir geschrieben?«

»Nicht er, seine Fachabteilung. Mit solchen Sachen hat er vor fünfzehn Jahren meinem Vater ebenfalls die Hölle heißt gemacht, mit noch viel schlimmeren Dingen sogar.«

»Wehret den Anfängen, so sagt man doch bei euch – richtig?«, fragte Nick. »Also, verehrte Frau Baier, Sie gehen doch ganz gern mal nachts in verrufene Gegenden, oder?«

»Was?«, sagte Isolde und sah ihn empört an.

»Wo Herren in Frauenkleidern auf der Bühne herumtanzen, zum Beispiel …«

»Ach so, ja. Das ist Kunst, mein lieber Mister Dean – Kunst!«

»Natürlich. Ein paar Häuser weiter, da gehen auch Herren ein und aus. Dort gibt es einen Keller, in dem spielen sie mit kleinen Jungen. Auch mit großen Jungen, aber am liebsten mit kleinen. Und soll ich euch was sagen: Freunde von mir haben dort den Herrn Bausenator hineingehen sehen. Nicht nur einmal. Es gibt noch andere derartige Spielplätze in der Stadt, vielleicht war er ja dort ebenfalls. Auf jeden Fall: Gestern blieb er drei Stunden, seine Sicherheitsleute haben sich vor der Tür den Arsch abgefroren.«

»Und das ist sicher?«

»Dass sie gefroren haben?«

»Blödmann!«

»Also, Fotos habe ich nicht. Aber ich kenne Leute, die kennen Leute, die haben ihnen erzählt, dass sie ihn dort mehrmals gesehen haben. Und gestern eben auch …«

Josie war aufgestanden, ging im Raum auf und ab. »So mein Lieber!«, murmelte sie und ballte die Fäuste. »Jetzt bist du fällig …«

»Du willst ihn dazu bringen, die Bauauflagen zurückzunehmen?«, fragte Isolde.

»Das auch.«

»Und was noch?«

»Wenn er weiß, wer damals meinen Vater abgeholt hat, dann wird er es uns jetzt sagen. Und ich bin sicher, dass er es weiß.«

»Abgeholt?«, fragte Isolde.

»Abgeholt – und umgebracht! Seyboldt war damals nicht nur Baurat, er war auch ein einflussreicher Parteibonze. Er hat von all diesen Dinge gewusst. Und sie vielleicht sogar selbst angeordnet. Er wird uns das alles erzählen, schön der Reihe nach, bis keine Frage mehr offen ist!«

»Josephine, so kenne ich dich ja gar nicht!«, sagte Isolde und sah sie groß an. »Was ist in dich gefahren? Nick, sagen Sie auch mal was …!«

»Die Rache ist mein, sprach der Herr!«, erwiderte er. »Und ich habe das Gefühl, schon recht bald.«

Er erhob sich und deutete eine kleine Verbeugung an. »Meine Damen! Ich muss noch ein paar Erkundigungen anstellen, dann können wir loslegen …« Damit verließ er die Wohnung.

»Bekomme ich noch einen Pernot, bitte?«, fragte Josie und setzte sich. Isolde griff zur Flasche.

»Nicht anfassen, ich bin frisch gebadet«

Agatha schaffte es mit Mühe von ihrem Sessel am Fenster bis zu ihrer Wohnungstür, wo es geklopft hatte. Es war Dienstag am frühen Abend. Sie wusste, es würde Josephine sein – Dienstag war ihr Besuchstag. Agatha hatte Josie wiederholt gesagt, es sei nicht erforderlich, sie so häufig zu besuchen, sie wisse, wie viel sie zu arbeiten hätte, aber insgeheim freute sie sich schon auf ihren nächsten Besuch, kaum dass Josie wieder gegangen war. Sie war ihr einziger Kontakt zur Außenwelt, abgesehen von den Besuchen einer Nachbarin, die Einkäufe für sie erledigte. Josie versorgte sie darüber hinaus mit frischem Obst, stellte Blumen auf den Küchentisch, brachte ihr Zeitungen mit. Und sie beobachtete mit wachsender Sorge die Hinfälligkeit ihrer Großmutter, deren Rheuma nicht die einzige Beeinträchtigung war: Sie hatte Arthrose, litt an Asthma und konnte kaum noch hören.

Agathas Augen hingegen waren vorzüglich, über die Zeitungen freute sie sich daher am meisten. Meistens wusste sie mehr als Josie über das Geschehen in der Stadt, denn sie las sie von der ersten bis zur letzten Seite. Die Berichte über die Eröffnung des *Savoy* kannte sie nahezu auswendig und erzählte Josie so begeistert davon, als wäre sie selbst dabei gewesen. Als Agatha jetzt die Tür öffnete und ins Sonnenlicht blinzelte, zuckte sie zurück: Ihre Enkelin war nicht allein. Sonst kam sie nie in Begleitung – diesmal stand ein Mann neben ihr!

Josie bemerkte die Verwirrung der Großmutter. »Er hilft mir tragen!«, erklärte sie. »Außerdem möchte er dich kennenlernen.«

In der Küche stellten sie den Einkaufskorb auf den Tisch, und Josie nahm Agatha in den Arm. »Ich habe Rasmus mitgebracht!«, sagte sie.

Auf ihren Stock gestützt betrachtete Agatha den jungen Mann. »Adrett!«, sagte sie. »Ist das der neue Liftboy?«

»Nein, sowas haben wir nicht mehr«, sagte Josie und lachte. »Die Gäste müssen heutzutage selbst auf die Knöpfe drücken. Das ist Rasmus, er lebt bei mir im Hotel. Und er wird im Winter die Universität besuchen. Er wird Archäologie studieren.«

»Aber dafür muss er doch nicht bei dir leben?«

»Richtig!«, rief Josie und beugte sich zu Agathas rechtem Ohr, auf dem sie ein wenig besser hörte. »Das wir zusammenleben, hat einen anderen Grund.«

»Ach ja?«

Josie und Rasmus sahen sich an, dann sagte Josie: »Ja. Der Grund ist, dass wir uns lieben. Und da will man dann möglichst viel zusammen sein, das kannst du doch verstehen?«

»Natürlich, natürlich!«

»Wir kennen uns seit über zehn Jahren, aus Hemelinghausen ...«

»Da war es immer besonders schön!«, unterbrach Agatha sie. »Weißt du noch, wie wir dort unsere Strandburgen gebaut haben?«

»Strandburgen?«

»Ja, sicher. Oder – warte mal – nein, was rede ich denn da: Das war in den Bergen! Diese herrlichen schneebedeckten Gipfel!«

Agatha ließ sich in ihren Ohrensessel fallen und blickte schwärmerisch an die Zimmerdecke.

Josie sah sie verzweifelt an. »Wie waren nie in den Bergen ...«, sagte sie. Traurigkeit breitete sich auf Agathas Gesicht aus.

Rasmus kniete sich vor Agatha und ergriff ihre Hand. »Ist ja auch egal«, sagte er. »Erstmal guten Tag! Ich freue mich sehr, Sie endlich kennenzulernen. Josephine hat mir viel von Ihnen erzählt!«

Agatha runzelte die Stirn und sah ihm tief in die Augen. »Diese Sängerin? Was redet die über mich? Die hat nicht über mich zu reden, das Luder!«

»Nein, ich meine Josephine – Ihre Enkelin.«

»Was denn für Enkel? Was bilden Sie sich ein, mein Herr? Ich bin eine ehrenwerte Frau!«

Josie ging in die Küche und schlug entsetzt die Hand vor den Mund, sie musste sich zusammenreißen, um nicht laut zu schluchzen. Nun war er also da, der Tag, den sie schon seit Längerem gefürchtet hatte: Der Tag, an dem ihre Großmutter den Verstand verlor. Sie nahm eine Birne und ging zurück in die Stube.

»Soll ich dir eine Birne schneiden?«, fragte sie. »Sie sind herrlich süß!«

»Lassen Sie nur, das mach ich schon selbst. Ich möchte nicht, dass Sie sich verletzen ...« Agatha versuchte aufzustehen, ihre Beine zitterten, sie stützte sich an der Sessellehne ab. Rasmus reichte ihr eine Hand, die sie wegschlug. »Nicht anfassen! Ich bin frisch gebadet!«, sagte sie scharf, richtete sich auf und stürzte zu Boden.

Zwei Stunden später verließ Dr. Braune, der nach Josies Anruf sofort gekommen war, das Zimmer 333 mit Blick auf den Hautbahnhof-Vorplatz, in dem Agatha auf einem Himmelbett lag. »Es ist nichts Akutes«, erklärte er. »Sie muss weder ins Krankenhaus noch braucht sie Medikamente. Es ist einfach nur – das Alter«, sagte er. »Bei manchen versagt zuerst der Körper, bei anderen der Kopf. Ihrer Großmutter fehlt nichts körperlich, abgesehen von den Hör- und Gehbeeinträchtigungen. Sie ist nur stark verwirrt.«

»Das war sie bislang nie. Zumindest war ihr nichts anzumerken.«

»Jetzt ist sie es. Gewöhnen Sie sich daran. Es ist nichts Schlimmes, solange man es nicht zu etwas Schlimmen macht. Nehmen Sie es als gegeben. Menschen wie Ihre Großmutter befinden sich manchmal in einer anderen Welt, die sich mit der Realität vermischt, was sie dann beunruhigt. Da hilft nur: Seien Sie freundlich zu ihr, korrigieren Sie sie nicht, wenn sie Unsinn redet, seien Sie einfach für sie da.«

Josie sah betreten zu Boden. »So schnell?«, fragte sie. »Bei meinem vorherigen Besuch war noch alles in Ordnung, außer dass sie nicht mehr gut hören und gehen konnte.«

»Ja, so schnell. Bei manchen geht es schnell, bei anderen zieht es sich über Jahre, sodass man es zuerst gar nicht merkt. Es ist gut, dass Sie sie gleich zu sich geholt haben, allein hätte ihr viel zustoßen können. Rufen Sie mich jederzeit an, wenn Sie irgendetwas beunruhigt.«

Josie sah Dr. Braune nach, wie er durchs Zimmer ging. Vor der Tür blieb er noch einmal stehen. »Sie haben meine Bewunderung«, sagte er. »Ich kenne Sie, seit Sie ein Mädchen waren – und sehr viel älter sind Sie ja immer noch nicht. Was Sie hier leisten ist einzigartig! Meine Schwester und ihr Mann, die in Köln leben, haben uns kürzlich besucht und im *Savoy* gewohnt. Sie waren voll des Lobes.«

Josie lächelte dankbar. »Wenn Ihre Schwester das nächste Mal kommt, sagen Sie mir bitte vorher Bescheid. Ich werde unser schönstes Zimmer für sie reservieren lassen.«

Agatha schlief, als Josie an ihr Bett trat. Während sie ihre Großmutter betrachtete, schien es ihr, als sähe sie ihrem Vater ins Gesicht. Früher war ihr die Ähnlichkeit nie aufgefallen, jetzt im Alter trat sie deutlich zutage. Wie würde er jetzt aussehen?, dachte Josie. Wie alt wäre er jetzt? Warum ist er nicht hier? Es ist sein Hotel …

Sie erschrak, als Agatha im Schaf murmelte: »Komm ins Wasser, Kindchen, es ist so warm …« Offenbar war sie auf Badeurlaub.

»Der Herr heißt Dr. Seyboldt«

Josie saß vor ihrem Schreibtisch und betrachtete Fotos, die Nick ihr gebracht hatte. Unscharfe, verwackelte Bilder, im Licht einer Straßenlaterne aufgenommen. Man sah einen Mann die Treppen zu einer Souterrainwohnung hinabsteigen, bröckelnde Treppenstufen, ein verrostetes Geländer. Der Mann im dunklen Mantel und mit Hut war dennoch klar zu erkennen: Vier Fotos, die den Bausenator auf ebendiesen Treppenstufen zeigten. Es hätte überall sein können. War es aber nicht. Es waren die Stufen zu einer Kellerwohnung in der Danziger Straße, in denen Männer mit Kindern spielten, wie Nick es formuliert hatte. Und Dr. Seyboldt schickte sich an, diese Wohnung zu betreten.

Konnte sie einfach damit ins Rathaus gehen und ihn damit konfrontieren? Verlangen, dass er seine Behörde anwies, die Denkmalschutzauflagen zurückzunehmen? Der direkte Weg ist oft der beste, dachte sie gerade, als das Telefon schrillte.

Es war der Portier. Ein Herr bäte um ein Gespräch, nein, er habe keinen Termin, aber es sei dringend. Der Name? »Seyboldt. Der Herr heißt Dr. Seyboldt.«

»Ich komme runter.«

Josie erkannte ihn sofort, als sie die Lobby betrat. Der Mann lehnte lässig an einer Säule. Ein Mantel über dem Arm, ein Fuß über den anderen geschlagen, beobachtete er das Treiben um sich herum. Ja, er sieht tatsächlich aus wie ein Filmstar, dachte sie, als sie vor ihn trat und sagte: »Sie möchten mich sprechen?«

Ein breites Lächeln legte sich auf sein Gesicht, als er sich Josie zuwandte. »Ich kann es kaum glauben!«, sagte er. »Ich sehe Sie noch als Kind im Büro Ihres Herrn Vaters auf dem Boden herumkrabbeln. Und jetzt …!«

»Sie haben sich auch kaum verändert«, erwiderte Josie. »Wenn Sie mir folgen wollen.«

Er lachte schallend. »Der war gut – der war wirklich gut!«, sagte er und folgte Josie zum Fahrstuhl.

Als sie das Büro betraten, sah sie, dass er einen Blumenstrauß in den Händen hielt. »Oh, das wäre aber nicht …«, sagte sie, und er unterbrach sie. »Für ihre werte Frau Großmutter! Mir kam zu Ohren, dass sie wieder hier im Hotel wohnt.«

Daher weht der Wind!, dachte Josie. Er ist ihretwegen gekommen, er macht sich Sorgen, will herauskriegen, ob er irgendetwas von ihr zu befürchten hat! »Waren Sie mit ihr befreundet?«, fragte sie.

»So weit würde ich nicht gehen, nein. Aber ich habe sie häufig erleben dürfen, als Gattin meines lieben Freundes Horacio sowie als Mutter Ihres Herrn Vaters. Eine beeindruckende Frau! Eine kleine, energiegeladene Person. Kann ich sie …«

»Nein«, fiel Josie ihm ins Wort. »Sie ist erkrankt und benötigt Ruhe. Aber ich werde ihr die Blumen gern ans Bett stellen.«

»Oh, das höre ich aber gar nicht gern! Das Wohl Ihrer Familie hat mir immer am Herzen gelegen. Richten Sie ihr die herzlichsten Grüße aus und geben Sie mir Bescheid, wenn sie wieder Besuch empfängt? Ich bin sicher, wir würden uns viel zu erzählen haben. Es ist so viel passiert in den letzten Jahren, so vieles hat sich verändert! Dinge, die Angehörigen Ihrer Generation vielleicht gar nicht so bewusst sind.«

Er wandte sich zum Gehen. »Wo Sie gerade hier sind«, sagte Josie, »hätten Sie eine Sekunde?«

»Selbstverständlich! So lange Sie möchten!«

»Es geht um einen Künstler, der in unserem Hotel lebt und arbeitet«, begann Josie, »oben in der vierten Etage.«

»Ja, ich hörte davon. Ich sah sogar einige seiner – nun: Nennen wir es ruhig Werke. Das war während der großen Eröffnungsveranstaltung Ihres Hotels. Ein Freund, der zur Feier geladen war, nahm mich freundlicherweise mit. Leider bot sich keine Gelegenheit, Ihnen meine Aufwartung zu machen. Wie dem auch sei: die Kunst – ja die Kunst! Ich hatte schon mit Ihrem Herrn Vater darüber so manchen Disput – in aller

Freundschaft natürlich! Ich vertrat die etwas altmodisch anmutende Auffassung ...«

»Über Kunst kann man nicht streiten. Entweder sie berührt einen oder nicht, nicht wahr?«, fiel Josie ihm ins Wort. »Dummerweise habe ich aus einer Abteilung Ihrer Behörde die Weisung erhalten, die Arbeitsstätte des Künstlers rückzubauen. Es wird da auf Denkmalschutzbestimmungen Bezug genommen, über die mir keinerlei Unterlagen vorliegen. Vielleicht weisen Sie Ihre Beamten daraufhin, dass es keine Veranlassung gibt ...«

»Keine Veranlassung?«, fragte er scharf. »Soweit ich weiß, ist die Angelegenheit sorgfältig geprüft worden und es gibt keinen Zweifel an der Rechtmäßigkeit der Anordnung.«

Josie trat an ihren Schreibtisch, Seyboldt folgte ihr. »Außerdem liegen seitens Ihres Architekten keine Bauanträge oder Ähnliches ...« Sein Blick fiel auf die Fotos, die ausgebreitet auf dem Schreibtisch lagen. Seyboldt hielt den Atem an, wurde kreidebleich. Dann klammerte er sich an der Tischkante fest, als stünde er auf schwankenden Schiffsplanken.

»Setzen Sie sich besser«, sagte Josie. »Ein Glas Wasser?«

Mit zitternder Hand führte Seyboldt es zum Mund und trank es in langen Zügen leer. »Also, wo waren wir stehen geblieben?«, fragte Josie. »Ach ja: Ich wäre Ihnen sehr verbunden, wenn Sie dazu beitrügen, dieses Missverständnis innerhalb Ihrer Behörde aus der Welt zu schaffen. Kann ich davon ausgehen?«

Seyboldt blickte starr auf seine Schuhspitzen. Dann nickte er kaum merklich mit dem Kopf.

»Sehr schön!«, sagte Josie. »Dann werde ich das Schreiben vernichten und davon ausgehen, dass Ihre Behörde mit der Kopie das Gleiche tun wird.«

Erneut nickte er schwach, dann stemmte er sich hoch und verließ langsam den Raum.

»Er hätte dir gefallen, und du ihm auch«

»Weißt du, was das Faszinierende an der Archäologie ist?«, fragte Rasmus. Sie kamen von einem Einkauf am Jungfernstieg und gingen die Mönckebergstraße entlang. »Das ist der Moment, in dem man ein Artefakt an seinem Originalort findet, dort wo es seit Jahrtausenden gelegen hat. Zum Beispiel die Speerspitze eines römischen Soldaten, die er im Kampf verloren hat. An der Elbe.«

»Wieso an der Elbe?«, fragte Josie.

»Sie kamen mit Schiffen über den Ärmelkanal bis zu uns. Vor über zweitausend Jahren. Und dann verlor zum Beispiel einer seine Speerspitze, und die liegt da nun unberührt, die Jahrtausende gehen über sie hinweg – und ich finde sie. Wenn ich sie berühre, berühre ich die Geschichte! Derjenige, der sie als Letzter vor mir angefasst hat – und nun ich! So, als wäre nur eine Minute vergangen. Das stelle ich mir immer vor. Wenn so etwas dann im Museum liegt, ist dieser Zauber verflogen. Dann ist es nur noch ein altes Eisenteil in einer Glasvitrine.«

»Kennst du jemanden, der so etwas erlebt hat?«, fragte Josie.

»Ja!« Rasmus Wangen glühten vor Begeisterung. »Ein Kommilitone, der gerade seine Doktorarbeit schreibt. Er war bei Ausgrabungen im Teutoburger Wald dabei, und er hat genau so etwas erlebt. Mehr als einmal! Er sagt, es sei ›erhebend‹. Man habe das Gefühl, abzuheben.«

»Mach doch auch mal so etwas, eine Expedition! Was muss man tun, um daran teilnehmen zu dürfen?«

»Eigentlich nichts, außer sich darum zu bewerben. Unsere Fakultät arbeitet mit dem Völkerkundemuseum zusammen, sie planen gerade eine Reise in die Türkei ins Ararat-Gebirge, wo Ausgrabungen stattfinden. Dort soll die Arche Noah liegen …«

Josie lachte. »Die Arche Noah? Die gibt's doch nur in der Bibel, in der Geschichte von der Sintflut!«

»Ja, von jedem Tier ein Paar – das ist ein Märchen, natürlich. Aber gewaltige Überschwemmungen, die ganze Kontinente überspült haben, hat es tatsächlich gegeben. Auch zu Zeiten, als es bereits Menschen gab, die Schiffe bauen konnten.«

»Du musst dich darum bewerben! Mein Gott, klingt das spannend!«

»Ich bin erst im dritten Semester. Ich weiß nicht, ob ich schon ausreichend qualifiziert bin.«

»Versuch es. Ich bestehe darauf!«

»Wieso?«

»Weil man es sein Leben lang bereut, wenn man das, was einen wirklich begeistert, nicht getan hat. Stell dir vor, du hältst tatsächlich ein Stück von so einem Boot in der Hand – als erster nach vielen tausend Jahren! Das ist, als würdest du in die Vergangenheit blicken …«

Rasmus blieb stehen und sah Josie mit strahlenden Augen an. »Ja. Aber die Gegenwart ist noch viel wunderbarer! Weil DU in ihr lebst. Wenn dein Vater dich damals nicht nach Hemelinghausen verbannt hätte, was wäre dann aus mir geworden? Ein Trauerkloß …«

Josie nahm sein Gesicht in ihre Hände und küsste ihn auf die Nasenspitze. »Nein«, sagte sie. »Am ersten Tag, als ich dich in der Schule sah und erlebte, wie du die Kinder beruhigt hast, wusste ich, dass du alles andere als ein Trauerkloß bist. Und was meinen Vater betrifft: Es ist ein Jammer, dass Ihr Euch nicht kennenlernen konntet. Er hätte dir gefallen. Und du ihm auch.«

»Deine Großmutter spricht manchmal über ihn«, sagte Rasmus. »Weißt du übrigens, dass sie manchmal durchs Hotel geht und nach ihm sucht?«

»Ja. Das *Savoy* sieht zwar anders aus als früher, aber sie weiß, wo sie sich befindet. Und sie hat das Gefühl, sie lebt wieder zu der Zeit, als Adolf und ihr Mann noch dabei waren. Manchmal erschreckt sie das Personal, wenn sie in der Küche oder im Waschkeller auftaucht und nach ihnen sucht.«

»Das Personal kennt sie mittlerweile. Jeder, der sie trifft, wenn sie durch die Gegend geistert, bringt sie in ihr Zimmer zurück. Besser könnte es für sie nicht sein.«

»Alles erinnert sie an früher. Sie fragt sehr oft, wo Adolf ist …«, sagte Josie, dann griff sie Rasmus bei der Hand und sie kehrten zum *Savoy* zurück.

»Ich kann mir so etwas nicht ansehen«

»Es darf niemand davon erfahren!«, sagte Josie. »Es geht nur mich etwas an! Meinen Vater und mich. Ich rede deshalb nur mit dir darüber und frage dich: Kannst du weiteres Material beschaffen, mit dem wir den Kerl unter Druck setzen können?«

Nick, blendend gelaunt über den Erfolg seiner ersten großen Boxgala, lehnte sich zurück und umfasste mit ausgestreckten Armen das Lenkrad seines neuen Dodge, ein Pickup, in dem man so hoch saß wie in einem Lastwagen. Sie parkten auf ihrem Lieblingsplatz am Elbdeich und sahen auf das Wasser, das im Scheinwerferlicht glitzerte.

»Erst sagst du mir, warum du nicht in die Ernst-Merck-Halle gekommen bist! Ich hatte dir zwei Ringkarten besorgt …«

»Ich mag diesen Sport nicht, das sagte ich dir doch bereits. Es ist kein Sport, es ist eine Krankheit, eine Perversion.«

»Aber – es war der wichtigste Abend meines Lebens, bislang. 5.000 Zuschauer! Alle waren happy. Und das Beste: Ich habe so viel verdient wie nie zuvor. Ich müsste Dutzende von diesen Autos verkaufen, um so viel zu verdienen!« Er klopfte hart auf das Lenkrad und Josie merkte, dass er ernstlich enttäuscht war.

»Ich gebe dir das Geld für die Karten zurück.«

»Quatsch! Also zum Thema …« Er entspannte sich, legte die Stirn aufs Lenkrad und atmete dreimal tief durch. Dann sah er Josie an. »Willst du ihm ernsthaft ans Leder? Also, ich meine: richtig?«

»Es geht mir jetzt nicht mehr nur darum, dass die Denkmalschutzsache aus der Welt ist – ich muss herauskriegen, was er mit dem Verschwinden meines Vaters zu tun hat! Ob er es möglicherweise in Auftrag gegeben hat. Ob er die Männer kennt, die ihn abgeholt haben. Und was er über sie weiß. Ob sie noch leben. Und wenn ja, wo!«

Nick sah Josie erstaunt an. »Das ist nicht wenig!«, sagte er. »Da müssen wir schon was in der Hand haben. Wie hat er auf die Fotos reagiert?«

»Das Problem mit dem Atelier ist aus der Welt.«

»Ich meinte: Wie hat er ausgesehen in dem Moment?«

»Ich dachte, er fällt um vor Schreck. Er war kalkweiß.«

»Dann sollten wir genau an dieser Stelle weiterbohren. Es ist richtig, dass du nur mit mir darüber sprichst. Du solltest mit niemandem sonst darüber reden, auch nicht mit deinem Freund oder mit dieser Anwaltsschwester oder sonst irgendjemandem. Und vor allem: Ich regele das allein! Du bekommst von mir deine Antworten, sobald ich sie habe. Und mehr musst du nicht wissen …«

Josie sah auf die Elbe hinaus, durch dessen nachtschwarzes Wasser ein hell erleuchtetes Binnenschiff pflügte, an dessen Reling ein Hund hin und her lief und aufgeregt das Scheinwerferlicht des Dodge anbellte. »Sorry für das Andere«, sagte sie, »aber ich kann mir so etwas nicht ansehen. Boxen ist für mich ausgeschlossen …«

»Schon gut«, sagte Nick und legte eine Hand auf ihren Arm, »war dumm von mir. Gleich ins *Savoy* oder noch ein bisschen Musik hören?«

»Musik wär' gut!«

Eine halbe Stunde später betraten sie das *Hounddog*, ein Rock' n'Roll-Lokal in der Silbersackstraße, an dem Nick seit neuestem Teilhaber war. Der Raum war so verraucht, dass sie die Bühne nicht erkennen konnten, und die Musik so laut, dass Josie sofort zu tanzen begann. Denn sie hatte die Erfahrung gemacht: Je mehr sie sich im Takt der Musik bewegte, desto weniger tat sie ihr in den Ohren weh. »Nächsten Monat kommt Little Richard!«, rief Nick ihr ins Ohr. – »Wer?«, schrie sie zurück. – »Wirst schon sehen!«

Als sie am späten Abend ins *Savoy* zurückkehrte, fing sie der Nachtportier ab. »Ihre Frau Großmutter hat nach Ihnen gesucht«, sagte er.

Josie verstand kein Wort, das Klingeln in ihren Ohren übertönte immer noch alles. Als sie kurz darauf Agathas Zimmer betrat, fand sie sie schlafend im Sessel am Fenster. »Hast du wieder Ausschau nach Adolf gehalten?«, fragte Josie leise. »Schlaf weiter, ich geh jetzt auch ins Bett.«

Bevor sie das Licht löschte, nahm sie noch einmal den Brief von Rasmus zur Hand, der er ihr aus der Türkei geschrieben hatte. Sie las ihn zweimal, obwohl sie ihn ohnehin auswendig kannte, und schlief dann mit dem Brief in der Hand ein.

Nick suchte Josie drei Wochen später auf, als sie gerade bei Hans Wauschkuhn im Atelier saß und ihm zusah, wie er eine Schicht roter Farbe über eine blau angemalte Leinwand auftrug. »Die vier Schichten des Bewusstseins!«, sagte der Maler. »Wir wissen nie, welche gerade die oberste ist, welche unsere Wahrnehmung bestimmt. Sie liegen dicht übereinander, manchmal schimmern die unteren durch, manchmal haben wir den Eindruck, als gäbe es nur die eine, die obere. Aber das ist natürlich …«, er nahm den erloschenen Zigarettenstummel aus dem Mund und steckte eine neue Zigarette hinein, »… Quatsch! Es sind immer alle vier gleichermaßen wirksam. Aber es ist nicht immer dieselbe oben. Das Sein bestimmt das Bewusstsein – hör nicht hin, wenn dir jemand solchen Unsinn erzählt! Kommunisten-Quark! Nur das Bewusstsein zählt, das schon vor unserer Geburt da ist und das unser Ich bestimmt. Es ist losgelöst von den äußeren Dingen, es bestimmt unsere Wahrnehmung und alles, was wir sind, ohne dass wir es merken.«

Er hatte mit seinen Bewusstseinsgemälden großes Aufsehen erregt in der Kunstszene. Bislang waren die Bilder »Bewusstsein eins« bis »Bewusstsein zwölf« fertiggestellt und ausgestellt worden, sieben davon waren bereits verkauft zu Preisen im fünfstelligen Bereich. Eines hatte er Josie geschenkt, ebenso wie eines der legendären Sonnengemälde.

Das Telefon klingelte, der Portier kündigte Nick Lembach an. »Ja, lass ihn kommen«, sagte Wauschkuhn zu Josie, »ich mag diesen Amerikaner! Ich würde ihn gerne malen, ich habe schon lange keine Portraits mehr gemacht. Er erinnert mich an einen Tapir mit seiner langen Nase. Ein interessantes Gesicht!«

»Ich glaube, er möchte mich allein sprechen«, erwiderte Josie. »Danke, dass ich Ihnen zusehen durfte …«

Sie hatte Nick noch nie so aufgeregt erlebt. Er zog sie in ihr Büro und prüfte dreimal, ob die Tür auch wirklich geschlossen war.

»Er ist eingeknickt!«, sagte er. »Er hat geredet wie ein Wasserfall, sagen die Jungs!«

»Warst du nicht dabei?«

»Ich? Nein! Ich hab drei Freunde hingeschickt, die sogar mir Angst machen können. Sie haben ihn in seinem Wochenendhaus an der Ostsee besucht. Er war allein dort. Sie haben ihm Bilder von Jungen gezeigt. Jungen, die er kennt. Mit denen er im Keller spielt. Und da fiel ihm auf einmal ein, wer die Männer waren.«

»Männer?«

»Mein Gott – du wolltest doch wissen, wer die Kerle sind, die deinen Vater abgeholt haben! Damals, an dem bewussten Tag …«

»Und er nannte ihre Namen?«

Nick griff in seine Jackentasche, holte einen Zettel hervor und legte ihn auf den Schreibtisch. »So heißen sie«, sagte er. »Sie haben damals für die Gestapo gearbeitet. Heute sind sie Privatdetektive, haben ein ganz offizielles Büro, mit Adresse und Telefonnummer. Wir könnten da jetzt sofort anrufen und um einen Termin bitten …« Er grinste. »Du könntest zum Beispiel sagen, du hättest Eheprobleme und sie sollen mal deinen Mann observieren.«

»Sehr witzig! Wahrscheinlich waren sie es, die ihn umgebracht haben.«

»Wieso bist du so sicher, dass er überhaupt getötet wurde?«

»Er wurde nie wieder gesehen. Ich habe keine andere Erklärung dafür«

»Dann ist es wohl besser, wenn du nicht selbst mit ihnen redest. Wenn sie Mörder waren, dann sind sie es auch heute noch – einmal Killer, immer Killer, hab ich mal gelesen …«

»Wer soll es dann tun?«

»Die Jungs, die beim Senator waren, sind recht robust. Ich kann mir vorstellen, dass sie auch hierfür geeignet wären. Vielleicht sollten sie noch einen oder zwei Jungs mehr mitnehmen, aber das müssen sie selbst entscheiden.«

Sie sahen beide auf den Zettel. »Willst du ihn behalten?«, fragte Nick. »Ich kenne die Namen auswendig.«

Josie öffnete eine Schublade und legte den Zettel ungelesen hinein. »Im Moment will ich sie noch nicht kennen. Das Gefühl zu wissen, wer die Kerle sind und dass sie frei herumlaufen, ist schon gruselig genug. Ich muss mich erst daran gewöhnen.«

»Für dich würde ich durchs Feuer gehen«

Margrets Besuch überraschte Josie. Sie hatte eben eine Unterredung mit dem Chef eines Unternehmens abgeschlossen, das alle Zimmer des *Savoy* mit Radiogeräten ausstatten sollte. Als sie die Tür ihres Büros öffnete, um ihn zu verabschieden, stand Margret davor. Sie sah zu Boden und knetete ihre vor dem Bauch gefalteten Hände. »Es tut mir leid«, sagte sie, »ich weiß, dass du beschäftigt bist …«

Für gewöhnlich besuchte Josie Margret und Ingo einmal in der Woche bei Isolde. Es waren ungezwungene Begegnungen, Margret legte ihre Scheu und Zurückhaltung zusehends ab. Sie erzählte davon, wie gut es Ingo in der Schule ginge, wie wohl sie sich in der Hotelküche fühle und wie sie ihre Freizeit in der Stadt genoss: Sie besuchte Museen, ging ins Kino und hatte sich mit Kolleginnen angefreundet, mit denen sie ausging. Doch jetzt vor dem Büro erinnerte ihre ganze Erscheinung Josie wieder an die Frau aus der Gartenhütte in Hemelinghausen.

»Unfug!«, erwiderte Josie. »Es dauert solange, wie du möchtest! Denkst du, irgendwelche Zulieferer wären mir wichtiger als du? Mit dem da« – sie deutete auf den Mann, der gerade den Fahrstuhl bestieg – »habe ich gerade zweieinhalb Stunden lang zusammen gesessen. Mein Hintern ist ganz platt geworden davon. Und wir beiden reden doppelt so lange, wenn wir wollen! Oder wäre es dir lieber, wenn wir rausgehen und uns bei einem Spaziergang an der Alster unterhalten? Es ist herrliches Wetter!«

Eine halbe Stunde später saßen sie in einem Café auf dem Alsterdampfer-Anleger an der Bellevue und aßen Eis. Die Mittagssonne glitzerte auf dem Wasser, dickbauchige Ruderboote schaukelten vorbei ebenso wie schnittige Jollen, deren weiße Segel im Wind knatterten. Josie lehnte sich behaglich zurück.

»Das sollten wir viel öfter tun!«, sagte sie, reckte die Arme in die Luft und atmete tief durch. »Die Hamburger Luft ist die beste der Welt!«

»Genau darüber möchte ich mit dir reden«, sagte Margret. »Ich habe Sehnsucht nach anderer Luft – Luft, die nach Schafen, Moor und Heide riecht …«

Josie sah sie überrascht an. »Du möchtest zurück?«, fragte sie, »nach Hemelinghausen?«

»Zu meiner Familie, ja«, sagte Margret. »Denk bitte nicht, dass ich undankbar wäre – du hast mehr für mich getan als irgendein Mensch sonst auf der Welt, für dich würde ich durchs Feuer gehen. Aber es geht auch um Ingo. Er …«

»Ich weiß, er hat es mir gesagt.«

»Er vermisst Irmi. Ich wusste gar nicht, dass die beiden so eng befreundet waren. Und er sagt, dass Charlie mehr Auslauf braucht: Er möchte mit ihm durch Felder und Wiesen laufen anstatt ihn hier an der Leine durch die Straßen zu führen. Du wirst sicherlich eine andere Küchenhilfe finden …«

»Als wenn es darum ginge!«, sagte Josie. »Alle mögen dich und freuen sich, dich zu sehen, das weiß ich von vielen aus dem Hotel. Aber was du sagst, leuchtet mir völlig ein. Du brauchst es gar nicht zu begründen. Wann möchtest du losfahren?«

»Am liebsten heute noch …«

Josie lachte. »Reicht auch morgen früh? Ich erwarte heute noch einen Winzer, der unseren Weinkeller beliefern möchte. Aber morgen gleich nach dem Frühstück, wäre das in Ordnung?«

Margret sah sie dankbar an.

Ein Alsterdampfer näherte sich dem Anleger von der Rabenstraße kommend. Josie frage: »Bist du damit schon mal gefahren?« Als Margret verneinte, sagte sie: »Dann wird es Zeit. Komm, wir fahren mit dem Schiff zurück!«

Sie fuhren bis zur Barcastraße und gingen das letzte Stück bis zum *Savoy* zu Fuß. Als sie am Hauptbahnhof vorbeikamen, sagte Margret: »Ich muss noch Fahrkarten kaufen. Wir sehen uns dann morgen früh!«

Josie sah sie groß an. »Das kann nicht dein Ernst sein. Natürlich fahre ich euch hin! Mein Volkswagen ist zwar etwas beengter als der Mercedes, mit dem ihr gekommen seid, aber dafür sitzen wir nur zu dritt darin. Ich hole euch um acht bei Isolde ab – keine Widerrede!«

Hemelinghausen lag wie ausgestorben da, als sie am nächsten Vormittag den Sandweg hinunterrollten und vor dem Haus der Volkerts zum Stehen kamen. Wenn nicht die Wäsche auf der Leine hinter dem Dorfplatz gehangen hätte, hätte man den Ort für verlassen halten können.

Sie saßen eine Weile schweigend im Auto und lauschten in die Stille. »Niemand zu sehen. Sie machen wohl das, was sie immer machen um diese Zeit«, sagte Josie. »Die Frauen kochen, die Kinder sind in der Schule, die Männer lesen Zeitung.«

»Und wo sind die Tiere?«, fragte Ingo. »Ich sehe kein einziges.«

»Die sind auf dem Feld beim Moor«, antwortete Margret.

»Woher weißt du das?«

»Weil sie da um diese Jahreszeit immer sind. Kannst ja mal hinlaufen mit Charlie.«

»Ich helfe dir mit dem Gepäck«, sagte Josie, nachdem sie ausgestiegen waren.

Margret schüttelte den Kopf. »Geh' am besten gleich zu deiner Tante. Sie wird sicherlich schon hinter der Küchengardine stehen und zu uns herübersehen.«

»Vermutlich«, sagte Josie.

Sie fand das Haus der Grubes unverschlossen. Niemand in Hemelinghausen schloss seine Tür ab, das hätten die Nachbarn als Beleidigung empfunden. Trotzdem klopfte Josie. Einmal, zweimal. Als beim dritten Mal niemand reagierte, trat sie ein. Hertha stand nicht hinter ihrer Küchengardine. Balduin saß nicht rauchend in der guten Stube. Und auch Amanda war nicht in ihrem Zimmer. Dass die Zimmer der Kinder leer waren, wunderte Josie nicht, schließlich war Vormittag – Schulzeit. Josie spähte durch die Küchengardine. Herthas Welt, dachte sie:

Der Dorfplatz, zwei Häuser, die Scheune. Und die Kate, in der Wauschkuhn gelebt hatte. Das ist ihr Universum! Wann ist sie zum letzten Mal aus Hemelinghausen herausgekommen? Vor dem Krieg? Josie fiel ein, dass ihre Tante einmal zum Arzt nach Uelzen gebracht worden war wegen ihrer Venenleiden. Magnus Töpfer hatte sie gefahren. Anschließend sagte Hertha, sie sei froh, wieder hier zu sein – viel zu viele Menschen in Uelzen!

Magnus Töpfer – Josie sah, wie er aus seinem Haus kam und zu ihr herüber eilte. Sie zog die Gardine zur Seite und klopfte an die Scheibe. Er lächelte und winkte ihr zu.

»Sie sind alle in Celle«, erklärte er. »Seit heute früh. Amanda hatte einen Herzanfall. Es stand nicht gut um sie, als sie abgeholt wurde. Sie war nicht mehr bei Bewusstsein.«

»Alle? Die Kinder auch?«

»Gerd und Irmi, ja. Manfred nicht, der macht ja eine Lehre in Schneverdingen.«

»Ich fahre sofort hin!«, sagte Josie. »Sagen Sie Margret Bescheid? Ich weiß nicht, ob ich danach noch einmal herkommen werde …«

»Margret?«

»Ja, sie ist wieder hier. Ich habe sie gerade eben gebracht. Und ihren Jungen auch. Es geht ihnen gut, sehr gut sogar!«

Josie eilte zu ihrem Auto – machte dann noch einmal kehrt und lief ins Haus zurück. Magnus Töpfer sah ihr erstaunt nach, wie sie die Treppen hochstürmte und in Amandas Zimmer lief. Sie brauchte nicht lange zu suchen: Die weiße Haube lag gebügelt und gefaltet in ihrem Nachtschrank. Josie nahm sie heraus und steckte sie ein.

Sie traf zu spät im Krankenhaus ein. Zu spät für Amanda. Hertha und Balduin standen an ihrem Bett, Irmi und Gerd hinter ihnen, während eine Krankenschwester Amanda die Augen schloss. Hertha blickte nur kurz auf und nickte Josie zu, als hätte sie sie erwartet. Balduin sah auf die Spitzen seiner staubigen Schuhe.

Wie jung Amanda aussieht!, dachte Josie. Ihre Haut, so glatt und rein. So muss sie ausgesehen haben, als sie im Gasthof arbeitete und dort die schönste Zeit ihres Lebens verbrachte. Sie spürte das Häubchen in ihrer Hand. Das würde ihr jetzt gut zu Gesicht stehen, dachte sie und trat an das Bett.

Nachdem sie das weiße Stück Stoff auf Amandas Stirn drapiert hatte, strich sie über ihre Hand. »Gute Reise!«, sagte sie. Warum habe ich nicht häufiger mit ihr gesprochen? Was weiß ich über sie? Dass sie ihr ganzes Leben lang der kurzen Zeit im Hotel nachgetrauert hat, ja. Warum hat sie sich in ihr Schicksal gefügt? Warum hat sie zugelassen, dass andere ihren Lebensweg bestimmen? Oder war es das, was sie insgeheim wollte: nicht selbst bestimmen, nicht kämpfen, nicht aus der Rolle fallen?

Hertha ist aus anderem Holz, dachte Josie, und spürte die Anwesenheit ihrer Tante in ihrem Rücken. Sie lässt sich von niemandem einschüchtern, ist Herrin ihres Lebens. Oder nicht? Wie hat sie zu Renatus gestanden? Warum spricht sie so verbittert über ihn? Und warum hat auch sie geschwiegen, als direkt vor ihren Augen das Schreckliche geschah, das Unvorstellbare?

Josie stellte sich neben Hertha und sah sie von der Seite an. Sie spürte, wie diese unruhig wurde. Hätte ich die Kraft gehabt, mich anders zu verhalten, dachte Josie, hätte ich den Mut gehabt? Sie berührte ihre Tante leicht mit der Hand, als wolle sie den Menschen spüren, der unter dem blauen Küchenkittel steckte.

»Glotz nicht so!«, flüsterte Hertha.

Josie zog ihre Hand zurück. Sie standen noch eine Weile stumm beieinander, dann wandte sich Hertha zum Gehen.

Sie traten hinaus in die blendende Sonne. Ein Rettungswagen fuhr vor, Sanitäter sprangen heraus und schoben im Laufschritt eine Person auf einer Bahre in die Notaufnahme.

»Was sollte das mit der Haube?«, fragte Hertha.

Als Josi nicht antwortete, fügte sie hinzu: »Warum bist du hier? Was willst du?«

Josie sah sie an, versuchte ihren Blick zu erfassen. Hertha starrte geradeaus in die Ferne. Balduin, der neben ihr stand, sah auf den Boden.

»Danke für alles«, sagte Josie, »leb wohl.« Dann wandte sich ab und ging zu ihrem Volkswagen. Sie blickte nicht mehr zurück.

»Mein Mann hat gerade die Arche Noah entdeckt«

Weitere Post von Rasmus traf ein. Seine Eltern sollten seine Briefe ebenfalls lesen, dachte Josie, sie haben keine Ahnung, wie aufregend sein Leben geworden ist! Sie riss das Couvert auf, ließ sich in einen Sessel fallen und begann zu lesen.

Wir sind tatsächlich auf Reste von versteinertem Holz gestoßen!, schrieb Rasmus. *Es stammt von einer Baumart, die in dieser Region nicht vorkommt. Vielleicht gab es sie hier in früheren Zeiten? Der Biologe in unserem Team sagt: nein. Das würde dann bedeuten, dass es vielleicht tatsächlich von einem Schiff stammt, das vor tausenden von Jahren hierher gelangt ist – hierher, in die türkischen Berge! Aber das ist noch nicht das Beste: Ich habe das Stück Holz an seinem Fundort berührt! Zwar nicht als einziger, aber dort, wo es entdeckt wurde. Es liegt noch immer an seinem Platz. Mein Gefühl ist genauso, wie ich es mir immer ausgemalt hatte: Ich habe einen Griff in die Geschichte der Menschheit getan, als ich es berührte!*

Josie rief laut »Juchhuuu!« und drückte einen dicken Kuss auf den Brief. Sie spürte, wie glücklich Rasmus war und empfand ebenfalls eine Glücksdusche. Sie musste jemandem davon erzählen – jetzt, sofort! Sie lief zu Agathas Zimmer, den Brief in der Hand. Sie fand ihre Großmutter in einem Lehnsessel am Fenster, sie war gekleidet, als würde sie gleich ausgehen wollen. »Wie schön du aussiehst!«, rief Josie. »Was hast du vor?«

»Wir haben heute Hochzeitstag, Horacio und ich! Er holt mich gleich ab, wir gehen essen und dann tanzen. Wir werden ganz groß feiern!«

»Der wievielte ist es?«

»Der zehnte. Und dann, heute Nacht, werde ich ihm sagen, dass ich schwanger bin! Er wünscht es sich schon so lange. Sie können sich gar nicht vorstellen, wie gern ich ihn habe. Ich glaube, es ist wirklich Liebe. Das werde ich ihm heute ebenfalls sagen …«

»Hast du das noch nicht gemacht?«

»Doch – natürlich! Aber man kann das ja gar nicht oft genug sagen, finden Sie nicht?«

»Auf jeden Fall! Ich habe auch so einen wunderbaren Mann. Er hat gerade die Arche Noah entdeckt – hier: sein Brief!«

»Lesen Sie mal vor …«

Agatha hörte gespannt zu und sagte dann: »Mein Mann ist ebenfalls zur See gefahren, früher. Vielleicht ist es ja sein Schiff, das Ihr Mann da entdeckt hat. Das wäre doch famos!«

»Ja, wahrscheinlich reden die beiden jetzt über uns so wie wir über sie …!«

Ein Schatten fiel auf Agathas Gesicht. »Ach, ich weiß nicht«, sagte sie, »mein Mann ist schon so lange tot. Außerdem hat er nie über andere geredet. Er hat immer gesagt: Lass die Leute reden, ich behalte meinen Senf für mich.«

»Ein kluger Mann! So kommt man auch in mageren Zeiten über die Runden.«

Agatha sah Josie jetzt scharf an. »Sie gefallen mir! Ich würde Sie gern näher kennenlernen. Kommen Sie mich mal besuchen! Ich arbeite in der *Kakadu-Bar*.«

»Gern!«, sagte Josie, »da wollte ich immer schon mal hin. Es muss dort ja ganz famos sein …«

»Ja«, sagte Agatha, »famos!« und zog das »o« in die Länge. Dann blickte sie aus dem Fenster auf die Kirchenallee hinunter und wiederholte immer wieder: »Famoooos …!«

»Er hinterlässt auch mal verbrannte Erde«

Josie und Nick trafen sich im *Hound Dog*. Es war sechs Uhr nachmittags, zwei Stunden vor Eröffnung des Lokals, sie saßen in der »Künstlergarderobe« – ein winziger Raum hinter der Bühne. Nick war der Meinung, sie sollten sich für eine Weile nicht mehr gemeinsam in der Öffentlichkeit zeigen. »Ich habe das Gefühl, dass die Sache ziemlich heiß werden könnte«, hatte er erklärt. »Für dich ist es das Beste, wenn du in keinerlei Verbindung damit gebracht wirst.«

Und er erzählte Josie von den Recherchen seiner »Jungs«. »Es scheinen zwei ziemlich abgebrühte Burschen zu sein«, sagte er. »Der Lange macht einen auf feinen Herrn und führt die Kundengespräche. Der andere, ein kleiner Drahtiger, macht die Drecksarbeit, hinterlässt auch mal verbrannte Erde. Wir haben sie bisher nur observiert.«

»Und wie kann man herauskriegen, was sie vor dem Kriegsende gemacht haben?«, fragte Josie.

»Da gab es ihre Detektei noch nicht, soviel wissen wir. Aber das heißt nicht, dass sie nicht irgendetwas Ähnliches gemacht haben. Ich glaube, es gibt nur einen Weg, um das herauszufinden: Wir werden sie fragen müssen.«

»Aber die werden doch freiwillig nichts sagen?«, wandte Josie ein.

»Das glaube ich auch nicht.«

»Und was dann?«

Nick legte die Stirn in Falten und sah Josie ernst an. »Dann muss man improvisieren.«

Die Installation der Radioapparate verlief reibungslos, die Lokalpresse berichtete, das *Savoy* habe nun als erstes Hamburger Hotel Radio in jedem Zimmer. Isolde, die Josies Angebot angenommen hatte, die Öffentlichkeitsarbeit für das *Savoy* in die Hand zu nehmen, hatte eigens eine »Pressekonferenz« anberaumt, die großen Zuspruch fand. Jetzt saßen sie bei Isolde zusammen und lasen die Zeitungsberichte. »Es ist nicht nur wegen der Radiogeräte«, erklärte Isolde. »Das *Savoy* ist hip! Die Zeitungen würden am liebsten täglich irgendetwas berichten.«

»Das *Savoy* ist was …?«, fragte Josie.

»Du solltest irgendwann mal Englisch lernen. By the way: Was macht eigentlich dein amerikanischer Cousin? Er lässt sich kaum noch blicken …«

»Hat viel zu tun. Du weißt ja: Autos, boxen, jetzt auch noch dieses Musiklokal. Er ist ein viel beschäftigter Mann. Ich habe ihn auch schon lange nicht mehr gesehen.«

»Apropos Mann: Wie geht es Rasmus und seiner Arche Noah?«

Josie seufzte. »Er wird noch einen Monat länger dort bleiben. Sie stoßen bei ihren Ausgrabungen ständig auf etwas Neues. Jetzt haben sie Knochen von Tieren entdeckt, die dort eigentlich gar nicht vorkommen.«

»Das würde ja heißen …«

»Genau!«, sagte Josie. »Aber sie halten es noch geheim, bis es wirklich niet- und nagelfest ist.«

»Stell dir mal die Pressekonferenz vor!«, schwärmte Isolde, »*Arche Noah – alles wirklich wahr!* Und das machen wir natürlich hier im *Savoy*. Die gesamte Weltpresse rauscht an, dein Hotel wird weltberühmt!«

»Hör auf damit, das ist lächerlich! Ich muss dich mal was Ernstes fragen …«

»Oh!«, Isolde faltete die Hände und fragte: »Vorher vielleicht einen Pernot?«

»Hinterher«, sagte Josie. »Also: Macht dein Bruder auch Strafprozesse oder nur Zivilklagen und Erbschaftssachen und sowas? Ich meine, hat er auch schon mal mit Mord zu tun gehabt?«

Isolde riss die Augen auf. »Hast du jemanden umgebracht?«

Josie konnte sich ein Lachen nicht verkneifen. »Ich nicht. Aber eine mir sehr nahestehende Person ist ermordet worden, und es könnte sein, dass ich bald die Täter kenne.«

Isolde sprang auf und ging aufgeregt auf und ab, dann stürmte sie in ihre Küche und kam mit der Pernotflasche zurück. »Vielleicht doch besser jetzt schon«, sagte sie und füllte zwei Gläser. »Also: Geht es auch etwas genauer?«

Josie holte tief Luft, sie spürte, dass ihr gleich die Tränen kommen könnten. Sie kippte den Pernot in einem Zug herunter. »Mein Vater«, sagte sie dann, »du kennst ja die Geschichte, zumindest bis zu seinem Verschwinden. Ich bin mittlerweile sicher, dass er umgebracht worden ist. Und ich glaube auch zu wissen, von wem. Es muss nur noch ein Geständnis her. So, nun weißt du's. Und keine weiteren Fragen bitte.«

Rasmus' Heimkehr kam überraschend: Der Brief, in dem er Josie die Abreise des Teams aus der Türkei ankündigte, traf mit Verspätung ein. Einen Tag nach Rasmus erreichte er das *Savoy*. Josie kam gerade von einer Besprechung mit dem Küchenchef, bei der sie das Menü für das bevorstehende Wochenende festgelegt hatten, und schlenderte durch die Lobby. Es war die Zeit des Zimmerwechsels: Abreisende Hotelgäste warteten auf ihre bestellten Taxis, neue trafen ein. Josie mochte diese Zeit der besonderen Geschäftigkeit, sie studierte die Gesichter der Abreisenden und suchte in ihnen nach Zeichen der Zufriedenheit. Und sie betrachtete die Neuankömmlinge und malte sich aus, was sie in Hamburg unternehmen würden.

Den Mann, der sich aus den Menschen löste und schnellen Schrittes auf sie zukam, erkannte Josie zunächst nicht. Da in der Türkei kein Friseur zugegen gewesen war, hatte Rasmus' Haar eine beträchtliche Länge erreicht und stand wirr von seinem Kopf ab, sein Gesicht war gebräunt und von einem blonden Bart eingerahmt. Erst als er auf Armlänge herangekommen war und sich ein breites Lachen auf sein Gesicht legte, wurde Josie klar, wer vor ihr stand. Sie flog in seine Arme, klammerte sich an ihn, und Rasmus wirbelte sie zweimal im Kreis herum, bevor er sie wieder auf dem Boden abstellte. Als sie sich dann küssten, ertönten »Bravo!«-Rufe der Umstehenden, manche applaudierten.

Das Reise-»Mitbringsel«, das er ihr später überreichte, verschlug Josie den Atem: Ein kleines Amulett, in dem sich ein winziges, schwarzes Holzstück befand, kaum größer als ein Splitter. »Ist das etwa von …?«, fragte Josie.

Rasmus legte ihr einen Finger auf den Mund. »Das darf niemand wissen! Außerdem ist ja immer noch nicht endgültig klar, ob es wirklich DIE Arche ist. Aber wenn du es von jetzt an trägst, wird es dich beschützen – so wie es damals Noah vor den Fluten geschützt hat und all die Lebewesen, die er an Bord hatte.«

»Schutz – ja, das werde ich brauchen können«, erwiderte sie. Und sie erzählte Rasmus alles, was in den Wochen seiner Abwesenheit geschehen war.

»Und du hast Nick seitdem nicht gesehen?«, fragte Rasmus, als sie geendet hatte. »Möchtest du, dass ich Kontakt zu ihm aufnehme? Vielleicht ist ihm etwas zugestoßen …«

»Nein«, erwiderte Josie, »du sollst nichts damit zu tun haben! Ich werde mich weiter gedulden müssen, obwohl es mir von Tag zu Tag schwerer fällt.«

Josie musste noch zwei Wochen warten, dann wurde ihr ein Brief ohne Absender unter der Bürotür hindurchgeschoben. Er enthielt eine kurze Notiz und einen Schlüssel. »Sie haben ein Geständnis unterschrieben. Es befindet sich im Schließfach am Hauptbahnhof, zu dem dieser Schlüssel passt.«

»Sie sind keine gute Mandantin, wissen Sie das?«

Dr. Karl-Udo Brockstädt wedelte mit einer Hand den Zigarrenrauch von seinem Gesicht, während er mit der anderen ein Blatt Papier in die Höhe hielt. »Kurz und knapp«, sagte er, »aber eindeutig! *Ich bekenne mich schuldig, am 10. April 1943 Adolf Lembach aus seinem Hamburger Hotel entführt und erschossen zu haben. Klaus Nowacki. Edmund Klöbe.*« Er schlug mit der flachen Hand auf den Tisch und sagte: »Solche Fälle hat man gern: klar und unmissverständlich!«

Josie saß in Brockstädts Büro vor dessen Schreibtisch und starrte auf das Blatt Paier. »So heißen die also …«, sagte sie leise.

»Hat ganz den Anschein!«, sagte der Anwalt. »Wie ist man denn auf die gekommen? Und wer hat ihnen das Geständnis entlockt? Und woher haben Sie es?«

»Sie haben für die Gestapo gearbeitet. Ich weiß es von demjenigen, der sie damals beauftragt hat. Er hat es vor kurzem zugegeben.«

»Aber warum?«

»Weil etwas gegen ihn vorliegt. Etwas, dass ihn ruinieren könnte.«

»Und wer ist dieser Geheimnisvolle?«

Josie erhob sich und trat ans Fenster. Das Haus mit dem Salon, in dem ihr Vater sich hatte frisieren lassen, war mittlerweile instand gesetzt worden. Ob der drollige Hund noch lebt?, fragte sie sich. Wahrscheinlich nicht.

»Seyboldt.«

Dr. Brockstädt fiel die Zigarre zu Boden. Sein Mund stand offen, er starrte Josie lange an. »*Der* Seyboldt?«, fragte er schließlich.

»Der Herr Senator, ja.«

»Dann ist er jetzt erledigt!«

»Wir haben ihm zugesichert, ihn außen vor zu lassen. Die beiden Namen waren mir wichtiger.«

»Wir? Wer ist wir …?«

»Diejenigen, die ziemlich ekelhafte Dinge über ihn herausgefunden und die dann auch das Geständnis dieser beiden hier erwirkt haben.« Sie trat neben Brockstädt und tippte auf das Blatt Papier.

»Mein lieber Mann!«, sagte er, »Sie sind ja …«

»Ja – was?«

»Man möchte Sie nicht zum Feind haben, meinte ich nur.«

»Werden Sie es übernehmen, Anzeige gegen die beiden zu erstatten? Sie betreiben eine Detektei in Barmbek. Ihre Adresse ist bekannt. Sie werben sogar für ihre Dienstleistung.«

»Warum zeigen Sie sie nicht selbst an?«

»Ich möchte nicht hineingezogen werden. Sie hingegen können sich jederzeit hinter Ihre anwaltliche Schweigepflicht zurückziehen, wenn man bestimmte Dinge wissen will.«

»So stellen Sie sich das also vor.« Er wuchtete sich aus seinem Schreibtischsessel hoch. »Dann wollen wir mal …« Er öffnete die Bürotür und rief nach seiner Schwester. »Mach mir mal einen Termin bei der Mordkommission! Wie ist noch gleich der Name von diesem Kommissar – du weißt schon.«

»Wie lautet das Zauberwort?«, antwortete Isolde.

Brockstädt warf Josie einen verzweifelten Blick zu. »Bitte …«, sagte er dann.

Die Hauptverhandlung vor dem Landgericht gegen Klöbe und Nowacki musste dreimal vertagt werden, da die Angeklagten nicht verhandlungsfähig waren. Sie litten an den Folgen eines Unfalls, über dessen Ursache und Hergang sie wenig mitteilten. Nur dass sie sich in ärztlicher Behandlung befänden und ein Prozess unter diesen Umständen nicht zumutbar sei.

Brockstädt suchte Josie ohne vorherige Ankündigung im *Savoy* auf, er kam direkt von einem Termin bei der Staatsanwaltschaft und war außer sich vor Empörung. Er fand sie in Wauschkuhns

Studio, wo der Maler seine neue Bilderserie »Vorher« begonnen hatte – Darstellungen der Gegenwart unmittelbar bevor sie beginnt. Es waren außerordentlich leuchtkräftige Darstellungen, die ersten beiden lehnten an der Wand, ein weiteres halbfertiges Bild stand auf einer Staffelei. »Wir sollten die Vernissage im Planetarium machen. Das ist gerade eröffnet worden und präsentiert eine Schau über die Anfänge der Welt – das würde großartig passen …«, sagte Josie eben, als Brockstädt hereinplatzte.

»Ist es in Ihrem Hotel verboten anzuklopfen?«, fragte Wauschkuhn. »Ich mag es nicht, wenn Leute einfach so hereinstürmen.« Er malte trotzdem unbeirrt weiter.

»Ich gebe Ihnen vollkommen Recht«, sagte Brockstädt, »aber ich komme nicht einfach so!«

Er setzte sich neben Josie auf einen der Wauschkuhn'schen Melkschemel und drückte ihr eine Akte in die Hand. »Hier sind alle Protokolle der bisherigen Vernehmungen«, sagte er. »Sie bleiben dabei, niemanden getötet zu haben. Sie räumen nur ein, für die Hamburger Innenbehörde in den Jahren 1940 bis 1945 Ermittlungen durchgeführt zu haben, bei denen es um flüchtige Juden und andere ›Volksfeinde‹ ging. Dabei könne es schon mal rustikal zugegangen sein, sie erinnern sich jedoch an keine Einzelheiten. Sie stünden immer noch unter dem Schock ihres Unfalls. Trotzdem hat der Richter den Prozessbeginn erneut terminiert.«

Wauschkuhn stand mit dem Rücken zu ihnen, Brockstädt deutete mit dem Kopf auf ihn und zog fragend die Augenbrauen in die Höhe. »Er ist ein Freund«, sagte Josie vernehmlich, »hat selbst unter Kerlen wie diesen zu leiden gehabt. Wir können hier alles besprechen.«

»Gut«, sagte Brockstädt, »dann frage ich Sie jetzt noch einmal: Woher stammt das schriftliche Geständnis? Noch habe ich es den ermittelnden Behörden nicht vorgelegt. Das kann ich erst, wenn ich über seine Herkunft und sein Zustandekommen im Bilde bin und beweisen kann, dass die Unterschriften nicht gefälscht sind.«

»Beide haben den Papierbogen angefasst, mehrmals sogar. Ihre Fingerabdrücke müssen darauf sein. Das sollte sich leicht prüfen lassen.«

»Und das wissen Sie von denen, die das Geständnis beschafft haben? Und Sie wollen mir immer noch nicht sagen, wer die sind?«

Josie seufzte. »So ist es.«

»Sie sind keine gute Mandantin, wissen Sie das? Ein Mandant sollte seinem Anwalt rückhaltlos vertrauen. Wie soll er sonst erfolgreich arbeiten?«

»Tun Sie ja bereits! Wir haben einen neuen Prozesstermin. Und dafür bin ich Ihnen sehr, sehr dankbar!« Sie beugte sich vor und drückte ihm einen flüchtigen Kuss auf seine Wange.

»Das macht sie mit mir nie!«, meldete sich Wauschkuhn. »Wahrscheinlich muss ich auch erstmal mit ihr meckern.«

»Ich meckere nicht, ich versuche meine anwaltliche Aufgabe ernst zu nehmen«, sagte Brockstädt und erhob sich schnaufend. »Guten Tag, meine Herrschaften. Und die Idee mit dem Planetarium ist ausgezeichnet, wenn ich das noch sagen darf. Da ist es dunkel, da muss man diese Bilder nicht sehen ...«

Josie bekam einen knallroten Kopf und suchte nach Worten der Entschuldigung. »Ich liebe diesen Juristenhumor!«, sagte Wauschkauhn ungerührt. »Und seine Idee ist revolutionär: Bilder, die man nicht sehen kann – das gefällt mir!«

Der Prozess begann am 22. Juli. Nachdem der vorsitzende Richter die Anklageschrift verlesen und den Ermittlungsstand referiert hatte, fragte er: »Ist die Nebenklägerin im Saal?«

Karl-Udo Brockstädt erhob sich. »Sie zieht es vor, nicht anwesend zu sein, steht aber für Zeugenaussagen zur Verfügung, wenn es um die Vorgänge am Morgen des 10. April 1943 geht.«

»Herr Anwalt, Sie haben den Antrag gestellt, ein neues Beweisstück vorzulegen. Treten Sie bitte vor.«

Brockstädt legte einen Umschlag vor dem Richter ab. »Hierin befindet sich ein Geständnis der beiden Angeklagten, den

Hotelier Adolf Lembach am 10. April 1943 aus seinem Hotel geholt und am selben Tag erschossen zu haben.« Ohne weiteren Kommentar ging er zu seinem Platz zurück.

»Das Gericht zieht sich zur Beratung zurück. Die Angeklagten sind bis auf Weiteres in Untersuchungshaft zu nehmen.«

Zwei Gerichtsdiener legten Nowacki und Klöbe Handschellen an und führten sie ab. Die Fortsetzung des Prozesses wurde für eine Woche später anberaumt.

»Natürlich bestreiten sie die Echtheit der Unterschriften«, sagte Brockstädt, als er am Abend mit Josie, Rasmus und Isolde in seinem Büro saß. »Dann werden wir das Trumpfass ins Spiel bringen: die Fingerabdrücke!«

»Warum haben wir das nicht gleich gemacht?«, fragte Rasmus.

»Dann wäre die Existenz des Geständnisses schon vor Prozessbeginn bekannt und der Überraschungseffekt dahin gewesen. Die beiden hätten Zeit gehabt, sich darauf vorzubereiten. Oder sie wären geflüchtet, das halte ich für sehr wahrscheinlich. Da zuvor kein hinreichender Mordverdacht vorlag, ließ man sie auf freiem Fuß.«

»Immerhin: Jetzt sitzen sie!«, sagte Josie. »Das ist schon mal der erste Schritt.«

»Und Sie wollen mir immer noch nicht sagen, woher Sie das Dokument haben?«, fragte Brockstädt.

»Ich möchte niemanden in Gefahr bringen.«

Der Fingerabdruck-Abgleich bewies tatsächlich die Echtheit des Geständnisses. Trotzdem verlief der zweite Verhandlungstag für Dr. Brockstädt anders als erwartet. Gleich nach Eröffnung der Verhandlung beorderte der Richter den Staatsanwalt, den Anwalt der Nebenklägerin, Karl-Udo Brockstädt, sowie den Verteidiger der Angeklagten in sein Büro. Er sah ernst von einem zum anderen. »Wie Sie wissen, befinden sich Fingerabdrücke der Angeklagten auf dem Dokument, man kann also davon ausgehen, dass die Unterschriften echt sind. Beide haben allerdings ausgesagt, dass ihnen die Unterschriften unter

Anwendung erheblicher körperlicher Gewalt abgepresst worden seien. Ich habe deshalb angeordnet, dass die ärztlichen Befunde ihrer Verletzungen daraufhin begutachtet werden. Für den Fall, dass der medizinische Befund Gewaltanwendung nahelegt, muss ich die Mordanklage fallen lassen. Das Geständnis besitzt dann keinen Wert.«

Der Verteidiger erhob sich. »Euer Ehren, ich habe hier ein weiteres neues und wichtiges Beweisstück für die Unschuld meiner Mandanten, das belegt, dass sie nicht nur den Mord nicht begangen haben können, sondern auch den verschwundenen Adolf Lembach zur besagten Zeit nicht aus seinem Hotel abgeholt haben können.« Er überreichte dem Richter einen Brief.

Der las mit wachsender Verärgerung. »Warum hat das nicht schon lange vorgelegen?«, fragte er dann. »Das hätte uns viel Zeit erspart!«

»Die Zeugin konnte erst jetzt ausfindig gemacht werden, Euer Ehren.«

Brockstädt hatte ein Flasche Cognac geöffnet, als Josie sein Büro betrat. Er füllte ein Glas, atmete schwer und sagte: »So eine Schmierenkomödie! Und das mir!«

Josie sah ihn verständnislos an, als er fortfuhr: »Dass man ihnen das Geständnis abgepresst hat, mag ja noch angehen. Aber die Zeugin, die aussagt, dass sich beide am besagten Tag in Kassel aufgehalten haben, ist eine durchsichtige Lüge.«

»Und was wird der Richter tun?«

»Er wird die Staatsanwaltschaft anweisen, die Frau zu vernehmen. Und wenn sie ihre schriftliche Erklärung unter Eid bestätigt, dann sind die beiden aus dem Schneider. Sie behauptet, sie eine Woche lang bei sich beherbergt zu haben. In Kassel! Womöglich wird sie auch noch ein paar Zeugen dafür anbringen …«

»Wer ist die Frau?«

»Eine Cousine von Nowacki. Sie sei lange im Ausland gewesen, habe deshalb erst jetzt kontaktiert werden können.«

»Und – stimmt das?«

»Offenbar. Auch einen?« Brockstädt schenkte sich noch einen Cognac ein.

Josie lehnte ab. »Und wann wird der Richter seine Entscheidung verkünden?«

»Beim nächsten Verhandlungstermin, am kommenden Montag.«

»Da will ich dann dabei sein!«, sagte Josie. »Ich möchte zumindest einmal ihre Gesichter gesehen haben.«

»Wie Sie wünschen. Aber Sie werden enttäuscht sein: Sie sehen völlig unscheinbar aus. Allerweltsgesichter, die Sie sofort wieder vergessen werden.«

»Ich glaube nicht, dass mein Vater sie vergessen hat. Deshalb werde ich sie auch nicht vergessen.«

Am Abend nach der Verkündung des Richterspruchs rief Nick zum ersten Mal seit Monaten wieder bei Josie an. Ohne weitere Vorrede sagte er: »Sie sitzen im *Hafenblick* und feiern ihren Sieg. Gießen sich einen auf die Lampe! Spendieren eine Lokalrunde nach der anderen! Ich könnte kotzen …«

Josie erwiderte nichts. Seit ihrem Besuch im Gerichtssaal, wo der Richter das Verfahren wegen der eidesstattlichen Erklärung der Cosuine niedergeschlagen hatte, war kein Ton mehr über ihre Lippen gekommen. Sie hatte auf der Zuschauerbank gesessen, die Worte hallten in ihrem Kopf nach: »Die Anklage wegen Mordes ist nicht länger aufrechtzuerhalten. Ich schließe ein neues Verfahren wegen anderer Vergehen nicht aus, die Tötung des Adolf Lembach jedoch ist den beiden Angeklagten eindeutig nicht anzulasten.«

»Sie haben ein Alibi!«, sagte Nick. »Möchte wissen, was sie der Frau bezahlt haben. Woher weiß die das nach so vielen Jahren noch so genau – dass sie angeblich bei ihr gewesen sind – eine Woche lang! Das stinkt zum Himmel!«

Josie schwieg weiter. Sie sah die Gesichter der beiden vor sich, wie sie an ihrem Platz vorbeigingen und sich gegenseitig auf die Schulter schlugen. Sie hörte nicht, was sie sprachen, sie hörte auch nicht, als Brockstädt neben sie trat und etwas zu ihr sagte. Sie sah nur die beiden Gesichter, die sich für alle Zeiten in ihre Netzhaut einbrannten.

»Man kann nicht zulassen, dass die jetzt die Sau rauslassen und die ganze Welt verhöhnen!«, rief Nick ins Telefon. »Das kann man ihnen einfach nicht durchgehen lassen! Hörst du – das geht nicht!«

Josie hörte ihn. Aber sie fand immer noch keine Worte, sie fühlte sich wie lebendig begraben.

»Bist du noch dran?«, schrie Nick durchs Telefon. »Wenn ja: Sag irgendwas! Wenn nein: Auch gut. Ich werde die beiden nicht davon kommen lassen!« Er lauschte noch einen Moment lang in die Leitung, dann knallte er den Hörer in die Gabel.

Rasmus kam ins Zimmer, als Josie den Telefonhörer noch am Ohr hielt. »Störe ich?«, fragte er. Dann sah er ihren leeren Gesichtsausdruck. Er nahm ihr das Telefon aus der Hand und führte sie zum Bett. »Ich möchte, dass du jetzt schläfst. Leg dich einfach hin. Ich werde dich zudecken. Und ich werde hier bei dir sitzen, bis du die Sprache wiedergefunden hast.«

Doch Josie schlief nicht. Sie lag Stunde um Stunde reglos auf dem Bett und blickte mit weit geöffneten Augen ins Dunkel.

In den frühen Morgenstunden riss das Schrillen des Telefons Rasmus aus dem Schlaf. Er hing verrenkt auf einem Sessel neben Josies Bett, hatte Kopfschmerzen und einen so trockenen Mund, dass er nur ein Stammeln herausbrachte. Aus den Augenwinkeln sah er, dass Josie offenbar schlief: Ihre Augen waren geschlossen, sie atmete gleichmäßig. »Endlich«, sagte er. »Endlich schläfst du!«

»Was – endlich?«, fragte die Stimme am anderen Ende der Leitung.

»Herr Dr. Brockstädt«, sagte Rasmus leise, »so früh? Dann muss es wohl wichtig sein.«

»Allerdings!«, blökte Brockstädt ins Telefon. »Ich muss sie sprechen, jetzt gleich. Sofort!«

»Sie schläft. Sie hat endlich in den Schlaf gefunden. Sie steht unter Schock. Sie kann jetzt nicht sprechen.«

Brockstädt schwieg lange. Dann sagte er langsam: »Sie sind tot. Die beiden Kerle sind tot. Als sie heute Nacht aus einer Kneipe kamen, sind sie in ein Auto gelaufen. Stockbesoffen. Ein Lieferwagen, ein Pick-up oder wie das neuerdings heißt. Haben Passanten gesehen. Ist aber nicht auffindbar. Verschwunden, das Auto.«

»Danke. Ich werde es ausrichten«, antwortete Rasmus.

Als er zu seinem Sessel zurückging, hatte Josie die Augen geöffnet. »Was willst du mir ausrichten?«, fragte sie. »Wer war am Telefon?«

»Der kommt aus Togo, da haben wir immer getanzt«

Das Konzert in der Ernst-Merck-Halle war seit Monaten ausverkauft. »Das hätte Nick gefallen«, sagte Josie zu Rasmus, »Louis Armstrong war sein Idol!« Sie saßen in der *Savoy*-Bibliothek am Ende eines anstrengenden Tages, Josie las den Zeitungsbericht über das bevorstehende Konzert. Sie legte eine Hand auf ihren runden Bauch und ließ die Zeitung sinken. »Unter den Schallplatten meines Großvaters sind viele Armstrong-Aufnahmen«, sagte sie. »Die können wir uns dann gemütlich anhören anstelle des Konzerts.«

»Gute Idee! Das ist viel besser für dich«, pflichtete Ramus bei. »Ein Abend unter 10.000 aufgedrehten Menschen wäre wohl doch etwas zu anstrengend.«

»Ich fühle mich großartig«, sagte Josie, »das hätte ich schon heil überstanden! Aber es ist ja ohnehin ausverkauft.«

Die Geburt stand in vier Wochen an, die Schwangerschaft war bisher ohne Probleme verlaufen. Keine Übelkeit, kein Schwindel. Rasmus hatte auf eine weitere Expedition verzichtet, andernfalls wäre er jetzt in der Türkei.

»Du wärest gern dabei gewesen, nicht wahr?«, fragte Josie.

»Solche Reisen wird es noch viele geben – unser erstes Kind jedoch nur einmal! Dafür würde ich auch eine Reise zum Mond absagen.«

Jemand klopfte. »Dies hat jemand für Sie abgegeben«, sagte ein Page. Rasmus erhob sich und nahm ihm den Umschlag ab. *Josephine Lembach – sofort zu öffnen* stand auf dem Umschlag.

»Mach du ihn auf«, sagte Josie. »Ich bin schwach und schwanger …«

Rasmus lachte und riss den Umschlag auf, aus dem zwei Karten herausfielen. Er hob sie auf und sah sie verdutzt an.

»Armstrong!«, sagte er. »Eintrittskarten! Und hier noch eine Notiz …«

Er reichte sie Josie. *Ein guter Freud aus Boston wünscht viel Vergnügen!,* stand darauf. Und klein darunter: *Und ich auch: Kalle.*

»Wer ist das?«, fragte Rasmus. »Kalle …«

»Ich kenne nur einen, der so heißt: Nicks engster Vertrauter und Geschäftspartner. Sie haben zusammen die Boxkämpfe organisiert.«

»Aber wieso Boston?«

»Unsere ganze Sippe stammt daher. Und Nick auch. Hatte ich das noch nie erwähnt?«

»Und dieser Kalle«, folgerte Rasmus, »hat die Karten in Nicks Auftrag für uns besorgt!«

Nick war seit dem Tag des tödlichen Unfalls Nowackis und Klöbes spurlos verschwunden. Josie hatte nichts mehr von ihm gehört, keiner seiner Freunde vermochte ihr zu sagen, wo er war.

»Dann ist er also nach Boston gereist«, sagte Josie, »und die Eintrittskarten sind sein Abschiedsgeschenk. Ernst-Merck-Halle – ich erinnere mich gut, wie enttäuscht er war, als ich damals nicht gekommen bin, um seinen großen Boxabend mitzuerleben.«

»Dafür haben wir jetzt unseren eigenen kleinen Boxer«, sagte Rasmus, und als Josie ihn fragend ansah: »Es hat gerade wieder geboxt – hast du das nicht gespürt? Ich habe es deutlich gesehen!«

Er legte vorsichtig eine Hand auf Josies Bauch und sagte: »Also dann: Auf zu Armstrong!«

Am Nachmittag vor dem Konzert bat Josie Rasmus, das alte Grammophon in Agathas Zimmer zu bringen. Sie durchsuchte den Pappkarton, der noch derselbe war wie in dem Trödelladen am Fischmarkt, nach Armstrongs *C'est si bon.*

»Das hat Agatha oft mit Horacio gehört«, sagte Josie, »vielleicht erkennt sie es wieder.«

Agatha hatte gerade den Mittagsschlaf in ihrem Ohrensessel am Fenster beendet, als Josie und Rasmus klopften.

»Herein wenn's kein Schneider ist!«, rief sie.

»Es scheint ihr gut zu gehen«, freute sich Josie, »das sagt sie, seit ich sie kenne. Aber nur, wenn sie gute Laune hat.«

Sie erzählten Agatha vom bevorstehenden Konzert am Abend.

»Kenne ich nicht«, sagte sie, »noch nie gehört!«

»Ich glaube doch«, sagte Josie, »hör mal!«

Knisternd begann sich die Schallplatte zu drehen. Agatha saß aufrecht und aufmerksam in ihrem Sessel.

Dann, als der Refrain erklang, begann sie, sich in den Hüften zu wiegen.

»Dazu haben wir immer getanzt!«, sagte sie.

»Ich weiß«, sagte Josie, »Horacio liebte das Lied.«

»Wer?«

»Der, mit dem du getanzt hast.«

»Der konnte nicht tanzen, hat nie getanzt.«

»Mit wem hast du denn getanzt?«

»Mit dem da«, sagte sie und deutete auf das Grammophon.

»Mit Armstrong?«

»Genau, so hieß er. Er singt wunderbar! Diese zarte Stimme – wie ein Engel …«

»Wir werden ihn heute Abend auf der Bühne sehen, hier in Hamburg.«

»Wieso Hamburg? Der kommt aus Togo! Und da haben wir immer getanzt!«

Sie spielten Agatha *C'est si bon* noch mehrmals vor. »Wir müssen uns jetzt auf den Weg machen«, sagte Josie schließlich, »morgen spielen wir es dir wieder vor.«

»Was?«

»Das Lied.«

»Welches Lied?«

Josie küsste Agatha, die sich daraufhin die Wange abwischte und sagte: »Du sabberst!«

»Sie ist wunderbar«, schwärmte Rasmus, als sie das Zimmer verlassen hatten und küsste Josie auf die Wange.

»Du sabberst«, sagte sie.

Sie trafen früh in der Ernst-Merck-Halle ein, um dem Gedränge zu entgehen. Dennoch war Josie etwas kurzatmig, als sie ihre Plätze einnahmen. »Alles in Ordnung?«, fragte Rasmus mit besorgtem Blick. »Natürlich. Es drückt nur etwas hier unten«, sagte sie. »Ich hätte mir einen weiteren Schlüpfer anziehen sollen.«

»Gibt es NOCH weitere …«, fragte Rasmus und sah sie staunend an.

»Werd nicht noch frech!«, entgegnete Josie. »Ich hab es schon schwer genug.« Dann lachte sie: »Nein, stimmt nicht! Ich habe es so leicht – leichter geht's nicht! Und das verdanke ich dir …« Sie verzog das Gesicht. »Es ziept schon wieder!«

In diesem Moment betrat der von einem Ohr zum anderen lachende Mann im Smoking die Bühne, schwenkte eine Trompete in der einen Hand, ein großes weißes Taschentuch in der anderen, trat ans Mikrophon und sagte: »When it's sleepy time down south!« Und die Band begann zu spielen.

Nach dem dritten Stück kannte der Jubel des Publikums keine Grenzen: *Blueberry Hill* war der neueste Hit und die Zuhörer hatten nur darauf gewartet. Rund um Josie herum sprangen alle auf und schrien ihre Begeisterung heraus. Auch Rasmus stand und applaudierte mit erhobenen Armen. Josie krümmte sich zusammen. Es ziepte stärker als zuvor, viel stärker.

Als die Trage, auf die man Josie gelegt hatte, in den Unfallwagen geschoben wurde, wehten die letzten Töne des *Tiger Rag* aus der Halle. »Das mochte Horacio am liebsten!«, sagte Josie noch zu Rasmus, als sich die Tür vor seiner Nase schloss und sich ein Sanitäter über Josie beugte. »Ganz ruhig und tief atmen!«, sagte er. »Wir sind gleich da! Das Hafenkrankenhaus ist nur zwei Kilometer enfernt. Sie schaffen das! Und wenn die nächste Wehe kommt: Nicht dagegen wehren, wir haben genügend Zeit!«

Um 23.30 Uhr beendete Louis Armstrong mit dem *West End Blues* sein Konzert und Josie brachte ihr Kind zur Welt. Rasmus saß schweißnass im Wartezimmer für Angehörige und jedesmal, wenn eine Person im weißen Kittel vorbeiging, sprang er auf, um dann gleich wieder enttäuscht Platz zu nehmen. Er schlug die Hände vors Gesicht und kam sich so hilflos vor wie nie zuvor, als jemand von innen an die Scheibe des Kreißsaals klopfte. Rasmus erhob sich, eine Hebamme hielt ein Bündel in die Höhe und lachte. »Ein Mädchen!«, formte sie mit dem Mund. Dann zog sie den Vorhang wieder vor das Fenster.

Eine weitere Stunde später kam sie zu Rasmus heraus. »Beide sind wohlauf. Ihre Frau braucht jetzt Schlaf. Kommen Sie morgen Mittag wieder, dann wird sie Ihnen das Kind zeigen. Sie sind doch ihr Mann, oder?«

Rasmus saß bei Isolde auf dem Sofa. »Wir hatten eigentlich vor, noch vor der Geburt zu heiraten«, erklärte er ihr. »Aber es war immer so wahnsinnig viel zu tun – Josie fand nie Zeit dafür.«

»Und wo ist das Problem?«, frage Isolde.

»Du müsstest mal das Krankenhauspersonal sehen!«, sagte Rasmus. »Die gucken mich an wie einen Verbrecher. Unverheiratet?, hatte die Oberschwester pikiert gefragt. Wir müssen es so bald wie möglich nachholen …«

»Na, wenn's euch so wichtig ist«, sagte Isolde. »Ich werde mal meinen Bruder fragen, was er machen kann, damit ihr schneller einen Termin bekommt. Er kennt da jemanden beim Standesamt.«

Es regnete in Strömen an dem Montagvormittag, als Josie aus dem Krankenhaus entlassen werden sollte. Rasmus war so aufgeregt, dass er den gelben Straßenkreuzer übersah, der vor dem *Savoy* parkte, als er sich auf den Weg machte, um sie abzuholen.

»Hey!«, rief ihm jemand nach. »Kalle …«

Rasmus blieb stehen und blickte zurück. »Ich heiß' nicht Kalle«, sagte er.

»Aber ich. Ich hätte euch gern in einem offenen Wagen abgeholt, aber bei dem Wetter …« Er verzog das Gesicht und deutete zum Himmel, der in diesem Moment seine Pforten schloss. Es hörte auf zu regnen.

»Wieso abholen?«

»Ein guter Freund hat mich damit beauftragt, die junge Mutter standesgemäß im Krankenhaus abzuholen. Er meinte, es würde ihr gefallen.«

Als Josie im Fond des Studebakers sitzend und das Kind in einem dicken Kissen auf dem Schoß haltend vor dem *Savoy* vorfuhr, sagte sie zu Kalle: »Richte Nick bitte aus, dass ich ihm ewig dankbar sein werde. Und dass ich eines Tages vor seiner Tür stehen werde, um es ihm persönlich zu sagen!«

»Das hast du doch nicht wirklich vor?«, fragte Rasmus, als sie endlich in ihrer Wohnung waren und Josie zum ersten Mal das Kind in seine Arme legte. »Nach Boston fahren …«

»Doch, natürlich! Wir werden irgendwann gemeinsam zu ihm reisen. Mit Agatha! Und mit allen, die dann vielleicht sonst noch dazu gehören werden.«

»Agatha?!«, fragte Rasmus

Josie deutete auf das Kind.

»Oh!«, sagte Rasmus. »Ich hatte gehofft, wir könnten sie vielleicht Margret nennen …«

»Gute Idee«, sagte Josie, »Agatha-Magret. Oder umgekehrt?«

Der Autor

© Paul Schirnhofer, Agentur Focus

Karsten Flohr war Tageszeitungsredakteur beim Hamburger Abendblatt, bevor er für verschiedene Zeitschriften tätig wurde. 2012 erschien sein erster Roman „Zeiten der Hoffnung“. 2015 wurde im acabus Verlag „Leah“, die Geschichte einer jüdisch-arischen Liebe während der Nazi-Zeit, veröffentlicht. Weitere Romane („Villa Ludmilla“ und „Erich“) folgten. Karsten Flohr lebt und arbeitet in Hamburg.

Weitere Titel aus dem acabus Verlag

Karsten Flohr

Villa Ludmilla.
Was wirklich in Brunos Keller geschah und wie es die Welt veränderte
Roman

ISBN: 978-3-86282-420-5
204 Seiten
Paperback

Schrullige Hausbewohner, verrückte Geschichten - die entzückendste Villa aller Zeiten!

Der Student Bruno, der seine Zeit lieber in Billardkneipen statt an der Uni verbringt, hat nach 18 Semestern immer noch keinen Abschluss, aber dafür eine Vision: Er will sein Idol, den großen Philosophen und Ketzer Giordano Bruno, vor dem Scheiterhaufen retten! Dafür bastelt er an einer Zeitmaschine, mit der er ins Jahr 1600 reisen will. Als er aber unvermutet die alte Villa seiner Großtante Ludmilla am Stadtrand von Leipzig erbt, muss er sich erstmal um andere Dinge kümmern. Denn das Haus ist groß, ebenso wie Brunos Herz - und so wohnt schon nach kurzer Zeit ein Haufen neu gefundener Freunde mit in der „Villa Ludmilla", die allesamt ihre eigenen skurrilen Lebensgeschichten mitbringen.
Zusammen entdecken sie, dass alles möglich ist, wenn man es gemeinsam macht. Mit ihrer Hilfe rückt Brunos Zeitreise in greifbare Nähe ...

Karsten Flohr

Erich
Oder: Der Tag, den Angela M.
nie vergessen wird

ISBN: 978-3-86282-482-3
180 Seiten
Paperback

Das Leben nimmt seinen gewohnten Gang, so scheint es: Rüdiger, der Supermarkt-Azubi, fürchtet, dass die Chefin seinen Wurstklau bemerkt haben könnte; Postbote Ahmed fiebert dem Treffen mit seiner geheimnisvollen Lieblingskundin entgegen; Professor Klose versucht, den Tauben im Park Essmanieren beizubringen; Polizeiobermeister Mizerski hilft der alten Frau Kleinschmidt, ihre Konservendosen zu öffnen und erfährt dabei viel Wissenswertes über die Welt des Subatomaren; Bob Dylan kommt in die Stadt und bricht sich kurz vor seinem Konzert beim Fußballspielen ein Bein - das wird die große Stunde von Harry, dem Straßenmusiker!
Doch der Schein des Alltäglichen trügt: Sie alle - und noch einige mehr, die uns in diesem Buch einen Tag lang an ihrem Leben teilhaben lassen - verfolgen nebenher in den Medien die Berichte über die mysteriöse Entführung von Erich, dem Hund der Bundeskanzlerin. Und als eine Zeitung glaubt, damit den großen Scoop landen zu können, läuft alles vollends aus dem Ruder.

Karsten Flohr

Leah
Eine Liebe in Hamburg

ISBN: 978-3-86282-376-5
228 Seiten
Paperback

„Wir werden ewig leben", sagte ich. - „Keiner lebt ewig", antwortete sie. „Nicht hier auf der Erde."

Seit ihrer Geburt im Tabea-Krankenhaus in Blankenese sind Leah und Johannes unzertrennlich. Der Sohn eines Hafenarbeiters und die Tochter aus einer reichen Reederfamilie glauben zunächst noch daran, dass ihre Liebe sich stärker als der Tod erweist.
Doch Leah ist Jüdin und ihre unbeschwerte gemeinsame Zeit endet jäh, als die Nationalsozialisten 1933 die Macht ergreifen. In seinen Tagebüchern hält Johannes die wertvollen Momente mit ihr fest - bis Leah eines Tages verschwindet.
Erst viele Jahrzehnte später erzählt Johannes seinem Enkel von dieser einen großen Liebe …

Agnes Christofferson

Elsas Stern
Ein Holocaust-Drama

ISBN: 978-3-86282-310-9
276 Seiten
Paperback

Kurz vor dem Ende des Zweiten Weltkriegs wird die junge Jüdin Elsa nach Auschwitz deportiert. Die Begegnung mit dem skrupellosen KZ-Arzt Erich Hauser verändert ihr Leben auf grausame Weise.
Fast 35 Jahre bewahrt sie das Geheimnis, bis sie eines Tages ihrem Peiniger in einem New Yorker Restaurant wiederbegegnet. Elsas Tochter Leni erfährt erst aus dem Tagebuch ihrer Mutter von der tragischen Geschichte ihrer Familie, die in Auschwitz mit Menschenexperimenten begann …
Lenis Gedanken werden daraufhin von einem unweigerlichen Ziel bestimmt: Dr. Hauser für seine Verbrechen zur Rechenschaft zu ziehen.